TOUCHDOWN

Wenn Liebe trifft

Jenna Stean

Sports Romance-Roman

Über Jenna Stean

Jenna Stean lebt gemeinsam mit ihrer Familie auf einer kleinen Insel. Schon als Kind war sie eine begeisterte Leserin und verschlang in ihrer Freizeit viele Bücher. Ob historische Romane, Klassiker oder Lovestorys, sie las alles, was sie in die Finger bekommen konnte. Später studierte sie u. a. die Fächer Germanistik, Mathematik, Religionswissenschaften, Philosophie und Geografie. Ihre Kenntnisse aus dem Studium verwendet sie in ihren Büchern. Neben Liebesromanen schreibt sie unter einem anderen Namen Fantasy.

Impressum

ISBN: 978 - 1077651609
Erste Auflage 2019

Irina Ockert-Grabow,
Fasanenweg 5, 14542 Werder (Havel)
Text: Jenna Stean
Bearbeitung/Korrektorat: Manuela Goncalves Vetter/Korrektur Fuchs
Umschlaggestaltung: Thomas Ockert
Umschlagmotiv: Adobe Stock
Stockfoto-ID:
Copyright krispetkong 207076598
Copyright selenit 84915997
Copyright shock 200822795
Copyright HildaWeges 75031514
Copyright James Martin 87073134

www.jennastean.de
Kontakt: irinagrabow@gmx.de

Klappentext

Die schüchterne Ashley White braucht dringend einen Job. Denn ihre Eltern halten sie finanziell an der kurzen Leine. Selbständig und selbstbewusst soll sie werden, predigt ihr Vater.

Dass gerade Lucas Hanson, der attraktive und sexy Quarterback des Football-Teams, ihr helfen will, verwirrt sie. Er bietet ihr einen Deal an. Sie übernimmt für ihn eine Seminaraufgabe, damit er zusätzlich trainieren kann. Im Gegenzug besorgt er ihr einen Job. Doch während sie im Stadion arbeitet, kommt es zu einem Vorfall, der nicht nur Ashley, sondern auch ihr Verhältnis zu Lucas, schlagartig verändert. Der selbstverliebte Kerl hat keine Ahnung, was auf ihn zukommt …

»TOUCHDOWN – Wenn Liebe trifft« ist ein in sich abgeschlossener Sports Romance-Roman.

Humorvoll, spannend und mit viel Gefühl.

94
CAMPUS CENTER

1. Kapitel – Ashley

Gleich war es soweit. Noch fünf Typen standen vor uns an. Danach würden wir an der Reihe sein und den Eingang von Gate A des Stadions passieren.

Himmel, freute ich mich auf das Spiel.

Schon zweieinhalb Stunden vor Einlassbeginn hatten Chloe und ich das Wohnheim verlassen, weshalb wir hier nicht lange warten mussten. Hinter uns hatte sich mittlerweile eine riesige Schlange gebildet.

Früher hatte ich mich nie für Football interessiert, tat ich auch heute noch nicht. Doch seit vergangenem Jahr, seitdem ich an der Michigan studierte, besuchte ich jedes Saisonspiel unseres Collegeteams. Der Samstag war der Höhepunkt meiner Woche. Dann konnte ich während des Spiels gebannt meinen Blick auf *den Einen* heften, der mein Herz Purzelbäume schlagen ließ, ohne dass es ein Außenstehender mitbekam. Hier starrten ihn alle seine Fans an, was mich einerseits eifersüchtig machte, aber mich andererseits mit seinen Anhängern eine innere Verbundenheit spüren ließ.

Wobei ich ihn aus einem anderen Grund beobachtete, als die meisten Leute hier. Für sie war er der beste Quarterback an der Michigan State University, für mich der Mann meiner Träume: Lucas Hanson.

Noch nie in meinen 19 Lebensjahren hatte ich derart tiefe Gefühle für einen Mann empfunden wie für ihn, obwohl ich Lucas nicht wirklich kannte. Dass ich in ihn verliebt war, ließ ich mir nicht anmerken. Nur Chloe, meine beste Freundin und Mitbewohnerin, wusste über den hoffnungslosen Umstand Bescheid. Hoffnungslos, weil Lucas nie das Gleiche für mich empfinden würde. Selbst dann nicht, wenn er mich bewusst wahrnehmen würde.

Davon ging ich aus, denn ich konnte meine Chancen gut einschätzen. Ich war Durchschnitt. Und wenn Lucas eine Freundin hatte, war sie wie er außergewöhnlich hübsch.

»Ash«, hörte ich plötzlich Chloe sagen. »Wir sind dran.«

Erschrocken blinzelte ich, zog meinen Rucksack vor die Brust und kramte im Inneren, um die Tickets herauszuholen.

»Sorry.« Lächelnd reichte ich die Karten einem der vier breitschultrigen Securitymänner, die hier den Einlass regelten. Das war eindeutig mal wieder typisch für mich. Ständig kreisten meine Gedanken um Lucas, sodass ich nicht bemerkt hatte, dass die Typen vor uns die Einlasskontrolle hinter sich gelassen hatten und schon auf dem Weg ins Stadioninnere waren.

Während ich auf der Toilette war, besorgte uns Chloe zwei Cola light. Sie bestand darauf, dass wir kein Zuckerwasser tranken. Meine Freundin lebte sehr kalorienbewusst. Dann suchten wir unsere Plätze Nummer 27 und 28 in Reihe 42 auf. Von dort konnte man ganz gut das gesamte Spielfeld überblicken, obwohl von hier aus die einhundert Yards Kunstrasen viel kleiner erschienen.

Chloe reichte mir einen Becher und setzte sich auf ihren Platz. Nachdem auch ich mich auf meinem Plastiksitz niedergelassen hatte, wandte sie mir ihr Gesicht zu und stieß hörbar die Luft aus.

Einen Moment hielt sie inne, und ich ahnte, was jetzt kam.

»Ehrlich, Ash, dass ich mit dir zu jedem dieser bescheuerten Spiele gehe … Dabei verstehe ich keine einzige Regel.« Stöhnend deutete sie mit dem Kinn Richtung Spielfeld. »Und aus der Entfernung kannst du Lucas nicht einmal erkennen.«

Seufzend steckte sie den Strohhalm in den Mund und trank von ihrer Cola.

Volltreffer. Ich grinste über ihren Spruch, denn den bekam ich vor jedem Spiel zu hören.

Schulterzuckend schaute ich zu Chloe. Selbstverständlich war ich nicht ihrer Meinung und antwortete deshalb mit leicht protestierendem Unterton: »Natürlich erkenne ich Lucas.« Zur Bestätigung meiner Behauptung hob ich die Hand und zeigte auf einen der überdimensionalen Bildschirme. »Wenn er als Großaufnahme erscheint.«

»Ja, klar«, sagte Chloe abwinkend und lachte. »Mit dem Helm auf dem Kopf und der schwarzen Farbe unter den Augen. Mach dir doch nichts vor, Ash. Wie willst du ihn von den anderen unterscheiden können?«

»Lass das ruhig meine Sorge sein«, gab ich zurück. Für Chloe sahen alle Typen auf dem Spielfeld gleich aus, aber nicht für mich. Ich könnte Lucas unter Hunderten Spielern erkennen. Die Offensive und Defensive Linemen sahen für mich wie monströse Fleischklopse aus. Solche extrem schweren Kerle mochte ich nicht.

Lucas dagegen war groß und muskulös, wirkte sehr athletisch. Okay, seine Kumpel Dylan und Ray waren ebenfalls groß und gut gebaut. Die drei wussten, dass die meisten weiblichen Fans unserer Universität nur zu den Spielen kamen, um sie anzufeuern. So wie ich. Die Regeln kapierte ich genauso wenig wie Chloe. Aber in der geschützten Menge genoss ich es, meinen Schwarm ungestört zu beobachten.

Lucas und ich studierten beide im Hauptfach Philosophie, wobei er schon drei Semester weiter war. Er war auch zwei Jahre älter als ich. Einige Veranstaltungen besuchten wir gemeinsam, doch wenn wir in einem Raum zusammensaßen, mied ich es, ihm einen Blick zuzuwerfen. Ich hatte Angst, dass er es bemerken könnte und mich für eine Stalkerin halten würde.

Na ja, wenn ich ehrlich war, traf das in etwa zu. Wo er war, war ich meist nicht weit entfernt. Natürlich versteckt. Er sollte es keinesfalls mitbekommen. Das wäre zu peinlich.

»Wann geht's denn endlich los?«, wollte Chloe wissen.

Ich schaute auf die Uhr. »In einer Stunde.«

»O Mann, noch sechzig Minuten«, stöhnte sie mit den Augen rollend.

Ich lächelte entschuldigend. »Du weißt doch selbst, was passiert, wenn wir nicht rechtzeitig hier sind.«

»Und ob! Die beiden Blödmänner, die sich unerlaubt auf unseren Plätzen breitgemacht hatten. Die werde ich nicht so schnell vergessen.«

Die Nase kräuselnd nickte ich zustimmend. Weil wir vor zwei Wochen zu spät im Stadion eingetroffen waren, mussten wir uns in die letzte Reihe des Oberdecks verdrücken. Das Sichtfeld war so mies, dass wir auf das Spiel verzichtet hatten und stattdessen gegangen waren. Ich hatte Chloes Drängen nachgegeben, um ihre Gutmütigkeit nicht übermäßig zu strapazieren. Sie war eine wunderbare Freundin, begleitete mich zu allen Saisonspielen unseres Collegeteams, obwohl sie sich nichts aus Football machte. Aber sie wusste, dass ich wegen Lucas kein Spiel verpassen wollte.

Chloe hielt meine Schwärmerei für verschwendete Zeit. Trotzdem akzeptierte sie es und machte sich nicht über mich lustig.

»Ich hätte noch den Rest von *You* schauen können«, sagte Chloe. »Stattdessen sitze ich hier und warte, dass das Spiel endlich losgeht. Heute haben wir es mit dem *früher kommen* reichlich übertrieben.«

»Ja, schon«, antwortete ich achselzuckend. »Aber wenn ich dich deine Serie auf Netflix länger gucken lasse, bekomme ich dich nicht pünktlich aus unserem Zimmer.«

Chloe seufzte. »Was soll's, schau ich heute Abend zu Ende.«

Ich grinste. »Braves Mädchen.«

»Jaja, mach ruhig deine Witze, Ash.« Die Augen rollend angelte Chloe mit der Zunge nach ihrem Strohhalm und nippte an der Cola. Sie wusste, dass ich ihr dankbar war.

Gelangweilt schweiften unsere Augen über die Zuschauer. Von den Ständen wehte verführerisch würziger Duft herüber, dass mir wie auf Kommando die Spucke im Mund zusammenlief. Eigentlich wäre noch genügend Zeit, sich Pommes, Burger oder Hot Dogs zu kaufen. Ich schluckte die Spucke runter und tippte Chloe auf die Schulter.

Als sie mich verwundert ansah, zeigte ich in Richtung der Stände. »Soll ich uns eine Kleinigkeit zu essen holen?«

Chloes Blick, mit dem sie mich taxierte, sprach Bände. Schon bereute ich meine Frage.

»Darauf sollten wir verzichten«, sagte sie mit mahnender Stimme.

Wir? Sie meinte wohl eher mich. Ich sollte verzichten. Unrecht hatte sie nicht.

Erst vor einer Woche hatte ich herausposaunt, dass ich den Entschluss gefasst hätte, mal wieder ein paar Pfunde abzunehmen. Na gut, nicht ich hatte mich diesmal dazu entschlossen, sondern meine drei Jeans hatten dazu geraten. Neben dem Nietenknopf hatte ich schon bei jeder Hose einen zweiten Knopf am Bund annähen müssen, weil ich sie über dem Bauch nicht mehr schließen konnte. Leider fehlte mir zur Zeit das nötige Geld für neue Jeans. Ich bräuchte dringend einen Job, um das Problem ohne Quälerei meines Körpers zu lösen, indem ich mir größere Hosen kaufte.

Doch so lange kein Job in Sicht war, half nur eine Diät, um aus der Misere herauszukommen. Dabei hasste ich Abnehmkuren.

Ich liebte alles Essbare, was ungesund war. Egal, ob Eis, Kuchen oder Nachos. Es war ja nicht meine Schuld, dass mein Belohnungszentrum im Hirn sich nur mit Kalorienbomben zufriedengab. Bei Gemüsesticks mit Quark wollte es einfach nicht anspringen.

Ehrenwort, ich hatte alles versucht, um die überflüssigen Kilos, die ich mit mir herumschleppte, loszuwerden. Aber es war jedes Mal ein Scheitern auf breiter Linie. Dabei wäre ich froh, so hübsch und schlank wie Chloe oder die Cheerleader-Mädels zu sein. Ich schämte mich für meinen schwachen Willen. Doch die Hoffnung, dass sich in meinem Kopf irgendwann der Schalter umlegen würde, gab ich nicht auf. Deshalb war ich jetzt vernünftig und blieb auf meinem Platz wie festgeklebt sitzen.

»Okay, wie du meinst, wir verzichten«, lenkte ich lächelnd ein, und Chloe hob den Daumen. »Jetzt bist *du* ein braves Mädchen.«

Als das Spiel schließlich losging, begann um uns herum das Geschrei. Es war jedes Mal das Gleiche. Es wurde gejubelt, gebrüllt, gepfiffen und geklatscht, wenn ein Touchdown gelang oder auf andere Weise Punkte geholt wurden.

Die Geräusche um mich herum nahm ich kaum wahr, weil ich stattdessen gebannt Lucas verfolgte.

Mich beeindruckte immer wieder, wie ballsicher und nervenstark er war. Unglaublich diese Wurfkraft und Treffsicherheit. Souverän führte er als Captain seine Mannschaft.

Einmal hatte ich bei einem Gespräch zwischen ihm, Dylan und Ray mitbekommen, als wir in der Cafeteria angestanden hatten, dass Lucas die Codes über Funk mitgeteilt bekam, wie das Team sich bewegen sollte. Die Spieler schienen immer zu wissen, wie sie laufen mussten. Kein Wunder, dass die Mannschaft so oft gewann. Sie gehörte zu den besten Teams der College-Football-Liga NCAA.

Nachdem das letzte Viertel geendet hatte, riefen die Michigan-Fans: »Auf zum nächsten Sieg!«, weil unsere Mannschaft gewonnen hatte. Ich freute mich mit ihnen, aber vor allem für Lucas.

Mit der Menge begaben wir uns zum Ausgang. Ich würde allein mit dem Fahrrad zum Wohnheim zurückfahren, weil Chloe mit ihrem Freund verabredet war. Beim Spiel hatte sie auf ihrem Handy Nachrichten getextet. Travis studierte wie wir an der Michigan. Jedoch war er Basketballfan, begleitete uns deshalb nicht zu den Footballspielen, sondern war lieber mit seinen Kumpels unterwegs.

Auf dem Parkplatz, wo wir unsere Fahrräder angeschlossen hatten, umarmte mich Chloe. »Du bist keinesfalls sauer, wenn ich wieder das Wochenende nicht da bin?«, fragte sie.

»Nein, warum?« Ich zuckte mit den Achseln und zog sie auf: »Pech für dich, dann schaue ich ohne dich *You*.«

»Freches Biest!« Sie pikte mich in den Bauch, und ich quiekte erschrocken auf, weil ich abgelenkt war. Ich sah vier schlechtgelaunte Fans von der gegnerischen Mannschaft neben uns auf dem Parkplatz erscheinen. Zum Glück trugen wir keine Sachen, die uns als Michiganfans outeten. Sie stiegen mit düsteren Mienen in ihr Auto und fuhren los.

»Was planst du für Sonntag?«, erkundigte sich Chloe, während sie sich suchend umschaute. Travis war noch nicht in Sichtweite.

»Weiß nicht«, sagte ich. »Es sind noch Studienaufgaben zu erledigen. Davor werde ich mich aufraffen und eine Runde auf dem Campus joggen.« *Falls man das Schneckentempo so nennen kann*, ergänzte ich für mich.

»Du willst an deinen Vorsätzen festhalten?«

»Yep.«

»Finde ich gut.« Chloe drückte mich noch einmal an sich und gab mir einen Kuss auf die Wange. »Wenn du später weiter joggen gehst, laufe ich mit.«

Abwehrend wedelte ich mit der Hand vor der Brust, nachdem sie mich losgelassen hatte. »O nein, bloß nicht. Ich komme mir dann neben dir wie eine lahme Seekuh vor. Wenn ich einigermaßen fit bin, dann gern.«

»Okay.« Chloe lächelte und holte ihr Handy hervor, um noch einmal Travis anzurufen. Währenddessen löste ich das Sicherheitsschloss von meinem Fahrrad.

Noch eine halbe Stunde mussten wir warten, bis er mit seinem nachtblauen Chevy auf dem Parkplatz erschien. Travis wuchtete Chloes Fahrrad auf die Ladefläche des Pick-ups und ich verabschiedete mich von den beiden. Dann schwang ich mich auf mein Rad, um gemütlich zum Wohnheim zu radeln.

2. Kapitel – Lucas

»Gutes Spiel, Hanson«, lobte mich Pete Moore, mein Quarterback-Coach, nachdem wir in die Kabine zurückgekehrt waren, die Sportklamotten ausgezogen und die Ausrüstung abgelegt hatten. Für mich war er mehr als mein Coach. Uns verband ein fast freundschaftliches Verhältnis. Moore schlug mir auf die nackte Schulter und ergänzte anerkennend: »Du hast richtig entschieden, den Spielzug zu ändern.«

Ich bemühte mich, nach dem Schlag nicht das Gesicht zu verziehen. Jeder Muskel schmerzte. Und ich wusste, Schmerz würde die nächsten Jahre mein treuester Freund sein. Damit hatte ich mich längst arrangiert. Ich liebte Football.

»Alle haben heute Spitzenleistung gezeigt, Coach«, warf ich ein und hob meinen Teamkollegen zugewandt beide Daumen.

Daraufhin lächelten sie mir zu, während sie sich für das Eisbad und die spätere Dusche fertigmachten. Es war mir wichtig, das Wir-Gefühl zu erhalten. Jeder sollte wissen, dass es für unser Team unersetzlich war. Aus meiner Sicht funktionierte nur so Mannschaftssport.

»Da stimme ich dir zu«, erwiderte der Coach. »Aber ich muss deinen letzten Pass besonders hervorheben«, meinte er und ließ seine Augen über die Spieler wandern. Alle nickten zustimmend, und ich merkte, dass meine Wangen zu glühen anfingen. »Danke, Coach«, murmelte ich. Komplimente zu hören, machte mich immer noch verlegen. Selten bekam ich ein Lob.

Ron Nolan, unser Offensive Coordinator, hatte mir seinen gewählten Spielzug per Funk mitgeteilt. Ich hatte ihn abgelehnt, obwohl er derjenige war, der die Taktik und Spielweise bestimmte.

Nolan war nach unserem Chefcoach Frank Eliot der wichtigste Mann im Trainerstab und kein Freund von Alleingängen, aber am Ende des Spiels sagte er mir, dass meine Entscheidung richtig gewesen war.

Ich erinnerte mich an die letzten Minuten auf dem Spielfeld. Wir hatten vier Punkte zurückgelegen.

Nachdem wir uns positioniert hatten, bekam ich Nolans Playcall angewiesen, den ich sofort ändern musste, weil ich die neue Strategie der gegnerischen Defence lesen konnte. Sie hatten einen Blitz geplant. Ein zusätzlicher Spieler ihrer Verteidigung sollte meinen angeordneten Pass verhindern, also hatte ich mich für einen anderen Spielzug entschieden und den Code gerufen: »Black 16 kill. Red 18 ace. Hut!«

Sofort hatte unser Angriff begonnen. Durch die Beine war mir vom Center der Ball übergeben worden. Ray hatte sich an der Außenlinie aufgehalten und war im Moment des Snaps zur Feldmitte gerannt. Ich war einige Schritte zurückgelaufen und hatte zu Ray gepasst. Der hatte den Ball in der Luft gefangen und sicher gehalten. Dann hatte er ihn an Dylan weitergegeben, der die im Training einstudierten Passroute bis zur Endzone gelaufen war. Mit einem kräftigen Satz war er über die Goalline gehechtet. Was für ein Touchdown! Die sechs Punkte hatten uns den Sieg garantiert.

Es war ein Risiko gewesen, das ich eingegangen war. Aber ich hatte gewusst, dass ich mich auf Ray und Dylan verlassen konnte. Generell war Vertrauen wichtig, weil ich als Quarterback der Spielmacher und gleichzeitig das Sprachrohr des Offensive Coordinators war.

Mit Coach Moore wiederum übte ich die verschiedensten Spielvarianten. Er war ein harter Knochen und sorgte dafür, dass den Quarterbacks im Training die Eier kochten. Kondition und Beweglichkeit waren wichtig. Gerade mich schickte er zusätzlich zum Krafttraining, damit ich an meiner Athletik härter arbeitete. Widerspruch war tabu.

Für Sonntag hatte er mir ein Einzelsondertraining vorgegeben. Während sich die anderen von dem heutigen Spiel erholen durften, würde ich früh aufstehen und ein paar Runden auf dem Campus drehen. Danach war ich mit dem Fitnesscoach verabredet. Bis jetzt war ich selten verletzt und das sollte so bleiben. Meine Muskeln, Knochen und Sehnen wurden übermäßig beansprucht. Ich brauchte einen geschmeidigen Körper. Auf dem Spielfeld lief ich schnell und schlug dabei Haken, wurde vom Gegner getackelt und touchiert. Daher hatte Moore mit dem Fitnesstrainer für mich ein spezielles Programm ausgearbeitet. Kraft, Kondition und Geschmeidigkeit sollten bei mir ganzheitlich trainiert werden.

Mit Professor Williams war abgeklärt worden, dass ich bis Mitte Dezember dafür montags zusätzlich trainieren durfte, weil für den Kurs eine selbständige und langfristige Partnerarbeit anstand. Ich würde mit der pummligen Rothaarigen ein Team bilden. Ashley White. Sie wusste noch nichts von ihrem Glück. Aber Professor Williams meinte, dass sie Aufgaben lieber allein bewältigte und ich mich daher auf mein Footballtraining konzentrieren könnte. Trotzdem würde ich mit einer guten Note abschließen. Der Professor war ein eingefleischter Footballfan und zeigte Verständnis dafür, dass ich mich vorrangig auf meine Karriere konzentrierte. Ich war dankbar für das Angebot, denn es bedeutete einen riesigen Zeitvorteil für mich. Auch Ashley würde zufrieden sein, dass sie ihre Ruhe hätte. Es wäre eine Win-win-Situation für uns beide, fand ich zumindest.

Ein zufriedener Seufzer drängte aus meiner Brust. Lächelnd schaute ich zu Ray. Moore sprach gerade anerkennende Worte zu ihm, weil er meinen gepassten Ball gefangen hatte. Dann ging der Coach auf Dylan zu und klopfte ihm ebenfalls anerkennend auf den Rücken. »Gratulation, Jenkins. Guter Lauf!«

»Danke, Coach Moore.« Dylan und Ray blickten grinsend zu mir. Ich zwinkerte ihnen zu. Sie waren meine Teamkollegen und beste Kumpels. Ray Collister war unser Wide Receiver, der nicht nur unglaublich schnell war, sondern fast jeden meiner Pässe fing, egal, wie weit ich den Ball warf. Dylan bekleidete die Position des Running Backs. Ich war immer wieder beeindruckt, wie geschickt er sich auf dem Feld bewegte und durch die Verteidigungsreihe der Gegner lief, um den Ball so weit wie möglich Richtung Endzone zu tragen. Die NCAA war zwar kein so hartes Business wie die NFL, aber auch hier herrschte Konkurrenzdenken. Jeder wollte Profisportler werden. Trotz dessen stimmte in unserem Team die Chemie, weshalb wir auch erfolgreich waren. Und ich war froh, mit Dylan und Ray eng befreundet zu sein. Ich hatte keine Geschwister und sie waren für mich meine Bros.

»Okay, Jungs. Schönen Abend! Übertreibt es nicht mit dem Feiern, ihr habt Montag Training!«

Der Coach hob zum Abschied die Hand und verließ die Kabine. Wir riefen ihm noch einen Gruß hinterher, bevor die Tür zufiel. Wenn ein wichtiger Sieg wie nach diesem Spiel war – wir führten jetzt die Tabelle an –, begleitete er uns auf ein Bier in Sam's Diner, doch heute feierten seine Frau und er ihren zwölften Hochzeitstag. Als er mir nach dem Freitagstraining erzählt hatte, dass sie mit ihm ins Theater und hinterher in ein edles französisches Restaurant essen gehen wollte, konnte ich mir ein Schmunzeln nicht verkneifen.

Ich wusste, dass Moore die nächsten Stunden leiden würde. Kultur und Haute Cuisine waren ihm ein Graus. Mein Kopf tickte ähnlich. Ich liebte alle Arten von Sportveranstaltungen und aß gern ein saftiges Steak, aber mit feiner Küche und Kunst hatte ich nichts am Hut.

Zwei Ursachen, warum meine letzten Beziehungen gescheitert waren. Doch die Hauptgründe waren jedes Mal, dass meine Exfreundinnen kein Verständnis für meine knappe Zeit hatten. Außerdem waren sie zu neugierig, was meine Familie betraf. Oft gab es nervende Streits. Nach den Auseinandersetzungen hatte ich nie lange gefackelt, sondern die Reißleine gezogen und mich getrennt.

Angesichts dieser Erfahrungen wollte ich mich auch in den nächsten Jahren auf keine feste Beziehung mehr einlassen. Die Frau, die zu mir passen würde, müsste wahrscheinlich noch gebacken werden. Ich bräuchte eine Frau, die nicht klammern würde, die für verrückte Sachen zu haben wäre, der ich alles anvertrauen könnte. Die schlau wäre und mit der ich geilen Sex hätte. Aber da mein Hauptaugenmerk sowieso auf Football lag, suchte ich nicht nach *der Einen.* Ich wollte es unbedingt in die NFL schaffen. Danach hatte ich mein Leben ausgerichtet. Denn ich trug Verantwortung … Nicht nur für mich. Deshalb musste sich alles andere hintenanstellen.

»Hey Luc, nimmst du nachher Kaylee mit?«

»Kaylee? Wie kommst du darauf?«

Dylan hob die Schultern. »Nur so, weil sie auf dich scharf ist und gestern bei dir war.« Er machte eine anzügliche Bewegung mit der Zunge im Mund. »Man konnte euch nicht überhören.«

Ich leerte eine Flasche Mineralwasser, wühlte in meiner Sporttasche nach Handtuch und Duschgel.

»Nein, keine Lust auf Frauenbesuch«, sagte ich beim Abstreifen meiner schweißnassen Boxershorts und stopfe sie mit Trikot, Strümpfe und Hose in die Sporttasche. Dylans

Sportsachen packte ich mit dazu. Wir teilten uns ein Apartment und ich war mit der Wäsche dran.

»Dann wundere dich nachher nicht. Ich sah sie in der Nähe der Kabine herumlungern. Du warst schon reingegangen.«

»Pech für Kaylee. Ich habe ihr gesagt, dass ich keine Zeit für sie habe.«

Dylan grinste. Wie immer ohne Hemmungen. »Wenn du nichts dagegen hast, tröste ich sie.«

Warum überraschte mich sein Vorschlag nicht? Dylan und ich hatten einen ähnlichen Frauengeschmack. Wir standen auf Cheerleader, blond, leicht gebräunt, mit einer hübschen Figur. Auch reichlich Erfahrung im Bett.

Vor Kurzem hatte ich was mit einer Jungfrau gehabt. Das war schon erstaunlich, weil sie volljährig war. Trotzdem konnte ich dazu nur sagen: nie wieder! Ich kam mir wie im Biologieunterricht vor, was am Ende dazu geführt hatte … Holy Shit, daran wollte ich nicht mehr denken. Da die Frau nicht von der Michigan war, würde es unser Geheimnis bleiben, hoffte ich.

»Wenn es dich nicht stört, dass ich Kaylee vor dir hatte, tu dir keinen Zwang an«, bemerkte ich kopfschüttelnd. Gab es bei Dylan etwas Ähnliches wie eine Schamgrenze?

»Warum nicht? Wenn es sich ergibt und sie über dich hinweg ist, würde ich sie nur einmal flachlegen«, haute er locker raus, schlang sein Handtuch um die Hüften und schlendert mit Duschgel und Shampoo in der Hand zu den Duschräumen, wo auch die Tonnen mit dem Eiswasser standen. Schmunzelnd ging ich ihm hinterher. »Kann ich nachher dein Shampoo mitbenutzen?«, scherzte ich.

»Klar, Bro, wir teilen alles«, antwortete Dylan laut losprustend, und ich stimmte in sein Lachen ein. Noch war uns zum Lachen zu Mute. Gleich standen wir minutenlang bibbernd und mit kribbelnder Haut in den Tonnen. Wir hassten das eisige Wasser, aber es half dem Körper, sich schnell zu regenerieren.

Alle Spieler waren schon weg. Ich war als Letzter vom Duschen gekommen. Der warme Wasserstrahl entspannte mich, deshalb ließ ich mir Zeit. Aufs Föhnen hatte ich keine Lust. Bei dem warmen Wetter trockneten meine kurzen Haare schnell.

Die Tür öffnete sich in dem Moment, als ich die Sporttasche über die Schulter warf.

Na wunderbar. Welches Wort meiner gestrigen Absage hatte Kaylee nicht verstanden?

»Was willst du in der Spielerkabine?«, fragte ich verärgert.

Kaylee musterte mich unverhohlen. »Was wohl? Dich sehen.«

»Ich hatte dir unmissverständlich gesagt, dass es kein zweites Treffen geben wird. Also halte dich daran, wenn du mit mir keinen Ärger bekommen willst«, warnte ich sie.

»Ich dachte, du hast das nicht ernst gemeint«, verteidigte sie ihr Erscheinen und schluckte schwer.

Ich verdrehte die Augen. Frauen gestehen, dass sie mich nervten, verkniff ich mir eigentlich lieber. Aber bevor es in einen Disput ausartete, machte ich der Sache ein schnelles Ende. Kaylee wollte es offensichtlich noch einmal hören.

Ich räusperte mich. »Pass auf«, fing ich an und fuhr mir mit gespreizten Fingern durchs Haar. »Es war nett mit dir. Doch ich habe keine Zeit für weitere Treffen. Am besten wäre, du suchst dir einen Typen, der eine Beziehung mit dir zu schätzen weiß.«

Kaylee schnappte nach Luft. »Du wolltest nur deinen Spaß mit mir?«

»Das hatte ich dir klar und deutlich zu verstehen gegeben, bevor wir auf mein Zimmer gegangen sind«, antwortete ich. Ohne noch ein Wort zu sagen, schob ich mich an Kaylee vorbei und betrat den Gang.

Kurz warf ich einen Blick über die Schulter, ob sie mir folgte. Zum Glück kam sie mir nicht hinterher. Ich wusste, dass ich hart mit ihr gesprochen hatte, aber vielleicht begriff sie jetzt, dass ich meine Meinung nicht ändern würde.

Auf dem Parkplatz suchte ich nach den Autoschlüsseln für meinen Jeep. Ich wollte noch schnell zum Apartment fahren, um die verdreckten Sportklamotten in die Waschmaschine zu werfen, bevor ich mich auf den Weg zu Sam's Diner machen würde.

3. Kapitel – Ashley

Als ich aufwachte, brauchte ich einen Moment, um zu realisieren, dass ich von Lucas nur geträumt hatte. Irgendwie schade, dass der Traum in dem Moment abgebrochen war, als Lucas seine Hand in meinen Nacken gelegt hatte und sein Mund mir nähergekommen war.

Ob ich im Schlaf seine Lippen gespürt hätte?

Keine Ahnung, und das würde ich jetzt nicht mehr herausfinden. Seufzend rieb ich mir mit den Fingerspitzen die Augen.

Ach Mann, warum konnte ich nicht eine von den hübschen Cheerleadern sein, auf die er stand?

Ich wusste, meine Chancen tendierten gegen null. Lucas mochte Frauen, die schlank waren, vermutlich Size Zero trugen. Wenn ich mich in meine Bauchwegschlüpfer presste, passte ich mit Hängen und Würgen in Größe M.

Lucas' Exfreundinnen hatten lange glatte Haare, ich kämpfte täglich damit, meine wilden roten Locken zu bändigen, die mir bis zu den Schultern reichten.

Er schien auf blaue Augen abzufahren, meine waren ein helles Braun, erinnerten farblich an Karamellbonbons. Außerdem vertrug ich keine Sonne. Meine mit Sommersprossen übersäte Haut wurde binnen zehn Minuten knallrot. Gab es irgendeinen Flecken an meinem Körper, wo sich keins dieser braunen Pünktchen breitgemacht hatte? Ich glaubte nicht. Chloe sagte, sie wären süß und passten zu mir. Aber ich hasste sie, weil ich ihretwegen als Kind gehänselt wurde. In der Schule war ich nicht Ashley oder Ash, sondern die fette Sommersprosse.

Zum Glück hatte mich an der Michigan bis jetzt niemand so genannt.

Das würde böse Kindheitserinnerungen aufrufen und mir verdammt wehtun.

Aufgrund meiner schlechten Erfahrungen war ich schüchtern und der andauernde Spott, dem ich früher ausgesetzt war, hatte meine Schüchternheit mit den Jahren wachsen lassen, dass ich den Mund kaum noch aufbekam. Nur bei Chloe traute ich mich, aus mir herauszukommen.

Meine Mutter hatte mir früher erzählt, dass ich als kleines Mädchen ein ziemlicher Wirbelwind war, der immer frei sagte, was er dachte und fühlte. Mit Beginn der Elementary School wurde ich still. Seitdem bescherten mir Süßigkeiten Glücksgefühle. Anerkennung hatte ich mir mit guten Schulnoten geholt, was mir wiederum weiteren Ärger eingehandelt hatte. Für meine Mitschüler war ich eine Streberin gewesen, die sich bei den Lehrern nur einschmeicheln wollte. Das stimmte nicht. Im Gegensatz zu den Kindern waren sie nett zu mir gewesen und deshalb hatte ich mir besonders viel Mühe gegeben und fleißig gelernt.

An der Michigan hatte sich vieles für mich geändert. Hier fühlte ich mich wohl. Alles hatte mit meinem Einzug ins Mädchenwohnheim angefangen. Ich wusste noch, wie aufgeregt ich beim Betreten des Zimmers gewesen war.

Zuerst hatte ich mich neugierig umgeschaut, um mir einen ersten Eindruck zu verschaffen. Die Einrichtung bestand aus einem Bett, darüber ein Wandregal für Bücher, einem Stuhl mit einem kleinen Schreibtisch. Alles in doppelter Ausführung. Nur den schmalen Schrank musste ich mir mit meiner Mitbewohnerin teilen. Glücklicherweise hatte ich nicht viele Klamotten von zu Hause mitgenommen.

Die Besichtigung meines neuen Zuhauses war schnell erledigt gewesen – viel zu sehen hatte es nicht gegeben.

Mein Blick war dann zu meiner neuen Mitbewohnerin gewandert. Ein geöffneter Koffer hatte auf ihrem Bett gelegen. Sie war beim Auspacken gewesen und hatte mich angelächelt. »Hi, ich bin Chloe, schön, dich kennenzulernen«, hatte sie gesagt. Ihr freundlicher und offener Gesichtsausdruck bei der Begrüßung hatte mich sofort spüren lassen, dass wir uns verstehen würden. Seit dem ersten Tag an der Universität waren wir Freundinnen. Wobei ich ergänzen müsste, dass Chloe meine einzige Freundin war. Mit ihrem Freund Travis verstand ich mich auch gut. Im Gegensatz zu mir fiel es Chloe nicht schwer, Kontakte zu knüpfen. Schon nach den ersten Wochen kannte sie eine Menge Leute auf dem Campus. Das lag nicht nur daran, dass sie mit ihren schwarzen langen Haaren und den grünen Augen außergewöhnlich hübsch war. Chloe war ein offener und herzensguter Mensch, den man einfach mögen musste. Umso stolzer war ich, dass wir befreundet waren.

Ich gähnte, schob die Bettdecke beiseite, stand auf und nahm meinen Studienplaner vom Schreibtisch. Dann setzte ich mich wieder aufs Bett, schlug den Planer auf und blätterte zur kommenden Woche. Ich wollte nachlesen, welche Studienaufgaben ich mir für den Montag eingetragen hatte.

Gleich den ersten Block begannen wir im Philosophieseminar mit der Vorbereitung der Partnerarbeit. Wir würden gesellschaftliche Fragen bekommen wie:

Was ist Gerechtigkeit?

Warum gibt es arm und reich?

Haben wir einen freien Willen?

Wir sollten uns dazu belesen, um uns für ein Thema zu entscheiden, bevor die Zweierteams gebildet würden. Deswegen hatte ich nach einigen Essays gegoogelt und sie abgespeichert.

Die Schriftstücke wollte ich im Laufe des Sonntags lesen. Die Fragen klangen alle spannend. Und wie immer würde ich die Möglichkeit nutzen, da unser Seminar nur aus 19 Studenten bestand, allein die Aufgabe zu erfüllen. Ich war schon das dritte Semester hier, aber es bereitete mir noch immer Probleme, mit jemandem zusammenzuarbeiten.

Vielleicht würde es bald besser werden. Denn Kontakte waren notwendig, wenn man das Studium schaffen wollte, auch wenn ich bisher sehr gute Leistungen erbracht hatte. Meine schlechteste Bewertung, wenn man das überhaupt so nennen konnte, war ein A minus.

Meine Augen schweiften zum letzten Block. Die Power Point zum Thema *Sozial- und Kulturgeografie am Beispiel Peru* war fast fertig. Im Kopierraum müssten nur noch die Handouts ausgedruckt werden. Geografie studierte ich als Zweitfach.

Meine Eltern hatten sich über die Kombination dieses Fachs mit Philosophie gewundert. Weil ich aber nach dem Studium in einer Organisation für Entwicklungshilfe arbeiten wollte, um dort bei interessanten und nachhaltigen Projekten dabei zu sein, war die philosophische Betrachtung von moralischen, solidarischen und ethischen Fragen, die dort eine große Rolle spielten, sehr hilfreich. Seit Jahren hatte ich mich mit diesen Themen befasst und fieberte meinem Abschluss entgegen.

Genug die Aufgaben studiert. Wenn ich noch joggen gehen wollte, bevor die ersten Leute sich auf dem Campus blicken ließen, sollte ich mich anziehen. Mein Handywecker müsste gleich klingeln. Es war zwei Minuten vor sieben Uhr. Ich klappte den Studienplaner zu und legte ihn auf den Schreibtisch zurück. Die Weckfunktion vom Handy stellte ich ab.

Ich klopfte das Kissen auf, faltete die Bettdecke, strich sie glatt und suchte mir aus dem Schrank meine Sportklamotten heraus. Duschen und Zähneputzen würde ich nach dem Lauf.

Wozu jetzt duften, wenn ich gleich aus jeder Pore übel schwitzen würde? Und Zähne putzte ich am Wochenende stets nach einem gemütlichen Frühstück – Rat vom Zahnarzt, der auch gleichzeitig mein Vater war. Wenn ich was besaß, was an mir klassisch schön war, dann meine weißen, geraden Zähne. Innerhalb der Woche war es mit der Pflege schwierig. Aus Zeitmangel und weil ich erst nach dem zweiten Block zum Essen kam. Nichts mit Hygiene nach dem Frühstück.

Mit meiner Laune war es nicht zum Besten bestellt, als ich das ausgewaschene T-Shirt über die Jogginghose zog. Sich entschlossen der Herausforderung zu stellen, sah anders aus. Missmutig warf ich einen Blick in den Spiegel der Schranktür. Meine Haare sahen aus, als ob sie darüber entsetzt wären, was ich mir gleich antun wollte. Sie standen zu allen Seiten wie ein Pilz ab. Ich seufzte. Es war jedes Mal ein Kraftakt, die Mähne zu einem Zopf zu binden. Aber Abschneiden kam nicht in Frage, weil ich dann wie ein Junge aussehen würde. Und wenn ich ehrlich war, mochte ich meine Haare. Wenn sie frisch gewaschen und mit dem Lockenstab eingedreht waren, sahen sie wunderschön aus. Dauerte nur ewig, bis ich damit fertig war, deshalb trug ich meistens den Zopf.

Nachdem ich in meine Turnschuhe geschlüpft war, die unbenutzt Monate im Schrank gestanden hatten und ein Glas Wasser getrunken hatte, verließ ich das Wohnheim. Ein böses Stimmchen in meinem Kopf versuchte, mir das Joggen auszureden. Tief Luft holend setzte ich mich in Bewegung. Mal schauen, ob ich länger als zehn Minuten durchhalten konnte, ohne hyperventiliert umzufallen.

Ich hatte eine Vorahnung, dass mein Körper heftig protestieren würde, dass ich ihm diese Quälerei antat.

Es war angenehm mild im Vergleich zur Wärme, die einem ab der Mittagszeit entgegenschlug. Ich war ein Frühlingsmensch, Temperaturen jenseits der zwanzig Grad mochte ich nicht.

Der September war dieses Jahr außergewöhnlich warm. *Fieser Klimawandel*, dachte ich mir.

Kaum war ich den ersten halben Kilometer über den Kiesweg gelaufen, fing ich an zu schwitzen und merkte, dass ich meine Beine nur mühsam auseinanderbekam. Meine Schritte wurden so winzig, dass ein Kleinkind locker neben mir hertraben könnte. Aber ich kämpfte weiter. Mein Ziel war es, mindestens das anderthalb Kilometer entfernte Verwaltungsgebäude zu erreichen, um dann wieder umzukehren. Keine Ahnung, ob ich mich überforderte. Doch wenn ich Pfunde verlieren wollte, musste ich bereit sein, Opfer zu bringen, oder?

Deshalb orientierte ich mich am Gebüsch, das meinen Weg säumte. Jeder hinter mir gelassene Strauch war die Markierung eines Teilerfolgs. So starrte ich stur nach vorn und visierte die kommenden Sträucher an, um meine Motivation nicht zu verlieren.

Mittlerweile hechelte ich wie eine Bulldogge. Scheiß Lunge, die widerlich bei jedem Atemzug stach. Dabei war ich nicht einmal Raucherin. Ein Blick auf die Uhr ließ mich aufstöhnen. Echt jetzt? Ich lief erst sechs Minuten? Ich hatte das Gefühl, schon die Hälfte eines Halbmarathons absolviert zu haben. Jedenfalls suggerierten mir das meine schweren Beine.

Wenn ich nicht aufpasste, stolperte ich über meine eigenen Füße, weil sie in einen Streikmodus verfielen und den Kontakt zum Boden nicht verlieren wollten. »Wehe, ihr macht schlapp«, keuchte ich und japste sofort wieder nach Luft. Mit meiner Puste sollte ich sparsam umgehen. Ich bemühte mich, die Umgebung um mich herum auszublenden, weder auf die Vögel noch auf die Schritte hinter mir zu achten.

Mist, ich dachte, dass ich allein hier lief. Egal, nicht ablenken lassen.

Ich begann, mich selbst anzutreiben. *Einatmen, ausatmen, einatmen, ausatmen,* betete ich mir stoisch vor.

Die Schritte kamen näher. Sie klangen nach einem Mann, einem echten Sportler, der im Gegensatz zu mir wohl öfters seine Runden auf dem Campus drehte.

O Gott, wie schnell rennt der Kerl?

Ich wurde nervös, kam noch mehr ins Schwitzen.

Konzentration, Ashley, rück mal Richtung Sträucher, damit der Typ mehr Platz hat und vorbeilaufen kann!

Einatmen, ausatmen, einatmen, ausatmen.

Ich senkte den Kopf, heftete meinen Blick auf den Boden, um in kein überhebliches Grinsen von der Seite zu sehen, weil ich mich so quälte. Das wäre das Letzte, worauf ich gerade Lust hätte.

Höchstwahrscheinlich Quatsch, weil wahre Sportler andere nicht auslachten. Das taten nur die Arschtypen, die Fitness machten, um mit ihren Muckis anzugeben.

Jetzt war der Kerl fast auf meiner Höhe. Doch irgendwie klangen seine Schritte nicht mehr gleichmäßig, sondern …

»Aua!«

Unerwartet verspürte ich einen heftigen Stoß gegen meine Schulter.

What the fuck …

Wie irre ruderte ich mit den Armen, mein Herz schien für einen Augenblick still zu stehen.

Doch schon hatten mich meine Füße überrumpelt, verknoteten sich, als ich das Gleichgewicht verlor. Ich machte eine viertel Drehung und stürzte Richtung Sträucher.

Ungewollt umarmte ich Gestrüpp, das mich zum Dank überall piesackte.

»Verdammte Scheiße!«, hörte ich eine tiefe männliche Stimme fluchen. Und Himmel, was für eine geile Stimme. Der Kerl klang wie Lucas Hanson. »Sorry, tut mir leid, dass ich dich angerempelt und zu Fall gebracht habe«, redete sie weiter.

Wenn es mir gerade nicht so elend gehen würde, dürfte diese Stimme ruhig noch eine Weile sprechen und ich würde verträumt zuhören. Aber im Moment war das hier ziemlich unbequem und ich wusste nicht, wie ich mich aus meiner misslichen Lage befreien sollte. Es gab schönere Liegepositionen als in diesem Blättermeer.

Ich versuchte, ein kleines Blatt wegzuspucken, das an meinen trockenen Lippen hing. Natürlich funktionierte das nicht. Es blieb hartnäckig am Mund kleben.

»Wie komme ich hier raus?«, fragte ich blind. Denn außer ausladendes Strauchwerk sah ich nichts.

»Hoffentlich hast du dir nicht wehgetan«, sagte der Typ, zu dem die tolle Stimme gehörte. »Ich hebe dich aus dem Gesträuch.«

»Nein, ich …« *Fass mich bloß nicht an*, würde ich ihm am liebsten zurufen.

Doch zu spät.

Ohne Hemmungen packten mich zwei große Hände links und rechts an der Taille.

Ich konnte nicht anders und kicherte.

»Was ist?«, hörte ich ihn perplex fragen.

»Bin kitzelig«, gestand ich.

»Da musst du jetzt durch«, kam ungerührt die Antwort.

Um mich nicht weiter zu blamieren, presste ich die Lippen zusammen, um nicht zu lachen, während er mich mit einem kräftigen Ruck aus dem Gestrüpp zog und auf die Füße stellte.

»Mannomann«, seufzte er und gab ein Schnauben von sich. »Ich habe dich einfach übersehen.«

Ich blinzelte, als ich mich umdrehte.

Mich übersehen?! Das haute der Typ als Begründung für unseren Zusammenprall raus?

Also mal ehrlich, wie konnte er *mich* bitte übersehen?

Ich hatte fast die gesamte Breite des Wegs eingenommen, dazu meine roten Haare … Er konnte mich *nicht* übersehen. Okay, mich schon, aber keinesfalls meinen voluminösen Körper.

Nachdem ich das Blatt von meinen Lippen gepult und noch weiteres Grünzeug von meinem Shirt und der Hose gezupft hatte, hob ich den Kopf.

Ich glaub, mich tritt ein Pferd. Wo war ein Loch, in das ich mich so schnell wie möglich verkriechen könnte?

O mein Gott! Lucas Hanson.

Es war nicht nur seine sexy Stimme, die ich die ganze Zeit gehört hatte, der Kerl stand leibhaftig vor mir. Seine braunen Augen musterten mich besorgt.

Warum konnten wir uns nicht unter anderen Umständen begegnen? Obwohl ich mir nichts sehnlicher wünschte, als meinen Traummann persönlich kennenzulernen, würde ich in diesem Moment am liebsten meine Beine in die Hand nehmen und flüchten.

»Alles okay bei dir?«, fragte er.

Ich nickte, bekam jedoch keinen Ton heraus. Wie sollte ich auch in seiner Anwesenheit fähig sein, einen logischen Satz zu bilden?

Er sah mich an und lächelte, bevor er drei Schritte beiseite ging und sich bückte. Lucas hob sein Handy auf, an dem schwarze Kopfhörer baumelten.

»Ich war unkonzentriert, als ich nach der richtigen Musik in meiner Playlist gesucht habe«, gestand er zerknirscht. Nachdem er den Staub vom Handy gewischt und gecheckt hatte, ob es heil war, stopfte er es mit den Kopfhörern in die Hosentasche seiner kurzen weißen Sporthose.

»Mein Handy ist nicht kaputt. Bei dir auch alles ganz?« Er wirkte ehrlich besorgt. Seine Augen wanderten über meinen Körper, als ob er auf der Suche nach einer Verletzung wäre. Es war mir unangenehm, so angesehen zu werden. Zum Glück hatte ich vom Laufen schon gerötete Wangen, sonst wäre das jetzt noch peinlicher. Hastig schüttelte ich den Kopf, damit er mit seiner Begutachtung aufhörte.

Seufzend strich er sein dunkelbraunes Haar aus der Stirn. *Wow, was für schönes, glänzendes Haar.*

»Bist du dir sicher, dass alles okay ist?«, vergewisserte er sich. Endlich sah er mir ins Gesicht, statt meine dicken Schenkel und den ausladenden Rest zu betrachten. Ich war erleichtert.

Ich nickte ein zweites Mal. *Verflucht, ich bringe einfach kein Wort heraus.*

Lucas trat wieder an mich heran und zog den linken Mundwinkel hoch. Ich konnte nicht anders und seufzte ergeben. *Dieses coole Lächeln ist zum Niederknien. Gott, ich sabbere noch, wenn ich ihn weiter bewundere. Aufhören, Ashley, sofort damit aufhören!*

Aber es war nun mal so. Der ganze Kerl war unglaublich attraktiv, charismatisch und sooo groß. Sein Gesicht war perfekt: gerade Nase, markante Wangenknochen, breiter Kiefer und ausgeprägtes Kinn. Obwohl wir mehrere Kurse zusammen belegten, hatte er noch nie so dicht vor mir gestanden. Ich blinzelte zu ihm hoch. Er überragte mich um mehr als eine Kopflänge.

»Du kannst doch bestimmt auch reden?«

Mit fest geschlossenen Lippen nickte ich zum dritten Mal. *Blödes Genicke. Ich benehme mich wie ein Wackeldackel.* Wenn ich nicht langsam den Mund aufbekam, würde er mich für geistig beschränkt halten.

Mein erster Ton war ein Krächzen. »Äh … Ja«, brachte ich noch mühsam heraus.

Doch schlagartig fiel mir ein, dass ich mich der Morgenhygiene noch nicht gewidmet hatte. Also stank ich definitiv nach Schweiß und hatte ekelhaften Mundgeruch.

Fuck. Schnell biss ich die Zähne zusammen und wich drei Schritte zurück. Ging nicht anders. Wenn ich stattdessen meine Hand vor den Mund halten würde, würde er mich fragen, ob ich mir dort eine Wunde zugezogen hätte. *Und dann will er mir bestimmt in den Mund schauen.* Nein, das durfte nicht geschehen. Was für eine Blamage das wäre.

Meine Lippen hielt ich zusammengepresst, als ob sie versiegelt wären.

Neidisch gestand ich mir ein, dass Lucas zwar wie ich schwitzte, aber er roch – im Gegensatz zu mir – sehr gut. Ihn umhüllte ein erotischer und maskuliner Duft. Wenn ich es richtig roch, war es eine Mischung aus Sandelholz und Leder. Selbst sein Atem war minzfrisch. Seinen Mund hätte ich gern näher erkundet, dachte ich natürlich nur. Lucas hatte volle, schön geschwungene Lippen.

Hätte ich geahnt, dass ich von diesem muskulösen, sexy Kerl umgestoßen werde, wäre ich schon um fünf Uhr aufgestanden. Ich hätte geduscht, die Haare gestylt und die Zähne geputzt. Außerdem wäre ich nicht in diesen schrecklichen Klamotten unterwegs. Obwohl … Doch, wäre ich, weil mir das Geld für ein neues Sportoutfit fehlte. Na ja, wenigstens waren meine Turnschuhe so gut wie neu.

»Okay, wenn dir nichts passiert ist, dann will ich dich nicht länger aufhalten«, sagte er, zwinkerte und strich mir zum Abschied über die Schulter. Eine Geste, als ob wir befreundet wären. Die Berührung prickelte angenehm nach.

Leider hatte Lucas das Interesse an mir ziemlich schnell verloren. Eindeutig wollte er sich wieder auf seinen Sport konzentrieren. Er holte sein Handy hervor und scrollte nach Musik in seiner Playlist, bevor er sich umdrehte, um seinen Lauf fortzusetzen.

Lucas stöpselte die Kopfhörer in die Ohren und trabte lässig los. Fasziniert betrachtete ich seinen breiten Rücken, den knackigen Hintern, die sonnengebräunten Waden.

Was für ein beeindruckender Kerl, schwärmte ich.

Unerwartet drehte er sich um und hob den Arm: »Bis Morgen, Ashley«, rief er mir zu.

Hä?

Perplex riss ich die Augen auf. *Hat er gerade Ashley gesagt?*

Lucas lachte kopfschüttelnd, zeigte mir ebenmäßige, weiße Zähne. Mein Gesichtsausdruck musste zu komisch ausgesehen haben.

Ohne einen spöttischen Kommentar von sich zu geben, wandte er den Blick nach vorn und setzte seinen Weg fort.

Mein ganzer Körper zitterte und mein Atem ging schnell, was aber nicht an dem Umstand lag, dass ich von meinem lahmen Lauf immer noch geschafft war.

Nein. Der Grund war, dass Lucas mich mit meinem Namen angesprochen hatte. Er kannte mich aus den Kursen.

Das bedeutete: Lucas Hanson wusste, wer ich war. »Ja, bis Montag«, piepste ich und winkte verhalten. Ich war mir sicher, dass er mich nicht gehört hatte.

Mein Glücksgefühl hielt jedoch nicht lange an, weil Lucas bald abbog und ich ihn nicht mehr sehen konnte. Ich war mir sicher, dass er mich schon jetzt vergessen hatte.

Ich brauchte noch einen Moment, um unser Zusammentreffen zu begreifen. Bloß nicht zu viele Gedanken darüber machen, sagte ich mir.

Bald ging es mir etwas besser und ich hatte mich beruhigt. Die unfreiwillige Pause hatte auch geholfen, meinem Körper eine kleine Erholung zu gönnen und Abstand vom Erlebten zu gewinnen. Die Beine fühlten sich zwar noch schwer an, doch ich konnte wieder einigermaßen atmen. Trotzdem hatte ich keine Lust mehr, weiter zu laufen. Deshalb beschloss ich, mich zum Wohnheim zurückzubegeben.

Mit meiner Kulturtasche machte ich mich auf den Weg zu den Duschen. Es herrschte immer noch Stille im Haus, weil die meisten Studenten samstags feierten und dann lange ausschliefen. Es war noch nicht acht Uhr und ich würde die Ruhe genießen.

Bevor ich meine Studienaufgaben erledigte, wollte ich in die Stadt fahren, um im *Whole Foods* ein paar Lebensmittel einzukaufen. Außer Cracker und Schokocreme hatte ich nichts auf dem Zimmer.

Für einen langen Sonntag reichte das nicht.

Da ich kein Auto besaß, würde ich mit dem Bus fahren. Die Nutzung der öffentlichen Linie war für alle Studenten und Mitarbeiter der Universität kostenfrei, deshalb würde ich den Service nutzen. Sonst war ich mit dem Fahrrad unterwegs. Jedoch fühlten sich meine Beine nach der sportlichen Betätigung – wenn man das überhaupt so nennen durfte – immer noch schlapp an.

Klar, meine Eltern könnten mir neben dem Studium ein Auto finanzieren, doch mein Vater vertrat die Auffassung, ich sollte lernen, auf eigenen Füßen zu stehen. Er selbst hatte sich alles, was er bisher erreicht hatte, hart erarbeitet. Seine Eltern hatten ihr Leben lang als Farmer geschuftet und ein halbes Dutzend Kinder großgezogen. Sie mussten jeden Cent doppelt umdrehen, bevor sie ihn ausgaben.

Damit ich lernte, mit Geld umzugehen, tröpfelte der elterliche Geldhahn spärlich und ich war ständig knapp bei Kasse.

Mir wurde in diesem Augenblick wieder bewusst: Ich brauchte einen Job. Dringend!

4. Kapitel – Ashley

Mit meinen Haaren hatte ich mir Mühe gegeben. Ich mochte sie heute ausnahmsweise offen tragen, nur fielen mir dann einzelne Strähnen ins Gesicht. Darum hatte ich sie über den Kopf zusammengefasst und mit einer Spange befestigt. Ich benutzte sie selten, weil die Haare brechen könnten. Doch fand ich, dass Haarreifen an mir bieder aussahen und Tücher schnell verrutschten. Der Zopf war und blieb innerhalb der Woche am praktischsten.

Ob ich meine Augen mit Mascara betonen sollte?, überlegte ich beim Blick in den Spiegel.

Besser wäre es. Chloe sagte, dass ich kränklich aussah, wenn ich die Augen nicht schminken würde.

In meinem Kosmetiktäschchen hatte ich braune und schwarze Wimperntusche. Schwarz wirkte bei mir unnatürlich, deshalb entschied ich mich für die braune Farbe.

In Slip und BH suchte ich nach ein paar Klamotten im Schrank. Die Wahl fiel nicht schwer. Es gab nur noch meine hellblaue Jeans, die ich mit viel Mühe schließen konnte. Noch ein weiteres Stück würde ich den zusätzlich angenähten Knopf auf der linken Bundseite nicht mehr verrücken können. Er saß schon jetzt knapp vor dem Rand. Ich zog erst Strümpfe und danach die Hose und meine gelbe Tunika an. Zum Glück hing das Oberteil locker über den Hüften, dass meine provisorische Hilfsmaßnahme nicht zu sehen war. Als ich loswollte, brummte mein Handy. Chloe wollte noch eine Nacht bei Travis bleiben, schrieb sie mir. *Schade*, dachte ich seufzend. Müsste ich bis Montag warten, um ihr von Lucas' und meiner Begegnung zu erzählen. Nachdem ich in graue Sneakers geschlüpft war, schnappte ich mir Handy und Portemonnaie, stopfte beides in meinen Rucksack und verließ das Zimmer.

Auf dem Gang kam mir ein Pärchen entgegen, das müde »Hallo« murmelte und zu den Duschen schlurfte. Dass an den Wochenenden auch Männer hier waren, verwunderte mich schon lange nicht mehr. Die Wohnheimleitung schien damit kein Problem zu haben.

Zum Glück schlief Chloe immer bei Travis. Keine Ahnung, ob ich das locker sehen könnte, wenn er bei uns übernachten würde. Chloe hatte mich zum Glück noch nicht gefragt. Vielleicht ahnte sie, dass mich solch ein Umstand stören würde.

Ich kam aus der kleinen Stadt Gladwin. Meine Mutter war tiefgläubige Christin. Von ihr wurde ich so erzogen, dass ich nur dann mit einem Mann Sex haben sollte, wenn der bereit wäre, mich zu heiraten. Meine Mutter war als Jungfrau in die Ehe gegangen.

Als schlechtes Beispiel hatte sie mir Evelin Walker vor die Nase gehalten. Sie war ein Mädchen aus unserer Nachbarschaft. Mit 18 Jahren wurde sie schwanger. Man hatte getuschelt, dass Evelin und ihr Freund beim Sex ein Kondom benutzt hätten, das unglücklicherweise dabei gerissen wäre. Wegen des Babys hätte der Typ sie verlassen.

Schnell hatte Evelin Walker den Ruf eines Flittchens weg. Es wurde getuschelt und gehetzt. Das war unglaublich fies gewesen. Selbst meine Mutter hatte kein gutes Haar an Evelin gelassen. Wir Außenstehenden kannten doch nicht die Gründe für die Trennung? Und was ging es die Leute an, warum Evelin ihr Kind allein großziehen musste?

Einige Monate nach der Geburt war sie mit ihrer Tochter verschwunden. Angeblich wussten nicht einmal ihre Eltern, wo Evelin hingezogen war. Ich hatte Angst, mir könnte das Gleiche passieren und meine Familie würde mich verachten.

Noch mehr Angst hatte ich jedoch, wie Evelin zum Gespött der Nachbarschaft zu werden. Das könnte ich keinesfalls ertragen.

Aus diesem Grund würde ich auf den Richtigen warten, mit dem ich dann mein erstes Mal hätte. Mindestens verlobt müssten wir sein, bevor ich mich auf ihn einließe. Ganz so krass wie meine Mutter war ich nicht drauf, aber das Versprechen würde ich schon haben wollen.

Während ich zum Bus schlenderte und über die Dinge nachdachte, erschien Lucas Hanson vor meinem inneren Auge.

Wenn ich ihn sah, wurde er oft von hübschen Frauen in Beschlag genommen und angeschmachtet. In den fast vierzehn Monaten, die ich jetzt hier war, hatte er fünf Freundinnen gehabt. Und ich könnte wetten, dass sie nicht so prüde waren wie ich. Darum bezweifelte ich, dass Lucas sich auf eine Frau einlassen würde, die mit dem Sex warten wollte.

Da tickte er doch wie die meisten Kerle, oder?

Am liebsten würde ich ihn danach fragen. Das würde natürlich nie passieren. Ich konnte mir schon vorstellen, wie seine Reaktion wäre. Mit dem Finger an die Stirn tippend, würde er von mir wissen wollen, ob ich verrückt wäre, ihm so eine bekloppte Frage zu stellen.

Ein Geräusch ließ meine Gedanken wie eine Seifenblase zerplatzen, denn der Bus hielt neben mir. Zügig stieg ich ein. In weniger als einer halben Stunde würde ich am Ziel sein. Als ich nach meinem Portemonnaie kramte, um dem Fahrer den Ausweis zu zeigen, winkte der ab. Wer sonst, außer einer Studentin, sollte hier zusteigen?

Langsam schob ich den Wagen durch den Supermarkt. Ich hätte nicht mit knurrendem Magen hierher gehen dürfen.

Wie magisch angezogen steuerte ich auf die duftenden Backwaren zu.

Die Schokocroissants rochen köstlich. »Hmmm«, stöhnte ich und schmolz dahin. Mir fehlte die Willenskraft und ich griff nach einer Tüte.

Ob mir eins reicht? Doch lieber zwei. Ach egal, ich war joggen. Rasch packte ich drei Stück ein, bevor mein schlechtes Gewissen anklopfen würde. Ich sagte ja schon, mir fehlte es an Willenskraft.

Meine nächste Station war die Salattheke. Immerhin wollte ich abnehmen, also sollte ich auch einen frischen Obstsalat mitnehmen. Gemüse war nicht so mein Ding. Dann ging es Richtung Getränke und ich packte eine Flasche Cola ein. Die Lightvariante. Ich wollte ja nicht übertreiben. Der Wagen hatte das Kommando übernommen und rollte weiter zu den Knabbereien. Meine Augen blieben an den Sweet Potato Chips hängen. Eigentlich sollten nur die Croissants meine Sünde sein, aber da Chloe die Nacht bei Travis übernachtete, würde sie nicht mitbekommen, wenn ich sie naschte. Die leere Tüte würde ich, wie immer, in einem Abfalleimer auf dem Campus verschwinden lassen. Wie lautete die von mir abgewandelte Redewendung? *Was Chloe nicht weiß, macht sie nicht heiß.*

Na, Ashley, können sich deine Hüften das wirklich leisten?

Verdammter Mist. Jetzt hatte sich doch das Gewissen gemeldet.

Ach, lass dir nichts erzählen. Los, hol dir diese leckeren Chips, bekommt doch keiner mit, mischte sich das böse Stimmchen ein, das heute Morgen versucht hatte, mich vom Laufen abzuhalten.

Gerade wollte ich meine Finger ausstrecken, um mir eine Tüte zu schnappen, hörte ich Lucas' Stimme.

Mann, was macht der denn hier?

Er unterhielt sich mit Dylan, glaubte ich, herauszuhören. Sie waren hier, um Wasser zu kaufen, wie ich mitbekam. Ich rollte mit den Augen. *Wasser, was sonst? Geschmack- und kalorienlos.*

Sie standen auf der anderen Seite des Regals. Rasch zog ich meine Hand zurück und hockte mich auf den Boden. Der letzte Ort, wo ich Lucas treffen wollte, war am sündigen Knabberstand.

Was sollte er von mir denken?

Erst quälte ich meinen Körper mit Sport und nicht einmal zwei Stunden später füllte ich den Einkaufswagen mit ungesundem Zeug.

Als ich die beiden Kerle nicht mehr hörte, schlich ich mit dem Einkaufswagen den Gang entlang und lugte um die Ecke. Lucas und Dylan standen mit dem Rücken zu mir. Aufatmend schob ich meinen Wagen in die entgegengesetzte Richtung. Wenn ich mir keine Chips holte, sollte ich noch einen zuckerfreien Joghurt mitnehmen, denn nur von Obst und drei Stück Gebäck würde ich nicht satt werden.

Ashley, du hasst so ein Schlabberzeug!, meldete sich das fiese Stimmchen.

Stimmt, dachte ich. Auf dieses Argument gehorchend, ließ ich kurz den Wagen stehen und marschierte entschlossen noch einmal zu den Chips. Ich griff mir eine Tüte und eilte zu meinen Einkäufen zurück. Nun schaute ich mich nach der Kasse um. Von weitem hatte ich sie schon im Blick. Sie war hinter mir. Also los.

»Hallo«, hörte ich plötzlich Lucas neben mir sagen.

Erwischt!

Mein Herz hämmerte wild in meiner Brust, als ich abrupt stehen blieb.

Lucas stellte die beiden Getränkepacks ab und kniff die Augen zusammen. Es sah so aus, als ob er erst in seinem Oberstübchen kramen müsste, wer ich überhaupt war.

Und ich dachte nur: *Bitte erinnere dich nicht.*

Während ich ihn dümmlich anstarrte, blitzte in seinen Augen die Erkenntnis auf. »Hey Ashley. Ich hatte kurz überlegt, woher wir uns kennen. Du siehst mit offenen Haaren ganz anders aus. Du trägst sonst immer einen Zopf.«

Scheiße, erkannt.

Mühsam rang ich nach Luft und mein Magen zog sich zusammen. Wäre ich eine Minute schneller gewesen, dann wären wir uns nicht begegnet.

Hastig nickte ich, ohne ein Wort zu sagen. In seiner Gegenwart schaltete mein Hirn sowieso auf Notversorgung. Das Einzige, woran ich jetzt denken konnte, war Flucht. Ohne eine Sekunde länger zu warten, wollte ich kopflos irgendwohin stürmen. *Bloß weg*, war mein Fluchtgedanke. Schon schoss mein Wagen gegen ein Hindernis.

Rums. Es hatte gewaltig gekracht.

Mir entfuhr ein Schreckenslaut, weil ich beim Wenden das schwere Metallding in eine Waschmittelpyramide gestoßen hatte, die zu Werbezwecken aufgebaut war. Polternd purzelten die Kartons auf den Boden.

In was für einen Schlamassel hatte ich mich jetzt schon wieder manövriert?

Warum? Was hatte ich verbrochen, dass ich mich wiederholt vor Lucas Hanson zum Affen machte?

Als ich vorsichtig zu ihm hochsah, stellte ich fest, dass seine Mundwinkel verräterisch nach oben zuckten.

Wehe, du lachst mich aus!

Verärgert zog ich die Brauen zusammen, verengte die Augen und gab ihm zu verstehen, dass er gleich einen Tritt in seine heiligen Glocken bekommen würde, wenn er es nicht schaffte, sich zusammenzureißen.

Aber mein finsterer Blick beeindruckte ihn nicht die Bohne. »Du musst schon zugeben, dass du ein Talent hast, dich in merkwürdige Situationen zu begeben«, sagte er und lachte kopfschüttelnd.

Haha, du bist echt ein Witzbold. Wer hat mich beim Joggen angerempelt?, das würde ich ihm am liebsten antworten. Aber es war wie verhext. Kein verflixter, beschissener Laut verließ meine Lippen.

Mein Blick huschte zu Dylan, der verständnislos mit den Schultern zuckte. Lucas deutete mit dem Kinn zu mir. »Das ist die kleine Rothaarige, die es vorzog, mit einem Strauch zu kuscheln anstatt sich in meine Arme zu werfen.«

Junge, du bist so was von tot, dachte ich. Er bekam mein Knie mit voller Wucht in seine Eier gerammt. Natürlich nur in meiner Fantasie. Er stand derweil vor mir und amüsierte sich. Ich krallte die Finger in den Saum meiner Tunika, weil ich innerlich kochte. Vielleicht sollte ich die Hand aufhalten, damit er mir einen Dollar hineinlegte. Immerhin war der Spaß, den er sich machte, auf meine Kosten.

»Ach, die Kleine.«

Wunderbar. Nun stiegt auch noch Dylan in Lucas' Lachen ein.

Ich konnte nichts dagegen tun und lief ungehindert rot an. Jetzt leuchtete mein Gesicht mit meinen Haaren um die Wette. Das alles wurde mir immer peinlicher.

»W-witzig«, presste ich heraus. Gestammelt, aber zumindest ein Wort, das bewies, dass ich mehr als eine Silbe sprechen konnte.

Lucas runzelt die Stirn. Seine Miene spiegelte plötzlich Unsicherheit wider. »Sorry, ich wollte mich nicht über dich lustig machen.«

»Dann lass solche b-blöden Kommentare.« Die Wut auf ihn machte mich mutig. Ich löste meine Hände aus dem Baumwollstoff und war wahnsinnig stolz auf mich.

»Nun sei mal ein bisschen entspannter.« Lucas zwinkerte mich mit breitem Grinsen an.

Entspannter? Wie sollte ich hier zwischen ihm und Dylan und den ganzen umgestürzten Waschmittelpackungen entspannter sein? Vor allem, weil sie mich ausgelacht hatten.

Ich wollte noch etwas entgegnen, doch aus dem Augenwinkel sah ich eine grimmig dreinblickende Angestellte vom Supermarkt auf uns zukommen. Hektisch ruckte ich den Einkaufswagen zurück, um mit dem Aufheben der Pakete zu beginnen, bevor das Donnerwetter losging.

Auf den Knien robbend konzentrierte ich mich auf die zerstreut liegenden Kartons.

»Mach mal Platz, Ashley.« Lucas beugte sich zu mir, fasste mit seiner großen Hand nach meinem Ellenbogen und half mir beim Aufstehen. Er ließ meinen Arm los und fuhr sich durchs dunkle Haar. »Das hier ist Männersache.«

Dann wandte er sich der Supermarktangestellten zu, die nur noch wenige Schritte von uns entfernt war. »Wir räumen das Chaos auf, Mrs. Miller«, rief er ihr zu.

Schlagartig wurde die Miene der Frau freundlich, während sie die Hand hob und abwinkte.

»Okay, Luc«, gab sie sich einverstanden, machte auf dem Absatz kehrt und verschwand in die Richtung, aus der sie gekommen war.

Überrascht und fragend gleichermaßen schaute ich Lucas an. »Sie ist die Frau von unserem Platzwart«, erklärt er und hob einen Karton hoch, der beim Zusammensturz in meinen Wagen gefallen war.

Ich hielt es für falsch, die Männer die ganze Arbeit allein machen zu lassen, und wollte mich wieder bücken, als ich plötzlich ein Knistern hörte, das sofort mein Herz stolpern ließ. Ich wirbelte zum Geräusch herum.

»Was willst du denn kaufen?«, hörte ich Dylan sagen, als er neugierig erst die Backwaren, danach die Chipstüte betrachtete. Beides hielt er wie Trophäen in den Händen.

»Leg das zurück!«, keuchte ich.

Ohne Hemmungen schweifte sein Blick über meinen Körper. »Von dem Gift ernährst du dich?«, fragte er mit leicht sarkastischem Unterton.

Was sollte ich jetzt darauf antworten? Ich schämte mich in Grund und Boden. Einen Augenblick schloss ich die Augen und wartete auf Lucas' Einstieg. *Nun hopp, werfe eine Gemeinheit hinterher*, dachte ich.

»Der ist doch lecker, keine schlechte Idee, sollten wir uns auch mitnehmen.«

Überrascht blinzelte ich. Mein Kopf ruckte zu Lucas. Ich sah, wie er die Schale mit dem Obstsalat gerade in den Wagen zurückstellte. »Du solltest schnell zur Kasse gehen, sonst schmeckt er nachher nicht mehr«, meinte er.

»Ja, sollte ich«, murmelte ich, entzog Dylan die Tüten mit den Schokocroissants und Chips und packte alles in den Wagen zurück.

Lucas und Dylan hatten sich mittlerweile von mir abgewandt und räumten die Kartons zusammen.

Wenn die Kerle beschäftigt sind, was mache ich dann noch hier?, sinnierte ich und rollte eine Strähne meiner Haare auf dem Finger auf und ab. Ich nahm einen tiefen Atemzug und versuchte, fröhlich zu klingen. »Wenn ihr mich nicht mehr braucht …« Keine Reaktion. Ich wartete einen Augenblick, bevor ich ergänzte: »Okay, man sieht sich.«

»Ja, klar, wir sehen uns«, bekam ich von beiden als flüchtige Antwort. Auf ein Gespräch würde das hier definitiv nicht mehr hinauslaufen, war ich mir sicher. Also nickte ich ihnen zu und schob den Wagen zum Kassenbereich.

Mit den Leckereien im Rucksack machte ich mich auf den Weg zum Bus. Die Obstschale hatte ich nicht eingepackt, sondern behielt sie in der Hand. Bei meinem Talent würde der Fruchtsaft auslaufen und mir den Rucksack samt Inhalt einsauen. Hatte ich alles schon erlebt.

Als ich im Zimmer angekommen war, knurrte mein Magen. Immerhin war es späte Mittagszeit. Ich bereitete mir einen Instantkaffee zu und setzte mich vor meinem Laptop an den Schreibtisch. Irgendwie konnte ich mich nicht auf das Essay konzentrieren, das ich lesen wollte. Die ganze Zeit, die ich schon an der Michigan war, hatte ich mir gewünscht, von Lucas angesprochen zu werden. Nie kam es dazu.

Doch heute hatte ich mit ihm geredet, obwohl es für mich schwierig war. Okay, es war nicht lange, und wirklich etwas über mich erfahren, wollte er auch nicht.

Aber nun hatte ich die Möglichkeit, ihn zu grüßen oder zu fragen: Hi, wie geht's? Das ist mehr, als ich jemals zu hoffen gewagt hatte und es war ein Weg, meine Schüchternheit abzuschwächen.

Bevor ich gänzlich darin verfiel, den Tag nur mit Träumen und Essen zu verbringen, steckte ich schnell das letzte Stück Schokocroissant in den Mund und leerte meine Tasse. Mir fehlte die Zeit, um an Lucas zu denken, obwohl ich das jetzt zu gern täte.

In dem Moment, als ich anfangen wollte, mich mit Immanuel Kants *Rechtslehre* zu beschäftigen, klingelte mein Handy.

Meine Mutter rief mich an, wie ich am aufleuchtenden Display erkannte. Ich hatte mich die letzten zwei Wochen nicht gemeldet. Sicherlich war sie sauer und hatte vor, mir eine Standpauke zu halten. Es war ihr wichtig, immer im Bilde zu sein, wie das Collegeleben lief, ob ihr *großes* Mädchen auch keine Dummheiten machte und der Verantwortung gewachsen war.

Mein Vater zeigte mehr Vertrauen. Er war die treibende Kraft gewesen, dass ich viele Meilen von meinem Zuhause entfernt, ein Studium begonnen hatte. Er vertrat die Auffassung, dass es für mich und mein mangelndes Selbstbewusstsein eine Herausforderung wäre, wenn ich nicht mehr am familiären Rockzipfel hing.

Außerdem hatte es ihn gestört, dass meine Mutter mein Leben kontrollierte und fast jede meiner Entscheidungen in Frage stellte. Da sie Hausfrau war, mich aber nicht mehr umsorgen konnte, hatte sie nun zu viel Zeit. Darum mischte sie sich gern in mein Leben ein. Damit ich nicht in Versuchung kam, die Familie ständig zu besuchen, auch weil meine Mutter es leicht schaffte, mir ein schlechtes Gewissen einzureden, hatte mein Vater die Michigan für mich ausgesucht.

Die ersten Wochen waren anstrengend gewesen und eine riesige Umstellung für mich. Doch mit den festen Kursplänen wurde alles leichter.

Ich hatte schneller als gedacht bemerkt, dass ich ohne große Probleme allein zurechtkam. Da ich mit Chloe befreundet war, fühlte ich mich nicht einsam. Zuerst hatte ich meinen Vater verflucht, jetzt war ich ihm für den Studienplatz dankbar.

»Ach, dein Handy ist nicht kaputt?«, war das Erste, was meine Mutter von sich gab, nachdem ich sie begrüßt hatte. Ich mochte ihren ironischen Tonfall nicht und verdrehte die Augen.

»Nein, ich hatte die letzten Wochen viel zu tun, sonst hätte ich dich angerufen«, erklärte ich und ergänzte, um sie zu besänftigen: »Tut mir leid.«

»Bist du wegen des Studiums beschäftigt oder treibst du dich auf diesen schrecklichen Partys herum?«

»Mom, bitte!«

»Was, Mom, bitte? Ich kann es einfach nicht verstehen, dass dein Vater dich so weit von uns entfernt studieren lässt. Du bist noch so jung. Wer weiß, welche Typen sich an dich ranmachen.«

»Ich bin schon 19 Jahre alt, Mom, und damit es dich beruhigt, Männer wollen nichts von mir. Du brauchst dir wirklich keine Sorgen machen.«

Ich hörte meine Mutter seufzen. »Ich vermisse dich, Ash. Wann kann ich dich endlich wieder in die Arme schließen?«

Wenn es meine Entscheidung wäre, würde ich nächste Woche nach Hause fahren, aber wie sollte das funktionieren, wenn ich gerade mal so über die Runden kam?

Meine Familie wohnte knapp 150 Meilen von mir entfernt. Doch ich wollte nicht klagen, dass ich mir kein Busticket leisten konnte. Meine Mutter würde sonst meinem Vater in den Ohren liegen, dass er großzügiger sein sollte und dann gäbe es meinetwegen Streit.

Deshalb sagte ich: »Wenn ich einen geeigneten Job gefunden habe, werde ich euch öfters besuchen kommen.«

»Ich weiß nicht, ob mir das gefallen wird.« Meine Mutter stöhnte. »Du willst doch nicht in einem Diner arbeiten?«

»Natürlich nicht, aber ich habe überall schon nachgefragt. Weder in der Bibliothek noch in einem kleinen Buchladen ist eine Stelle frei.«

Ich wusste, dass meine Mutter sich nur solche *anständigen* Jobs für mich wünschte. Woanders könnte ich auf Kerle stoßen, die mich höchstwahrscheinlich verführen wollten.

Absoluter Blödsinn. Als ob es irgendwo einen Mann gäbe, der sich für mich interessieren würde? Ich musste kichern, als ich an den Strauch dachte, den ich heute Morgen umarmt hatte. Sogar der hatte mich gepiesackt, damit ich von ihm abließ.

»Was ist gerade so lustig?«, fragte mich meine Mutter misstrauisch.

»Nichts, entschuldige, Mom.«

Wir sprachen noch ein paar Minuten über die Nachbarschaft.

Meine Mutter erzählte, dass sie gestern auf der Tupperparty von Mrs. Smith war und sich mit neuen Plastikdosen eingedeckt hatte.

Schließlich beschwerte sie sich, dass mein Vater am Samstag die Praxis für die Leute öffnete, die sich keine Krankenversicherung leisten konnten.

Ich lächelte, weil ich wusste, dass ich das Helfer-Gen meines Vaters geerbt hatte. Er bestärkte mich, nach dem Studium in der Entwicklungshilfe zu arbeiten, während meine Mutter über mich nur den Kopf schüttelte, weil sie meinen Berufswunsch nicht verstehen konnte.

Wenn es nach ihr ginge, sollte ich ein Leben wie sie führen: Ich würde mich um Familie, Haus und Vorgarten kümmern und nachmittags ein Cardio Workout auf dem Wohnzimmerteppich machen.

Bitte nicht missverstehen. Ich habe keineswegs etwas gegen das Leben meiner Mutter, aber dieser Alltag wäre mir zu langweilig. Ich wollte unabhängig sein, mich bilden, Karriere machen und über den Tellerrand unserer Kleinstadt hinausblicken.

Bevor wir das Telefonat beendet hatten, versprach ich meiner Mutter, öfters anzurufen, fleißig zu lernen und nur einen Job anzunehmen, bei dem meine Unschuld in Sicherheit wäre.

Sie gab mir ihr Wort, dass sie meinen Vater keinesfalls bitten würde, meine Finanzen aufzustocken. Sie wusste selbst, dass er sich in der Angelegenheit von ihr nicht reinreden ließ.

Zum Schluss versicherten wir uns, dass wir uns lieb hatten, und legten auf.

Den restlichen Tag verbrachte ich, wie geplant. Zuerst las ich die ausgewählten Essays. Danach schlenderte ich über den Campus, setzte mich für einige Minuten bei dem schönen Wetter auf eine Bank, die schattig stand und verdrücke den Obstsalat. Bevor ich in das Wohnheimzimmer zurückkehrte, druckte ich die Handouts im Kopierraum aus. Statt etwas Vernünftiges zu Abend zu essen, leerte ich die Chipstüte und schaute drei Folgen *You*. Die Serie war ganz nett. Schade, dass Chloe nicht mit mir gemeinsam guckte, das wäre spaßiger gewesen. So allein war es ein wenig einsam. Gegen elf Uhr schaltete ich den Laptop aus, sank todmüde ins Bett und schlief bis sieben Uhr morgens durch.

5. Kapitel – Ashley

Verfluchter Mist!

Das war die Strafe, die verdammte Strafe, dass ich gestern die Sweet Potato Chips gegessen hatte.

Auf dem Bett liegend zog ich den Bauch ein und kämpfte mit dem Reißverschluss. Dabei musste ich ganz vorsichtig sein, damit die Metallzähnchen ineinander verhakten. Zum Glück bekam ich meinen zusätzlich angenähten Knopf durch den Schlitz gedrückt, um die Hose zu schließen. Mittlerweile schien ich wie ein Hefekloß auseinanderzugehen.

Wenn ich es nicht mehr schaffte, mich in diese Jeans reinzuzwängen, würde ein gewaltiges Problem auf mich zukommen, denn dann müsste ich in meiner Jogginghose herumlaufen. *Himmel, das darf nicht die letzte Option sein!* Mir wurde wieder schmerzhaft bewusst – und eine in den Bauch kneifende Hose war ziemlich schmerzhaft –, dass es nur zwei Alternativen gab. Abnehmen oder schnellstmöglich Geld verdienen.

Wenn es jetzt nicht fünf vor zwölf war, wann denn dann?

Nachdem ich mich vom Bett gerollt hatte, stellte ich mich vor den Schrankspiegel, um einen kritischen Blick zu wagen. So direkt mochte ich mich eigentlich nicht anschauen. Ich fühlte mich wie eine Presswurst und schaffte es kaum, vernünftig zu atmen, weil der Bauch mordsmäßig gegen den Knopf spannte.

Seufzend betrachtete ich mein Spiegelbild. Es war nicht zu leugnen. Die Schenkel waren zu breit, eine Speckrolle quoll über den Hosenbund.

Verflixt noch mal, wieso musste ich auch ständig naschen?

Doch was brachte mir jetzt mein Gejammer? Es half nicht weiter und außerdem musste ich zu Professor Williams' Seminar. Es würde in zwanzig Minuten beginnen, wie ich mit Blick auf die Uhr feststellte.

Rasch nahm ich mir ein schwarzes T-Shirt aus dem Schrankfach. Es reichte mir bis zu den Hüften. Dann packte ich meine Studiensachen in den Rucksack, band die Haare zum obligatorischen Zopf zusammen und schlüpfte in die Sneakers.

Draußen im Gang hörte ich schnelle Schritte.

Als ich das Zimmer verlassen wollte, stürmte unerwartet Chloe herein. »Hey Ash.« Hastig drückte sie mir einen Kuss auf die Wange. Sie warf ihre Tasche auf das Bett, bevor sie die Tür vom Kleiderschrank aufriss, um sich ein frisches Handtuch und ihre Kulturtasche zu schnappen.

»Hast du nicht bei Travis geduscht?«, fragte ich verwundert.

Chloe schob sich an mir vorbei. »Es gab einen Rohrbruch«, erklärte sie kurz.

Ich folge ihr auf den Gang, um zu fragen, ob sie einen Schlüssel dabei hätte. Wenn niemand im Zimmer war, sollte es nicht offenbleiben. »Kann ich abschließen?«, rief ich ihr hinterher.

»Ja, mach das«, antwortete Chloe, bevor sie in den Duschraum verschwand. Sie wirkte gehetzt. Kein Wunder, in wenigen Minuten begann auch ihr erster Kurs, zu dem sie nicht pünktlich erscheinen würde.

Mit dem Rucksack über der Schulter verließ ich das Zimmer und schloss ab.

Im Seminarraum musste ich einen Moment nach Luft schnappen.

Auf den unbequemen Stühlen merkte ich, wie eng die Hose saß. Das würde die nächsten Stunden eine wahre Tortur werden. Der Vorteil jedoch war, dass mir auf diese Weise den ganzen Tag ins Bewusstsein gerufen wurde, mich in der Dining Hall zurückzunehmen. Das würde heißen, ich verbot mir das *All you can eat* – Angebot, das ich sonst zu gern nutzte. Sich den Bauch wahlweise mit Pasta, asiatischen Gerichten, Cookies oder Pancakes vollzuschlagen, war verlockend. Doch nun würde ich eisern bleiben und mich die nächsten Tage nur von der Salattheke bedienen. Meinen Pfunden hatte ich den Kampf angesagt.

Wie fast jeden Abend würde ich mich nach einem Job umsehen. Ich gab die Hoffnung nicht auf. Vielleicht fand ich doch was auf dem Campus. Nach dem letzten Kurs würde ich mir die Aushänge anschauen. Wenn es sich als erfolglos herausstellen sollte, würde ich gezielt im Internet suchen. Mittlerweile war es mir egal, welcher Job es am Ende wäre. *Entschuldige Mom.* Auf ihre Wünsche konnte ich in meiner prekären Situation keine Rücksicht mehr nehmen. Wenn man mir eine Stelle als Servicekraft in einem Diner oder in einer Kneipe anbieten würde, müsste ich sie definitiv annehmen, um meine finanziellen Probleme in den Griff zu bekommen.

Während ich meinen Gedanken nachhing und damit beschäftigt war, Blümchen auf meinem Block zu kritzeln, füllte sich der kleine Seminarraum. Professor Williams kam herein und rief uns einen Morgengruß zu. Ich hob kurz den Blick und beobachtete, wie er zum Schreibtisch ging und eine mit Blättern gefüllte Mappe aus seiner Tasche holte. Vermutlich die Aufgaben für die Partnerarbeit.

Plötzlich wurde der Stuhl neben mir zurückgezogen. Ich hielt mit meiner Kritzelei inne.

Wer zur Hölle setzte sich auf den freien Platz?

Ich saß *immer* allein und ich wollte, dass es so blieb.

Genau das gefiel mir an der Universität. Auch hier zwang man mir keine Leute auf. Nach den vielen Jahren, die ich in der Schulzeit ignoriert wurde, hatte ich mich daran gewöhnt, einen Tisch ganz für mich allein zu haben. Meinen Rucksack konnte ich auf den freien Stuhl stellen, meine Jacke über die Rückenlehne hängen und kein Sitznachbar lenkte mich ab, indem er mir ein Gespräch aufdrängelte. Es gab so viele Vorteile, allein zu sitzen.

Ich war genervt und überlegte, ob ich mich am besten gleich umsetzte. Ich schaute über die linke Schulter, mied den Blick zum Störenfried, den ich rechts neben mir wahrgenommen hatte. Hinter mir war noch ein freier Tisch, die anderen waren alle besetzt.

Nun ja, ich hatte nicht vergessen, dass ich mir vorgenommen hatte, Kontakte zu knüpfen. Aber doch bitte nicht so schnell! Sondern langsam, in kleinen Schritten.

»Hi, ich gehe mal davon aus, der Platz ist frei.«

Nein! Langsam artete das echt in einen nicht endenden Albtraum aus. Stöhnend schloss ich einen Augenblick die Augen, bevor ich Lucas Hanson mein Gesicht zuwandte. Der Kerl hatte mich noch nie in einem Kurs beachtet, geschweige denn angesprochen. Was wurde das hier?

Frech hatte er sich auf *meinen* zweiten Stuhl gesetzt und besaß noch die Unverschämtheit, mir *meinen* Rucksack vor die Nase zu halten. Hallo?

»Könntest du ihn bitte auf den Boden stellen?«, fragte er und schob den linken Mundwinkel hoch.

Und was war meine beschissene Antwort?

Ich nickte. Na klar, ich nickte. *Mein Gott, warum bin ich bei dem Typen ständig am Nicken?*, dachte ich und knurrte verärgert.

Äh, Moment. Müsste ich nicht eher kopfschüttelnd reagieren? *Ach Mann, ich will allein sitzen! Lucas Hanson, hau ab und such dir einen Platz bei einer der blöden Ziegen, die schon neidisch zu uns schauen und für mich sonst nur ein Naserümpfen übrighaben.* Ich bemerkte Olivia Baker. Fassungslos starrte sie zu uns herüber. *Hey, wie wär's mit der eingebildeten Bitch? Der fliegt gleich eine Fliege in den offenen Mund.* Am liebsten würde ich ihr die Zunge herausstecken, was ich mich aber nicht traute.

Seufzend wanderte mein Blick zu Professor Williams, der auf jeden Tisch die Themenauswahl zur Seminararbeit mit den Anforderungskriterien legte, wie er beim Durchqueren des Raums erklärte. Er wusste doch, dass ich allein sitzen wollte.

Professor, bitte sagen Sie Lucas Hanson, er soll sich einen anderen Platz suchen!, flehten meine Augen, aber Williams beachtete mich nicht.

Verflucht noch mal, was wollte Lucas von mir? Woher kam sein Interesse für mich? Irgendetwas war an der Sache faul, da war ich mir absolut sicher.

Ich war verzweifelt. Verliebtsein hin oder her, aber ich wollte nicht geistig wie eine Amöbe wirken, nur weil mir Lucas Hanson zu nahe gekommen war. Auch wenn das im Moment so aussah, weil ich mich nicht zu wehren vermochte. Diese verflixte Schüchternheit! Ich saß wie eine Idiotin steif auf meinem Platz. Dabei würde ich Lucas zu gern sagen, dass er sich gefälligst verdrücken sollte.

Wenn mir der Professor nicht half, musste ich es selbst tun.

Aus dem Augenwinkel fixierte ich den freien Tisch. Er wäre die Rettung.

Ich atmete tief durch und schielte zu Lucas. Er hielt noch immer meinen Rucksack in der Hand.

Jedoch bevor ich den Riemen greifen konnte, um den Platz zu wechseln, musste ich schockiert zusehen, wie sich Lucas' riesiger Oberkörper über meinen Schoß beugte, um meinen Rucksack auf die andere Seite auf den Boden zu stellen. Gebannt folgten meine Augen seinen Bewegungen. Ich roch sein holzig duftendes Aftershave. *Hmmm, einfach göttlich.* Mit einem Schlag tanzten Schmetterlinge in meinem Bauch. Das Blut rauschte in meinen Ohren und mein Herz hämmerte in der Brust. In meiner Situation absolut unpassend.

»Sorry, war nicht gentlemanlike, dir deinen Rucksack in die Hand drücken zu wollen«, entschuldigte sich Lucas mit einem unglaublich süßen Grinsen, nachdem er sich wieder aufgerichtet hatte. Mir wurde heiß. Scheiße, wurde mir heiß.

Schluss jetzt! Noch mehr durchgeknallte Hormone in meinem Körper verkrafte ich nicht.

Das wurde eindeutig zu viel für mich. Meine innere Stimme rief mir zu, mich sofort an den freien Tisch zu setzen. Denn wie sollte ich es neben diesem sexy Kerl anderthalb Stunden aushalten, ohne dass mein Herz Schaden nehmen würde?

Ich holte tief Luft und zählte gedanklich bis drei.

Mit dem Stuhl ruckte ich ein Stück nach hinten. Rasch bückte ich mich, um meinen Rucksack zu greifen, als es leise knallte. Der Reißverschluss meiner Jeans ratschte und ich wusste, dass ich jetzt nicht mehr aufstehen konnte.

Aus einem Reflex heraus riss ich das T-Shirt hoch. Mein Gesicht lief knallrot an, als der Knopf herunterfiel und über den Boden zum Rucksack rollte.

Geschockt setzte ich mich auf und wandte mich Lucas zu. Einige Sekunden starrten wir uns schweigend an. Und während ich mir den Kopf zerbrach, was ich jetzt machen sollte, fing er an zu lachen.

Dass er die Sache witzig fand, brachte mich noch mehr aus dem Konzept. Wild riss ich an dem Reißverschluss. Und zack, hielt ich den Zipper zwischen Daumen und Zeigefinger. Nun bekam ich die Jeans überhaupt nicht mehr zu. Panisch steckte ich den Zipper in die Hosentasche und zerrte das T-Shirt herunter. Das alles überforderte mich. Keine Ahnung, wie ich mich aus dieser bescheuerten und gleichermaßen peinlichen Situation befreien sollte.

Zum Teufel noch mal, was geschah hier seit zwei Tagen? Wer oder was hatte sich gegen mich verschworen, dass mir diese schrecklichen Missgeschicke passierten, wenn Lucas es mitbekam?

Normalerweise war ich unsichtbar, aber wegen ihm stand ich jetzt im Mittelpunkt. Weil Lucas mit dem Lachen nicht aufhörte, wurden wir von den anderen Studenten neugierig beäugt. Sie fingen an zu grinsen. Dabei wussten sie nicht einmal, was vorgefallen war. Auch Professor Williams schmunzelte und sein Blick schweifte zwischen Lucas und mir hin und her.

Alle hatten ihren Spaß. Doch Himmelherrgott, für mich war das keineswegs lustig. Wenn es eine höhere Macht geben sollte, dann würde ich sie bitten, mir meine Anonymität zurückzugeben.

Als sich Lucas beruhigt hatte, legte er den Kopf schräg und schaute mich nachdenklich an. »Hast du echt vorgehabt, den Platz zu wechseln, nur weil ich neben dir sitzen will?« Ein amüsiertes Grunzen schaffte er nicht zu unterdrücken, als sein Blick zu meinem Bauch wanderte, wo mein T-Shirt wie ein Zelt abstand. Er wiederholte sein blödes Grunzen und schüttelt den Kopf.

Verdammter Mist, die offene Hose konnte ich vor ihm nicht verbergen.

Schnell rückte ich mit dem Stuhl dicht an den Tisch und mied es, Lucas anzusehen, woraufhin er wieder leise lachte und sich zu meinem Ohr neigte. Ich spürte seinen warmen Atem auf meiner Wange, während er mir zuraunte: »Du musst wohl hier sitzen bleiben, wenn niemand den Grund erfahren soll, warum du dich so verklemmt benimmst.«

Verklemmt? Du hast mich in diese bekloppte Situation reingeritten!, würde ich ihm jetzt an den Kopf werfen wollen, aber stattdessen presste ich den Mund zusammen und schwieg. Wie immer. Könnte ich laut sagen, was ich dachte, würden nicht nur er, sondern die halbe Welt geschockt sein. Doch auch wenn ich mich wieder nichts zu sagen traute, hatte Lucas den Bogen überspannt und ich wollte keine Sekunde länger neben ihm sitzen bleiben.

Darum gab ich mir innerlich einen Ruck und griff mit einer Hand nach Block und Stift. Ich beuge mich vor, angelte mit der anderen Hand nach dem Knopf und schnappte mir dazu den Rucksack. Ich spürte Lucas' Blick im Rücken, als ich hinter ihm zum letzten freien Tisch huschte und mich dort niederließ. Der Knopf verschwand im Inneren meines Rucksacks, nachdem ich ihn abgestellt hatte.

Und dann machte ich etwas, was ich noch nie gewagt hatte …

Während Lucas zu mir schaute und fassungslos mit dem Kopf schüttelte, hob ich die Hand und zeigte ihm den Mittelfinger. Sein Gesichtsausdruck daraufhin war dermaßen komisch, dass ich mir ein Grinsen nicht verkneifen konnte.

Ich glaubte, dass es für ihn eine neue Erfahrung war, von einer Frau abgewiesen zu werden. Er musterte mich mit einem undefinierbaren Blick. Er ahnte natürlich nicht, dass ich Grenzen ziehen musste, und meine Flucht nur zum Selbstschutz diente.

Erleichtert atmete ich auf, als Lucas sich umdrehte und auf das Blatt sah, das der Professor auf den Tisch gelegt hatte.

Ich wandte mich ebenso von ihm ab und Williams zu. »Bis nächsten Montag haben Sie sich ein Thema ausgewählt, das Sie bis Semesterende bearbeiten werden. Schicken Sie mir dazu eine E-Mail. Ich erwarte eine Facharbeit im Umfang von – Pi mal Daumen – fünfzig Seiten. Sie wird Ihre Abschlussnote sein«, kündigte der Professor an.

»Ein Team wird zu dritt die Aufgabe erfüllen.« Drei Kommilitonen meldeten sich. Der Professor nickte zustimmend. Ich wurde misstrauisch, weil die Anzahl der Studenten in unserem Kurs ungerade war. Immerhin wollte ich die Aufgabe allein absolvieren.

Der Professor blickte sich um, zeigte auf Olivia, die nicht nur eine arrogante Kuh, sondern auch die Tochter des Dekans der philosophischen Fakultät war. »Miss Baker, Sie arbeiten mit Mr. Miller zusammen.« Natürlich zeterte sie mit Blick zu Lucas. Williams war das egal. Ich grinste hinter vorgehaltener Hand, obwohl mir Miller leidtat. Dann deutet der Professor auf mich. »Miss White, Sie werden mit Mr. Hanson im Team arbeiten.«

Entsetzt riss ich die Hand vom Mund. »W-was? Das geht nicht«, platzte es aus mir heraus. Wieso wurde mir und Miller vorgeschrieben, mit wem wir zusammenzuarbeiten hätten? Die anderen Studenten durften sich ihre Teampartner aussuchen. Mein Entsetzen war unvorstellbar groß. »Nein, tun Sie mir das nicht an!«

»Wie bitte?«

Professor Williams nahm seine Brille ab. Verdutzt schaute er mich an. »Nennen Sie mir einen Grund, der es Ihnen erlaubt, meine Anordnung zu widersprechen!«, fuhr er mich an.

In diesem harten Tonfall hatte der Professor noch nie mit mir gesprochen. Nach einigen Sekunden räusperte er sich. »Sie haben keinen?«

Seufzend schüttelte ich den Kopf. Ich spürte, wie mir erneut die Röte ins Gesicht stieg. Ich fühlte mich ausgeliefert. Wie eine Maus in der Falle. Und ich wusste keinen Ausweg, mich aus meiner schrecklichen Lage zu befreien.

Wie konnte ich dem Professor auch gestehen, dass ich aufgrund meiner Schüchternheit und wegen meiner Gefühle für Lucas allein arbeiten wollte?

»Fein.« Der Professor lächelte zufrieden und setzte die Brille wieder auf. »Miss White, ich bin mir sicher, Sie werden mit Mr. Hanson *gut* zusammenarbeiten.« Aus jedem Wort von ihm floss literweise Sarkasmus.

Ich nickte mit einem ergebenen Seufzer und schielte zu Lucas, dessen Augen sich in mein Gesicht bohrten. Seine düstere Miene verriet, dass er meinetwegen verärgert war. Ringsherum wurde gekichert und geflüstert. Vermutlich war ich aufgeflogen und jeder konnte sich denken, warum ich mich so gesträubt hatte, mit Lucas ein Team zu bilden.

Die restliche Zeit ging der Professor die Arbeitsblätter mit uns durch. Lucas blieb auf seinem Platz sitzen, ohne sich noch einmal nach mir umzudrehen. Dennoch spürte ich seine Aura so deutlich, dass mir das Atmen schwerfiel. Das konnte niemals mit uns klappen.

»Bis zur Abgabe der Facharbeiten müssen Sie zu den Seminarblöcken nicht mehr erscheinen. Das heißt aber nicht, dass Sie montags länger schlafen können. Sie treffen sich stattdessen mit Ihren Partnern und besprechen oder bearbeiten Ihre gewählten Themen«, erklärte Professor Williams zum Ende des Seminars, bevor er sich verabschiedete.

Damit niemand meine kaputte Hose bemerkte, wartete ich, bis alle den Raum verlassen hatten. Mit dem Rucksack vor den Bauch gepresst, schaffte ich es nach draußen, ohne dass jemandem mein *Problem* auffiel. Mir blieb nichts anderes übrig, als zum Wohnheim zu gehen und die Jogginghose anzuziehen. Mir vom Automaten einen Kaffee zu holen, fiel leider aus, weil die Zeit zu knapp war, wenn ich zur nächsten Veranstaltung pünktlich erscheinen wollte. Aber die Lust, mich auf eine Bank zu setzen und genüsslich an dem Heißgetränk zu nippen, war mir sowieso vergangen.

Lucas Hanson, vielen Dank!

Kaum war ich die ersten Meter gelaufen, packte mich jemand am Arm und hielt mich zurück. Plumps. Vor Schreck war mir der Rucksack runtergefallen. Ich schlug nach der Hand, die mich am Oberarm festhielt.

»Hey, was soll das?«, schimpfte ich los und funkelte denjenigen an, der die Dreistigkeit besaß, mich so zu erschrecken.

Logisch, Lucas Hanson, wer sonst? Der Kerl wurde langsam zu meinem Schatten.

»Warum schleichst du dich an mich heran?«, fuhr ich ihn an, nachdem er sich mit einer gemurmelten Entschuldigung gebückt hatte.

Lucas hob den Rucksack auf, und ich zerrte ihn aus seiner Hand, um ihn schnell wieder vor meinen Bauch zu drücken. Ich sah mich um.

Niemand hatte von uns Notiz genommen, wenn ich das richtig überblickte. Ich war selbst überrascht, wie mutig ich ihn angeblafft hatte, ohne mich zu verhaspeln. Vermutlich hatte sich mein Hirn selbstständig auf Kampfmodus eingestellt, um mir Lucas' Frechheiten nicht mehr kommentarlos gefallen zu lassen. Gut so.

Ich benahm mich ihm gegenüber nicht mehr wie ein Fisch. Immerhin ritt er mich ja nur von einem Scheiß in den nächsten rein und das wollte ich nicht mehr. Der Kerl sollte mich einfach in Ruhe lassen.

»Hör doch endlich mal mit deinem Gezicke auf!«, bellte er mich an. »Du benimmst dich echt kindisch.«

»Ich bin zickig und benehme mich kindisch?«, gab ich aufgebracht zurück. »Wegen dir renne ich mit offener Hose herum!«

»Hä?« Lucas griff ein zweites Mal meinen Arm, als ich auf den Absatz kehrtmachte, um zu flüchten.

Bevor ich mich aus seiner Umklammerung befreien konnte, hatte er mich schon zu sich herumgewirbelt. Keine Chance, mich zu wehren, weil ich krampfhaft schützend den Rucksack vor mich hielt.

»Kannst du mir mal verraten, was ich dafür kann, dass du zu dick bist und deshalb aus deiner Hose platzt?«, fauchte er mich an.

Ich bin aus meiner Hose geplatzt?

O Mann, das hatte gesessen. Ich öffnete den Mund, bekam keinen Ton heraus und schloss ihn wieder. Das dazu, dass ich kein Fisch mehr war. Ich spürte ein Kribbeln in der Nase und meine Unterlippe zitterte. *Nicht losheulen*, befahl ich mir, während mir die Tränen in die Augen schossen. Hektisch blinzelte ich sie weg und biss die Zähne zusammen. Erleichtert merkte ich, dass ich mich wieder unter Kontrolle hatte.

Doch Lucas war nicht entgangen, dass mich seine Worte getroffen hatten. Er atmete geräuschvoll aus. »Entschuldige, Ashley, ich wollte dich nicht verletzen. Das ist mir so herausgerutscht«, sagte er betreten und ließ mich los. Sein reuiges Gesicht bewies mir, dass er seine Entschuldigung ehrlich meinte.

Schulterzuckend fuhr er fort: »Das hätte ich nicht sagen dürfen. Sorry, dass ich mich wie ein Blödmann benommen habe. Dabei wollte ich dich nur fragen, warum du mit mir kein Team bilden willst? Ich bin mir sicher, wir würden miteinander harmonieren, uns nicht in die Quere kommen.« Er seufzte. »Komm schon, ein Versuch ist es wert.«

»Nein«, lehnte ich ab.

»Ach, Ashley, du bist eine verdammt harte Nuss.« Anstatt dass Lucas beleidigt abzog, lächelte er und deutete zum Parkplatz, der nicht mehr als 25 Meter von uns entfernt war. »Vorschlag«, fing er an und rieb sich das Kinn. »Wir reden nachher beim Mittagessen über die Teamarbeit. Jetzt sollte ich dich zu deinem Zimmer fahren, damit du noch genügend Zeit zum Umziehen hast. Dann kommen wir zum nächsten Kurs pünktlich.«

»Kommen wir pünktlich?«

»Genau, wir«, betonte Lucas. »Zu Fuß schaffst du es nicht. Ich nehme an, du wohnst dort vorn im grauen Gebäude?« Er deutete mit dem Kinn zum Wohnheim.

»Ja«, sagte ich nickend und dachte über sein Angebot nach.

Selbst wenn es nett gemeint war, würde ich am liebsten ablehnen. Aber er hatte recht, und ich keine Wahl. Ein Blick auf meine Uhr reichte. Ich sollte das Angebot annehmen. In fünfzehn Minuten müssten wir im Haus 21 sein. Es war logisch, dass er von *wir* sprach. Lucas und ich hatten auch diesen Kurs gemeinsam.

»Du kommst aber nicht mit auf mein Zimmer, sondern wartest im Auto!«, klärte ich vorher ab. Das Letzte, was ich wollte, war, dass er mir beim Anziehen zuschaute. Ich wusste ja nicht, ob er an diese Möglichkeit gedacht hatte, also beugte ich sicherheitshalber vor.

Lucas' braune Augen blitzen belustigt auf. »Das ist aber jammerschade, ich habe mich schon so darauf gefreut, dich in einem Spitzenhöschen zu sehen«, witzelte er.

So ein Spinner. Die Augen verdrehend dachte ich: *Sicher doch, ich trage heiße Höschen, die ich dir zu gern zeige. Wenn du wüsstest, was für Monsterschlüpfer in meinem Schrankfach liegen.*

Zum Glück käme es nicht dazu, dass Lucas mich jemals in Unterwäsche sehen würde.

Niemals würde er einen meiner Bauchwegteile zu Gesicht bekommen, in die ich meinen Körper quetschte, wenn ich abends ausgehen wollte. Wobei es selten vorkam, dass man mich auf einer Party, in einer Kneipe oder im Kino traf. Nur zu solchen Anlässen zog ich diese Art von Unterwäsche an. Sie war eng und unbequem, aber kaschierte gut, dass kein Schwimmring unter einem Shirt oder Kleid sichtbar war.

Ich könnte mir vorstellen, Lucas bekäme den Schock seines Lebens, wenn er eine Frau in seinem Bett hätte, die mit solchen hässlichen Teilen herumlief.

»Willst du noch länger Zeit vertrödeln oder gehen wir zu meinem Wagen?«, riss mich Lucas aus meinen Gedanken. Spielerisch zog er eine Augenbraue hoch. »Du nimmst doch mein Angebot an? Bitte.« Er schürzte die Unterlippe und brachte mich damit zum Schmunzeln. *So ein hartnäckiger Kerl.*

Ich blickte zum Himmel, atmete noch einmal durch, bevor ich ihm mein Gesicht zuwandte. »Jaja, schon gut. Du hast mich doch längst überredet. Aber das heißt nicht, dass es eine Zusage meinerseits ist, dass wir die Teamarbeit zusammenmachen.«

»Ich bin mir sicher, dass ich dich davon noch überzeugen werde«, sagte Lucas mit einem spitzbübischen Grinsen.

Wie selbstverständlich legte er die Hand an meinen Rücken, um mich zum Parkplatz zu führen. Die Berührung war angenehm. Ein Schauer lief mir über den Rücken und mein Herz klopfte bis zum Hals.

Nervös presste ich den Rucksack fest gegen den Bauch. Ich warf ihm einen Seitenblick zu. »Du bist mächtig von dir überzeugt.«

»Da ist was dran«, meinte Lucas grinsend. »Du solltest es auf einen Versuch ankommen lassen. Lerne mich doch erst einmal richtig kennen. Ich meine, was spricht dagegen, dass wir Freunde werden? Für eine fruchtbare Zusammenarbeit eine grundlegende Voraussetzung.«

»Du willst dich mit mir anfreunden?«

»Natürlich. Du bist bestimmt eine Bereicherung für mich … Äh, ich meine fürs Studium.« Lucas zuckte mit den Schultern.

»Kann sein«, murmelte ich und konnte die aufkommende Enttäuschung nicht verhindern. Seine Worte hatten geklungen, als ob Lucas nur Kontakt zu mir wollte, damit ich mit ihm ein Team bildete.

»Und, versuchen wir es miteinander?«, hakte er nach.

»Okay, wir reden in der Mittagspause darüber.«

»Super.« Er tätschelte mir wie bei einem Kumpel die Schulter. Ich schlucke den plötzlich bitteren Geschmack im Mund runter. Verwunderte es mich, dass er mich nicht als Frau wahrnahm? Nein. Dann hätte er sich das Wort Freundschaft verkniffen, vermutete ich.

Da ich mir bewusst war, dass ich bei ihm keine Chance hatte, sollte mir das egal sein. Aber es machte mir was aus. *Ruf dir ins Gedächtnis, auf welchen Typ Frau er steht*, mahnte ich mich.

»Los, steig ein«, forderte mich Lucas auf, als wir an seinem schwarzen Jeep Wrangler angekommen waren.

Interessiert schweifte mein Blick über den großen Geländewagen. Das Auto war alt. Soweit ich das verfolgen konnte, fuhren die anderen Spieler des Footballteams SUVs oder riesige Trucks. Als ich zu Lucas sah, stellte ich fest, dass er mich mit einem warmen Lächeln beobachtet hatte. »Der Wagen ist mein ganzer Stolz. Zwar schon neun Jahre alt, gebraucht gekauft, aber vom eigenen zusammengesparten Geld.«

»Echt, du musst sparen?«

»Stipendium, Leistungsprämien, wenn etwas übrig bleibt, zahle ich es auf mein Konto ein. Es hat eine Weile gedauert, bis ich mir den Wagen leisten konnte«, sagte er daraufhin beim Einsteigen.

Ich runzelte verwundert die Stirn. »Ich dachte, ihr Footballspieler werdet hoch bezahlt?«

Lucas startete den Jeep. »Wenn ich es schaffe, später in der NFL zu spielen, dann wird das so sein. Im Moment verdienen die Michigan und der Trainerstab das Geld. Wir Spieler halten unseren Körper für die Liebe zum Sport und zur Ehre der Universität hin. Von den Sponsoringverträgen und den Fernsehrechten sehen wir nur einige Dollars, obwohl es Millionen sind, die wir mit unseren Leistungen erspielen. Da ich keine reiche Familie habe, muss ich mein Geld zusammenhalten.« Er zwinkerte mir zu, nachdem ich den Rucksack wieder vor den Bauch platziert hatte. »Ich will mich deswegen nicht beklagen. Football ist das Wichtigste in meinem Leben.«

»Wichtiger als alles andere?«

Fragend warf er mir einen Blick zu, bevor er den Wagen vom Parkplatz lenkte. »Spielst du darauf an, ob mir der Sport wichtiger als eine Beziehung ist?«

»Äh … Na ja.«

»Ich habe Frauen zum Ficken, wenn mir danach ist«, gab er unumwunden zu. »Liebe ist kompliziert und lenkt mich von meinen Zielen ab.«

Das war eine ehrliche und harte Antwort.

»Schockiert?«, wollte er wissen.

Ich schüttelte den Kopf. »Wieso? Geht mir genauso«, behauptete ich, obwohl es gelogen war. »Für mich steht das Studium an erster Stelle.«

»Also hast du keinen Freund?«

»Nein«, antwortete ich knapp und schaute angestrengt aus dem Seitenfenster.

Lucas musterte mich, das spürte ich. »Wenn das Studium für dich an erster Stelle steht wie für mich der Sport, passen wir wie Topf und Deckel zusammen. Ich sage ja, wir wären ein fantastisches Team. Es wäre doch dumm, wir würden das in Philosophie nicht zusammenmachen.«

»Hm.« Ich starrte weiter nach draußen, um mich von ihm abzulenken.

Lucas parkte den Wagen direkt vor dem Wohnheim.

»Wie abgesprochen, wartest du hier«, vergewisserte ich mich, öffnete die Autotür und klettere vom Sitz.

Er nickte und schaute auf seine Uhr. »Aber beeile dich. Wir haben noch neun Minuten.«

»Jaja«, sagte ich und steuerte auf das Wohnheim zu.

6. Kapitel – Lucas

Vom Fahrersitz aus beobachtete ich, wie Ashley zum Haus ging. Den Rucksack hielt sie wie einen Schutz vor den Bauch gedrückt. Sie bewegte sich dermaßen langsam, dass ich das Gefühl hatte, sie antreiben zu müssen, damit wir es noch pünktlich zum Seminar schaffen würden.

»Hey, warte!«, rief ich ihr hinterher, nachdem ich den Zündschlüssel aus dem Schloss gezogen hatte und aus dem Wagen gesprungen war.

Wie ein aufgeschrecktes Reh sah sie mich an, als ich bei ihr war und die Eingangstür aufhielt.

Im Gang blieb sie stehen und drehte sich zu mir um. »Du sollst doch im Auto warten.«

»Bei deinem Tempo kommen wir zu spät. Deshalb ist es besser, ich begleite dich«, sagte ich achselzuckend.

Sie schnaubte grummelig, aber schwieg. Anscheinend hatte sie beschlossen, sich mit dem Umstand abzufinden, dass ich sie nicht allein auf ihr Zimmer gehen ließ. Jedenfalls startete Ashley keinen zweiten Versuch, mich zu überzeugen, draußen zu warten. Ich schmunzelte in mich hinein. Es wäre reine Zeitverschwendung, sich mit mir anzulegen, das dachte sie sich bestimmt schon.

Ashley ging nun schnell voran. Es schien sie zu verunsichern, dass ich dicht hinter ihr war. Meine Strategie, sie auf diese Weise zur Eile zu bewegen, war erfolgreich.

Ihre Hand zitterte, als sie die Tür aufschloss.

Hatte sie Angst, mich in ihr Zimmer zu lassen? »Ich werde ganz brav sein, kein Grund nervös zu werden«, flüsterte ich dicht an ihr Ohr. Dass sie mein Spruch noch mehr durcheinanderbrachte, registriere ich amüsiert.

Sie schnappte hörbar nach Luft, öffnete die Tür und drehte sich rasch zu mir um. »Aber du kommst nicht mit rein!«

»Vergiss es«, lehnte ich ab, schubste sie sanft in das Zimmer und trat ein. Ich würde die Frau keine Sekunde allein lassen.

Sobald wir drinnen waren, schloss ich hinter uns die Tür. Ich sah ihr an, dass sie mich am liebsten hinauswerfen würde, aber das war mir egal. Sie sollte sich umziehen und dann könnten wir uns auf den Rückweg zum Seminar machen.

Doch Ashley bewegte sich nicht, stand da und starrte mich an.

»Was ist?«, fragte ich ungeduldig und wedelte mit der Hand. »Husch, husch, umziehen!«

»Äh … Lucas … Wenn ich …«, stammelt Ashley und krallte ihre Hände in den Rucksack, mit dem sie noch immer versuchte, ihren Unfall mit der Hose zu verstecken.

»Kannst du dich wenigstens umdrehen?«, quiekte sie aufgeregt.

»Hmmm, weiß nicht, ob ich das will«, zog ich sie auf und fing an zu lachen, als ihr Mund vor Schreck aufklappte.

Es war wieder überraschend. Noch nie hatte mich eine Frau so oft zum Lachen gebracht, wie Ashley es in zwei Tagen geschafft hatte. Wobei ich nicht damit meinte, dass ich sie auslachen würde. Sie war so unglaublich süß, wenn ihr komische Sachen passierten. Ich könnte mir vorstellen, dass es mit ihr in einer Beziehung nie langweilig wäre, wenn man auf Frauentypen wie Ashley stand.

»Nun dreh dich endlich um«, schimpfte sie ungeduldig.

»Warum?« Glaubte Ashley wirklich, dass es mich interessierte, wie sie ohne Hose aussah? Aber um sie nicht vollkommen aus dem Konzept zu bringen, zeigte ich mich von meiner höflichen Seite und tat ihr den Gefallen.

»Soll ich noch die Hände vor die Augen halten? Ich kann nämlich um die Ecke gucken«, witzelte ich.

»Haha.« Ashley knurrte und brabbelte irgendetwas vor sich hin. Ich hörte, wie eine Schranktür klappte, ein Stuhl knarrte und Stoff raschelte.

»Wie lange dauert es noch?«, drängelte ich. »Du musst doch nur die Hose wechseln.«

»Mann, hetz mich nicht!«, motzte sie.

Jetzt reichte es mir. Ich hatte keine Lust, wie ein dummer Schuljunge die weiß gestrichene Wand weiter anzustarren.

Ohne sie zu fragen, drehte ich mich wieder um. Einen Augenblick war ich sprachlos und blinzelte, als ich Ashley sah.

»Das ist jetzt nicht dein Ernst! Dieses hässliche Teil hast du angezogen?«, rutschte es aus mir heraus.

»Himmelherrgott, hast du noch fiesere Sprüche auf Lager?«, flippte sie aus.

»Du willst doch nicht in dieser ausgeleierten Jogginghose herumlaufen?« Ich hatte sie schon am Sonntag fürchterlich gefunden. »Ich fahre mit dir über den Campus und wir wollen nachher zusammen mittagessen, um die Teamarbeit zu besprechen. Ich habe einen Ruf zu verlieren!«

»Niemand zwingt dich dazu, dich mit mir in der Öffentlichkeit zu zeigen. Wenn du ein Problem damit hast, dann verschwinde!«

Kopfschüttelnd stieß ich die Luft aus. »Okay, dann lassen wir das«, zischte ich, machte auf dem Absatz kehrt und riss die Tür auf. Die Frau ging mir tierisch auf die Nerven.

Ich hatte einen Fuß schon auf dem Gang, da hörte ich sie unerwartet schluchzen. Mit der Klinke in der Hand blieb ich wie festgewachsen stehen. Scheiße, ich ertrug es nicht, wenn Frauen weinten. *Mann, Ashley!* Schnaubend trat ich zurück. Ich schloss wieder die Tür, wandte mich ihr zu und war irritiert.

Es war das erste Mal, dass ich Ashley direkt ansah. Bis jetzt war mir nicht aufgefallen, wie niedlich sie war. Ashley hatte warme braune Augen, eine Stupsnase und unendlich viele Sommersprossen. Ihre schön geschwungenen Lippen waren vom Weinen geschwollen.

Hastig wischte sie die Feuchtigkeit von ihrem Gesicht und senkte den Blick. Was war auf einmal los mit ihr? Ihr Verhalten war für mich unbegreiflich.

Die Idee mit der Teamarbeit hatte sich so einfach angehört. Ich kannte Ashley aus einigen Kursen. Sie war verklemmt und hatte mich immer demonstrativ gemieden. Selten schaute sie mich an. Und wenn es ausnahmsweise vorkam, war sie gleich knallrot geworden. Ich wusste, sie stand auf mich wie die meisten Frauen hier. Deshalb war ich davon ausgegangen, dass es mit ihr keine Schwierigkeiten geben würde und sie die nächsten Monate – gewissenhaft, wie sie war –, brav die Teamaufgabe für uns beide erledigte.

Doch jetzt wusste ich nicht, ob mein Trainer, Professor Williams und ich uns das nicht zu einfach vorgestellt hatten. Im Moment war ich verunsichert, ob sie dazu bereit war. Dabei hatte ich keine Zeit, mich mit dem Philosphiethema auseinanderzusetzen, weil ich doch eine zusätzliche Trainingseinheit absolvieren würde.

Ich brauche Ashley. Verdammt, ich muss eine Lösung finden!, ermahnte ich mich.

Lächelnd ging ich auf sie zu, hob mit Daumen und Zeigefinger ihr Kinn, damit sie mich ansah. »Warum weinst du?«, wollte ich wissen. Sie war doch nicht aufgrund meiner Bemerkung in Tränen ausgebrochen, oder? Das wäre schon seltsam. So schlimm war meine Aussage nicht gewesen. Sie stimmte ja auch. Warum zog sie sich keine andere Jeans an, dann wäre alles okay?

Schniefend wich Ashley zurück, damit ich meine Finger von ihrem Kinn nahm. Tief durchatmend senkte ich die Hand.

»Fahr zum Seminar und lass mich in Ruhe«, sagte sie leise.

Ich schüttelte den Kopf. Wenn sie verärgert oder verletzt war, sollte sie es sagen. »Was ist mit dir los?«

»Kann dir doch schnuppe sein.«

»Ist es aber nicht.«

Sie schwieg einen Augenblick, bevor sie mich traurig ansah. »Bitte geh einfach.«

Irgendetwas lief hier verkehrt. Ich war verwirrt, warum sie das hier so kompliziert machte. »Erkläre mir, weshalb du in diesem hässlichen Ding von – was weiß ich –, Jogginghose herumlaufen willst. Das Teil ist auch noch von deinem Sturz am Sonntag schmutzig.«

»Ich …« Sie rang mit sich, bekam kein weiteres Wort heraus.

»Na, nun sag schon.«

»Ich … Ich habe nur die«, gestand sie mir flüsternd.

Wie bitte? Ashley hat keine Hose, die sie anziehen kann?

»Heißt das, du hast kein Geld, um dir eine anständige Jeans zu kaufen?« Ich merkte ihr an, dass ich sie in die Enge getrieben hatte und sie sich von mir gedemütigt fühlte. Das sollte sie aber nicht, deshalb sagte ich: »Für jedes Problem gibt es eine Lösung.« Ich nickte ihr aufmunternd zu.

»Ach ja?«

»Klar.«

Sie neigte den Kopf zur Seite und ein zaghaftes Lächeln umspielt ihre Mundwinkel.

»Ash.« Fragend hob ich eine Augenbraue. »Deine Freunde nennen dich doch so?«

»Hm«, stimmte sie zu und gab mir mit einem Nicken zu verstehen, dass ich sie ebenso nennen durfte.

»Okay, Ash. Wir fahren zur *Briarwood Mall* und kaufen dir zwei oder drei Jeans, so viele, wie du brauchst.«

»Das kann ich nicht annehmen.« Sie schüttelte den Kopf.

»Doch, das kannst du.«

»Nein, und überhaupt, wir haben jetzt einen Kurs.«

»Der« – ich schaute auf die Uhr – »vor drei Minuten angefangen hat.« Mit dem Daumen über die Schulter zeigte ich zur Tür. »Los, komm! Ich schieße dir das Geld vor, gib es mir zurück, wenn du wieder bei Kasse bist.«

Mit der Hand vor ihrem Gesicht machte sie eine abwehrende Geste. »Nein, Lucas, das ist unnötig. Ich komme finanziell zurecht.«

Zweifelnd kniff ich die Augen zusammen. »Wenn du Geld hättest, würdest du dich nicht in zu enge Jeans zwängen und jetzt nicht dieses Schlabberding tragen.« Grinsend zupfte ich am Baumwollstoff ihrer Jogginghose. »Wir fahren zu einem netten Shop. Dort suchst du dir was Passendes aus. In den richtigen Klamotten siehst du bestimmt gut aus, trotz deiner – nun ja – ausladenden Hüften.«

Ich seufzte, als sie verärgert die Augenbrauen zusammenzog. Das Kompliment war wohl danebengegangen. Ich hatte es nicht so mit schönen Worten und drückte mich meist verquer aus. Trotzdem war ich überzeugt, dass sie mehr aus ihrem Typ machen könnte, wenn sie wollte. Ein paar Kilos weniger würden Wunder bewirken.

»Meine Eltern wollen, dass ich auf eigenen Beinen stehe und halten mich aus diesem Grund finanziell an der kurzen Leine. Mir fehlt das Geld für neue Klamotten, weil ich keinen Job finde. Heute Abend wollte ich noch einmal intensiv nach einer freien Stelle suchen.«

»Du brauchst einen Job?« Ich rieb mir das Kinn und zuckte mit den Schultern. »Ich kann dir dabei behilflich sein.«

»Wirklich?« Sie strahlte mich an.

Ich musste schlucken. Ihre Augen leuchteten. Ihr Anblick ließ mein Herz komischerweise schneller schlagen. Es war ein schönes Gefühl, ihr die Sorgen aus dem Gesicht zu vertreiben. Gleichzeitig fiel mir ein, dass ich so außerdem die Lösung für mein Problem gefunden hatte.

Wenn ich Ashley half, dann konnte sie auch was für mich tun. Ich zog mein Handy hervor, scrolle nach der Nummer eines Freundes und tippe ihm eine Nachricht. Er wunderte sich bestimmt, warum ich im Kurs fehlte. Ich wollte jetzt die Zeit nutzen und Ashley überreden, sich auf einen Deal mit mir einzulassen.

»Was machst du?«, fragte sie, während meine Finger über das Display flogen.

»Ich schicke einem Freund eine Nachricht, dass er uns nach dem Kurs bei Dr. Stone entschuldigt, damit wir keinen Ärger bekommen«, erklärte ich.

»Danke.« Sie sagte es so leise, dass ich es kaum verstand.

Ich schmunzelte. »So, erledigt.« Das Handy schob ich in die vordere Hosentasche zurück. »Können wir dann los?«, erkundigte ich mich, bevor ich zur Tür ging und die Klinke drückte.

7. Kapitel – Ashley

»Was willst du für deine Bemühungen?«, erkundigte ich mich bei Lucas. Er startete den Motor und warf mir einen überraschten Blick zu. Ich war erleichtert, dass er mir half, aber ich wusste auch, dass er eine Gegenleistung dafür fordern würde.

»Darüber wollte ich nach dem Einkauf mit dir sprechen.« Er schaute auf die Straße und fuhr sich mit der rechten Hand durchs Haar, die linke umfasste das Lenkrad.

»Du besorgst mir einen Job, schießt Geld für meine Hosen vor, damit ich bereit bin, mit dir ein Team zu bilden. Darum geht es dir doch?«

Amüsiert schaute er mich von der Seite an, als wir an einer roten Ampel hielten. »Wenn du schon so konkret wirst. Ja, das habe ich gehofft.«

Eigentlich wollte ich nicht mit ihm zusammenarbeiten, jedoch half er mir bei meinem finanziellen Engpass aus der Klemme und organisierte mir einen Job. So hatte ich ihn jedenfalls verstanden. Wenn ich es aus der Perspektive betrachtete, sollte ich mich ihm gegenüber öffnen.

»Okay, ich bin einverstanden. Die Details besprechen wir nachher.«

Lucas lächelte. »Schön, ich freue mich, dass du dich so entschieden hast.«

Bevor wir den Parkplatz vor der Mall verließen, bekam ich von Lucas 150 Dollar in die Hand gedrückt. Ich protestierte, weil ich mir niemals für so viel Geld Hosen kaufen würde. Lucas winkte ab. Er meinte, ich könnte ihm das Restgeld zurückgeben, wenn ich nicht alles verbrauchen würde. Dann betraten wir die Shoppingmall. Vor einem Jeansshop blieben wir stehen.

»Während du im Laden nach was Passendem stöberst, schaue ich mir die neusten *MacBook Air* Modelle an. Sie sind noch dünner und leichter als ihre Vorgänger.«

»Hast du so ein Notebook?«, fragte ich.

»Nein, aber ich sehe mir die Modelle gern an.« Er strich mir über den Arm und zeigte zum Jeansshop. »In einer halben Stunde hole ich dich ab.«

»Okay«, stimmte ich zu und schaute ihm hinterher, als er sich auf den Weg zum Apple Store machte.

Da kaum Kundschaft im Jeansshop war, fiel es mir schwer, das Geschäft zu betreten. Ich wäre lieber ins Macy's gegangen, weil ich mich dort ungestört in der Damenabteilung nach Klamotten umsehen konnte, ohne dass mich eine Verkäuferin dabei beobachtete.

Der Laden hier war klein, die Sachen ziemlich teuer. Unpassend für meinen sonst knappen Geldbeutel. Ich fühlte mich nicht wohl, vor allem, weil ich in Jogginghose unterwegs war.

»Hi, wie kann ich dir helfen?«, sprach mich eine der beiden Verkäuferinnen an und taxierte mich mit herablassendem Blick. Kein Wunder, äußerlich könnte sie Amanda Seyfried Konkurrenz machen. *Wie der aktuellen Ausgabe der VOGUE entsprungen*, schoss es in meinen Kopf, als ich sie ansah.

»Äh, also … Ich wollte mir Jeans kaufen.« Unsicher wanderte mein Blick zu den Regalen mit den Hosen.

»Es tut mir leid, aber deine Größe führen wir nicht«, sagte sie mit kühler Stimme, während ihr hübscher Mund sich zu einem arroganten Lächeln verzog.

Deine Größe führen wir nicht. Ich wollte sofort die Flucht antreten. Ich schämte mich, beleidigender hätte die Amanda Seyfried-Kopie nicht sein können. *Eingebildete Pute.*

Zu gern wäre ich in der Lage, ihr meine Worte ins Gesicht zu schleudern, mit einer passenden Antwort zu reagieren, doch stattdessen verfärbt sich mein Gesicht. Warum musste ich jetzt rot anlaufen? Ich räusperte mich, um meinen Stimmbändern Platz zu verschaffen. Mein Hals fühlte sich wie zugeschnürt an. »Okay«, war dann leider alles, was ich herausbekam. Hastig drehte ich mich um und verließ den Shop.

Als ich auf die Uhr schaute, sah ich, dass mir 25 Minuten blieben, bis Lucas mich abholte. Eigentlich noch genug Zeit, um das Macy's aufzusuchen.

Schon stürmte ich los. Zum Glück kannte ich mich dort aus und wusste, wo sich die Klamotten befanden, die ich benötigte. In der Abteilung für *weibliche Rundungen* – so nannte ich den hinteren Bereich. Klang nicht ganz so schlimm. Wobei ich froh war, dass ich dort ungestört nach Sachen suchen konnte, ohne hochnäsige Blicke von den Superschlanken befürchten zu müssen.

Obwohl ich nicht wirklich dick war. Mir passte noch die M. Okay, Tendenz eher zur L, weswegen ich die neuen Klamotten lieber etwas größer kaufen würde.

Der Einkauf ging dann doch langsamer als erwartet, weil ich mich schwer entscheiden konnte. Es gab viele ansprechende Sachen. Schlussendlich war ich fündig.

Die neue schwarze Hose, die sehr bequem saß und mir gut stand, hatte ich anbehalten, die anderen beiden befanden sich mit der Jogginghose im Rucksack. Der Kauf hatte mich nicht einmal ein Drittel des Budgets gekostet. Zufrieden kehrte ich zum Treffpunkt zurück.

Mir war bewusst, dass ich zehn Minuten zu spät kam. Und ich konnte mir denken, dass Lucas Hanson es nicht gewöhnt war, dass eine Frau ihn warten ließ.

»Wo warst du?«, fragt er mich prompt, als ich atemlos bei ihm eintraf. Mit strenger Miene studierte er mein Gesicht, seine Stimme klang verärgert. Bingo, da hatte ich tatsächlich mit meiner Annahme richtig gelegen.

»Sorry.« Nach Luft japsend, deutete ich mit dem Kinn zur arroganten Kuh, die gerade eine Kundin mit zuckersüßem Lächeln verabschiedete und uns nicht bemerkte. Das blöde Weib war zu sehr mit ihrem einschmeichelnden Gehabe beschäftigt. »Amanda Seyfried hat mich mit freundlichen Worten aus dem Laden geworfen«, erklärte ich in sarkastischem Tonfall. Mehr sagte ich zu ihrem mir gegenüber entwürdigenden Verhalten nicht.

»Amanda Seyfried, du meinst die Schauspielerin?«

Augenrollend stöhne ich auf. »Nein, aber die Verkäuferin sieht ihr ähnlich. Obwohl ich glaube, das Original ist viel netter.«

»Ach so.« Lucas verstand. »Und wieso hat sie dich aus dem Laden geschmissen?«

»Nicht hier«, wiegelte ich ab. Mit Lucas musste ich über das peinliche Erlebnis nicht noch vor dem Ort des Geschehens sprechen.

»Wir setzen uns in ein Café und du erzählst mir, was passiert ist«, willigte er ein und wir gingen los.

»Was willst du trinken?«, erkundigt sich Lucas. Er wollte an der Theke bestellen. Es war ein Selbstbedienungscafé.

Ich überlegte, ob ich es wagen könnte, mein Lieblingsgetränk auszuwählen. »Einen *Caramel Macchiato Grande* mit Topping«, überwand ich mich.

Na super. Mit der Reaktion war ja zu rechnen. Lucas grinste, und ich brauchte keine Zauberkugel, um zu wissen, was er über mich dachte.

»Deinetwegen habe ich heute noch nichts gegessen«, verteidigte ich meinen Wunsch und ließ mich mit zusammengekniffenen Lippen auf den Sitz fallen. Innerlich war ich auf mich sauer, dass ich mich vor ihm rechtfertigte. Eigentlich ging es Lucas einen Scheiß an, was ich aß und trank.

»Habe ich was gesagt?«, fragte er mit einem belustigten Zwinkern und ging nach vorn.

Hatte ich mich so in Lucas getäuscht?

Perplex betrachtete ich die beiden Gläser in seinen Händen, die er auf unseren Tisch abstellte, bevor er mir gegenüber Platz nahm.

Lucas hob entschuldigend die Hände. »Ich liebe wie du Caramel und Sahne. Es gibt nichts Leckereres. Nur unser Fitnesscoach darf mich damit nicht erwischen.«

»Warum?« Ich konnte es nicht glauben, dass wir das Gleiche tranken und ich kein schlechtes Gewissen hatte. Mit seinem entwaffnenden Lächeln hatte er es mir genommen.

»Ich habe einen strengen Ernährungsplan, an den ich mich halten muss, um fit zu bleiben. Nur gesunde Sachen. Aber heute mache ich eine Ausnahme.« Er trank einen Schluck, stöhnte genussvoll und funkelte mich an. »Ashley White, du bist eine gefährliche Verführung.«

Mir wurde heiß bei seinem Blick und ich senkte verlegen den Kopf. Ich griff nach meinem Glas und nippte vom Macchiato. Wenn Lucas wüsste, wie verdammt verführerisch er erst für mich war.

Nachdem wir einen Augenblick schweigend unsere Getränke genossen hatten, gab ich ihm die übriggebliebenen 95 Dollar zurück. Er schien selbst sein Geld zu brauchen.

Lucas steckte die Scheine und Münzen in seine Brieftasche und fragte mich nach dem Grund, warum ich ins Macy's gegangen war.

Mit ernstem Gesichtsausdruck hörte er mir zu. »Bleib du sitzen«, forderte er mich auf und stand auf. »Ich bin bald wieder hier.« Mit gerunzelter Stirn schaute ich ihm hinterher, wie er mit langen Schritten unseren Tisch verließ. Was hatte er vor?

Nach ungefähr einer viertel Stunde kam er mit einem triumphierenden Gesichtsausdruck zurück.

»Wo warst du?«

Lucas sah mich verschwörerisch an. »Geduld, Ash.«

Wie kryptisch er das formulierte.

Einige Minuten später betrat unerwartet die Amanda Seyfried-Kopie das Café. Offensichtlich suchte sie jemanden. Ihr Blick wanderte umher. *Ich glaub's ja nicht.*

Sofort verschluckte ich mich am Macchiato und hustete wie kurz vor dem Erstickungstod. Lucas beugte sich vor, klopfte mir fürsorglich auf den Rücken und setzt sein unverschämt sexy Grinsen auf, das mir weiche Knie bescherte. Zum Glück saß ich.

Was, um Himmels willen, hat die Bitch hier zu suchen?

Als sie zu unserem Tisch kam, blitzten mich ihre Augen an. Ziemlich aggressiv, aber auch gleichzeitig verwundert.

»Hey Luc, ich dachte, wir treffen uns auf ein Date?«

»Wir haben ein Date?« Lucas lachte kopfschüttelnd. »Sweety, du sollst dich bei meiner Freundin Ash entschuldigen. Du hast sie vorhin beleidigt. Dafür habe ich dich herbestellt.«

Er hat die dämliche Ziege herbestellt? Was läuft hier für ein Spiel?

Immer noch überrascht wanderten meine Augen zwischen Lucas und der Amanda Seyfried-Kopie hin und her.

Als das Weib langsam schnallte, was hier passierte, verzog sie ihren Mund zu einer schmalen Linie.

»Du wolltest gar kein Date.« Kopfschüttelnd stieß sie ein Schnauben aus und schloss einen kurzen Moment die Augen.

»Es war ein Vorwand, mich hierher zu lotsen, um mich bloßzustellen, du mieses Arschloch. Dafür opfere ich meine Pause«, zischte sie.

Ihr Gesicht glühte vor Scham wie meins vorhin, als sie mich abgekanzelt hatte.

Nachdem ihr nun klar war, dass Lucas nicht vorhatte, sich auf ein Date mit ihr zu treffen – er schien wirklich jede Frau zu bekommen, die er haben wollte – warf sie das lange dunkelblonde Haar zurück, machte auf dem Absatz kehrt und beeilte sich, nach draußen zu gelangen. Einen Augenblick starrte ich ihr hinterher, bevor ich mich wieder Lucas zuwandte. Dabei bemerkte ich, dass seine Mundwinkel zuckten, als würde ihm der Abgang dieser Bitch mächtig Spaß bereiten.

»Wieso hast du ihr vorgeflunkert, dass ihr ein Date habt?« Irgendwie ahnte ich den Grund, aber wollte ihn aus seinem Mund hören.

»Tja, liebe Ash, wer meine Freunde beleidigt, beleidigt auch mich.«

Er lächelte mich an, und ich spürte, wie mir die Nässe in die Augen stieg.

Ich war überwältigt, dass er das für mich getan hatte. Ausgerechnet Lucas.

Er beugte sich nach vorn, hob die Hand und wischte mit dem Daumen eine Träne weg. »Heule bitte nicht in meiner Gegenwart. Das macht mich nur sentimental«, sagte er lächelnd.

»Wenn du so meine Ehre rettest, muss ich heulen«, gestand ich.

Es hatte gutgetan, dass sie einmal am eigenen Leib spüren musste, was für ein Gefühl es war, erniedrigt zu werden.

»Es ist sonst nicht meine Art, Frauen reinzulegen. Aber in diesem Fall war es angebracht. Obwohl ich nicht glaube, dass… Puh, wie hieß sie noch mal? Ach, egal. Ich meine, dass ich mir nicht vorstellen kann, dass sie nach dieser Erfahrung ihre Arroganz ablegen wird. Sie ist eine oberflächliche Person. Das war mir im Laden aufgefallen, nachdem ich sie angesprochen hatte. Trotzdem brauchte sie einen Denkzettel«, erwiderte Lucas und schlug sich mit den Händen auf die Oberschenkel. »Doch nun genug von ihr gesprochen. Lass uns jetzt nicht weiter gefühlsduseln, sondern darüber reden, wie wir das mit unserer Teamarbeit regeln, wenn wir schon mal hier sind. Mittagessen können wir trotzdem noch zusammen.«

Ich nickte, biss mir auf die Unterlippe und rieb die Hände unter dem Tisch aneinander. Unbedingt musste ich den Wunsch unterdrücken, ihm um den Hals zu fallen, weil er sich für mich eingesetzt hatte. Und weil er mich nicht gleich wieder loswerden wollte.

Es war schön, mit Lucas Zeit zu verbringen. Wer wusste schon, wann das noch einmal klappen würde? Um der Versuchung nicht nachzugeben, sagte ich: »Okay, reden wir über die Philosophieaufgabe.« Kurz hielt ich inne. »Über den Job müssten wir außerdem sprechen.«

Die Zusage, mir bei der Jobsuche behilflich zu sein, sollte er nicht vergessen. Immerhin hatte er versprochen, sich zu kümmern.

»Na klar, mit dem Job kläre ich gleich heute nach dem Training«, bestätigte Lucas. Er studierte mein Gesicht, bevor er fortfuhr: »Ich habe schon mitbekommen, dass du ungern mit anderen Leuten zusammenarbeitest. Deshalb wollte ich dich fragen, ob du dich allein mit dem Philosophiethema auseinandersetzt und die Seminararbeit für uns schreibst.«

Kurz stockte mir der Atem.

Was sagt er da? Mein Herz stolperte und ich rang nach Luft. Sein Vorschlag war unglaublich.

Mit schmalen Augen sah ich ihn an. »Aha, also darum geht es dir. Du hast kein Interesse mit mir im Team zu arbeiten, sondern willst, dass ich das allein mache. Ich bekomme das ganze Thema aufgedrückt und du erhältst mit mir die Abschlussnote, ohne einen Finger krumm gemacht zu haben.«

Ich hätte es eigentlich ahnen müssen, dass das Freundschaftsgequatsche nur ein Vorwand war, um mich gefügig zu machen.

»Wenn ich in die NFL will, muss ich noch besser werden«, verteidigte sich Lucas. »Deshalb bekomme ich montags ein zusätzliches Einzeltraining. Was kann ich dafür, dass mir die Zeit fehlt?«

Betreten sah er mich an. Es war ihm wohl ein bisschen peinlich, was er von mir verlangte. »Bitte hilf mir, Ash, immerhin besorge ich dir einen Job. Und wenn du Unterstützung für die Teamarbeit brauchst, versuche ich, ein bisschen mitzumachen, einverstanden?«

»Weiß nicht, ich muss darüber nachdenken«, sagte ich und führte mein Glas an die Lippen.

Rasch schluckte ich die Enttäuschung mit dem Rest des *Caramel Macchiatos* runter.

Lucas schwieg. Er warf mir noch einmal einen flehenden Blick zu, bevor er aufstand und die leeren Gläser zur Geschirrrückgabe brachte.

Nachdem er zu unserem Tisch zurückgekehrt war, atmete ich tief durch und verkündete meine Antwort. Irgendwie kam ich mir mies vor, wenn ich ihn im Stich ließ. »Okay.«

»Okay, was?«, fragte Lucas lauernd.

Er behielt mich im Blick, während ich aufstand und mir den Rucksack über die Schulter warf. Mir war bewusst, dass ich aufgrund meiner finanziellen Schwierigkeiten gezwungen war, mich auf den Deal einzulassen. »Du trainierst, ich erledige die Seminararbeit.«

»Echt, du machst das? Mann, mir fällt ein Stein vom Herzen.«

»Ja, ist am Ende doch kein großes Ding. Stimmt ja auch, dass ich am liebsten allein arbeite.«

»Trotzdem, Ash. Vielen Dank. Du hast keine Ahnung, wie du mir hilfst.«

»Wie du mir mit dem Job.« Statt noch was zu sagen, zeigte ich zum Ausgang. Ich wollte raus. Der Raum wurde mir zu eng. »Können wir?«

Lucas stimmte zu, dann verließen wir das Café.

Draußen blieb er abrupt stehen. »Fuck«, presste er zwischen den Zähnen hervor und griff kurz nach meinem Handgelenk, um mich zurückzuhalten.

»Was hast du?«, erkundigte ich mich irritiert und schaute in Lucas' Gesicht. Er wirkte verärgert. Leise knurrend zog er die Stirn in Falten. Meine Augen schweiften dorthin, wo sein Blick verharrte.

Dylan und Ray schlenderten auf uns zu und unterhielten sich angeregt. Im ersten Moment bemerkten sie uns nicht. Doch dann stutzte Dylan. »Hey Luc, du hier?«, rief er und stieß Ray an, der nun genauso verwundert schaute, dann seinen Mund zu einem breiten Grinsen verzog.

Lucas umfasste meinen Oberarm. Er zwang mich, dass ich mich zu ihm drehte, sodass ich mit dem Rücken zu seinen Freunden stand. »Pass auf, Ash. Du bewegst dich keinen Millimeter weg. Ich bin gleich zurück.«

»Schon gut, ich warte.« Seine Stimme hatte derart streng geklungen, dass mir nicht in den Sinn gekommen wäre, ihm zu widersprechen oder seine Anweisung zu missachten.

»Okay.« Lucas räusperte sich, ließ mich los und ging zu seinen Freunden.

Mich beschlich das ungute Gefühl, dass es ihm nicht recht war, dass Dylan und Ray mitbekommen hatten, dass er mit mir unterwegs war.

Wenn sie uns auf dem Campus getroffen hätten, könnte er es mit dem Studium begründen. Das war zwar die Wahrheit, doch wirkte sie hier nicht glaubhaft. Ich schätzte, dass diese Gedanken blitzartig in seinen Kopf geschossen waren. Deshalb versuchte ich, mich unauffällig zu benehmen, und blickte in eine andere Richtung. Nicht, dass sie noch auf mich zukämen. Was sollte ich sagen, wie mich verhalten? Schon Lucas' Nähe überforderte mich.

Doch lange blieb ich nicht standhaft. Meine Neugierde war zu groß, dass ich aus dem Augenwinkel zu den Dreien schielte. Ich sah, wie Lucas mit Dylan und Ray lachte.

Wild gestikulierten sie mit den Händen, witzelten über irgendetwas. Lucas' Freunde warfen mir ab und zu einen Blick zu. Ich war zu weit weg, um zu hören, ob sie über mich redeten.

Nach wenigen Minuten umarmten sie sich. Dylan und Ray kehrten um, ohne mich noch einmal in Augenschein zu nehmen. Warum sie abdrehten, verwunderte mich, aber anscheinend hatten sie ihre Pläne geändert.

»Tut mir leid, aber unsere Verabredung zum Mittagessen klappt nicht. Ich muss mit Dylan und Ray etwas Dringendes erledigen«, erklärte Lucas mit zerknirschter Miene, nachdem er wieder vor mir stand. Ich nickte, glaubte ihm jedoch kein Wort.

»Schade.« Mein Lächeln war gespielt und mein Magen zog sich zusammen. *Scheiße, er schämt sich für mich.* Deswegen hatte er seine Freunde auf Abstand gehalten. Meine Befürchtung behielt ich für mich. »Wenn du keine Zeit hast, fahre ich mit dem Bus zurück«, schlug ich stattdessen vor.

Lucas fuhr sich mit der Hand durchs Haar. Es war ihm anzumerken, dass es ihm unangenehm war, mir eine fadenscheinige Ausrede aufzutischen. »Nein, du brauchst nicht mit dem Bus fahren. Die Zeit habe ich noch, dich zum Wohnheim zu bringen.«

»Gut, dann sollten wir schnell los, damit du keinesfalls zu spät kommst.«

»Und du bist nicht sauer, dass wir unsere Verabredung verschieben?«

Haha, verschieben, dachte ich voller Ironie. *Aus welchem Grund solltest du dich mit mir ein zweites Mal treffen wollen? Du hast erreicht, worum es dir ging. Ich werde unsere Partnerarbeit allein bewältigen.* Ich verriet meine Gedanken nicht und sagte: »Nein, geht schon in Ordnung. Treffen wir uns ein anderes Mal.« Eigentlich versuchte ich, cool zu klingen, aber es gelang mir nicht. Meine Stimme klang krächzend. Um der Situation zu entfliehen, lief ich einfach los. Lucas holte mich schnell ein. Schweigend begaben wir uns zum Parkplatz.

Auch auf der Rückfahrt redeten wir kaum miteinander. Ich war fast erleichtert, als wir das Wohnheim erreichten.

»Du gibst mir Bescheid mit dem Job?«, fragte ich.

»Kein Problem, ich melde mich bei dir.«

»Möchtest du meine …«

»Nein, nicht nötig.«

Na super. Er hatte mich unterbrochen, bevor ich meine Frage vollständig stellen konnte. Offensichtlich wollte er keine Handynummern austauschen. Ich seufzte ergeben. *Ach, was soll's, eh egal.* Er wollte mich nicht anrufen, und ich würde mich das sowieso nicht trauen.

Lucas' Lächeln wirkte freundlich, aber irgendwie auch distanziert, während er darauf wartete, dass ich verschwand. Also sammelte ich rasch meine Sachen zusammen, um aus dem Jeep auszusteigen. »Man sieht sich«, verabschiedete ich mich hastig.

»Mach's gut, Ash. Und cool, dass du die Partnerarbeit für mich mitmachst!«

»Ja, klar. Danke für den *Caramel Macchiato*, die Hosen und den Job.«

Mehr gab es nicht zu sagen, daher wandte ich mich ab, ohne ihn noch einmal anzusehen, und ging auf das Wohnheim zu. Lucas rief mir auch nichts hinterher. Ich hörte, wie er den Motor startete und losfuhr.

8. Kapitel – Lucas

»Die dicke Rothaarige erledigt eure Partneraufgabe allein, damit du montags dieses neue Fitnessprogramm machen kannst. Du musst dich nur um einen Job für sie kümmern?«, wollte Dylan wissen. Er glaubte noch immer nicht, was ich ihm und Ray erzählt hatte, als wir uns zufällig in der Mall begegnet waren.

Ich dachte, beide hätten noch einen Kurs gehabt, der war jedoch ausgefallen. Um Klamotten zu kaufen, nutzten sie die freie Zeit. Denn am Samstag, in acht Wochen, würde eine der berüchtigten Verbindungspartys stattfinden, wo es keine Tabus gab. Alle würden dort hemmungslos saufen und vögeln.

Wir Footballspieler hatten einen straffen Tagesablauf. Schon um sechs Uhr morgens begannen wir mit dem Training, dann Uni, wieder Training. Um acht Uhr abends ein Teammeeting bei Chefcoach Eliot. Dort trafen sich die Stammspieler, die zum Kick-off am Wochenende zum Einsatz kamen. Drei Mal die Woche ein letztes Schwitzen im Kraftraum. Manche Tage schaffte ich es nicht vor Mitternacht ins Bett, weil oft noch Studienaufgaben warteten. Ab und zu reichte die Zeit für einen Fick, um mal was anderes zu machen, als zu studieren und zu trainieren.

Wer glaubte, dass Sportler an den Unis ein einfaches Leben führten, der irrte. Wenn mir das Lernen schwerfallen würde, wäre das Studium kaum zu bewältigen.

Mein Leben war zur Zeit kein Zuckerschlecken, doch ich wusste, wofür ich mich durchbiss.

Deshalb waren Partys verdammt seltene Höhepunkte, die jeden Spieler abschalten ließen. Kein Wunder, dass Dylan und Ray aufgrund dieses Anlasses zum Shoppen waren. Die beiden tickten wie Frauen, wenn es um ihr Äußeres ging.

Ich gab selten Geld für gute Klamotten aus. Nur dann, wenn es notwendig war, um nicht negativ aufzufallen. Immerhin hatte ich einen Ruf zu verlieren, so wie ich es Ashley gegenüber gesagt hatte.

Alles, was ich am Monatsende an Geld übrig hatte, wurde geteilt. Etwas behielt ich für mich, sparte es für Reparaturen am Jeep oder notwendige Anschaffungen. Den Großteil überließ ich meinen Großeltern, die sich um meine Mutter kümmerten. Wenn sie nicht wären, hätte ich keinen blassen Schimmer, wie ich es mit ihr hinbekommen sollte.

Niemand, außer mein Quarterback-Coach, wusste von meinen privaten Problemen. Wenn Grandma mich anrief, weil ich zu Hause dringend gebraucht wurde, drückt er ein Auge zu. Er verpfiff mich nicht, wenn ich vom Training abhauen musste, weil meine Mutter was angestellt hatte. Er tat dann so, als ob er mir den Auftrag gegeben hätte, außerhalb des Trainingsgeländes eine Übung zu absolvieren. Deshalb war ich ihm dankbar, dass er mir dieses spezielle Zusatztraining organisiert hatte.

Ich hatte die Befürchtung, wenn herauskäme, was bei mir zu Hause los war, würde ich zum Gespött des Teams werden und meine Autorität verlieren. Egal, wie gut die Stimmung unter den Spielern war, am Ende schaute jeder, wie er einen anderen von dessen Platz verdrängen könnte, wenn sich die Chance bieten würde. Und wir hatten genug Quarterbacks, die meinen Stammplatz, ohne mit der Wimper zu zucken, einnehmen wollten.

Die Geheimnistuerei war nervenzehrend. Dylan und Ray von meiner Mutter zu erzählen, wagte ich nicht. Keine Ahnung, wie sie reagieren würden. Selbst vor Moore fiel es mir weiterhin schwer, über sie zu reden. Ich musste sie und mich vor der Welt draußen schützen.

Obwohl die Umstände schwierig waren, liebte ich sie, und egal was käme, ich würde sie nie im Stich lassen. Ich blinzelte, um nicht mehr an sie zu denken.

Dylan schaufelte sich Reis in den Mund, beobachtete mich und kaute. »Der Genießer schweigt, stimmt's Luc?«, nuschelte er und zeigte mit dem Löffel auf mich. »Nun los, gib schon zu. Als Dankeschön für ihre Mühe vögelst du sie einmal richtig durch.« Er schluckte den Reis runter und kicherte.

Ray, der bis jetzt still war, konnte sich ebenso ein Grinsen nicht verkneifen und schüttelte den Kopf. »Wenn du die Frau freiwillig vögelst, muss die Partneraufgabe einen enormen Umfang haben.«

»Umfang.« Ray wackelte mit den Augenbrauen. Er blickte mit fragendem Gesichtsausdruck in die Runde, ob wir die Zweideutigkeit des Wortes verstanden hätten. Schon prusteten er und Dylan richtig los und schlugen die Handflächen auf den Tisch. Die Gläser wackelten. Meins hielt ich sicherheitshalber fest, damit das Wasser nicht herausschwappte.

»Klar, Umfang«, gluckste Dylan, »der war gut.«

Zwei absolute Spinner, dachte ich, konnte aber ein kleines Schmunzeln nicht unterdrücken. Körperlichen Umfang hatte Ashley tatsächlich zu bieten. Ich biss mir auf die Unterlippe. Irgendwie fies, dass wir uns über sie lustig machten. Wenn meine Freunde ihre Scherze trieben, hielt ich mich immer zurück. Ich hatte damit genug eigene Erfahrungen gemacht, die ich jedoch für mich behielt. »Lasst den Spott, Bros. Ashley hat euch nichts getan.«

»Ja, klar. Aber witzig ist das Wortspiel schon«, fand Ray. Während er und Dylan sich nicht einkriegen konnten und wie zwei alberne Hühner gackerten, stocherte ich im Salat herum. Ich hasste Grünzeug, leider gehörte es auf meinen Ernährungsplan.

Ich führte einen aufgespießten Berg Salat zum Mund. »Um Gerüchte gleich mal aus der Welt zu schaffen: Ich ficke Ashley White nicht, habe es auch nicht vor.«

»Tust du wirklich nicht?« Dylan schaute mich mit hochgezogenen Augenbrauen an.

»Nein«, sagte ich mit vollem Mund. Selbst wenn viele Leute das annahmen, bin ich keineswegs wie Dylan, Ray oder die anderen Footballspieler aus unserem Team gestrickt. Hilfe während des Studiums war wichtig. Die meisten hatten keine Probleme damit, sich für Gefälligkeiten mit Sex zu revanchieren. Ich war für diese Art Deals nicht zu haben. Wenn ich eine Frau fickte, dann weil ich sie wollte.

Mit Ashley Sex zu haben, würde mir nicht im Traum einfallen. Sie wirkte nicht so, als ob sie viele Erfahrungen mit Männern hätte. Eher wie eine verklemmte Jungfrau kam sie rüber, die schon beim Wort Penis rot werden würde. Ihr Körper brachte bei mir auch nichts zum Schwingen. Wenn ich einer Frau begegnete, wollte ich ein Prickeln im Bauch spüren, Hitze, die sich in meinem Inneren ausbreitete. Ein klares Zeichen, dass sie mir gefiel.

Ashley hatte zwar ein hübsches Gesicht, das rote Haar lud zum Hineingreifen ein, jedoch hatte sie einfach zu viel Busen und zu viel Arsch. Ihre Figur war ganz okay, kurvig und gut geformt, aber nichts für mich.

Außerdem funktionierte der kleine Luc bei Jungfrauen nicht. Der wollte gekonnt verwöhnt werden. Am liebsten mit dem Mund. Was wusste ich, was Ashley mit meinem besten Stück anfangen würde? Am Ende kniff sie mir in die Eier und knabberte sinnlos an meinem Schwanz herum.

Ich hatte schon ein fürchterliches Erlebnis und es reichte bis in alle Ewigkeit. Wenn ich mich daran erinnerte, tat mir sofort mein bestes Stück weh.

Es war der Albtraum schlechthin gewesen. *Nie wieder beißt mir eine Frau in den Schwanz und quetscht mir meine Eier, als ob sie das Euter einer Kuh wären!*

Dylan stieß mich an. Sofort verdrängte ich die Erinnerungen.

»Ich frage mich, warum sich Ashley White die ganze Arbeit aufbürdet, wenn du ihr im Gegenzug keinen außergewöhnlichen Dienst erweist.« Er lachte, schob sich die nächste Portion Reis in den Mund.

Es störte mich, dass wir über sie und mich sprachen. Warum hatten wir im gleichen Moment das Café verlassen müssen, als Dylan und Ray dort aufgetaucht waren? Eine Minute später und es gäbe keine dämliche Fragerei. Jetzt saß ich mit ihnen in der Dining Hall der Michigan, aß das widerliche Grünzeug, denn Fleisch, Fisch und Reis verschlang ich immer zuerst, und hörte mir bescheuerte Sprüche an.

»Wie spät ist es?«, lenkte ich vom Thema ab.

»Hast doch selbst eine Uhr.« Ray verzog das Gesicht und schaute auf sein Handy. »Fast drei.«

»Okay, dann müssen wir gleich los. Ich gehe vorher noch pissen«, erklärte ich, leerte das Glas und stand auf. Den Salat mochte ich nicht mehr essen. Heute war mein sündiger Tag: *Caramel Macchiato* statt Vitamine. Unerwartet tauchte Ashleys Gesicht in meinem Hirn auf.

Wenn ich so nachdachte, war es heute nett mit ihr gewesen. Und wie sie mir bei Williams den Mittelfinger gezeigt hatte. Frech und gleichzeitig mutig. Frauen, die sich wenig darum scherten, was man über sie dachte, waren mir sympathisch. Hey, da könnte man fast an den Spruch denken: *Stille Wasser sind tief.* Im Hintergrund vernahm ich Gesprächsfetzen, Gelächter und das Klappern von Geschirr, als ich mit dem Tablett in den Händen auf den Abstellwagen zusteuerte.

Die Umgebung nahm ich kaum wahr. Zu viele Dinge, die mir in den Kopf geschossen waren. In solchen Momenten konnte es vorkommen, dass ich bekannte Gesichter übersah. Bei meiner Größe nicht verwunderlich.

»Hi Lucas«, hörte ich plötzlich jemanden sagen. Die Stimme kannte ich. Deshalb blieb ich stehen und senkte den Kopf, um den Gruß zu erwidern. Ein sommersprossiges Gesicht sah zu mir forschend hoch. Ich musste schlucken, fühlte mich schlagartig schuldig.

»Ashley, du?« *Verfluchte Scheiße, schlechtes Timing,* schimpft meine innere Stimme. Erst dachte ich an sie, dann stand sie unerwartet vor mir. Ich hatte Ashley angelogen, dass ich keine Zeit hätte, mit ihr Mittagessen zu gehen. Nun trafen wir uns hier. Ich konnte sehen, wie es in ihrem Kopf arbeitete. Ihre Augen von meinem Gesicht zum Tablett wanderten, langsam abwärts, dann wieder hinauf. Für den Bruchteil einer Sekunde kniff sie die Lippen zusammen. Irgendwie traurig. Ich schluckte ein zweites Mal.

Sie deutet zu meinem Teller. »Ich dachte, du ...«

»Was?«, fuhr ich Ashley an, ohne sie ausreden zu lassen. Ich wandte den Kopf, mein Blick huschte zu Dylan und Ray. Ashleys Ankunft in der Dining Hall war ihnen nicht entgangen.

Na toll, natürlich grinsten sie.

Verdammt, konnte die Frau nicht eine Viertelstunde später zum Essen kommen?

»Sorry, dass ich dich aufhalte«, entschuldigte sich Ashley. Sie hatte bemerkt, dass mir unsere Begegnung nicht passte.

Und dann stellt sie mir eine Frage, die mich fast umhaute.

»Stört es dich, mit mir gesehen zu werden?«

Mir klappte der Mund auf. »Ist doch Quatsch. Wir waren immerhin zum Mittagessen verabredet. Also, wie kommst du auf den Blödsinn?«, redete ich mich raus.

»Du hast mich angelogen. Von wegen, keine Zeit. Außerdem warst du schon in der Mall so komisch zu mir, als Dylan und Ray dort auftauchten.«

Sie zeigte zu unserem Tisch. »Jetzt benimmst du dich wieder abweisend.« Kopfschüttelnd zwickte sie sich in die Nasenwurzel, bevor sie noch sagte: »Hör zu, Lucas. Wenn ich dir peinlich bin, dann nenne mich nicht deine Freundin und dann sage mir ehrlich ins Gesicht, dass du keinen privaten Kontakt wünschst. Meinst du, du bist der Erste, der so mit mir umspringt?«

Ashleys Miene war finster. Sie war ganz schön wütend. Ich zollte ihr Respekt. Ich hätte keinesfalls erwartet, dass sie sich trauen würde, so mit mir zu sprechen, zumal sie sonst eher der zurückhaltende Typ war.

Einen Moment schwieg ich, stieß die Luft aus. »Okay«, begann ich. »Wenn du das wünschst, werde ich ehrlich zu dir sein.«

Ashley hatte mich in die Enge getrieben. Sie wollte die Wahrheit wissen, dann bekam sie diese ungeschönt von mir zu hören. »Uns verbindet ein Deal, mehr nicht. Privat interessierst du mich nicht.« *Obwohl ich dich eigentlich ganz hübsch finde*, dachte ich noch. Doch wir wussten beide, dass uns Welten trennten. Das Wort Freundin hatte ich ihr gegenüber nur in den Mund genommen, um sie für den Deal zu gewinnen. Ashley passte nicht in meinen Freundeskreis, wäre nur üblen Scherzen ausgesetzt. Das hatten mir Dylan und Ray gerade erst am Tisch bewiesen.

Sie musterte mich still, bevor sie reagierte. »Also nur ein Deal. Nun gut. Die Botschaft ist angekommen.« Sie drehte sich um, verharrte. Über die Schulter sah sie mich an. »Ich nehme an, dass ich dich auch nicht ansprechen soll, falls ich von dir Hilfe beim Bearbeiten des Themas benötige. Gib ruhig zu, das war nur eine dahingesagte Anstandsfloskel, oder?« Trotz einer formulierten Frage klang es wie eine Feststellung.

»Ja«, antwortete ich, zuckte hilflos mit den Schultern. Ich war mit der Situation überfordert.

Wie festgewachsen stand sie da. Plötzlich wirbelte sie herum, fuchtelte mit dem Finger vor ihrem Gesicht. »Du … Du … A … Arschloch!« Ihre Wangen glühten. Ihr Körper war angespannt. Schnaubend ballte sie die Hände an den Seiten zu Fäusten, als ob sie sich zusammenreißen müsste, um nicht auf mich wie eine wildgewordene Furie loszugehen. Wobei das ein Verhalten wäre, das auf keinen Fall zu Ashley passte.

Schnell hatte sie sich wieder unter Kontrolle. Ihre Arme ließ sie hängen, die Hände waren geöffnet.

Wie recht Ashley hatte, ich war ein Arschloch. Ihr Blick bewies mir, dass sie unsagbar enttäuscht war. Doch bevor ich noch was sagen konnte, weil mir mein hartes Verhalten leidtat, wandte sie sich endgültig von mir ab und stürmte Richtung Ausgang.

Freunde waren wir nicht, würden es zukünftig nie sein. Komisch, dass mich der Gedanke nicht kalt ließ. Ich hatte keine Ahnung, warum ich nach ihrem Abgang ein schmerzhaftes Stechen im Herzen verspürte. Das war seltsam.

Einen Augenblick schaute ich ihr nach. Ray und Dylan guckten nicht mehr, wie ich aus dem Augenwinkel bemerkte. Besser so, fand ich und brachte das Tablett weg, um dann zu den Toiletten zu gehen. Die Blase drückte gewaltig.

Das war mir während der Auseinandersetzung mit Ashley nicht aufgefallen.

Als ich zurückkam, räumten Dylan und Ray Teller, Gläser und Besteck zusammen. Wir mussten uns beeilen, um pünktlich zum Training zu kommen. Dort würde ich mich bei Bob Miller, unserem Platzwart, nach einem Job für Ashley erkundigen. Vor Kurzem sagte er mir, dass er Unterstützung benötigte. Er müsste nur noch die Bezahlung und Formalitäten mit der Universitätsverwaltung klären. Miller und ich verstanden uns gut, deshalb war ich mir sicher, dass er mir den Gefallen tun würde und Ashley zur Probe einstellte. Ob sie den Job behalten könnte, läge schlussendlich an ihrer Arbeitsleistung. Wenn Bob Miller mir grünes Licht gab, würde ich ihr Bescheid geben.

9. Kapitel – Ashley

Uns verbindet ein Deal, mehr nicht. Privat interessierst du mich nicht. Diese beiden Sätze hatte ich von Lucas regelrecht ins Gesicht gespuckt bekommen. Ich war noch immer entsetzt. Lohnte es sich überhaupt, mit diesem Kerl ein weiteres Wort zu wechseln? Würde ich noch einmal freiwillig einen Fuß in das Stadion setzen?

Nein! Nie, nie wieder!

Lucas Hanson war Geschichte. Aber so was von sicher, das versprach ich mir selbst. Hoch und heilig.

Wenn ich tief in mich ging, hatte ich von Anfang an gewusst, dass er mich mit seinen zuckersüßen Worten nur gefügig machen wollte, um mir dann einen Tritt in den Allerwertesten zu verpassen. Da war Lucas einmal nett zu mir gewesen und ich musste ihm wie ein Hündchen aus der Hand fressen.

Mir war klar, dass ich – selbst wenn ich wollte –, mit ihm unter diesen Umständen keine Partnerarbeit machen konnte. Der Schmerz hatte mein Herz umklammert. Er würde es nicht aus seinem Griff lassen, wenn ich mich weiterhin in Lucas' Nähe aufhielt. Mit der Stalkerei war ab jetzt ebenso Schluss. Ich würde mir nicht mehr von außen die Nase am Fenster plattdrücken, wenn er im Kraftraum trainierte. Genauso wenig würde ich in der Bibliothek zwischen den Regalen herumschleichen, wenn er sich Bücher auslieh. Solche bekloppten Sachen hatte ich tatsächlich gemacht. Wenn ich damit nicht aufhörte, käme ich über die Demütigung nie mehr hinweg.

Es war nun mal so, dass ich in Lucas verliebt war. Gefühle konnte man nicht per Knopfdruck ausschalten.

Deshalb würde ich die Philosophiearbeit allein schreiben, egal, ob er mir den Job besorgte oder … Moment. Woher wusste ich denn, ob das mit dem Job der Wahrheit entsprach? Vielleicht war das genauso gelogen?

Von wegen: *Freundin. Lass uns ein anderes Mal gemeinsam mittagessen. Ich helfe dir bei der Teamarbeit, wenn du Hilfe brauchst.* So oder ähnlich hatte er mich eingelullt. Dieser fiese Mistkerl!

Pah, darüber konnte ich nur noch lachen. Wie dumm ich doch gewesen war, auf sein Gequatsche hereinzufallen.

Hatte ich mir nicht selbst gesagt, dass ich in seiner Gegenwart nicht geistig zur Amöbe werden würde? Die Einzeller waren tatsächlich noch schlauer als ich. Die hätten sein Geschleime gleich durchschaut und ihn auf den Mount Everest geschickt. Dort oben saß ja schon sein Ego.

Die Gedanken rasten wild ihre Runden in meinem Kopf. Wie bei der *Formel 1*.

Mir war ganz schwindlig davon. Ich war verdammt froh, dass ich diesmal nicht sprachlos vor ihm gestanden hatte. Was ich von ihm hielt, hatte ich ihm an den Kopf geknallt. Zwar gestammelt, trotzdem mit Schmackes. Er hatte nicht schlecht geguckt. Wenigstens ein kleiner Triumph. Ob ich das noch einmal schaffen würde? Vermutlich nicht. Ich war so schockiert und verletzt gleichermaßen gewesen, dass mein Verstand sich für einige Sekunden verabschiedet hatte und ich deshalb so mutig gewesen war. Wenn mich doch in solchen Momenten öfters die Vernunft verlassen würde. Ich hätte keine Probleme mehr, immer zu sagen, was ich dachte und fühlte, wenn mich andere Leute verletzten. Es würde meinem Selbstbewusstsein helfen.

Ich riss die Tür auf und stürzte ins Freie. So schnell es ging, hatte ich die Dining Hall verlassen.

Nachdem die Ausgangstür hinter mir zugefallen war, blieb ich stehen und blickte seufzend zum Himmel. Konnte niemand mit einem kleinen Wunder nachhelfen, den Teil meines Hirns ausschalten, der mich blockierte? Den Blick wieder geradeaus gerichtet, schüttelte ich den Kopf. Wohl kaum, wer kümmerte sich um die Probleme einer schüchternen Rothaarigen?

Ich versuchte, meine Gefühle unter Kontrolle zu bekommen. Bewusst atmete ich ein und aus. Meine Brust hob und senkte sich hektisch.

Einatmen. Ausatmen. Einatmen. Ausatmen. Mein Mantra, wie ich es beim Joggen vor mir herbetete, half. Langsam wurden meine Atemzüge gleichmäßig.

Doch während ich mich beruhigte, wurde der Schmerz, den mir Lucas zugefügt hatte, übermächtig. Schlagartig war mir mein geheimer Wunsch wieder gegenwärtig. Hatte ich mir vielleicht doch was vorgegaukelt, etwas erhofft, das nie eintreten würde? Hatte ich tatsächlich im hintersten Eckchen meines Hirns geglaubt, Lucas Hanson könnte mich mögen?

Bloß, weil er mir das Geld für neue Hosen geliehen hatte?

Wir gemeinsam einen *Caramel Macchiato* getrunken hatten?

Er mich vor dieser bescheuerten Kopie von Amanda Seyfried verteidigt hatte?

Lucas hatte mir klipp und klar gesagt, dass er Frauen nur zum Ficken wollte. Und ich wusste, welche Frauen er damit meinte.

Über meine Naivität musste ich lachen, gleichzeitig kullerten mir die Tränen über die Wangen. O Mann, fühlte ich mich schlecht.

Ach, was soll's.

The Show Must Go On. Ein Klassiker von Queen, der ausdrückte, wie ich mich fühlte.

Aber ich würde mich nicht unterkriegen lassen. Die Teamaufgabe meisterte ich definitiv allein und mit bestmöglichem Ergebnis. Für mich. Lucas war ein Parasit, der sich bei mir angedockt hatte, doch nur dieses eine Mal. Danach wäre ich es, die ihm einen Tritt verpassen würde, sollte er noch einmal versuchen, mich auszunutzen.

Rasch lief ich zum Wohnheim zurück. Das Leben ging weiter, auch ohne Lucas. Ich hatte ihn weder als Freund gewonnen, noch verloren.

Als ich darüber nachdachte, wusste ich plötzlich, worüber ich die Philosophiearbeit schreiben würde: *Was ist der Sinn des Lebens?* Ein Thema auf Professor Williams' Liste, das wir bearbeiten könnten, soweit ich mich erinnerte.

Eine Antwort wäre: Ich durfte keinesfalls heulen, nur weil Lucas Hanson mich ablehnte.

Deshalb wischte ich entschlossen mit den Fingern die Tränen aus dem Gesicht.

Als ich mein Zimmer betrat, fühlte ich mich schon ein bisschen besser. Chloe war nicht hier. Ich nahm an, dass sie noch mit Travis unterwegs war.

Ich packte den Laptop in den Rucksack. Mein Blick fiel auf die beiden blauen Hosen auf meinem Bett, die ich mir gekauft hatte. Zitternd atmete ich ein und aus, blinzelte die neu aufkommenden Tränen weg und hoffte, dass die Arbeit mich vom Liebeskummer ablenken würde. Sicherheitshalber schaute ich noch ein letztes Mal auf Williams' Liste, ob das Thema dort stand. Ich hatte mich nicht geirrt.

Zufrieden stieß ich die Luft aus und nahm mir vor, morgen die Mail an den Professor zu schicken, um ihm mein gewähltes Thema mitzuteilen.

Ohne mich länger aufzuhalten, verließ ich das Zimmer und begab mich zur Bibliothek, um mit der Ausarbeitung anzufangen.

Mit vier ausgeliehenen Büchern schaute ich mich im Leseraum um. Nur ein Platz an einem der Tische war frei. Dort saß Miller, ein Student, den ich aus dem Philosophieseminar von Professor Williams kannte. Er schien sich wie ich mit dem Thema allein zu befassen. Ich glaubte, sein Vorname war Matthew. Er war der Sohn des Platzwarts vom Stadion. Oft machte er einen zerstreuten Eindruck. Seine dunkelblonden kurzen Haare standen in alle Richtungen ab und seine blauen Augen wirkten verträumt. Er war dünn und nicht viel größer als ich.

Wie ich war er ein Außenseiter. Die anderen Studenten sprachen mit ihm, wenn es um kostenfreie Tickets für die Footballspiele ging. Da er meistens keine hatte, schnitten sie ihn.

Ich wartete, bis er zu mir hochschaute. »Darf ich?«

»Klar.« Er lächelte freundlich und deutete auf meine Bücher. »Du beginnst auch schon mit dem Thema?«

»Ja«, sagte ich und setze mich neben ihn. Keine Ahnung, warum er gemieden wurde, ich fand ihn nett. Vielleicht freundeten wir uns an. Immerhin saßen wir im selben Boot, mussten uns allein mit der Philosophieaufgabe herumschlagen.

Nachdem ich die Bücher auf den Tisch gelegt hatte, holte ich meinen Laptop, den Studienplaner und das Schreibmäppchen aus dem Rucksack.

»Matthew, richtig?«

»Und du Ashley. Hast das Vergnügen, mit Lucas ein Team zu bilden.« Er zwinkerte wissend, während ich mit den Augen rollte.

»Hör bloß auf. Aber du hast ebenfalls das große Los gezogen. Die Tochter unseres verehrten Dekans.«

»Hmmm.« Er stöhnte. »Olivia Baker, die mehr Zeit in Designerläden als an der Uni verbringt.«

»Welche Frage bearbeitest du?«, erkundigte ich mich.

»*Was ist der Sinn des Lebens.*«

»Echt?«, rief ich aus und erhielt von verschiedenen Seiten verärgerte Blicke. »Ruhe am Tisch, sonst fliegt ihr raus!«, drohte auch schon die Bibliothekarin.

Matthew und ich zogen die Köpfe ein und kicherten, was uns noch ein böses Räuspern von der Frau einbrachte.

»Sprechen wir nachher bei einem Kaffee weiter?«, flüsterte Matthew mir ins Ohr.

Ich nickte erfreut. »Gern.«

Die nächsten zwei Stunden arbeiteten wir an der Aufgabe, ohne einen Mucks von uns zu geben. Ich freute mich, hier mit Matthew zu sitzen. Und ich hoffte, dass wir einen regen Gedankenaustausch über unser Thema führen würden.

10. Kapitel – Ashley

In der Cafeteria bestellte ich mir einen Caffè Latte und einen Schokomuffin. Matthew holte sich einen Thunfischbeagle und einen Cappuccino. Nach Lucas' kalter Abfuhr war es schön, hier mit ihm zu sitzen, unsere Ausarbeitungen zu vergleichen und miteinander zu diskutieren.

»Über den Sinn des Lebens habe ich mir schon oft Gedanken gemacht«, sagte Matthew zwischen zwei Schlucken. »Ich frage mich, welchen Sinn unser Leben hat, wenn irgendwann ein riesiger Meteorit auf uns herunterknallt und wir alle tot sind.«

»Wieso machst du es von Dingen abhängig, die irgendwann in Tausenden Jahren passieren können?«

»Stimmt schon, was du sagst.« Er rieb sich mit nachdenklicher Miene die Nase.

»Man sollte den Begriff auf sich selbst projizieren. Wofür lebe ich?«, fuhr ich mit meinen Überlegungen fort. Achselzuckend biss ich in den Muffin.

»Interessante Frage«, meinte Matthew. »Familie gründen, Geld verdienen, um sie ernähren zu können. Die Natur hat uns die Aufgabe gegeben, dass wir uns fortpflanzen. Das scheint unser Sinn des Lebens zu sein. Danach werde ich meine Arbeit ausrichten. Wie gehst du an das Thema heran?«

»Ich stelle mir die Frage, ob ich nicht doch zu etwas Größerem berufen bin, als zu essen, zu trinken, zu schlafen, mich fortzupflanzen. Mein Ziel ist es, in einer Organisation für Entwicklungshilfe zu arbeiten, um Menschen zu helfen, denen es nicht so gut geht wie uns. Das gibt meinem Leben Bedeutung.« Nach der Antwort schweiften meine Gedanken zu Lucas.

Die Herangehensweise an das Thema passte gut, weil auch er seinem Leben eine höhere Bestimmung gab. Er spielte Football. Viele Menschen liebten den Sport. Er schenkte ihnen Freude, wenn er ein gutes Spiel machte.

»Du gehst davon aus, dass dein Leben von Bedeutung ist? Eine überlegenswerte Herangehensweise«, riss mich Matthew aus meinen Gedanken.

»Ja«, gestand ich. »Davon gehe ich tatsächlich aus. Leben hat Bedeutung, nur jeder muss für sich selbst herausfinden, welche Bedeutung seins hat. Man könnte darum die Frage nach dem Sinn des Lebens konkretisieren: Welchen Nutzen hat es? Wobei natürlich die Gefahr besteht, wenn man sich manche Leute ansieht ...« – und schon schweiften meine Gedanken wieder zu Lucas – »ob sie sich nicht zu wichtig nehmen. Dass sie glauben, Einfluss, Bekanntheit, Beliebtheit macht sie zu einem bedeutenderen, wertvolleren Menschen.«

Nickend schaute Matthew auf seinen Laptop. »Hochmut kommt dem gleich. Wenn man sich auf dem Campus umschaut, scheinen einige Studenten so zu ticken. Weil sie reiche Eltern haben, die ihnen alles in den Arsch schieben, denken sie, mehr wert zu sein als andere, denen es finanziell nicht so gut geht.«

Ich schob mir den Rest des Muffins in den Mund. Matthew dachte das Gleiche wie ich. Wie konnte es sein, dass man Menschen nach Äußerlichkeiten und Statussymbolen einteilte? Das war unfair.

Im Endeffekt stellten genau die Leute diese Checklisten auf, die es sich leisten konnten, weil sie Einfluss hatten. Warum saßen sonst Matthew und ich hier und machten die Partnerarbeit allein? Weil Lucas und Olivia sich für etwas Besseres hielten.

Wir unterhielten uns noch eine Weile über das spannende Thema, bis uns von der Bedienung mitgeteilt wurde, dass die Cafeteria schloss. Es war mittlerweile nach acht Uhr abends. Wir waren die letzten Gäste. Eilig packten wir unsere Sachen zusammen und verabschiedeten uns.

Draußen sah mich Matthew nachdenklich an und kratzte sich am Kopf.

»Du, Ashley?«

»Sag ruhig Ash, so nennen mich meine Freunde.«

»Klar, Ash. Ich bin Matt und wollte dich fragen, was du am Freitag machst?«

»Weiß noch nicht. Warum?«

»Ich dachte, dass wir gemeinsam ins Kino gehen könnten. Falls du Lust hast.«

Einen Moment war ich überrascht. War das eine Einladung zum Date?

»Nein?«, fragte er unsicher.

»Doch, gern.«

Matthew nickte lächelnd. »Okay. Ich freue mich.«

»Ja, das wird toll.«

Ich war einverstanden, weil ich mich mit ihm wohlfühlte. Wir lagen auf gleicher Welle und neben Chloe war er der erste Kommilitone, mit dem ich ohne Hemmungen sprechen konnte.

Nachdem wir die Handynummern ausgetauscht hatten, verabschiedeten wir uns. Er sagte, dass er anrufen würde, wann er mich abholen käme.

11. Kapitel – Ashley

Als ich mit zufriedenem Lächeln in mein Zimmer kam, weil mein Tag trotz Lucas' Abfuhr wunderbar geendet hatte, traf ich Chloe an. Sie lag auf ihrem Bett und richtete sich auf, nachdem ich die Tür geschlossen hatte.

»Hi Chloe, schon zurück? Ich dachte, du bist mit Travis unterwegs.«

»Hey Ash, wo warst du den ganzen Tag?«, grüßte sie mich, schwang die Füße auf den Boden und klopfte einladend auf die Matratze.

»In der *Briarwood Mall* und in der Bibliothek.«

Ich holte die ausgeliehenen Bücher und den Laptop aus dem Rucksack und legte alles auf den Schreibtisch, bevor ich zu ihr ging und mich neben sie setzte.

»Hast du dir Jeans gekauft? Ich bin überrascht. Du hast doch kein Geld dafür übrig?« Forschend wanderte ihr Blick über meine Beine, dann zeigte sie auf das Bett zu meinen Neuanschaffungen.

»Ja, schon, hat sich so ergeben«, versuchte ich, mich herauszuwinden.

»Entweder du kannst sie dir leisten oder nicht. Raus mit der Sprache, wer hat dir geholfen?« Sie schaute mir fest in die Augen. So sehr ich mich bemühte, mir nichts anmerken zu lassen, spürte ich jedoch, wie ich errötete.

»Hallo?« Chloe zog eine Augenbraue hoch und grinste. »Muss ich was wissen?«

Verlegen strich ich mir eine Strähne, die sich im Laufe der letzten Stunden aus meinem Zopf gelöst hatte, hinter das Ohr. »Lucas hat mir das Geld geliehen«, gab ich widerwillig zu.

»Lucas?«

O Gott, ich wusste, dass ich nicht nur ein rotes Gesicht hatte, sondern mittlerweile wie ein Feuermelder leuchtete. Auf der Lippe kauend hob ich zur Bestätigung die Schultern.

»Lucas Hanson? Wir reden von dem Quarterback, in den du seit Monaten verknallt bist?«, vergewisserte sie sich. »Wie kommt er denn dazu?«

Tja, wie wohl?

Ich kräuselte die Nase. Wenn sie mich fragte, warum er mir Geld für Hosen geliehen hatte, müsste ich Chloe von meinem Missgeschick erzählen. Dann käme eine Standpauke, dass ich sie hätte fragen sollen, ob sie mir Geld für neue Klamotten leihen könnte.

Aber Chloe hatte es selbst nicht so dicke, deshalb kam diese Idee für mich nie in Betracht. Ich wollte mein Hosenproblem allein lösen.

Ich rutschte das Bett hoch und lehnte mich mit dem Rücken an die Wand. Chloe kletterte hinterher, um mich im Auge zu behalten. Mit zur Seite geneigtem Kopf wartete sie auf eine Antwort.

»Du weißt doch, dass ich montags mit ihm im Philosophiekurs sitze«, fing ich an. »Er wurde von Williams zu meinem Teampartner bestimmt. Na ja, nicht so richtig Partner, es ist eher ein Deal, den ich mit ihm eingegangen bin.«

»Wow …« Chloe war einige Sekunden sprachlos. »Das überrascht mich. Du hast endlich die Chance, ihn näher kennenzulernen.« Während ich eine gequälte Miene aufsetzte, schüttelte sie ungläubig den Kopf. »Mann, Ash, das ist doch fantastisch, ein absoluter Glücksfall«, meinte sie.

»Das ist es nicht.«

»Wieso? Jedes Mädel würde an deiner Stelle sein wollen.«

»Du irrst dich, darauf hätte keine Lust«, erklärte ich. »Wir haben eine Philosophiearbeit zu schreiben, die am Ende unsere Kursnote wird. Dafür wurden die Teams gebildet und Williams hat mir Lucas aufs Auge gedrückt. Aber wenn du denkst, wir reden hier von gerechter Arbeitsteilung … Keinesfalls. Der tolle Lucas besorgt mir einen Job. Als Gegenleistung soll ich die Partnerarbeit allein bewältigen.« Achselzuckend sah ich Chloe an und ergänzte: »Was blieb mir für eine Wahl, als auf den Deal einzugehen? Ich brauche dringend einen Job.«

»Und als Anzahlung hat er dir Geld für die Hosen gegeben?«

Irgendwie bin ich froh, dass Chloe mir eine Vorlage gegeben hatte, ihr den peinlichen Vorfall mit der kaputten Hose nicht erzählen zu müssen. »Ja, so ungefähr.«

»Abgesehen davon, dass ich es scheiße von ihm finde, deine Notlage auszunutzen. Doch wie kommst du darauf, dass er mit dir nichts zu tun haben will? Er wird doch über den Stand der Arbeit informiert werden wollen. Du könntest ihn anrufen, ihn fragen, wann es ihm zeitlich passt, um einen Kaffee mit dir zu trinken und um …«

Ich wedelte mit der Hand, um Chloes Redeschwall zu unterbrechen. Sie hatte keine Ahnung, wie er über die Partnerarbeit dachte. »Chloe, hör auf damit.«

»Was? Da gibt es so viele Möglichkeiten. Ihr habt doch hoffentlich Handynummern ausgetauscht?«

»Nein, haben wir nicht. Weil er es nicht wollte. Ganz im Gegenteil. Lucas hat mir deutlich zu verstehen gegeben, dass ich mich von ihm fernhalten soll, er kein Interesse an mir hat.« Ich berichtete ihr von unserem letzten Gespräch in der Dining Hall.

Chloe war schockiert, wie arschig Lucas zu mir gewesen war. Sie akzeptierte, dass ich über ihn nicht mehr reden wollte. Wir sprachen noch ein bisschen über Matthew, der so ganz anders war als Lucas, bevor wir es uns mit einer großen Schüssel Obstsalat bequem machten und am Laptop zur Abwechslung ein paar Folgen *Riverdale* schauten.

12. Kapitel – Lucas

Ich hatte schon beim morgendlichen Training Schwierigkeiten, mich zu konzentrieren. Heute war Donnerstag und wir besprachen im Meeting das Spiel für den kommenden Sonntag, weil Nolan und Eliot am Freitag nicht auf dem Trainingsgelände sein würden.

Seit dem verflixten Zusammentreffen in der Dining Hall bekam ich Ashleys Worte nicht mehr aus dem Kopf.

Also nur ein Deal. Die Botschaft ist angekommen. Das hatte sie gesagt, und ich war so bescheuert und hatte ihr nicht widersprochen.

Ich müsste froh sein, dass sie die Partnerarbeit ohne größeren Widerstand übernommen hatte, aber ich fühlte mich trotzdem mies. Außerdem kam ich immer noch nicht dazu, mit Miller über Ashleys Job zu sprechen. Wann war ich das letzte Mal so unzuverlässig? Was sollte Ashley nur von mir denken? Im Moment behandelte sie mich in den Kursen, die wir zusammen belegten, wie Luft. Sie mied mich regelrecht. Das war ich nicht gewohnt. Wenn Kaylee so wäre, würde ich erleichtert sein. Die Frau war wie eine Klette, versuchte, mich überall abzupassen.

Ich war abgelenkt. Nolan redete und redete, während ich an der Nagelhaut meines rechten Mittelfingers zupfte und über Ashley und diese verfickte Situation grübelte.

»Garcia, du wirst Hansons *Blind Side* beim nächsten Spiel schützen.«

»Okay, Coach.«

»Hanson?«

Ich hörte aus der Ferne meinen Namen. Aber ich stand völlig neben mir, rieb mir mit der Hand über den Mund und starrte ins Leere.

»Hanson … Hanson, verdammt!«, brüllte Nolan.

»Was?« Zusammenzuckend schoss mein Blick zu unserem Offensive Coordinator. Wenn ein Spieler nicht voll bei der Sache war, rastete er schnell aus.

Nolans Augen bohrten sich in mein Gesicht. Sein Kiefer mahlte. Ein Zeichen, dass er auf mich sauer war. »Wer wird im nächsten Spiel deine linke Seite schützen?«

»Äh, Garcia.« Ich hatte den Namen am Rande mitbekommen.

»Noch mal Glück gehabt. Aber konzentriere dich jetzt!«

Ich nickte und atmete erleichtert auf, dass ich die richtige Antwort gesagt hatte. »Klar, Coach, kommt nicht noch einmal vor.« An Ashley zu denken, war während Training und Meeting ein No-Go. Ich musste mich unbedingt zusammenreißen, um am Sonntag wie immer mein Bestes auf dem Platz zu geben.

Die restliche Zeit der Teambesprechung war ich geistig auf der Höhe und musste nicht mehr angemotzt werden.

Nach dem Meeting rief mich Nolan zu sich.

»Was war los vorhin? So kenne ich dich gar nicht. Alles okay?«, erkundigte er sich. Das Wohl der Spieler war ihm wichtig.

Ich winkte kopfschüttelnd ab. »Sorry, ging ums Studium«, wich ich aus.

»Alles klar. Aber das Studium bleibt auf dem Campus. Es hat hier nichts zu suchen.«

»Natürlich.«

»Also, Hanson«, begann nun Nolan und winkte Moore heran, bevor er zu seinem eigentlichen Anliegen kam. »Ihr trainiert ab jetzt zusätzlich gezielt den *Hail Mary*, falls wir einmal in die Situation kommen, dass wir in den letzten Spielsekunden zurückliegen.«

Nolan legte seine Hand auf meine Schulter und sah mich eindringlich an. »Du hast eine unglaubliche Wurfkraft, aber die ist noch ausbaufähig. Deshalb denke ich, dass du diesen langen Pass bis zur Endzone schaffen kannst. Bei den meisten Quarterbacks funktioniert er nicht und der Ball wird abgefangen, aber du bekommst ihn hin.« Er nahm die Hand herunter und wandte sich mit fragender Miene meinem Quarterback-Coach zu. »Oder, Pete?«

»Ich hatte schon mit dem Chef gesprochen. Genau an diesem Pass werden wir arbeiten. Wenn Hanson die Weite von mindestens sechzig Yards schafft, wird er mit unserem Wide Receiver Collister den Pass trainieren. Coach Stark weiß Bescheid.«

»Okay.« Nolan warf einen schnellen Blick auf die Uhr. »Ich muss los, die Videoanalyse mit Frank durchgehen.«

Typisch für ihn, dachte ich schmunzelnd. Er und Chefcoach Eliot waren zwei besessene Arbeitstiere, die rund um die Uhr analysierten, planten und Strategien entwickelten. Ich fragte mich, ob die beiden sich um andere Dinge als Football kümmerten. Sie brannten für den Sport, stellten alles hinten an, sogar ihre Familien.

»Ich habe mir schon überlegt, wie wir den Wurf üben werden«, sagte Moore, während wir die Treppe hinunterstiegen.

Überrascht musterte ich ihn. »Und wie?«

»Wir machen eine Art blinde Würfe. Das werde ich gleich mit dem Platzwart absprechen. Dafür muss er mir eine riesige Kiste besorgen. Wenn du soweit bist, wird Collister versuchen, deine Pässe zu fangen. Coach Stark arbeitet mit ihm intensiv an seiner Sprungkraft. Du kannst dir denken, die gegnerische Defence wird es euch nicht leicht machen.«

Apropos Platzwart, fiel mir wieder ein. »Zu Bob Miller wollte ich auch. Er hat doch einen Job frei, wenn ich mich nicht irre?«

Moore verzog den Mund. »Kann sein, er braucht wohl jemanden, der sich um die Ordnung auf dem Platz kümmert. Aber du willst doch nicht hier arbeiten?«

»Nein.« Ich lachte kopfschüttelnd. »Eine Freundin von mir sucht einen Job. Ich versprach ihr meine Hilfe.«

»Eine oder deine Freundin?«

»Wir sind so was wie Bekannte, besuchen ein paar Kurse gemeinsam.«

»Keine Freundin, eine Bekannte?«

Ja, das klang irgendwie schräg. So sah mich Moore auch an. Es war eine seltsame Beschreibung für das, was mich mit Ashley verband. Doch ich musste davon ausgehen, dass ich für sie kein Freund war. Immerhin hatte ich ihr sinngemäß an den Kopf geworfen, dass sie nicht in meinen Freundeskreis passte. Wie sollte man sonst meine Bemerkung interpretieren. Immerhin sagte ich ihr, dass sie mich nicht interessierte.

Wir gingen den Gang entlang und blieben vor dem Büro des Platzwarts stehen.

»Willst du zuerst?«, fragte mich der Coach. Er wusste, dass ich gleich eine Vorlesung in Philosophie hatte. Da Ashley und ich sie gemeinsam besuchten, hoffte ich, ihr jetzt schon eine aussagekräftige Antwort geben zu können.

»Wenn es Ihnen nichts ausmacht.«

»Nein, ich habe Zeit, kläre mal du dein Anliegen vor mir. Bei mir wird es dauern.«

Ich schmunzelte, weil ich wusste, dass Moore und Miller sich gern bei einer Tasse Kaffee länger unterhielten.

»Danke, Coach.« Nachdem ich geklopft hatte, wartete ich einen Moment. Doch es blieb still hinter der Tür. Ich klopfte ein zweites Mal, dann drückte ich die Klinke. Die Tür war verschlossen. *Mist.* Wieder blieb ich Ashley eine Antwort schuldig. Der Gedanke pisste mich an.

Moore schlug sich die Hand gegen die Stirn, »Ach, er ist doch heute wegen einer Reparatur unterwegs und kommt spät zurück. Versuch es am besten morgen nach dem Nachmittagstraining.«

Ich rieb mir den Nacken. »Geht ja nicht anders«, erwiderte ich und reichte Moore die Hand und verabschiedete mich, bevor ich mich umdrehte und allein den Gang zurücklief. Moore verschwand auf dem Klo, dass sich zwei Türen vor Millers Büro befand.

Als ich in den riesigen Vorlesungssaal kam, sah ich Ashley schon auf ihrem Platz in der dritten Reihe ganz außen sitzen. Aber sie war nicht allein. Verdutzt schaute ich zum Zwerg mit der Sturmfrisur, der rechts neben ihr saß und sie bequatschte, als ob er ihr die tollsten Dinge über die Welt berichten könnte.

Verdammt.

Was wollte Matthew Miller von ihr? Der Sohn des Platzwarts war wie Ashley und ich auch in Williams Seminarkurs. Ihr Nachbarstuhl war immer leer gewesen! Seit wann hatten Miller und Ashley zueinander Kontakt?

Sie hatte noch nie mit anderen Studenten gesprochen. Das gefiel mir nicht. Obwohl ich nicht verstand, warum ich das plötzlich so empfand.

Und noch eine Sache schoss mir in den Kopf. Wenn Ashley ihm erzählen würde, dass sie einen Job suchte, könnte der Zwerg auf die Idee kommen, sich ihr als Unterstützung anzubieten. Er saß im Gegensatz zu mir an der unmittelbaren Quelle. Das könnte zur Folge haben, dass der Deal platzte.

Holy Shit, das durfte keinesfalls passieren.

»Hey Ash«, begrüßte ich sie und setzte mich direkt hinter sie. Matthew klappte die Kinnlade runter, wie ich zufrieden feststellte, als er sich umdrehte und mich mit großen Augen anstarrte. Ashley spielte dagegen die coole Braut. Keine Ahnung, warum ich ein unangenehmes Magengrummeln verspürte, weil sie mich – mal wieder – wie Luft behandelte.

Ich beugte mich vor, um ihrem Ohr ganz nahe zu sein. »Wie kommst du mit dem Thema voran?«

Sie zuckte zur Seite, als mein Atem ihren Hals streifte. »Was interessiert dich das?«

Wow, Ashley sah mich an und sprach mit mir. Der Blick war abweisend und der Ton klang scharf, trotzdem ein Anfang. Sie beachtete mich und schwieg zum Glück über den Job.

Ich zeigte erst auf sie, dann auf mich, bevor ich ihr erklärte: »Warum wohl? Wir sind ein Team, erinnere dich.«

»Nein, sind wir nicht«, wiegelte sie ab. »Wir haben nur einen Deal.«

»In gewisser Weise ist es doch das Gleiche«, meinte ich schulterzuckend.

Ashley runzelte die Stirn. »Was ist daran gleich? Und wenn wir schon beim Thema sind … Was ist mit der Einhaltung deines Teils vom Deal? Wann kann ich den Job antreten?«

»Job?«, mischte sich Matthew ein.

Scheiße, sie hat ihn nun doch angesprochen.

Stöhnend rollte ich mit den Augen. »Halt dich da raus, Miller«, knurrte ich und wandte mich wieder Ashley zu, die mich noch immer mit düsterer Miene ansah. »Ich kümmere mich darum, habe ich dir doch versprochen.«

»Wenn es um einen Job geht, ich könnte dir helfen.«

Wie bitte? Spinnt der Zwerg?

»Ashley braucht deine Hilfe nicht, ich besorge ihr den Job, verstanden, Miller?«, fuhr ich ihn an. Meine Ansage hatte gesessen. Doch leider nur für den Bruchteil einer Sekunde. *Will der Zwerg sich bei ihr einschleimen?*, dachte ich, nachdem er unbeeindruckt sagte: »Du weißt doch, dass mein Vater Platzwart im Stadion ist. Er sucht noch eine Unterstützung.«

»Wirklich?«, vergewisserte sich Ashley.

Mir wurde schlecht. »Hey, den Job organisiere ich ihr. Also, begreif es endlich und halt dich aus der Sache raus!«, ging ich noch einmal dazwischen, bevor meine letzten Felle davonschwammen. Ich hatte den Eindruck, wenn ich den Zwerg nicht stoppen würde, verlor ich Ashley und dann wäre der Deal hundertprozentig geplatzt.

»Am besten, ich spreche beim Abendbrot mit meinem Vater.« Der Zwerg grinste triumphierend.

»Das ist großartig«, antwortete Ashley lächelnd und warf mir einen nachdenklichen Blick zu.

Mittlerweile hatte ich die Nase gestrichen voll. Ich lehnte mich zurück, verschränkte die Hände im Nacken und sah sie aus schmalen Augen an. Ashley war nicht dumm und müsste sich denken können, dass ich das hier mies fand. Wenn sie sich lieber vom Zwerg helfen lassen wollte, bitte schön, ihre Entscheidung. Ich würde auf gar keinen Fall vor ihr auf Knien rutschen und sie anbetteln. Das verbat mir mein Stolz.

Ashley schaute wieder zu Miller, deutete schließlich mit einem seitlichen Nicken zu mir. »Sei nicht sauer, Matt, aber Lucas wollte sich kümmern. Ich warte bis Montag ab. Wenn dein Vater ihm für mich keine Zusage gibt, kannst du ja noch einmal nachhaken.«

Ich wusste nicht warum, aber in diesem Augenblick hätte ich Ashley am liebsten in den Arm genommen. Sie hatte die Situation nicht ausgenutzt, um mir eins auszuwischen, weil ich sie verletzt hatte. Ich nahm mir vor, alles zu tun, um das mit unserem Platzwart so schnell wie möglich zu klären.

Außerdem würde ich mich bei ihr in aller Form entschuldigen, wenn ich die Zusage für sie in der Tasche hatte.

»Danke, Ash, für dein Vertrauen«, sagte ich zu ihr.

Sie schenkte mir ein höfliches Lächeln und drehte sich wieder nach vorn, weil der Dozent in den Raum gekommen war und mit dem Vorlesungsstoff begann.

Als der Block geendet hatte, verabschiedeten sich beide von mir. Ich bekam noch mit, dass sie gemeinsam in die Bibliothek gehen wollten, um am *Sinn des Lebens* zu arbeiten.

Normalerweise würde ich mich sofort auf den Weg zur Dining Hall machen, um mich dort mit Dylan und Ray zu treffen und mir den Bauch vollzuschlagen. Die Energie benötigte ich fürs Training. Aber jetzt, da Miller an Ashleys Fersen klebte, würde ich sie lieber noch ein Stück begleiten.

Ich drängte mich an Ashley vorbei, um ihr die Tür aufzuhalten. Der Zwerg fluchte, weil er vor mir zum Gang durchschlüpfen wollte. Doch Pech für ihn. Ich packte Millers Arm und zog ihn zurück, um vor ihm den Saal zu verlassen.

Denkt das Fliegengewicht, ich halte ihm die Tür auf? Grinsend schaute ich über die Schulter. *Er ist echt ein Idiot.* Er fluchte irgendetwas, fixierte mich mit wütendem Blick. Ich dagegen wandte mich mit meinem charmantesten Lächeln Ashley zu.

Leider zeigte es keine Wirkung. Ihre Mundwinkel zuckten nicht einmal. »Ist *Der Sinn des Lebens* unser Thema?«, erkundigte ich mich.

Ashley warf mir einen Seitenblick zu. »Genau«, bestätigte sie. »Matt und ich arbeiten daran. Er hatte sich für die gleiche Frage entschieden.«

»Klingt spannend.« Ich lief neben ihr zum Ausgang. Miller hatte meine nonverbale Botschaft begriffen, dass er sich am Gespräch nicht beteiligen sollte, und trottete uns hinterher. Ashley ging auf meinen Kommentar nicht ein, sondern schwieg den ganzen Weg. Komische Situation.

Draußen blieben wir unschlüssig stehen. »Du bist bestimmt verabredet«, meinte Ashley.

Ist das eine verdeckte Andeutung, ich soll mich verpissen?

»Ja, bin ich, aber wir könnten uns über das Thema unterhalten.« Ich sah, dass sie mit sich rang. Sie schaute zum Zwerg, dann zu mir.

»Lucas, nicht jetzt«, lehnte sie schließlich ab. »Matt und ich müssen los.«

Sie müssen los?

Ich starrte Ashley perplex an. Sie hatte mich einfach so abgefertigt. Ich schluckte schwer. Und der Zwerg grinste mich dämlich an. *Mann, der ist kein Idiot, sondern ein absoluter Vollidiot.*

»Okay, dann wünsche ich einen schönen Tag«, sagte ich, machte auf dem Absatz kehrt und marschierte zur Dining Hall. Verfickte Scheiße, kam ich mir bescheuert vor.

13. Kapitel – Lucas

»Hey Luc, kommst du nach dem Training zu Sam's Diner mit?«, fragte mich Ray und ergänzte, weil ihm mein ablehnendes Gesicht nicht entgangen war, obwohl ich mich gerade nach einem der herumliegenden Footballs gebückt hatte: »Nur auf ein Bier. Lance gibt eins nachträglich zu seinem Geburtstag aus. Du bist freitags sonst nie dabei.«

»Ich wollte noch in den Kraftraum«, redete ich mich raus. Abends war ich müde und fläzte lieber auf der Couch, anstatt mit den Jungs etwas trinken zu gehen. Nach den Spielen war es was anderes, weil es meist den Sieg zu feiern gab oder die Niederlage heruntergespült wurde, was aber selten vorkam.

»Hattest du gestern beim Teammeeting nicht zugehört? Der Kraftraum ist heute gesperrt«, meinte Ray.

Das stimmte. Nolan hatte so was erwähnt, aber ich war zu sehr mit Ashley beschäftigt gewesen, als den Umstand in meinem Hirn aufzunehmen. »Okay, überredet, aber nicht lange. Um elf Uhr verschwinde ich spätestens«, sagte ich und richtete mich auf.

Mit sechs Footballs an die Brust gedrückt schaute ich zur riesigen Rollkiste, die im Eingang zu den Katakomben des Stadions stand. Dort drinnen hätten sie eigentlich landen sollen. Heute hatte ich die zweite Trainingseinheit, gezielte, lange Vorwärtspässe zu werfen. Ein *Hail Mary* wurde als glücklicher Zufall angesehen, aber Nolan und Moore hofften, dass ich diesen Pass bald so sicher werfen könnte, dass er am Ende der Joker für einen Sieg werden würde.

Wenn ich mich aber auf dem Rasen um mich herum umsah, fragte ich mich, wie sie darauf kommen konnten. Mehrere Dutzend Footballs lagen vor der Kiste verstreut.

Obwohl ich die Richtung fixiert hatte, war es mir kein einziges Mal gelungen, einen Treffer zu erzielen. Da lag noch eine Menge Arbeit vor uns.

»Super, dass wir mal wieder zusammen abhängen. Wir bleiben auch nicht lange.« Ray hob den Arm. »Ich muss zurück«, rief er mir zu. Die Pause seiner Trainingsgruppe war beendet. Sein Coach pfiff die Spieler zusammen. Beim Football trainierten die Offense und Defense, die Special Teams wie der Punter, Kicker und Long Snaper getrennt.

Auch mein Coach wartete schon ungeduldig, wie ich an seinem finsteren Gesicht ablesen konnte. Deshalb brachte ich die Bälle schnell zu ihm.

Als ich bei Moore war, grinste er auf einmal frohlockend.

Fuck, was hat er sich jetzt für eine fiese Übung ausgedacht?

»Coach?« Ich legte die Bälle ab und sah ihn mit undurchdringlichem Blick abwartend an.

Moore machte mit der Hand eine ausschweifende Geste. »Folgende Übung: Du sammelst ab jetzt immer fünf Bälle auf. Und jedes Mal, wenn du sie mir gebracht hast, machst du zwanzig Squats«, verlangte er und ergänzte im scherzhaften Ton: »Schön langsam und kontrolliert die Beine beugen, mit minimalem Hohlkreuz. Na, du weißt ja, wie ich sie sehen will.«

»Ich weiß. *Ass to the grass,* Coach«, sagte ich kopfschüttelnd, als ich auf dem Weg zurück zu den Bällen war. Moore wollte bei jeder Kniebeuge mein Becken unter den Kniekehlen sehen.

Sofort stieg er auf meinen ironischen Spruch ein. »Genau, Hanson, schön tief. Am besten, du schwebst mit deinem Arsch über den Rasen«, rief er mir nach. »Die letzten zwei Durchgänge machst du dann einbeinig, gutes Training für dein Gleichgewicht.«

Er lachte, während ich seufzend die Augen verdrehte. Ich sah mich schon mit wackligen Beinen zu den Umkleidekabinen wanken, wenn ich diese Tortur hinter mir hatte. *Mann, ich muss noch so viele Bälle aufsammeln.*

Nach dem Training brannten meine Muskeln von der Übung. Glücklicherweise hatte mein Coach Mitleid und übernahm es, die Footballs in den Ballwagen zu packen und zum Geräteraum zu schaffen.

Als ich geduscht und umgezogen aus der Umkleidekabine kam, traf ich meinen Coach auf dem Gang. Moore sagte mir, dass er gerade mit dem Platzwart gesprochen hätte und dass Miller mich in seinem Büro erwartete.

Ich stöhnte leise, als ich mit zitternden Knien die Treppenstufen hinaufstieg. Die Umkleiden waren im Kellergeschoss. Ich freute mich schon auf die vielen Stufen im Apartmenthaus. Dylan und ich wohnten im Dachgeschoss. Drei Stockwerke musste ich nachher hochsteigen. Wir hatten früher Ray aufgezogen, dass er zu Raoul in die erste Etage gezogen war, weil wir eine schöne Aussicht hatten. Heute würde ich mit ihm tauschen wollen.

Ich klopfte an Millers Tür. Er öffnete sie und wir begrüßten uns, weil wir uns heute noch nicht begegnet waren. Ich wartete, dass er mir die Erlaubnis gab, einzutreten.

»Pete sagte, du willst mich sprechen?«, empfing er mich und schmunzelte, als er bemerkte, wie ich zu seinem Schreibtisch schlich.

»Darf ich?« Mit der freien linken Hand deutete ich auf den Stuhl, mit der rechten hielt ich die Henkel meiner Sporttasche.

»Sicher, Luc, setz dich. Pete hat dich ja heute geschliffen.«

»Er war gut drauf.« Mir gelang nur ein schiefes Lächeln. Ich stellte die Sporttasche auf den Boden, zog den Stuhl ein Stück zurück und ließ mich auf den Platz fallen.

»Bestimmt hat er dich hart rangenommen, weil der Kraftraum wegen einer Veranstaltung gesperrt ist«, erklärte der Platzwart und setzte sich mir gegenüber. Er saß nach vorn gebeugt, die Unterarme lagen auf dem Tisch, die Finger hatte er verschränkt. »Ich will dich nicht lange aufhalten Luc, muss ja selbst nach Hause. Worum geht es bei deinem Anliegen?«

»Sie erzählten mir doch vor Kurzem, dass Sie eine freie Stelle besetzen wollen. Eine … Ähm, eine Freundin von mir braucht dringend einen Job. Gibt es eine offizielle Ausschreibung oder geht intern was?«

»Unter gewissen Voraussetzungen könnten wir was regeln. Gelder würde die Verwaltung zur Verfügung stellen, wie ich vom Chefcoach erfahren habe. Ich wollte Montag einen Aushang machen.«

»Kann man das nicht so drehen, dass sich meine Freundin schon vorher bewirbt und Sie danach das öffentlich machen?«

Miller warf mir einen misstrauischen Blick zu. »Deine Freundin?«

Ich winke ab. »Nein, nicht so. Wir studieren zusammen. Sie heißt Ashley und ist zuverlässig. Ich bin mir sicher, sie kann anpacken.«

»Ashley?« Miller kratzte sich am Kopf, als ob er nachdachte. »Mein Sohn erzählte auch was von einer Ashley. Ashley White. Ja, so heißt sie.«

»Wann?« *Ich bringe den Giftzwerg um, wenn er immer noch versucht, mir dazwischen zu grätschen.*

»Gestern, sie soll ein sympathisches Mädchen sein.«

»Das ist sie. Wir sprechen von der Gleichen.« Ich stieß erleichtert die Luft aus.

»Na, wenn du und mein Sohn das sagen, dann will ich ihr eine Chance geben.«

»Das wäre nett von Ihnen«, freute ich mich und ballte innerlich die Faust. *Strike.*

Der Platzwart trug sich für Montag, um vier Uhr nachmittags, einen Termin ein, den ich Ashley nennen sollte. Er versicherte mir, dass er sie wohlwollend prüfen würde. Wenn sie sich als geeignet erwies, bekäme sie den Job.

Mir plumpste ein Stein vom Herzen, dass Bob Miller mir den Termin für Ashley gegeben hatte. Heute würde ich sie mit der tollen Nachricht überraschen und war auf ihr Gesicht gespannt.

14. Kapitel – Ashley

Mein Handy brummte. Matthew hatte mir eine Nachricht geschickt. Er würde mich um sechs Uhr abholen. Ich hatte noch genügend Zeit, mich zurechtzumachen.

Chloe ließ mich nicht aus den Augen, während ich das Handy auf den Schreibtisch zurücklegte.

»Na, sag schon, von Matthew?«, erkundigte sie sich.

»Ja, von ihm. Er kommt in zwei Stunden.«

»Und, aufgeregt?« Chloes Neugierde entlocke mir ein Lächeln. »Nein, bin ich nicht. Aber ich freue mich auf Matt.«

»Es ist gut, dass du dich auf einen anderen Mann konzentrierst«, fand Chloe. Sie war froh, dass ich Lucas nicht mehr hinterherlief und mich heute mit Matthew traf. Ich hatte ihr von unserer Begegnung in der Bibliothek und dem anschließenden Gespräch in der Cafeteria erzählt, wie anregend wir uns unterhalten hatten. Ich musste mir eingestehen, dass mir die Arbeit an der Philosophieaufgabe und Matthews Freundschaft guttaten. Wozu noch länger an einen Mann denken, dem ich gleichgültig war?

Dieses einseitige Verliebtsein war eine Qual, der ich mich nicht mehr aussetzen wollte. Deshalb ging ich Lucas aus dem Weg, versuchte, ihn zu ignorieren, wenn er mit mir im selben Kurs saß.

Wenn wir unvorbereitet aufeinandertrafen, spürte ich jedes Mal ein Stechen im Herzen. Deshalb achtete ich darauf, nicht mehr in die Dining Hall zu gehen, wenn ich davon ausgehen konnte, dass er dort sein würde. Ich mied den Kraftraum, möglichst alles, wohin ich ihm früher nachgeschlichen war.

Matthew war meine Chance, über Lucas hinwegzukommen. Mit ihm würde ich mein erstes Date haben. Wenn ich an ihn dachte, schwirrten keine Schmetterlinge im Bauch.

Dennoch war ich mir sicher, dass mich ein schöner Abend erwartete. Mal schauen, vielleicht würde ich mich irgendwann in ihn verlieben.

Chloe hielt zwei Kleider hoch. »Das Grüne oder das Schwarze, welches soll ich anziehen?«, wollte sie wissen und wedelte mit den Teilen vor meiner Nase herum. Ich kniff die Augen kurz zusammen, schlagartig waren meine Gedanken verpufft und ich konzentrierte mich auf ihre Frage.

Ich zeigte auf das schwarze Kleid. »Das finde ich passend.« Chloe ging mit Travis, wie so oft in letzter Zeit, auf eine Party. Ich war froh, dass ich nicht mitgehen musste. Ich mied solche Vergnügen. Zu laute Musik, zu viel Alkohol, zu viel Sex.

»Hmmm.« Chloe runzelte die Stirn, während sie ihre Kleider begutachtete. »Du hast recht. Das Schwarze ziehe ich an. Da wird Travis ganz wild, wenn er mich in dem engen Fummel sieht.«

»Ich dachte, ihr geht auf eine Party?« Warum sollte er dann scharf werden?

»Ich weiß, dass Travis mehr will.« Chloes Augen blitzten auf, als sie das grüne Kleid in den Schrank zurück hing. »Und ich finde, dass wir unsere Beziehung auf ein neues Level heben sollten.«

Mit großen Augen sah ich Chloe an. Schmunzelnd zog sie das schwarze Kleid vom Bügel, um es anzuziehen.

»Du meinst nicht das, was ich denke?«

Chloe war mit ihrem Freund dieses Semester zusammengekommen. Sie hatte mir gebeichtet, dass sie noch nicht miteinander geschlafen hätten. Wollte sie den Umstand heute Nacht ändern?

Auf dem Weg zum Schrank, um mir Klamotten zurechtzulegen, warf ich ihr einen fragenden Blick zu.

»Ich habe Kondome besorgt«, gab sie kichernd zu.

»Hast du?«

»Yep.« Sie kramte in ihrer Clutch und zeigte mir zwei Päckchen.

»Wow.« Chloe war so anders als ich. Sie hatte eine lockere Einstellung zu Sex. Wenn sie verliebt war, gehörte er dazu. Travis war nicht ihr erster Freund. Das hieß aber nicht, dass sie leichtsinnig war. Chloe achtete auf Verhütung, um sich keine Krankheiten einzufangen oder schwanger zu werden.

Ich war anders erzogen und auch zu sehr gehemmt. Vermutlich würde ich mich beim Sex ziemlich dumm anstellen.

Obwohl ich neugierig war, wie man einen Mann verwöhnen könnte, damit es ihm mit der Frau im Bett gefiel. Oder was ich schön finden würde. Wenn meine Mutter wüsste, dass ich an solche Sachen dachte, wäre sie gewiss schockiert.

»Was ziehst du zu deinem Date an?«, fragte mich Chloe. Sie stand vor dem Spiegel, bürstete sich die Haare und fasste sie hinten zu einem Knoten zusammen. Ihr Blick wandert zu meinem Bett. »Das?«

»Ja, das.« Ich betrachtete meine blaue Jeans. Die Hose hatte ich von Lucas Geld gekauft. Das anthrazitfarbene T-Shirt trug ich selten. Es war weit geschnitten und würde locker auf meine Hüften liegen. »Ist mit der Jeans was nicht okay?«

Offensichtlich erkannte Chloe an meinem Blick, dass ich nicht verstand, worauf sie hinauswollte.

»Die Hose ist gut, aber dieses T-Shirt geht gar nicht. Du solltest dich figurbetonter kleiden.« Kopfschüttelnd seufzte sie. »Ash, du hast ein Date!«

»Dann muss ich die bescheuerte Bauchwegschlüpfer tragen. Darin fühle ich mich unwohl.«

»Wer schön sein will, muss?«

»Leiden, haha. Ich will meinen Spaß haben.« Ich verzog den Mund, doch das beeindruckte Chloe nicht. »Wir schauen, welche Bluse dir gut steht!«

»Aber …«, setzte ich an, um zu protestieren.

»Nichts aber!«, unterbrach mich Chloe mit erhobenem Zeigefinger. »Du bist hübsch, Ash, zeig das! Schlabbershirt an der Uni ist ja kein Drama. Doch wenn ein Mann mit dir ausgehen will und du willst das auch, dann zeige deine Vorzüge, statt sie zu verstecken. Um deinen Busen beneide ich dich.«

»Echt?«

»Na klar. Er ist groß und fest. Den hätten viele Frauen gern. Und deine Augen, die Haare erst. Du hast so viel zu bieten.«

Chloes Komplimente machten mich verlegen. Mit geröteten Wangen lächelte ich. »So viele wunderbare Sachen hast du noch nie zu mir gesagt.«

»Ich weiß.« Chloe kam auf mich zu und umarmte mich. »Das sollte ich öfters tun. Also, was ist? Wollen wir im Kleiderschrank stöbern?«

»Einverstanden.«

Mit ernster Miene musterte sie meine überschaubare Klamottenauswahl. Dann griff sie gezielt in den Schrank und holte meine schwarze Bluse heraus. »Hier, schau mal. Die ist schick.« Erwartungsvoll studierte sie mein Gesicht. »Ziehst du sie an?«

»Ja, ich denke, wenn ich mich in den hässlichen Schlüpfer zwänge, wird sie mir gut stehen.«

»Super, Ash. Dein Abend wird mit dem Outfit doppelt schön.«

Bevor Chloe ihre Riemchensandalen mit den mörderischen Absätzen anzog, schminkte sie ihr Gesicht und trug noch etwas Gloss auf die Lippen auf.

Kurz nach fünf Uhr kam Travis.

»Wow, du siehst sexy aus«, stieß er bei Chloes Anblick hervor. Chloe und ich sahen uns mit einem verschwörerischen Lächeln an. Travis Gesichtsausdruck versprach eine heiße Nacht.

Auf dem Weg zur Tür griff Travis nach Chloes Tasche mit der Wechselwäsche.

Wir wünschten uns gegenseitig einen schönen Abend, dann verließen sie das Zimmer.

Mir blieb jetzt noch eine knappe Stunde, um mich fertigzumachen.

Mit einem großen Badetuch um meinen Körper geschlungen, begab ich mich zu den Duschen. Um diese Zeit würde ich dort allein sein. Über den Umstand freute ich mich. Wenn innerhalb der Woche morgens reger Verkehr herrschte, huschte ich nur kurz in die Duschkabine, weil die nächsten Frauen schon drängelten.

Nachdem ich mich abgeseift und die Haare gewaschen hatte, beeilte ich mich, ins Zimmer zurückzukommen, weil ich nicht wusste, wie spät es war.

Als ich hinter mir die Tür geschlossen hatte, fiel mein Blick auf Chloes Schreibtisch. Sie hatte ihr Handy liegengelassen. Es war nicht das erste Mal. Vermutlich würde sie gleich hereinstürmen und es sich holen.

Ich rubbelte meine Haare trocken, warf das Handtuch über die Stuhllehne und zog einen weißen BH an. Dann zwängte ich mich in den Bauchwegschlüpfer.

Auf der Unterlippe kauend betrachtete ich mich im Spiegel. Mein halber Körper steckte in dem Ding. Er bedeckte meinen gesamten Hintern und reichte über den Bauchnabel. *Mann, Ash, du siehst in dem Teil so scharf wie eine in Folie eingeschweißte Salatgurke aus,* sinnierte ich bei meinem Anblick.

Ein Klopfen an der Tür riss mich aus den Gedanken. Das würde Chloe sein.

Wieso kommt sie nicht rein? Glaubt sie, Matt ist bei mir?

»Tür ist offen!«, rief ich und öffnete den Schrank, um meine Haarbürste und den Föhn herauszuholen.

Ich hörte Schritte und die Tür klappen. Plötzlich stutzte ich und schnupperte in die Luft. Dieses herbe Aftershave kannte ich.

O mein Gott …

Mit einem Aufschrei fuhr ich herum. Lucas stand im Zimmer.

Seine Augen hätten in diesem Moment mit Pizzatellern konkurrieren können, so weit hatte er sie aufgerissen.

Er betrachtete mich von Kopf bis Fuß. Seinen Gesichtsausdruck konnte ich nicht deuten. Nachdenklich? Doch schon im nächsten Moment zog Lucas amüsiert einen Mundwinkel hoch, als sein Blick an meinem potthässlichen Schlüpfer kleben blieb.

Hektisch sah ich mich um. Wo war das verflixte Handtuch?

Ah, dort! Ich stürzte zum Stuhl, der wackelte, als ich es von der Lehne riss und mir vor den Oberkörper drückte.

Als ob es nicht schlimm genug war, dass ich halb nackt vor ihm stand. Nein, er musste mich auch noch in diesem Liebestöter sehen.

»L-lu … Lu …«, begann ich zu stammeln.

Ich schloss einen Augenblick die Augen, atmete tief durch, um mich zu sammeln und energisch zu sagen: »Verdammt, Lucas, wieso kommst du unerlaubt in mein Zimmer?«

»Unerlaubt?« Er schüttelte mit einem verschmitzten Lächeln den Kopf und zeigte erst auf mich, dann auf sich, bevor er sagte: »*Du* hast *mich* hereingebeten.«

»Ich wusste nicht, dass *du* es bist.« Ich reckte das Kinn, bemühte mich, selbstbewusst zu klingen. Aber meine Stimme machte nicht mit. Ich quiekte wie ein Schweinchen.

Seinem Blick hielt ich genauso wenig stand. Er war seltsam. Wenn ich es nicht wäre, die Lucas ansah, würde ich denken, es gefiel ihm ganz gut, was er zu Gesicht bekam. Nein, das bildete ich mir definitiv ein. Meine Unterwäsche schlug einen Mann eher in die Flucht, als dass sie ihn heiß machte. Seufzend wandte ich ihm den Rücken zu, um mir schnell vom Bett die Klamotten zu greifen und sie anzuziehen.

Lucas kicherte.

Was ist denn jetzt witzig? Der Kerl macht mich fertig.

»Von hinten siehst du erst recht zum Anbeißen aus.«

»Was?« Ich wirbelte wieder herum. Lucas hatte meinen breiten Hintern gesehen, den ich nicht verdeckt hatte. Herrgott noch mal, das wurde immer peinlicher.

Lucas zwinkerte mir zu, während ich mit verzweifelter Miene vor ihm stand. Natürlich war der Spaß noch nicht vorbei. Er setzte dem Ganzen noch die Krone auf, als er sagte: »Ashley, deine Haare, so sexy. Ich kann mich kaum noch zurückhalten.«

Meine Haare, was ist damit?

Einen Augenblick blieb ich wie versteinert stehen, starrte mein Spiegelbild an und war fassungslos.

Mein Kopf sah wie nach einer Explosion aus. Die Haare erinnerten an ein riesiges Vogelnest. Und während ich mich hilflos betrachtete, fing Lucas lauthals an zu lachen. Ich warf ihm einen wütenden Blick zu, doch er hörte nicht auf. »Sorry«, quetschte er heraus und japste nach Luft. Mit den Handballen rieb er sich die Tränen von den Wangen und schwankte zur Tür. »Ich warte auf dem Gang. Sag Bescheid, wenn du fertig bist«, gluckste er und schloss hinter sich die Tür.

Mann, war ich froh, dass Lucas das Zimmer verlassen hatte. Ich ging davon aus, dass er nicht lange warten würde, sondern von sich aus abzog. Das war mal wieder ein Erlebnis mit ihm gewesen, das ich am liebsten aus meinem Gedächtnis streichen würde. Bestimmt ging es ihm ähnlich.

Ich bürstete meine Haare, föhnte sie erst, um sie dann mit einem Lockenstab in Form zu bringen. Ich tupfte ein wenig Parfüm hinter die Ohrläppchen. Es war ein sanfter, süßlicher Duft. Schließlich zog ich Strümpfe und Jeans an, bevor ich die Bluse überstreifte und sie zuknöpfte.

Nachdem ich den Eyeliner aufgetragen und die Wimpern getuscht hatte, wagte ich erneut einen längeren Blick in den Spiegel. In diesem Outfit und mit den Haaren konnte ich mich vor Matthew zeigen, dachte ich zufrieden.

Es war fast sechs Uhr. Ich schlüpfte in die Sneakers und packte Handy und Portemonnaie in meine kleine schwarze Tasche, als es wieder an der Tür klopfte. »Ash, bist du soweit?«, rief Lucas von draußen.

Ach herrje, ihn hatte ich völlig vergessen. Na ja, eher aus meinem Hirn verbannt. Hatte er bis jetzt vor der Tür gestanden? *Lucas Hanson wartet auf eine Ashley White?* Ich war überrascht.

»Ja, klar, komm rein.« Sofort lief ich zur Tür und öffnete sie.

Lucas hielt für einen Moment inne und sah mich eindringlich an, bevor er eintrat und ich die Tür schloss.

Ich erwartete, dass er mich wieder auslachte. Das tat er nicht, sondern blieb ernst.

»Wow, Ash …« Er räusperte sich. »Du siehst hübsch aus und riechst gut.«

»Danke.« Ich merkte, dass ich unter seinem Blick rot wurde. Meine Hand zitterte, als ich mir eine Strähne hinter das Ohr strich. Mehr aus Verlegenheit. Ich kam damit nicht klar, wenn er solche netten Sachen zu mir sagte. Sie waren Gift für mein Herz.

»Ich bin übrigens hier, um mich bei dir zu entschuldigen, weil ich dich in der Dining Hall fies behandelt hatte.«

»Okay.« Eine Entschuldigung von ihm. Das wurde langsam unheimlich.

»Ja, war echt mies von mir.« Er zuckte mit den Schultern.

Wir standen uns gegenüber und ich wusste nicht, wie ich mich verhalten sollte. Ein Teil von mir wollte sich mit ihm unterhalten, der andere ihn schnellstmöglich loswerden. Plötzlich fragte Lucas: »Hast du ein Date?«

Ich schnappte nach Luft. Die Frage überraschte mich. »Äh … Ja, hab ich.«

»Mit Matthew?«

»Wir gehen ins Kino.«

»Aha.«

Ich räusperte mich. Das Gespräch musste ein Ende finden. »Bist du nur wegen der Entschuldigung gekommen?«

Lucas musterte mich so intensiv, dass ich immer nervöser wurde. Wenn er mich noch länger so ansah, würden nicht nur meine Hände zittern.

»Nein, nicht nur deswegen. Ich bin hier, weil ich dir einen Job versprochen hatte.« Er kramte aus der Jeans einen zusammengefalteten Zettel und reichte ihn mir. »Montag sollst du dich bei Bob Miller, unserem Platzwart, melden. Zeit und Büronummer stehen drauf.«

»Du hast dein Versprechen gehalten?«, fragte ich ungläubig.

»Hältst du mich für unzuverlässig?« Lucas verschränkte die Arme vor der Brust. Ich hatte ihn beleidigt. »Sorry, Lucas, so habe ich es nicht gemeint. Ich halte dich keinesfalls für unzuverlässig.«

»Schon gut.« Er machte eine lässige Handbewegung. »Du erfüllst seit Tagen deinen Teil des Deals und ich habe dich bis heute warten lassen.«

Er grinste. »Aber egal. Du hast bestimmt nur dein Date mit Matthew im Kopf.« Kurz schwieg er. Seine braunen Augen hielten meinen Blick gefangen. »Ich bin fast ein bisschen neidisch, dass du mit ihm ausgehst.«

Erstaunt sah ich Lucas an. Doch schon lachte er wieder. Obwohl er sich über mich gern amüsierte, steckte sein Lachen an. Es lockerte die Stimmung auf und klang schön. Tief, klar und unglaublich sexy.

»Mann, du bist manchmal ein Spinner.« Kopfschüttelnd stieg ich in sein Lachen ein und ignorierte die warnende Stimme, die mir riet, mich nicht auf sein Spielchen einzulassen. »Du würdest mich nie um ein Date bitten«, rutscht es dann auch ungebremst aus mir heraus.

Über meine unüberlegten Worte erschrocken, biss ich mir auf die Zunge und presste die Lippen zusammen.

Hätte ich doch bloß den Mund gehalten. Was sollte Lucas von mir denken?

Dass ich mir wünschte, er würde mich nach einem Date fragen?

Lucas gab mir im ersten Moment keine Antwort, sondern ging zur Tür und drückte die Klinke. Bevor er das Zimmer verließ, drehte er sich zu mir um. »Frag mich doch, ob ich ein Date mit dir will.«

Mir klappte der Mund auf. »Vergiss es.« Ich zog die Augenbrauen zusammen und tippte mir mit dem Finger gegen die Stirn.

Lucas' Mundwinkel zuckten. »Das würdest du mich nie fragen, oder?«

»Auf gar keinen Fall!«

»Siehst du, Ash, deshalb werden wir nie miteinander ausgehen. Eine andere Frau würde ich damit nicht aufziehen.« Seine Augen funkelten. »Zu gefährlich.«

»Weil sie dich im Gegensatz zu mir vermutlich fragen würde.«

»Du sagst es«, bestätigte Lucas und nickte mir zum Abschied zu. Als er die Tür hinter sich geschlossen hatte, hörte ich ihn noch rufen: »Viel Spaß mit Matthew.«

»Den werde ich haben«, murmelte ich und mein Herz sackte nach unten.

Ich wusste nicht, warum ich das so fühlte. Dass Lucas darüber gewitzelt hatte, dass wir niemals miteinander ein Date haben würden, stimmte mich irgendwie traurig. Gleichzeitig war ich sauer. Warum löste er solche widersprüchlichen Gefühle in mir aus? Ich bearbeite mit den Zähnen meine Unterlippe, so regte mich das alles auf.

Mein Handy brummte. Ich holte es aus der Tasche und las Matthews Nachricht. In wenigen Minuten würde er am Wohnheim eintreffen. Das war gut. Unser Date lenkte mich von Lucas ab. Ich steckte das Handy in die Tasche zurück, warf einen letzten Blick in den Spiegel und verließ das Zimmer.

Nachdem ich abgeschlossen hatte, machte ich mich auf den Weg nach draußen. Lucas schob ich in die hinterste Ecke meines Hirns. An ihn zu denken, zog mich nur runter.

15. Kapitel – Ashley

Als ich aus dem Wohnheim kam, traf Matthew ein. Er stieg aus und öffnete mir galant die Beifahrertür seines Fords. An der Michigan erkannte man schnell, wer aus reichem Hause kam und wer nicht. Die meisten Studenten zeigten es mit großen, teuren Autos. Mir war der finanzielle Background anderer egal. Danach suchte ich meine Freunde nicht aus. Im Moment besaß ich kein Auto, aber wenn ich den Job hätte, würde ich auf einen kleinen Ford sparen, einen ähnlichen Wagen, wie Matthew ihn fuhr. Rot sollte er sein.

»Ich habe im Kinoprogramm nachgeschaut und dachte, wir sehen uns die Neuverfilmung eines Klassikers an«, sagte Matthew, nachdem er wieder eingestiegen war.

»Woran hast du gedacht?«

»*Pet Sematary* wird im *Quality 16* gezeigt.«

»Du willst mit mir einen Horrorstreifen von Stephen King anschauen?«, fragte ich, ohne mir mein Entsetzen anmerken zu lassen. Ein sicheres Zeichen, dass Matthew mit mir nur platonische Freundschaft wollte. Sonst hätte er einen romantischen Film ausgesucht. Fummeln und knutschen schien er demzufolge nicht im Sinn zu haben.

Für was hatte ich den bescheuerten Bauchwegschlüpfer an? Kaum gedacht, schlich sich Lucas in mein Hirn. Ich wäre um die fürchterliche Blamage herumgekommen. Der unverschämte Kerl hätte keinen Grund gehabt, über mich zu lachen.

Nichtsdestotrotz fand ich es merkwürdig, dass Matthew mit mir in einen Horrorfilm gehen wollte.

»Die Tochter unserer Nachbarn arbeitet dort. Wir kämen umsonst rein«, erklärte er.

»Ah ja.« Ich zuckte mit den Schultern, denn das war ein Argument, dem ich nicht widersprechen konnte. »Wenn das so ist.«

»Oder magst du keine Horrorfilme?«

»Doch, klar.« Natürlich verkniff ich es mir, Matthew zu sagen, dass ich eher der Liebesfilmfan war. Schließlich wusste ich nicht, ob er tatsächlich Horror mochte oder aus finanziellen Gründen auf den Film ausgewichen war.

So ganz glaubte er mir nicht. Seine Augenbrauen hatte er skeptisch zusammengezogen.

»Ich finde den Film okay«, log ich, um ihn zu beruhigen. »Ab und zu Stephen King, warum nicht?« *Halleluja. Hauptsache, ich bekomme in den nächsten Nächten keine Albträume von dem Streifen.*

»Super, Ich hatte schon Sorge, du erwartest Romantik oder so 'nen Scheiß.« Matthew startete den Motor und fuhr los.

»Ich und Liebesschnulzen.« Ich winkte lachend ab. *Gott steh mir bei!*

In einer Seitenstraße parkten wir. Mein Herz begann aufgeregt zu pochen, als wir aus dem Auto ausgestiegen waren. Ich war schon panisch, bevor wir das Kino betreten hatten. Matthew grinste verschwörerisch und zeigte auf die ausgebeulten Innenseiten seiner Jackentaschen. »Knabberzeug habe ich schon dabei. Du siehst, man kann eine Menge Geld sparen, wenn man es richtig anpackt.«

»Aha.« Ich liebte Popcorn, aber wenn Matthew schon für Knabbereien gesorgt hatte, würde ich es mir verkneifen. Dieses Date wurde immer skurriler.

Im Kino schaute ich mir die Plakate an, während sich Matthew mit seiner Nachbarin unterhielt. Sie war hübsch, hatte kinnlanges aschblondes Haar und große braune Augen.

Wie Matthew sie mit gerötetem Gesicht ansah, sich ständig den Nacken rieb, wurde ich den Verdacht nicht los, dass er auf sie stand. Ihre Wangen glühten nicht minder. Vielleicht war sie der Grund, dass wir hierher gegangen waren?

Die Antwort bekam ich schneller als erwartet.

Matthew kam strahlend auf mich zu. »Lizzy hat nach der Vorstellung Feierabend. Wir wollen nachher gemeinsam eine Cola trinken gehen. Du kommst doch hoffentlich mit, oder soll ich dich vorher zum Wohnheim bringen?«

Ich zeigte auf Lizzy, die gerade die Kinokarten von zwei Typen kontrollierte. »Hast du mich hierher eingeladen, um sie zu treffen?« Prüfend sah ich ihn an.

Ertappt verzog Matthew das Gesicht. »Wir sind heimlich zusammen … Ich dachte …«, stammelte er, doch ich unterbrach ihn, bevor er anfing, mir haufenweise Erklärungen abzuliefern, um mich wieder milde zu stimmen.

»Mach das kein zweites Mal, okay?«

»Das würde ich nicht. Ich hatte gedacht, wir sind Freunde und du hättest damit kein Problem.«

»Wir sind Freunde. Genau aus diesem Grund erwarte ich, dass du zu mir ehrlich bist.«

Wie zum Schwur hob er zwei Finger. »Versprochen, zukünftig nur die Wahrheit.« Er deutete mit einer seitlichen Kopfbewegung zum Kinosaal. »Wollen wir zu unseren Plätzen gehen?«

»Ja, lass uns reingehen.«

Lizzy lächelte uns zu. »Viel Spaß!«, wünschte sie. Wir bedankten uns und betraten den Kinosaal.

Drinnen war es fast leer. Matthew ging voran. Wir steuerten auf zwei Plätze in der vorletzten Reihe zu.

»Es ist kein Problem für deine Freundin, wenn ich nachher mitkomme?«, fragte ich, während wir uns setzten.

»Nein, ist es nicht. Lizzy hat Stress mit ihrem Vater, obwohl sie wie du 19 ist. Er benimmt sich wie ein Wachhund und verbietet es ihr, Dates zu haben.«

»Das tut mir leid für euch.«

»Wenn sie im nächsten Frühjahr ihre Ausbildung fertig hat ziehen wir zusammen. Dann bin ich auch endlich 21 Jahre alt.«

»Das dauert ja nicht mehr so lange.«

Seufzend verdrehte Matthew die Augen. »Seit sechs Wochen sind wir ein Paar. Ihr Vater hat wohl Verdacht geschöpft, dass Lizzy einen Freund haben könnte. Deshalb hatte ich dich um den Kinobesuch gebeten. Der Mistkerl denkt, sie sei nach der Arbeit mit einer Freundin verabredet. Sie muss ihm immer erzählen, wo sie wen trifft.«

»Und falls er sie in Sam's Diner kontrollieren kommt, bin ich mit ihr offiziell dort.«

»So hatten wir uns das vorgestellt. Aber ich bringe sie schon gegen zehn Uhr nach Hause und komme zurück. Wir können noch bleiben und uns unterhalten, wenn du Lust hast.«

»Klar.« Lange würde er nicht fortbleiben. So hatte ich Matthew noch ein bisschen für mich.

Nach der Offenbarung, dass ich die Rolle eines Anstandswauwaus spielen würde, müsste ich eigentlich sauer sein. Aber da ich für Matthew nur Freundschaft empfand, war ich nicht wirklich traurig darüber. Im Gegenteil. Ich war froh, den beiden helfen zu können.

Neckend stupste ich ihn mit der Schulter an. »Aber als Wiedergutmachung lädst du mich nachher auf eine Cola ein.«

»Logisch, das ist das Mindeste, um mich bei dir zu bedanken.«

Während wir auf den Filmbeginn warteten, erzählte Matthew, wie er Lizzy kennengelernt hatte.

Sie hatten sich jeden Samstagmorgen in einer kleinen Bakery getroffen, um Brot, Bagels und Kuchen für das Wochenende zu kaufen. Schnell waren sie ins Gespräch gekommen und mochten sich. Matthew war wie ich schüchtern. Lizzy hatte den ersten Schritt gewagt und ihn um ein Date gebeten.

Als er das erzählte, fielen mir Lucas' Worte ein. Würde ich es wagen und ihn um ein Date bitten? Nein. Das hatte ich ihm ja auch gesagt. Ich beneidete Lizzy für ihren Mut. Den hätte ich gern.

»Ihr hättet doch eine Freundin von Lizzy als Alibi mitnehmen können?«, meinte ich. Nickend angelte Matthew eine Tüte Erdnüsse aus der Innentasche seiner Jacke und riss sie auf. Ich griff hinein und nahm mir eine Handvoll.

»Lizzy hat eine gute Freundin, aber die trifft sich freitags mit ihrem Freund. Ein Doppeldate würde auffallen, oder?«

»Stimmt«, gab ich schulterzuckend zu.

Noch einige Minuten lief Werbung, dann wurde es stockduster und die Vorstellung begann.

Der Film war so gruselig, dass ich ständig nach den Nüssen langte. Matthew hatte mir irgendwann die Tüte auf den Schoß gestellt und dabei leise gelacht. Ich brauchte die Knabberei, sie beruhigten meine Nerven.

Lizzy sah mich mitleidig an, als wir zum Auto gingen. Sie fand, dass ich ganz blass wäre. Wenn man das zu mir sagte, musste ich wie das blanke Elend aussehen, weil ich von Hause aus ein helles Gesicht hatte, das nur durch die Sommersprossen Farbe bekam.

Auf Matthews Frage, wie mir der Film gefallen hatte, würde ich ihm gern antworten, dass er gut war.

Doch das wäre gelogen. »Wenn ich mir irgendwann eine Katze anschaffe und sie stirbt, werde ich sie auf keinem Friedhof begraben«, wich ich seiner Frage aus.

Die vielen Schockmomente, denen ich über anderthalb Stunden ausgesetzt gewesen war, saßen mir noch immer in den Knochen. Wenn ich an manche Szenen zurückdachte, bekam ich jetzt noch das Gruseln. Unzählige kalte Schauer waren mir während der Vorstellung über den Rücken gelaufen.

Zwischendurch hatte ich mich einmal in den Finger gebissen, weil ich ihn mit einer Erdnuss verwechselt hatte, so erschrocken war ich, als plötzlich eine Hand aus der Erde geschossen kam und … *Ashley, verschwende keinen weiteren Gedanken an den Film.*

Nie wieder bekäme mich Matthew ins Kino, um mit ihm einen Horrorstreifen anzuschauen. Wenn ich zukünftig das Alibi spielte, müsste er mir die Filmauswahl überlassen.

Während der Fahrt durch Ann Arbor schloss ich die Augen und versuchte, an etwas anderes zu denken. Matthew und Lizzy hörten Musik und redeten über irgendetwas, dass ich nicht mitbekam.

Ich beschäftigte mich stattdessen mit der Bearbeitung des Themas der Philosophiearbeit. Die Planung der Aufteilung der Kapitel, die ich schreiben würde, war eine gute Ablenkung. Langsam fühlte ich mich besser.

»Ash, aussteigen«, rief mir Matthew zu.

Verwundert blinzelte ich. »Sind wir schon da?«

»Ja, du Träumerin.« Er lächelte kopfschüttelnd. »Lass mich raten, du hast an die Philosophieaufgabe gedacht.«

»Hat geholfen, nicht mehr an einen wiederauferstandenen Kater zu denken.«

»So schlimm?«, wollte Lizzy wissen.

Ich rümpfte die Nase und nickte.

Lizzy wandte sich an Matthew. »Hast du nicht gesagt, Ashley schaut gern Horrorfilme?«

»Hat er das behauptet?« Ich fasste mir lachend an die Stirn.

»Hat er. Obwohl ich Matt gewarnt hatte.«

»Hab mich halt geirrt.« Mehr sagte Matthew nicht dazu. Er stieg aus dem Auto und wartete auf seine Freundin und mich.

Draußen hakte sich Lizzy bei mir unter. Matthew ging voran, um uns die Tür aufzuhalten.

Verwundert ließ ich meine Augen über den Parkplatz vor dem Diner schweifen. Ich war mir sicher, das waren Autos von unseren Collegefootballspielern. Auch einige Cheerleader mussten im Diner sein. Ich erkannte den teuren Wagen von Kaylee Stuart. Sicherheitshalber schaute ich ein zweites Mal nach und atmete erleichtert auf. Lucas' Jeep war nicht dabei.

»Ist der Laden das Stammlokal der Footballmannschaft?«, wandte ich mich an Matthew, nachdem ich Kaylee und die anderen Cheerleader mit dem halben Footballteam zusammensitzen sah.

»Ja, Sam's Diner ist ihr Stammlokal.«

Ich schielte zu den zusammengeschobenen Tischen. Dort herrschte eine ausgelassene Stimmung. Ich sah Ray, der sich mit einer Brünetten unterhielt. Neben Dylan war ein Platz frei. Hinter ihm stand eine blonde Frau, die ihre Arme auf seine Brust gelegt hatte.

Lucas war tatsächlich nicht anwesend. Das war mir ganz recht. Wenn er hier wäre, würde ich mich unwohl fühlen. Mir wurde bei dem Anblick der Männer und Frauen bewusst, dass ich nicht dorthin gehörte. Sie wirkten wie aus der *Sports Illustrated* entsprungen. Zu schöne Menschen mit zu schönen Körpern. Ein tiefer Graben teilte ihre von meiner Welt.

Ich machte eine Kopfbewegung zur Schwingtür neben der Theke. »Sind dort die Toiletten?«

»Ja, wir setzen uns auf die andere Seite, hinten in die Ecke«, sagte Matthew und zeigte in die Richtung, wo er Lizzy hinführen würde.

Das Diner wirkte sauber und auch die Klos waren geputzt. Mir gefiel der Laden mit den nussbaumfarbenen Stühlen und Tischen. Die Atmosphäre war gemütlich, das Licht gedämpft.

Nachdem ich die Hände gewaschen und abgetrocknet hatte, folgte ich Lizzy und Matthew.

Kaum hatte ich mich gesetzt, kam die Kellnerin zu unserem Tisch. Sie reichte uns eine Speisekarte und fragte nach unseren Wünschen. Da wir noch keine 21 Jahre alt waren, bestellte Matthew drei Cola und eine große Portion *Chrispy Onion Rings*.

Es dauerte nicht lange und unsere Getränke standen mit einem dampfenden Teller Fingerfood auf dem Tisch. Matthew bezahlte gleich und ich bedankte mich mit Lizzy für die Einladung.

Ich beobachtete die Leute, naschte von den leckeren Zwiebelringen, während Lizzy und Matthew Händchen hielten, sich ab und zu einen sanften Kuss gaben und miteinander leise sprachen. Ihre Zweisamkeit wollte ich nicht stören.

Plötzlich öffnete sich die Eingangstür.

Himmel, nein!

Mir blieb ein Stück Zwiebelring im Hals stecken. Ich hustete, schluckte. Als das nicht half, trank ich hastig von der Cola. Angestrengt kniff ich die Augen zusammen, konzentrierte mich, bis das komische Gefühl im Hals weg war.

Lucas war gekommen und er sah verteufelt gut aus. Er trug ein enges, graues T-Shirt. Der Anblick seines muskulösen Oberkörpers ließ mich nach Luft japsen. Die dunklen Haare trug er leicht zerwühlt, dass es mich in den Fingern juckte, in die weichen Strähnen hineinzugreifen.

Wenn er mitbekam, dass ich hier wie das fünfte Rad am Wagen saß, obwohl ich vor ihm große Töne gespuckt hatte, dass ich ein Date mit Matthew hätte, das wäre ganz schön peinlich.

Bitte, Lucas, verschwinde. Bleib nicht hier!, flehte ich still.

Am liebsten würde ich auf allen vieren unbemerkt aus dem Diner krabbeln. Ich beobachtete, wie Lucas die Kellnerin rief und den Daumen hob, bevor er sich neben Dylan niederließ. Offensichtlich wusste sie genau, was er trank, denn sie lächelte ihm nickend zu.

Kaylee war aufgesprungen, fiepte wie ein bettelnder Hund und stöckelte mit winkenden Händen zu ihm. Lucas erhob sich. Er umarmte sie und schlenderte dann zu einem leeren Tisch, um ihr einen Stuhl zu holen. Als sie sich gesetzt hatten, streichelte sie seinen Arm und schmachtete ihn von der Seite an.

Mann, benahm sie sich lächerlich, da konnte mir nur speiübel werden. Schlagartig hatte ich keine Lust mehr auf Zwiebelringe.

»Schau mal, Lucas ist gekommen«, sagte Matthew.

»Schon gesehen.« Ich drehte ihm mein Gesicht zu. Überrascht beobachtete ich, wie Lizzy und er aufstanden.

Gingen sie jetzt und ließen mich hier allein sitzen? »W-wo wollt ihr hin?«

»Weißt du doch, ich bringe Lizzy nach Hause.« Matthew sah mich fragend an. Sein Blick verriet, dass er mit ihr noch ein bisschen zu zweit sein wollte. »Ich komme in einer halben Stunde zurück.«

»Ja, klar«, sagte ich und überlegte, ob ich mit den beiden rausgehen sollte, um dort auf Matthew zu warten, um mit ihm nach seiner Rückkehr lieber eine andere Lokalität aufzusuchen.

Jedoch schien das unmöglich.

Lucas und Kaylee saßen in der Nähe der Tür. Ungesehen käme ich nicht vorbei.

Ich wagte einen weiteren kurzen Blick, ob Lucas vielleicht doch zu beschäftigt war, um mich zu bemerken.

Während Kaylee an seinen Haaren herumfummelte, unterhielt er sich quer über den Tisch hinweg mit einem Spieler aus seinem Team. Wenn ich mich nicht irrte, war das Raoul Garcia, einer der Verteidiger.

Zwecklos. Ich würde tatsächlich warten müssen, bis Matthew zurück war. Auf Lucas' spöttisches Grinsen hatte ich keine Lust.

»Bis später, Matt«, sagte ich. Dann umarmte und verabschiedete ich mich von Lizzy, die sich zu mir herunterbeugte.

Matthew verschränkte seine Finger mit denen von Lizzy und zog sie Richtung Ausgang. Gleich waren sie auf Lucas' Höhe. Ich nestelte nervös am Saum meiner Bluse.

Jetzt sah ich, wie Matthew und Lizzy an Lucas' Tisch vorbeikamen.

Angespannt hielt ich einen Augenblick die Luft an. Doch Lucas war zu sehr abgelenkt, um irgendetwas um sich herum mitzubekommen. Die Sorge, dass er unsere Anwesenheit bemerken würde, war unbegründet. Er hatte lediglich einen schnellen Blick zur Tür geworfen, aber da hatten Lizzy und Matthew das Diner längst verlassen.

Ich beobachtete das muntere Treiben.

Lucas unterhielt sich weiter mit Raoul. Ray, die Brünette und Dylans Flamme verabschiedeten sich von den Leuten am Tisch. Von der Kellnerin empfing Lucas sein Bier, bedankte sich und schenkte ihr ein Lächeln. Sie strich ihm flüchtig über die Schulter.

Unerwartet blickte sie in meine Richtung.

Nein, nicht zu mir kommen!

Ich wollte mit einer Handbewegung andeuten, dass ich nichts bräuchte, doch da war die Kellnerin schon unterwegs.

»Möchtest du noch eine Cola?«, fragte sie mich und nahm die leeren Gläser vom Tisch.

»Nein, ich warte, bis mein Freund zurückkommt.«

»Dein Freund?« Die Kellnerin sah mich verwundert an.

»Nein, keine Beziehung«, verbesserte ich mich.

»Ach so«, sagte sie bloß, drehte sich um und kehrte zur Theke zurück.

Ich sah ihr hinterher. Was sie wohl dachte?

Vermutlich, wie bemitleidenswert ich war. Statt mit dem eigenen Freund hing ich mit einem Pärchen ab. Wie armselig.

Mit gesenktem Kopf saß ich am Tisch, ließ von der Bluse ab und spielte mit der Uhr am Handgelenk. Ich wusste einfach nicht, wohin mit meinen Augen und meinen Händen. Das Handy ließ ich in der Tasche. Wenn ich mich damit beschäftigte, würde das Display leuchten und mich verraten.

Als von vorn ein polterndes Geräusch zu mir drang, hob ich den Blick.

Lucas war der Stuhl beim Aufstehen umgekippt. Er bückte sich und hob ihn auf. Irgendwie wirkte er aufgedreht, seine Wangen glühten. Ich wandte für einen Moment das Gesicht ab, als Kaylee mit der Zunge anzüglich über ihren Daumen leckte. Als ich wieder zu Lucas schaute, sah ich, wie er hastig das Bier austrank, den Tisch verließ und sich in Richtung Toiletten begab. Er schien es sehr eilig zu haben, Kaylee starrte ihm hinterher.

Die Chance, ungesehen aus dem Laden abzuhauen. Ich musste sie nutzen.

Draußen würde ich Matthew eine Nachricht schicken, dass er sich bei mir melden sollte, wenn er zurück wäre.

Auf dem Parkplatz zu warten, wäre zu gefährlich. Ich mochte mir nicht vorstellen, Lucas käme mit Kaylee eng umschlungen aus dem Diner und ich stände auf der Straße wie bestellt und nicht abgeholt. *Herrgott, das wäre beschämend!*

16. Kapitel – Lucas

Ich lag auf dem Bett und hatte den Unterarm über die Augen gelegt. Ich dachte an das Gespräch mit Ashley. Ich war bei ihr gewesen, um ihr Bob Millers Nachricht zu übermitteln. Meinen Teil des Deals hatte ich jetzt endlich erfüllt.

Als ich ihr gesagt hatte, dass ich ein bisschen neidisch auf den Zwerg war, dass er statt mir mit ihr ausgehen würde, war es nicht gänzlich gesponnen gewesen. Der Gedanke hatte mich nicht kalt gelassen. Ich war ein bisschen eifersüchtig.

Ashley würde mich tatsächlich nie nach einem Date fragen. Ich hatte mir nichts anmerken lassen, aber aus einem mir nicht nachvollziehbarem Grund war ich enttäuscht. Total verrückt.

Aber wenn ich schon darüber nachdachte … Würde ich denn einem Date zustimmen, hätte sie mir diese Frage gestellt?

Andersherum gedacht, wäre es denkbar, dass ich sie selbst um ein Date bitte?

Niemals!

Frauen fragten mich. Ich war noch nie in der Situation gewesen, selbst darum bitten zu müssen.

Und überhaupt … Ashley bedeutete mir nichts.

Oder doch?

Verdammt, warum brachte mich diese Frau derart durcheinander, dass ich mir darüber den Kopf zerbrach, ob ich mir vorstellen könnte, mit ihr auszugehen?

Lag es daran, dass ich mich bei ihr wohlfühlte? Weil sie mich zum Lachen brachte, weil ich sie gernhatte?

Noch nie hatte ich eine Frau in solch einer hässlichen Unterwäsche gesehen, wie sie Ashley vorhin trug. Dazu ihre chaotischen Haare. Zum Teufel, und trotzdem hatte sich bei ihrem Anblick mein Schwanz gerührt.

Um mich aus meiner eigenen Verlegenheit zu retten und die wachsende Beule loszuwerden, bevor sie Ashley bemerken konnte, hatte ich sie geärgert. Wobei ich diese Neckereien mit ihr liebte. Sie sah süß aus, wenn sich ihre Wangen vor Unbehagen röteten, weswegen ich sie immer wieder provozierte.

Warum bloß?

Lucas, zum zweiten Mal: Ashley bedeutet dir nichts!

Dass diese Frau seit Tagen meinen Kopf beherrschte, konnte nicht normal sein. War ich die Rumvögelei mit den Cheerleadern über, suchte ich eine neue Herausforderung? Herrgott noch mal, was war los mit mir?

Ich brauchte Gewissheit und musste mich ablenken, damit diese rothaarige, sommersprossige Frau aus meinen Gedanken verschwand.

»Luc?«, hörte ich Dylan im Flur rufen. Er öffnete die Tür, schaltete das Licht der Deckenlampe an und trat ins Zimmer. »Kommst du?«

Ich nahm den Arm vom Gesicht und richtete mich blinzelnd auf den Ellenbogen auf.

»Wohin soll ich kommen?« Durch die plötzliche Helligkeit im Zimmer war ich desorientiert. Zu konfus hatte mein Hirn gearbeitet.

Stöhnend rollte er mit den Augen. »Hast du vergessen, wir sind mit dem Team verabredet? Die Cheerleader werden auch kommen. Das wird ein netter Abend. Bisschen quatschen, uns einen blasen lassen. Endlich wieder ein Freitag, an dem wir nicht halbtot vom Training sind und den Samstag freihaben.«

»Ach ja, Sam's Diner.« Es war mir wieder eingefallen. Wir wollten ein Bier trinken. Lance hatte alle eingeladen, weil er Geburtstag gehabt hatte.

Ich schwang die Beine über den Bettrand und setze mich aufrecht hin. Gähnend rieb ich mir den Mund, bevor ich Dylan mein Gesicht zuwandte. »Hast du vor, Kaylee heute flachzulegen?« Ich musste es von ihm wissen. Wenn er kein Interesse an ihr hätte, würde ich sie mir nehmen, obwohl ich ihr gesagt hatte, dass zwischen uns nichts mehr laufen würde.

Aber ich brauchte einen Test, um herauszufinden, wie schlimm es um mich stand. Kaylee könnte mich auf den richtigen Pfad zurückführen. Wenn nicht sie, würde ich es bei einer anderen Frau ausprobieren, ob mit meinem Kopf etwas nicht stimmte.

Unsere Cheerleader waren nicht wählerisch, mit wem sie vögelten. Hauptsache, es war ein Footballspieler, dem eine Karriere in der NFL winkte. Ich machte mir dahingehend nichts vor. Die Frauen wünschten sich eine Beziehung mit uns, um ein paar Krümel vom großen Kuchen des Ruhms abzubekommen. Das wusste ich von Ray, der sich im vergangenen Jahr in eine Cheerleaderin verliebt hatte, die ihn für einen Cornerback sitzen ließ, der einen Vertrag bei den *Detroit Lions* unterschrieben hatte, nachdem sein Studium an der Michigan beendet war.

O Mann, wie Ray damals unter Liebeskummer gelitten hatte. Über Wochen hatte er jämmerlich gewinselt. Null Chance, ihn aufzumuntern. Damit war mir klar, Liebe spielte, wenn überhaupt, eine untergeordnete Rolle, weswegen ich kein schlechtes Gewissen hatte, mit Cheerleadern Sex zu haben.

Ob alle Frauen so oberflächlich waren, wusste ich nicht. Bis jetzt konnte mich keine vom Gegenteil überzeugen. Warum kamen sie sonst gleich angerannt, wenn man bloß mit den Fingern schnippte?

Gab es eine Frau, die man erobern musste, die einem Mann gleichzeitig das Gefühl gab, dass sie ihn als Menschen liebte? Der Statussymbole nicht wichtig waren?

Bis jetzt war Ashley die einzige Frau, die mich herausgefordert hatte. Sie schien auf materielle Dinge keinen besonderen Wert zu legen. Sonst würde sie Matthew Miller links liegen lassen, statt ihm ihre Aufmerksamkeit zu schenken. Dabei war der Typ ein Langweiler. Ich verstand nicht, was Ashley an ihm fand.

Verflixt. Ohne dass ich es wollte, hatte sie sich schon wieder in meinen Kopf geschlichen.

Ich brauchte heute eine Frau, die mich von ihr befreite. »Und, Dylan, was ist mit Kaylee?«, wiederholte ich meine Frage.

»Nichts, ich bin mit Sally verabredet.« Er grinste. »Sie hatte mich über WhatsApp angeschrieben.«

»Seit wann baggern dich Frauen auf diesem Weg an?«

»Sag bloß, dich nicht?« Er lachte, und ich zuckte mit den Achseln. »Ist mir bis jetzt nicht passiert.«

Kopfschüttelnd stand ich auf und ging zum Schreibtisch. Ich schaute auf meine Aufzeichnungen mit den Spielzügen, die ich mir beim Montagsmeeting aufgeschrieben und skizziert hatte. Bevor ich zum Diner fuhr, würde ich sie mir noch einmal ansehen, um sie für das Spiel sicher abgespeichert zu haben.

»Was ist nun? Ray und Raoul warten, dass wir losfahren.« Dylans Worte rissen mich aus meinen Überlegungen. Ich blickte über die Schulter zu ihm. »Sorry, ich habe noch zu tun. Zieht ohne mich los, ich denke, in einer Stunde komme ich nach.«

Dylan kam zu mir, nahm eins der Blätter in die Hand und studierte es. »Du solltest jetzt abschalten und nicht ständig an Football denken. Ich wette, du hast das gesamte Spiel bis ins kleinste Detail durchgeplant.« Er legte das Blatt zurück.

»Die Spielzüge müssen sitzen.« Ich tippte auf die Aufzeichnungen. »Das ist immens wichtig.«

»Versteh schon.« Dylan lehnte sich neben mich an den Schreibtisch und drehte mir das Gesicht zu. »Hey Mann, du trägst große Verantwortung als Captain und nimmst deine Aufgaben ernst. Aber trotzdem …«

»Nein, Dylan, du kennst meinen Anspruch. Ich will keine Fehler machen«, unterbrach ich ihn.

»Tust du nicht, also hör auf, dir Routen und Pässe rund um die Uhr in den Kopf zu hämmern.«

»Idiot.«

»Du bist der Idiot.«

Wir mussten beide lachen. Die Diskussion führten wir nicht das erste Mal. Schon öfters hatten wir uns deshalb in den Haaren. Dylan kannte meinen Hang zur Perfektion und achtete darauf, dass ich es nicht übertrieb. Es kam schon vor, dass ich nachts durchgearbeitet hatte, weil mir noch neue Varianten eingefallen waren, die man spielen könnte. Eliot und Nolan bestärkten mich, mir über Spielzüge Gedanken zu machen. Für meine Ideen hatten sie immer ein offenes Ohr. Es gefiel mir, nach den Meetings mit ihnen zusammenzusitzen und über Strategien zu fachsimpeln.

Dylan zwinkerte mir zu und drückte sich vom Schreibtisch ab. »Ich verlasse mich darauf, dass du nachkommst.« Er verpasste mir einen Schlag gegen die Schulter und verließ mein Zimmer.

Ich schaute ihm nach, bis er die Tür hinter sich zugezogen hatte. Dann setzte ich mich an den Schreibtisch und widmete mich meinen Unterlagen.

Mir schwirrte ein Spielzug im Kopf, den ich unbedingt aufzeichnen wollte, bevor ich mich noch einmal kurz duschen und zu meinen Bros und dem restlichen Team fahren würde. Die gesamte Woche hatte ich keinen Tropfen Alkohol angerührt. Heute hatte ich Lust auf ein Bier.

Auf meine Nachricht, dass ich in Sam's Diner komme und mich freuen würde, sie dort zu treffen, antwortete mir Kaylee, dass sie es kaum erwarten könnte, mich wiederzusehen. Dazu schickte Sie mir ein albernes Emoji. So ein Teil mit Herzchen. Ich verdrehte die Augen, schob das Handy in die vordere Hosentasche und schwang mich in den Jeep. Es war mir egal, was für einen Scheiß mir Kaylee schickte. Letztendlich ging es nur darum, dass sie im Diner war und mir einen blasen würde. Ich brauchte die verfickte Gewissheit, dass mir Ashley am Allerwertesten vorbeiging.

Es durfte nicht sein, dass ich für eine pummlige, verklemmte Rothaarige Gefühle entwickelte, die nicht einmal vor meinem Schwanz haltmachten. Ich fickte keine Jungfrauen, und definitiv war Ashley eine. Außerdem würde sie auf einer Scala von Eins bis Zehn mit Ach und Krach eine Sieben erreichen, wenn ich ihre niedlichen Sommersprossen mit einem Bonuspunkt bewertete. Holy Shit. Hatte ich echt an *ihre* Sommersprossen gedacht?

Fuck. Fuck. Fuck.

Wütend schlug ich mit der flachen Hand aufs Lenkrad.

Sommersprossen sind nicht niedlich und ich ficke keine Frau, die nicht mindestens eine Neun ist!, klärte ich mein Hirn auf, steckte den Schlüssel ins Zündschloss und startete den Motor. Bloß schnell zu Kaylee fahren, um meinem Schwanz einzubläuen, bei wem er hart zu werden hatte.

Nachdem ich das Auto vor dem Laden geparkt hatte, stieg ich aus und fuhr mir mit der Hand über das Kinn. Meine Bartstoppeln kratzten. Ich hatte vergessen, mich zu rasieren.

Als ich die Tür öffnete, sah ich meine Leute zusammensitzen. Die Stimmung war ausgelassen. Dylan sah mich und deutete auf den freien Platz neben sich.

»Ich dachte, du wirst den Abend doch lieber mit deinen Aufzeichnungen verbringen«, witzelte er.

»Ganz so durchgeknallt bin ich nun doch nicht«, erwiderte ich lachend und blickte zur Theke. »Lucy!«, rief ich die Kellnerin und hob den Daumen. Sie wandte mir ihr Gesicht zu und lächelte wissend. Kaum saß ich, hörte ich Kaylee aufgeregt quieken. Manchmal wünschte ich mir, sie wäre stumm. Ihre hohe Stimme war ziemlich nervig. Strahlend kam sie auf mich zu, warf ihre Arme um meinen Hals und schmiegte sich an mich, nachdem ich aufgestanden war.

Mir gelang es nur mit Mühe, mich aus ihrer Umklammerung zu lösen. Damit sie bei mir sitzen konnte, organisierte ich ihr einen Stuhl. Wie eine Klette hing sie an mir und befummelte mich. Ich unterhielt mich derweil quer über den Tisch mit Raoul, der am Sonntag für meine *Blinde Side* zuständig war. Wir besprachen ein paar taktische Kleinigkeiten für das Spiel.

Glücklicherweise hatte Kaylee keine Lust auf Konversation. Nach was ihr der Sinn stand, ließ sie mich bald unter dem Tisch spüren.

Während eine Hand mit meinen Haaren spielte, streichelte die andere meinen Schritt. Noch ließ mich die Berührung kalt.

Zwischenzeitlich war ein Typ an unserem Tisch vorbeigekommen. Ich war von Kaylee und dem Trubel um mich herum abgelenkt, dass ich ihn nicht wirklich wahrnahm. Irgendwie erinnerte er mich an Matthew. Im ersten Moment dachte ich, es wäre der Zwerg, aber das war unmöglich. Er hatte mit Ashley ein Date. Die Frau, die hinter ihm lief, war blond. Als ich mich kurz zur Tür umdrehte, um mich zu vergewissern, ob ich mich geirrt hatte, waren die beiden schon verschwunden. Es war wohl eine Sinnestäuschung gewesen.

Ich wandte mich wieder Raoul zu. Er sagte, dass er müde wäre und nur ein paar Minuten noch bleiben würde. Dylan küsste zum Abschied Sally und verabredete sich mit ihr. Ich war überrascht. Zwischen den beiden schien es ernster zu werden. Ray und seine dunkelhaarige Flamme boten Sally an, sie mit dem Auto mitzunehmen. Überschwänglich dankend nahm sie an und Dylan grinste dümmlich. *Typisch für Verliebte*, dachte ich kopfschüttelnd. Ich erinnerte mich an letzten Samstag. Da tönte er vor mir, Kaylee flachlegen zu wollen. Offensichtlich hatte sich jetzt Sally in seinem Herzen eingenistet. Lucy kam vorbei und reichte mir mein Bier. Nachdem ich es ihr dankend abgenommen hatte, strich sie mir über die Schulter und verschwand.

»Luc, lass uns nach draußen gehen«, flüsterte mir Kaylee ins Ohr. Mittlerweile hatte sie mir die Hose geöffnet und ihre Hand unter meine Boxershorts geschoben.

Sie streichelte mich, kratzte mit ihren Fingernägeln über meinen Schaft. Ich stöhnte leise auf, Gänsehaut lief mir über den Rücken und ich verspürte ein angenehmes Ziehen in den Lenden.

Während Kaylee mit dem Daumen über die Eichel strich, schloss ich für einen Augenblick die Augen. Ihre Hand an meinem Schwanz fühlte sich gut an.

»Ich will dich«, wisperte sie an meinem Hals, dann saugte und knabberte sie an der Haut. Ich schaute hin und her. Keiner sollte mitbekommen, wie sie mich unter dem Tisch verwöhnte.

Niemand schenkte uns Beachtung. Ich war beruhigt. Kaylee rutschte noch näher an mich heran und ich öffnete die Beine ein Stück, damit sie mehr Platz hatte. Die Frau rieb mich um den Verstand, als ob wir in dem Laden allein wären. Zur Hölle, sie erregte mich. Der Drang, Kaylee in den Mund zu ficken, war kaum noch auszuhalten. Doch vorher brauchte ich eine Abkühlung. Wenn ich sie länger gewähren ließ, würde ich in meine Boxershorts abspritzen.

Ich beugte mich zu ihrem Ohr. »Ich verschwinde kurz aufs Klo. Warte hinter dem Diner auf mich.« Da sie nicht sofort von mir abließ, packte ich ihre Hand und zerrte sie aus meiner Boxershorts. »Verdammt, Kaylee, wir treffen uns hinter dem Diner!«, wiederholte ich. Hastig verschloss ich mit zitternden Fingern die Hose, rückte zurück und sprang auf. Von der ungestümen Bewegung fiel der Stuhl um.

Während ich mich bückte, um ihn aufzuheben, löste ich meine Augen nicht von Kaylees Gesicht. Ihr Blick war voller Lust. Provokativ führte sie ihren Daumen an die Lippen und leckte über die Kuppe. Holy fuck, ich war so hart von ihrem Spiel. Sie wusste, dass sie mich an der Angel hatte.

Schlagartig war mein Mund staubtrocken. Eilig griff ich nach meinem Glas und kippte das Bier runter, bevor ich mich zu den Klos begab.

Dort kühlte ich meine glühende Haut mit kaltem Wasser.

Am Waschbecken abgestützt atmete ich tief durch. Ich brauchte noch einen Augenblick, um mich zu beruhigen.

Ich hob den Kopf, ließ langsam die Schultern ein paar Mal kreisen und fuhr mir durchs Haar. Meine Eier kribbelten, der Schwanz pulsierte und drückte gegen die Jeans. Die Beule war nicht zu übersehen, so erregt war ich.

Kaylee war nicht mehr da, als ich zum Tisch zurückkam.

Wie festgewachsen blieb ich stehen. Ein Duft stieg mir in die Nase. Ich starrte zum Ausgang. Dieser Duft nach Vanille, er war mir vertraut. Ashleys Parfüm. Das irritierte mich.

Ich stieß Dylan an. »Kannst du dich an die Rothaarige, Ashley, erinnern, mit der ich diese Teamarbeit absolviere?«

Dylan schaute verständnislos hoch und hob die Schultern. »Wieso fragst du?«

»Hast du sie hier sitzen sehen?«

»Nein.«

»Sie ist hier nicht vorbeigekommen?« Meine Augen schweiften über die Tische und suchten den Raum ab. Erst bildete ich mir ein, Matthew gesehen zu haben, jetzt hatte ich Ashleys Duft in der Nase.

»Wann soll sie denn hier gewesen sein?«, erkundigte sich Dylan.

Ich winkte ab. »Schon gut, ist unwichtig.« Ich klopfte ihm auf die Schulter. »Ich hau ab.«

»Mit Kaylee nehme ich an.«

»Nein, allein«, sagte ich bloß. Mitnehmen wollte ich sie nicht. Kaylee sollte mir den Schwanz blasen, aber irgendwie war die Stimmung hin und die Beule in der Jeans zurückgegangen.

Auf einmal hatte ich keine Lust mehr auf ihren Mund.

Nachdem ich mich bei Lance für das Bier bedankt hatte, verabschiedete ich mich vom Rest des Teams und den Frauen, die noch geblieben waren. An der Tür warf ich einen letzten Blick über die Schulter, bevor ich das Diner verließ. Warum mir mein Hirn diese verrückten Sachen vorgegaukelt hatte, verstand ich nicht. Das war die zweite Sinnestäuschung heute Abend.

Kurz überlegte ich, gleich zu meinem Auto zu gehen. Bevor ich losfuhr, könnte ich Kaylee eine Nachricht schicken, dass ich auf dem Weg nach Hause wäre. Wenn ich sie auf diese Weise abservierte, wäre ich jedoch das letzte Arschloch.

Also entschied ich mich, Kaylee hinter das Diner zu folgen, um ihr persönlich zu sagen, dass zwischen uns nichts mehr laufen würde.

17. Kapitel – Ashley

Nachdem ich meine Tasche gegriffen hatte, war ich zur Tür geeilt. Ich wagte einen Blick zu Dylan und Kaylee. Ich atmete auf, weil ich unbemerkt blieb.

Dylan war mit seinem Handy beschäftigt und Kaylee zupfte an ihren Haaren herum. Schnell drückte ich die Klinke und huschte hinaus.

Beim Schließen der Tür dachte ich an Kaylee. *Wie kann sie sich so penetrant an Lucas hängen?* Sie benahm sich wie ein Klammeraffe. Das Weib lud zum Fremdschämen ein.

Egal, ob ich in Lucas verliebt war oder nicht, aber so wie sie würde ich ihn nie vor seinen Freunden anschmachten. Ihr Verhalten war billig und vermittelte den Eindruck, dass sie leicht zu haben war. Dabei hatte sie es nicht nötig.

Kaylee war eine Schönheit und hatte reiche Eltern, die ihr alles kauften, was man sich nur wünschen konnte. Sie war die einzige Studentin, die ein teures Cabrio fuhr. Eine weiße Corvette mit blauen Ledersitzen. Der schnittige Sportwagen war ein Traum. Trotzdem beneidete ich sie nicht. Ich kannte sie und ihre arroganten Freundinnen aus einigen Geografiekursen.

Kaylee war wie Lucas 21 Jahre alt und benahm sich mir gegenüber wie eine hochnäsige Prinzessin. Wenn sie über meine Figur lästerte oder sich über meine *hässlichen* Klamotten amüsierte, schaltete ich in der Regel auf Durchzug.

Deshalb wusste ich nie genau, was sie Gemeines über mich erzählte. Auf ihr Gelächter oder das ihrer Freundinnen achtete ich nicht, da hatte ich mir schon vorher über die Jahre ein dickes Fell wachsen lassen.

Wenn ich den Job hatte, würde ich mir ein paar kleine Wünsche erfüllen. Dann war ich in der Lage, mir ab und zu ein stylisches Kleidungsstück zu kaufen und für ein Auto zu sparen.

Ich ging um das Gebäude herum. An der Hauswand waren Holzpaletten übereinandergestapelt. Sie boten Sichtschutz. Ich ließ mich rechts neben den Paletten an der Wand hinuntergleiten, zog die Beine an und holte mein Handy heraus.

Dann schrieb ich Matthew, dass ich draußen wartete. Er sollte sich melden, wenn er auf dem Parkplatz eingetroffen war. Ich käme zu ihm.

Matthew antwortete: *Geht klar*.

Ich steckte das Handy in die Tasche, die neben mir auf dem Boden stand und hoffte, dass Matthew mich nicht zu lange warten ließ. Ich hatte Sehnsucht nach meinem Bett und einem schnulzigen Film, bei dem ich ein bisschen ins Kissen schluchzen konnte. Mir war danach, mich meinem Liebeskummer hinzugeben. Lucas mit Kaylee zu sehen, hatte mir wehgetan. Ich lauschte in die Dunkelheit. Kein Laut war aus dem Diner zu hören. Die Nacht war mild. Unter anderen Umständen hätte ich die Stille genossen.

Plötzlich näherten sich Schritte meinem Versteck. Vor Schreck stockte mir kurz der Atem und ich drückte den Rücken gegen die raue Hauswand, als ob ich so unsichtbar wäre.

Wer war das?

Nervös blinzelte ich, als ich ein Kichern hörte. »Luc, worauf wartest du? Lass dich nicht lange bitten, ich kann es kaum erwarten, dich zu schmecken.«

Verflucht, Kaylee und Lucas. Ich konnte sie nicht sehen, weil die Holzpaletten mir die Sicht versperrten. Aber meine Ohren würden unfreiwillig Zeuge von dem werden, was gleich passierte.

Obwohl ich nicht ahnen konnte, dass die beiden hier auftauchen würden, um sich miteinander zu vergnügen, kam ich mir wie eine Spannerin vor. Warum mussten sie sich hierher verdrücken und mich in diese beschissene Situation bringen?

»Na los, Luc, lass dich nicht lange bitten«, wisperte Kaylee weiter.

Nein, nein, nein. Ich will das nicht hören. Kopfschüttelnd presste ich die Hände auf die Ohren.

»Sorry, Kaylee, aber ich denke, wir lassen das«, sagte Lucas.

Was? Hatte ich das richtig mitbekommen, er wies sie ab?

»Du willst mich nicht? Luc, was soll der Scheiß?«, fauchte sie ihn an. Die Abweisung hatte Kaylees Ego verletzt.

»Dass mit uns funktioniert nicht. Tut mir leid, wenn ich dir falsche Hoffnungen gemacht habe.« Lucas seufzte. Ich hörte, wie er auf Kaylee zuging. Ein heftiges Klatschen. Lucas stöhnte. Mir war sofort klar, dass sie ihm eine Ohrfeige verpasst hatte. Auch wenn ich Kaylee nicht mochte, aber ich konnte ihre Reaktion nachvollziehen. Abgewiesen zu werden, schmerzte höllisch. Mehr als eine Ohrfeige.

»Du Dreckschwein!« Kaylee schnaubte ein hartes Lachen hervor. »Letzte Woche hatte ich dir einen geblasen und danach musstest du mich unbedingt ficken. Vorhin hast du von mir den perfekten Handjob bekommen. Und jetzt?« Sie stieß einen wütenden Schrei aus. »Servierst du mich eiskalt ab?«

»Kaylee, ich will dich nicht, kapiere es einfach!« Lucas klang genervt.

»Ja, du Mistkerl, ich habe dich verstanden. Verpiss dich und melde dich nie wieder bei mir!«

»Kaylee, es tut mir …«

»Verpiss dich, habe ich gesagt!«, fuhr sie dazwischen.

Ich bekam noch mit, dass Lucas einen letzten Versuch unternahm, um sie zu beschwichtigen, bevor er sich entfernte.

Aufgeregt kaute ich auf der Unterlippe, horchte, ob Kaylee ebenfalls gehen würde. Doch statt sie verschwand, näherte sie sich mir. Kaylee rutschte an der Hauswand hinunter, saß wie ich auf dem Boden und weinte.

Eine Weile saßen wir nebeneinander, zwischen uns die Holzpaletten. Irgendwann hatte sie sich beruhigt, rappelte sich auf und machte sich auf den Weg nach vorn.

Ich atmete erleichtert auf, bis zu dem Moment, als mein Handy klingelte.

Scheiße! Hastig griff ich in die Tasche und drückte den Anruf weg. Zu spät.

Kaylee fuhr herum, stürzte zu mir. Ihre Augen funkelten im Mondlicht bedrohlich.

Wie ein aufgeschrecktes Tier sprang ich hoch, trat ein Schritt vor und hielt die Tasche wie ein Schutzschild vor der Brust.

Wütend packte Kaylee meinen Oberarm. »Du kleine, perverse Bitch! Wo kommst du auf einmal her? Hast du uns etwa im Diner gesehen, dich heimlich hierher geschlichen und uns belauscht?«

»Es … Es ist ein d-dummer Zufall, dass ich hier bin«, stotterte ich, um mich aus meiner vertrackten Lage zu retten. Um auch später keinen Stress mit ihr zu bekommen, fügte ich noch beschwörend hinzu: »Glaub mir, Kaylee, ich habe nichts mitbekommen.«

Kaylee lachte boshaft und schaute sich kurz um, bevor sie ihr Gesicht dicht zu mir neigte. »Ich warne dich, du kleines, fettes Stück Scheiße. Wenn irgendjemand erfährt, was zwischen mir und Lucas vorgefallen ist, mach ich dich fertig.«

»Nein, von mir erfährt niemand etwas, ich versprech's«, versicherte ich.

Wenn ich dachte, Kaylee würde mich endlich gehen lassen, hatte ich mich geirrt. Sie packte meinen zweiten Arm. Ihre langen Fingernägel krallte sie schmerzhaft in mein Fleisch, dass ich die Lippen zusammenpresste, um mir nichts anmerken zu lassen.

»Hör gut zu …« Kaylee hielt einen Augenblick inne und grinste triumphierend. »Ich hatte dich gesehen und kenne dein kleines, dreckiges Geheimnis.«

Ich merkte, wie mein Inneres zu brennen begann, Kaylees Drohung sich wie ein Messer in meinen Bauch bohrte. Ich wusste genau, wovon sie redete.

»Sprich es nicht aus«, keuchte ich und spürte, wie mir jegliche Farbe aus dem Gesicht wich. Ein Glück war es dunkel, dass Kaylee nicht sehen konnte, wie mich ihre Andeutung schockte.

Doch ohne Zögern fuhr sie fort, drehte das Messer in der Wunde: »Du stalkst Lucas. Ich hatte dich gesehen, als du …«

Ich schnappte nach Luft. »Hör auf, verdammt!«, fauchte ich selbstbewusster, als ich mich fühlte. Meine Reaktion war so heftig, weil sie mein Geheimnis aussprechen wollte. Es war für mich einfach zu erniedrigend. Meine Tasche plumpste zwischen unsere Füße auf den Boden. Ich ließ die Arme sinken und ballte die Hände an den Seiten zu Fäusten, um ruhig zu bleiben. Tränen drängten sich heiß in meine Augen. Hektisch blinzelnd kämpfte ich dagegen an, damit sie mir nicht über die Wangen liefen.

Ich hatte es mir nicht eingebildet. Kaylee hatte mich damals gesehen. Ich kam mir klein und schmutzig vor. Ein Wunder, dass das hinterhältige Weib mich nicht schon früher deswegen verhöhnt hatte.

Jetzt kam die Geschichte mit doppeltem Schlag zurück und würde mich zum Gespött der Universität machen.

Wenn ich mich Kaylee kampflos beugte, hätte ich verloren. Mir blieb keine Wahl. Ich musste mich wehren.

Kaylee ließ meine Arme los. Sie sah mich giftig an. »Zu niemandem ein Wort, schwöre es!«

»Ich schweige, wenn …« Hastig bückte ich mich und hob meine Tasche auf. Mein Herz klopfte mir bis zum Hals, denn ich würde von ihr eine Gegenleistung verlangen.

»Wenn?« Kaylee trat einen Schritt auf mich zu, als ich zurückwich.

Ich schluckte den in meinem Hals gefühlten Kloß hinunter. »Wenn du schwörst, dass du mein Geheimnis niemandem verrätst.«

Kaylee neigte sich vor und stieß mir den Finger in die Brust. »Du stellst Forderungen?«

»Ja.«

Überrascht sah Kaylee mich an. Ich war selbst über meinen plötzlichen Mut verwundert. Um ihn nicht zu verlieren, schob ich das Kinn vor. »Und?«

Mein Widerstand zeigte Wirkung. »Okay. Wir schweigen beide.«

Innerlich atmete ich auf, dass sie zugestimmt hatte, mein Geheimnis nicht preiszugeben. Trotzdem wünschte ich mir, dass sie verschwinden würde.

Kaylee zog die Augenbrauen zusammen. Ich hielt ihrem Blick stand, obwohl ihrer hart und herausfordernd war. Doch dann wandte sie sich ab und ging wortlos davon.

Während ich ihr hinterhersah, klingelte mein Handy das zweite Mal.

Meine Hand zitterte, als ich es ans Ohr hielt.

»Mann, Ash, ich habe dich angerufen und du hast mich weggedrückt. Ergebnislos habe ich das Diner und den Parkplatz nach dir abgesucht. Wo steckst du?«, fragte Matthew. Er klang ein wenig ungehalten.

»Ich war spazieren, bin gleich bei dir.«

»Beeil dich bitte, ich bin doch ziemlich müde. Ich bringe dich zum Wohnheim und fahre dann gleich nach Hause. Sei nicht sauer. Wir gehen ein anderes Mal gemeinsam was trinken. Bis gleich.« Bevor ich noch etwas sagen konnte, hatte er aufgelegt. »Kein Problem, ich komme«, murmelte ich.

Meine Tränen, die ich während der Auseinandersetzung zurückhalten konnte, rannen mir über das Gesicht. Kaylees Beleidigungen und ihre Drohung, mich zu verraten, hatten mir heftig zugesetzt. Schnell wischte ich mit der Hand über mein Gesicht, damit Matthew nicht sehen konnte, dass ich geweint hatte. Er würde von mir Erklärungen fordern. Und die wollte ich ihm keinesfalls geben. Um ihn nicht noch mehr zu verärgern, beeilte ich mich, zu ihm zu kommen.

Als ich ihn am Auto stehen sah, setzte ich ein Lächeln auf, als ob es den grässlichen Vorfall mit Kaylee nie gegeben hätte.

18. Kapitel – Ashley

Als ich über das Stadiongelände mit dem Fahrrad fuhr, befiel mich undefinierbare Angst und mein Magen zog sich zusammen. Das Gelände war riesig. Wenn ich bei den Spielen war, hatte ich mir darüber keine Gedanken gemacht. Heute sah ich mich ehrfürchtig um.

Vor dem Verwaltungsgebäude schloss ich mein Fahrrad an, zerrte den Rucksack von den Schultern und kramte nach Lucas' Zettel.

Ich atmete tief durch, bevor ich die Eingangstür öffnete und das Gebäude betrat. Glücklicherweise brauchte ich nicht lange suchen. Ein Aushang im Eingangsbereich wies den Besuchern den Weg, wo die einzelnen Verantwortlichen der Collegefootballmannschaft zu finden waren. Um zum Büro des Platzwarts zu gelangen, musste ich nach links abbiegen.

Meine Nerven waren angespannt und ich schaute noch einmal auf Lucas' Zettel, als ich vor Zimmer 17 stand. Es war absolut unnötig, weil ich Bob Millers Namen auf dem Büroschild las. Aber ich war nun mal so fürchterlich aufgeregt und wollte sicher gehen, dass ich nicht versehentlich an der falschen Tür klopfte. Es war zwölf Minuten vor vier, viel zu früh. Ich hätte mich keinesfalls so beeilen müssen, doch hatte ich mich gesorgt, dass irgendetwas Unvorhergesehenes hätte dazwischenkommen können. Durch Trödelei unpünktlich zu sein und deshalb den Job nicht zu erhalten, war in meinen Augen ein unnützes Risiko.

Da ich noch so viel Zeit hatte und es mich noch nervöser machen würde, jede halbe Minute auf die Uhr zu starren, öffnete ich den Rucksack, zog die Bewerbungsmappe heraus und ging die Unterlagen durch.

Neben einem ausführlichen Lebenslauf und dem Abschlusszeugnis der Highschool hatte ich eine Beurteilung hinzugefügt, die ich bei einem Ferienjob in einer Bücherei bekommen hatte. Die wenigen Zeilen halfen vielleicht, mich interessanter als andere Bewerber zu machen. Immerhin stand dort geschrieben, dass ich zuverlässig, pünktlich und flexibel war.

Über die Bezeichnung *flexibel* musste ich lächeln, wenn ich an die Aufgaben dachte, die ich dort zu erfüllen hatte. Entweder war ich mit der Katalogisierung der verschiedenen Werke beschäftigt gewesen, oder ich hatte den Tischwagen durch die Gänge gerollt und die Bücher in die richtigen Regale einsortiert.

Ich steckte die Mappe in den Rucksack zurück, denn es war gleich vier Uhr. Dass jemand im Büro saß, hatte ich schon mitbekommen, weil ab und zu Geräusche nach draußen drangen. Ich strich mir mit einer Hand über den Kopf, ob sich keine Strähne aus dem Zopf gelöst hatte. Mein Haar war ordentlich zusammengefasst. Kurz schloss ich die Augen und atmete bewusst ein und aus, um mich zu sammeln. Nachdem ich mein T-Shirt zurechtgezupft hatte, klopfte ich.

Schritte näherten sich und ein Mann öffnete mir die Tür.

»Miss White, richtig?«

»Die bin ich.«

»Schön, pünktlich auf die Minute. Kommen Sie herein! Ich bin Bob Miller«, begrüßte mich der Platzwart und streckte mir die Hand entgegen. Sein Händedruck war fest. Ich lächelte ihn vorsichtig an. Im Gegensatz zu seinem Sohn Matthew war Mr. Miller ein großer, kräftiger Mann. Er ließ meine Hand los und trat zur Seite, damit ich eintreten konnte.

»Setzen Sie sich«, forderte er mich auf und zeigte auf den Stuhl vor seinem Schreibtisch.

»Danke!« Ich ging voraus, nahm Platz und hob den Rucksack auf meinen Schoß, um die Mappe herauszunehmen und sie ihm zu überreichen. »Bitte, hier sind meine Bewerbungsunterlagen, Lebenslauf, Zeugnis und …«

»Stopp!« Mr. Miller schüttelte lachend den Kopf und machte mit der Hand eine abwehrende Geste, während er sich zu seinem Platz hinter den Schreibtisch begab und sich setzte. »Den Kram brauche ich nicht«, unterbrach er meinen Eifer.

Perplex sah ich ihn an. »W-wieso?«, stotterte ich. *Will er mich nicht einstellen?*

»Wozu brauche ich Ihren Lebenslauf, wenn Sie Plastiksitze abwischen und Sportgeräte einsammeln sollen? Steht in Ihrem Lebenslauf etwas geschrieben, dass Sie für diese Arbeit besonders qualifiziert sind?«

»Äh, nein.« Ich hob die Schultern.

»Gab es an der High School ein Fach, wie man Papier und Flaschen einsammelt?«

Ich verzog das Gesicht, schlau sah ich in diesem Moment höchstwahrscheinlich nicht aus. »Nein, aber ich dachte, Sie wollten sich über mich informieren.«

»Lucas Hanson hat Sie empfohlen, das ist Empfehlung genug.«

»Echt?«

Ich war überrascht, denn nach Mr. Millers Aussage zu urteilen, hatte Lucas' Wort Gewicht. Ich dachte, der selbstgefällige Kerl übertrieb, als er sagte, er könnte mir den Job beim Platzwart besorgen, doch ich hatte mich geirrt.

»Nun denn, wenn wir das geklärt haben, gehen wir genauer Ihre einzelnen Aufgaben durch.« Er zwinkerte mir zu. »Wenn Sie den Job nach meinen Ausführungen noch wollen, sprechen wir über Verdienst und Arbeitszeiten.«

Dann deutete er schmunzelnd auf meine Mappe. »Das Ding stecken Sie mal schnell wieder weg.«

»Okay.« Ich nickte, ließ die Mappe verschwinden und stellte den Rucksack auf den Boden. Dass ich mich keinem anstrengenden Bewerbungsgespräch stellen musste, beruhigte mich. Meine Nervosität ließ schnell nach. Ich spürte, dass der Platzwart und ich uns gut verstehen würden.

Mr. Miller sollte es nicht bereuen, mir den Job zu geben. Bei Lucas würde ich mich auch noch bedanken.

»Sie werden sich denken können, dass die Aufgaben eines Platzwarts die eines Hausmeisters ähneln.«

»Klar.«

»Ich habe noch zwei Mitarbeiter. Wir sind hier wie eine kleine Familie, sozusagen« – er hob die Hände und zeichnete Gänsefüßchen in die Luft – »*Mädchen für alles.* Wir halten die Spielerkabinen und die Zuschauerplätze sauber, sammeln die ganzen Sportgeräte ein, die nach dem Training herumliegen. Außerdem helfen Sie uns, zu überprüfen, ob Reparaturen anstehen. Manchmal haben sich Fliesen in den Duschräumen gelöst, ein Wasserhahn tropft oder Sitze sind kaputt. Miss White, Sie werden überrascht sein, wie viel es zu tun gibt. Leider wird man mit den Jahren ein bisschen betriebsblind, deshalb ist es gut, wenn es mehr offene Augen gibt, die einen Blick für solche Kleinigkeiten haben. Unser Stadion hat einen vortrefflichen Ruf, den wollen wir uns erhalten. Also, wie sieht es aus, trauen Sie sich den Job zu?«

Die Menge an Aufgaben hatte mich überrascht. Trotzdem brauchte ich nicht lange überlegen. Ich wollte unbedingt diesen Job. »Mr. Miller, das packe ich«, versicherte ich ihm.

»Prima, dann kommen wir zu Arbeitszeiten und Bezahlung.«

Er blätterte in einem Stapel Papier auf dem Schreibtisch. »Irgendwo habe ich den Arbeitsvertrag«, murmelte er. »Ach, hier ist er.« Seine Augen blitzten auf, als er ihn hervorzog. »Drei Tage pro Woche werden Sie für vier Stunden eingesetzt. Schaffen Sie die Zeit? Oder bekommen Sie mit dem Studium Probleme?«

»Nein, passt.«

»Gut, der Arbeitslohn beträgt zehn Dollar zwanzig die Stunde.« Er hielt einen Moment inne, um die Spannung zu steigern. »Nicht schlecht, oder?« Erwartungsvoll sah Mr. Miller mich an. »Also, sind Sie einverstanden?«

Ob ich einverstanden war, fragte er mich? In Michigan betrug der Mindestlohn nicht einmal zehn Dollar, soweit ich das wusste, weshalb ich Mr. Miller mit offenem Mund anstarrte. Mit so einem hohen Verdienst hatte ich nicht gerechnet.

Der Job würde meine finanziellen Probleme lösen. Er war die Erfüllung meines Traums. Am liebsten würde ich mich auf den Platzwart stürzen und ihn ganz fest drücken.

Danke, Mr. Miller! Danke, Lucas!

»Sie fangen morgen an, wenn Sie es einrichten können. Nach vier Wochen sprechen wir uns wieder, ob Ihnen die Arbeit weiterhin zusagt. Natürlich werde ich Sie beobachten und prüfen, wie gewissenhaft Sie die Aufgaben erfüllen. Bin ich nicht mit Ihnen zufrieden, werde ich Sie entlassen. Also, Miss White, strengen Sie sich an!«

»Ich werde mein Bestes geben, Mr. Miller. Herzlichen Dank für diese Chance!«, sagte ich voller Inbrunst in der Stimme.

So viel Geld bedeutete, mir anständige Klamotten zu kaufen, meine Eltern regelmäßig zu besuchen und was weiß ich, was für Wünsche ich mir erfüllen könnte. O mein Gott, ich war so verdammt happy.

»Das freut mich, dass wir uns einig sind. Dann wollen wir keine Zeit verschwenden und die Formalitäten erledigen.« Mr. Miller lächelte.

Er füllte die erste Seite des Arbeitsvertrags mit meinen Daten aus, die ich ihm nannte. Dann schob er den Vertrag zu mir rüber. »Lesen Sie sich erst einmal alles in Ruhe durch, bevor Sie unterschreiben!«

Ich nickte und beugte mich zum Papier. Es war still, nur ein Rascheln war zu hören, wenn ich die Seiten umblätterte.

Nachdem ich mir die einzelnen Punkte durchgelesen hatte, nahm ich den Kugelschreiber, den Mr. Miller mir reichte, mit wild klopfendem Herzen in die Hand. Ich zitterte, während ich meine Unterschrift unter den Vertrag setzte. Jetzt war ich offiziell eingestellt. *Halleluja!* In meinem Körper wimmelte es vor Schmetterlingen und kribbelnden Ameisen.

Ein Exemplar des Vertrags bekam ich, das andere behielt der Platzwart.

Kaum hatte er mir auf dem Gang die Hand zum Abschied gereicht und hinter sich die Tür geschlossen, rannte ich aus dem Haus. Draußen sprang ich jubelnd in die Luft, rieb mir das Gesicht, ob das alles auch tatsächlich geschehen war. Ich lachte befreit. Wie wunderbar das Leben doch sein konnte.

19. Kapitel – Ashley

Die erste Woche war fast vorbei und ich arbeitete bereits den dritten Tag im Stadion. Hier fühlte ich mich wohl, die Mitarbeiter waren freundlich und vom Platzwart war ich für mein bisheriges Engagement gelobt worden. Die Tätigkeiten strengten mich an, aber ich hatte mehr Spaß, als erwartet.

Lucas' Teamkollegen waren nett zu mir. Sie grüßten und verabschiedeten sich und ich hatte den Eindruck, dass sie sich bemühten, nicht zu viel Dreck zu hinterlassen, wenn sie nach dem Training die Spielerkabine verließen. Jedenfalls landeten Abfälle nicht in ihren Spinden oder auf den Bodenfliesen, wie mich Mr. Miller vorgewarnt hatte, sondern im Abfalleimer. Auch wenn ich die Duschräume aufsuchte, um sie zu reinigen, sahen sie nicht wie nach einer Seifenschlacht aus. Ich war zufrieden.

Bei Lucas konnte ich mich für den Job noch nicht bedanken. Ich sah ihn zwar trainieren, doch persönlich waren wir uns auf dem Stadiongelände nicht begegnet. Wenn wir gemeinsam einen Kurs hatten, setzte ich mich bewusst weit weg von ihm. Und er versuchte auch nicht, Blickkontakt zu mir aufzunehmen. Wir taten fast so, als ob wir uns nicht kennen würden. Ein wesentlicher Grund, dass ich ihn nicht mehr stalkte und zu keinem Spiel mehr gehen wollte.

Wozu ihn heimlich anhimmeln, wenn ich jetzt konkret wusste, dass er kein Interesse an mir hatte?

Das Joggen sonntags würde ich beibehalten. Jedoch nahm ich mir vor, nur noch abends zu laufen, wenn es ruhig auf dem Campus war. Ich war mir sicher, dass ich mit Lucas kein zweites Mal zusammentreffen würde.

Obwohl meine Gefühle ihm gegenüber unverändert geblieben waren, hatte ich gelernt, sie in ein finsteres Eckchen meines Herzens zu verbannen.

Ich musste diese unerwiderte Liebe irgendwie überwinden. Vielleicht gab es einen anderen Mann, der mich mögen könnte und der mir ebenso gefiel. Wie hatte es Lucas so schön formuliert? Passender Topf zum Deckel. Er und ich würden das nie sein. Doch ich wollte daran glauben, dass es einen anderen Topf gäbe, dessen dazugehörender Deckel ich wäre.

Ich schaute auf die Uhr. In 45 Minuten war es sieben Uhr abends und mein Arbeitstag zu Ende. Vom vielen Herumlaufen, Treppenstufen steigen, Bücken und Heben schmerzte mein Körper. Ich schaute mich am Rande des Spielfelds um.

Das Training schien beendet zu sein, außer Mr. Moore und Lucas hatten sich die anderen Coaches und Spieler in die Katakomben zurückgezogen. Ich sah sie miteinander diskutieren. Worüber sie so ernsthaft sprachen, sollte mich nicht abhalten, mich um meine Aufgaben zu kümmern.

Kopfschüttelnd sah ich mich um und fluchte über Lucas. Wieder ein Tohuwabohu auf dem Spielfeld, das ich beseitigen musste. Was trieb er mit den Footballs? Dutzende hatte er in Richtung der riesigen Rollkiste geworfen, die am halbdunklen Eingang des Stadiontunnels stand. Welchen Sinn das hatte, erschloss sich mir nicht. Doch was interessierten mich Lucas' merkwürdigen, langen Pässe, die er warf? Das Chaos musste beseitigt werden, und die Footballs machten nicht den Eindruck, dass sie sich von selbst in Bewegung setzten.

Soll ich sie wie sonst zur Kiste tragen?, sinnierte ich. Der Tag hatte mich genug geschafft. Ich war müde und ausgelaugt. Außerdem war ich mir sicher, dass ich riesige Blasen an den Füßen hatte, so viel, wie ich heute gelaufen war.

Deshalb zog ich es vor, diesmal die Kiste über das Spielfeld zu rollen, statt mich hin und her zu schleppen. Immerhin stand mir ein pünktlicher Feierabend zu. Ich war schon spät genug dran. Wenn ich das Monsterteil gefüllt hatte, musste ich die Footballs in die Ballwagen einsortieren. Dann würde ich noch die Spielerkabine nebst Duschen wischen und mich von Mr. Miller und meinen Kollegen verabschieden. Sie schienen immer mit die Letzten zu sein, die das Stadion verließen. Die Einzigen, die noch länger blieben, waren die obersten Chefs des Trainerstabs. Man könnte meinen, Mr. Eliot und Mr. Nolan wohnten hier.

Seufzend strich ich mir das verschwitzte Haar aus der Stirn, stemmte mich gegen die Kiste, damit ich sie vom Fleck gerollt bekam. Zum Glück war heute Freitag. Ich war so müde, dass ich keinen Hunger verspürte. Lächelnd dachte ich an mein kuschliges Kopfkissen. Ich würde nachher gleich ins Bett fallen und einschlafen.

Meine Gedanken schweiften zu Chloe. Sie hatte mich gestern gefragt, ob ich Lust hätte, Sonntagnachmittag mit ihr zur *Briarwood Mall* zu fahren, um dort shoppen zu gehen. Chloe wollte sich ein paar neue Klamotten kaufen.

Da ich bereits Samstag mit Matthew in der Bibliothek verabredet war, um weiter an der Philosophiearbeit zu schreiben und das grobe Gerüst für die Ausarbeitungen schon stimmig war, konnte ich ein paar Stunden abknapsen, um ihr den Gefallen zu tun.

Ich merkte jetzt schon, dass der neue Job mich derart einspannte, dass ich zukünftig viele Studienaufgaben auf die Wochenenden schieben müsste.

Ächzend schob ich die Kiste zu den ersten Bällen.

Plötzlich durchschnitt ein Surren die Luft.

Ich hob den Kopf.

What the fuck?

Mit geweiteten Augen starrte ich auf das große braune Ding, das auf mich zugeschossen kam.

War das ein Football?

Irgendwo rief jemand: »Weg da, Ash!«

Hatte Lucas meinen Namen panisch geschrien?

Hilfe, was zur Hölle …

Rums.

Mein Kopf schien mit Wucht vom Hals gerissen zu werden. So fühlte sich das an, als das Ding gegen meine Stirn donnerte … Und mein Hirn fuhr Achterbahn. Das Stadion begann sich immer schneller um mich herum zu drehen.

Mein Kopf fühlte sich unglaublich schwer an. Vor meinen Augen tanzten Sterne. *Oh, und wie viele Sterne. Wie sie leuchten … Das ist so schöööön …*

Der wundervolle Anblick wurde von einem fürchterlichen Schmerz abgelöst, der im nächsten Augenblick durch meinen Körper raste, als ich nach hinten kippte und der Länge nach aufschlug. Schlagartig war alles schwarz.

20. Kapitel – Ashley

»Ash! Ash komm zu dir, mach keinen Scheiß«, hörte ich Lucas rufen.

O Gott, mein Kopf!

»Mann, brüll nicht so rum«, brummte ich und hob langsam die Lider. Lucas' Gesicht war noch verschwommen. Ich blinzelte, bis ich wieder klarer sehen konnte. »Boah, tut mir der Schädel weh.« Der widerlich pochende Schmerz strahlte von meiner rechten Stirnhälfte bis in den Hinterkopf aus. Von den Rückenschmerzen ganz zu schweigen. Mir taten fast alle Körperteile weh. Sogar meine Zehen, aber die schmerzten von den Blasen. Langsam kehrte mit der besseren Sicht die Erinnerung zurück.

»Sag mal, du Idiot, hast du mir einen Football an den Kopf geworfen?«, wollte ich von Lucas wissen und verzog den Mund. Ich versuchte, so böse wie möglich zu gucken, so gut ich böse gucken konnte, weil mein Gesicht von dem fiesen Treffer schrecklich schmerzte. Außerdem fiel es mir verdammt schwer, die säuerliche Miene beim Blick in diese samtig braunen Augen beizubehalten, die mich so besorgt ansahen. Ich lag ausgestreckt auf dem Kunstrasen, über mir der Himmel. Lucas kniete neben mir.

Vorsichtig drehte ich den Kopf.

Footballs, überall lagen Footballs. Einer davon war das berühmte *Corpus Delicti*.

Ich wandte Lucas mein Gesicht zu. Schon wieder schaute ich in das warme Braun.

»Lucas Hanson, du solltest zukünftig eine Augenbinde tragen«, knurrte ich.

»Augenbinde?« Lucas zog verwundert die Stirn in Falten.

»Ashley? Dir geht es gut, du weißt, wo du bist?« Er zwickte sich in die Nasenwurzel, als ob er nachdenken müsste.

»Schau zu mir!« Er hob die Hand und zeigte mir seine Finger, als ob der Treffer Auswirkungen auf mein Hirn gehabt hätte. »Wie viele siehst du?«

»Fünf. Ich bin im vollen Besitz meiner geistigen Kräfte.«

»Und was meinst du mit der Augenbinde?«

»Deine Augen. Sie sind unfassbar schön. Und diese Wimpern erst …«

Lucas klappte der Mund auf, und ich kniff die Lider zusammen, immer wieder auf und zu, um zu begreifen, was hier gerade geschah.

Warum quatschte ich so einen verworrenen Mist?

Na ja, es stimmte auch irgendwie. Ich stand auf seine Augen. Sie waren außergewöhnlich schön, mit diesen langen schwarzen Wimpern. Meine würde ich nicht einmal mit massig Wimperntusche so dick und gebogen hinbekommen. Aber das würde ich ihm nie wirklich ins Gesicht sagen, nur für mich denken. Eigentlich.

Hat mein Hirn doch was abbekommen?

»Zeig mir noch einmal deine Finger!«, verlangte ich und fasste mir an die Stirn. Der Schmerz schien jetzt aufgebracht mit den Fäusten gegen meinen Schädel zu hämmern, als ob er Schiss hätte, ich könnte ihn vergessen.

War ja auch kein Wunder.

Wer dachte in einer Situation wie dieser über Augen und Wimpern nach, egal, wie wunderschön sie aussahen?

Ich musste einen geistigen Schaden von der Wucht des Treffers davongetragen haben. Es gab für mich keine andere Erklärung.

Mit der Hand zappelte Lucas vor meinem Gesicht herum. »Wie viele?«

»Immer noch fünf.« Ich seufzte, das Zählen funktionierte.

Mit einem zufriedenen Nicken nahm Lucas den Arm runter und strich über meine Schulter. Ich liebte es, wenn er mich berührte. »Hmmm.« Rasch presste ich die Lippen zusammen. Ich hatte gerade lustvoll gestöhnt. Lucas streichelte mich weiter, ohne etwas zu dem peinlichen Geräusch zu sagen, das ich von mir gegeben hatte. Er war offensichtlich viel zu sehr mit seinem schlechten Gewissen beschäftigt und schien mich nicht gehört zu haben. Glück gehabt.

Lucas hielt mit der Bewegung inne. Ein Schatten huschte über sein Gesicht. Sanft griff er nach meiner Hand. »Coach Moore holt sein Auto. Wir bringen dich in die Notaufnahme, damit gecheckt wird, ob du eine Gehirnerschütterung hast.« Er seufzte. »Ash, es tut mir unsagbar leid, dass ich dich getroffen habe.« Lucas drückte meine Finger und schaute ziemlich zerknirscht.

»War ja nicht deine Schuld. Ich hätte fragen müssen, ob ihr mit dem Training fertig seid.« Ich bemühte mich um ein Lächeln. Es fiel kläglich aus. Vielleicht hatte ich tatsächlich eine Gehirnerschütterung.

»Ach, Ash. Ich hätte aufpassen müssen. Immerhin stand die Kiste nicht mehr auf ihrem Platz. Es ist mir unerklärlich, warum ich geworfen habe. Ich hoffe, du kannst mir verzeihen.«

Ob ich ihm verzeihen kann? Soll das ein Witz sein? Ich lie … Sofort biss ich mir auf die Zunge, um nicht noch dieses Geheimnis auszuplaudern, so redselig, wie ich im Moment war.

Puh, das wäre beinahe ins Auge gegangen.

Ich konzentrierte mich auf meine Worte, bevor ich antwortete. »Ich sagte doch schon, dich trifft keine Schuld. Es war ein dummer Unfall. Und sorry, dass ich dich einen Idioten genannt habe.«

Lucas lächelte. »Schon okay. Du hattest allen Grund dazu, mich zu beschimpfen.«

Plötzlich ließ Lucas meine Hand los. Er streckte sich und zog sein T-Shirt über den Kopf. Massig Spucke sammelte sich in meinem Mund, die ich hastig hinunterwürgte. Meine Hormone tanzten Tango.

Ohne es zu wollen, wanderte mein Blick über seinen Oberkörper. So nahe hatte ich ihn noch nie nackt gesehen. Ich keuchte beim Anblick seiner definierten Muskeln, den kleinen hübschen Nippeln. Fuck, an denen würde ich zu gern mal lecken. Meine Zungenspitze glitt über meine Oberlippe. Rasch ließ ich sie in den Mund verschwinden, bevor Lucas sie bemerken konnte. Wie weich und glatt seine gebräunte Haut wirkte, so einladend. Ich sah genauer hin. Wenn ich mich nicht irrte, ließ Lucas sich die Brusthaare wachsen. Nur ein schmaler dunkler Haarstreifen zog sich vom Bauchnabel bis unter den Bund der Sporthose.

Wie konnte er sich vor mir so zur Schau stellen?

Mal wieder musste ich mir eingestehen, dass er eindeutig zu sexy für mich war. Ich verspürte den unbändigen Drang, ihn überall zu streicheln … *Scheiße, diese Gedanken. Bitte, sie dürfen nicht laut werden!*

Meine Finger krallten sich in den Rasen.

»Lucas, das ist zu viel für mich. Zieh sofort das T-Shirt an!«, quiekte ich wie ein lüsternes Ferkel.

Schnell wandte ich den Blick vom Haarstreifen, bevor ich die Kontrolle verlor und Dinge tat, die ich bereuen würde. Meine Augen waren schon auf dem Weg zu seiner Körpermitte gewesen. Mir wurde heiß, und zwischen den Beinen verspürte ich ein süßes Prickeln.

Mannomann, ich sollte mich dringend auf den Kopfschmerz und alles andere, was mir wehtat, konzentrieren.

Ich war noch nie so scharf auf ihn gewesen wie in diesem Moment. Und die Lust verstärkte sich, weil er verdammt gut roch. Sein Schweiß vermischt mit dem Duft seines Aftershaves. Herrgott, der Mann müsste weggesperrt werden!

Lucas hob mit unschuldiger Miene die Schultern. »Ich wollte dir mein T-Shirt unter deinen Kopf legen, damit du es weicher hast«, witzelte er und begann neckisch zu grinsen, während er den Stoff über den Bauch zog. »Wusste nicht, dass mein Körper dich so verrückt macht.« Entsetzt über seine locker daher gesagten Worte starrte ich ihn an. Mein Blick störte ihn nicht, stattdessen fuhr er unbeeindruckt fort: »Wenn das für dich zu viel ist, lasse ich mein T-Shirt natürlich an.«

Über so viel Eigenliebe konnte ich nur mit den Augen rollen »Boah, Lucas, du bist echt ein selbstgefälliger Kerl.«

»Findest du?« Lucas rieb sich schmunzelnd den Nacken.

»Ja, das fin …« Erschrocken schlug ich die Hand vor dem Mund.

Moment mal, hatte ich gesagt, dass er ein selbstgefälliger Kerl ist?

Das durfte doch nicht wahr sein. Was, zum Teufel noch mal, passierte mit mir? Meine Verwirrung nahm stetig zu.

Irgendetwas hatte Lucas' Wurf bewirkt. Ich musste dahinterkommen, warum ich mich auf einmal so seltsam benahm. Wo war die verflixte Schüchternheit abgeblieben, die mich über Jahre gehemmt hatte, meine Gedanken auszusprechen?

Es fühlte sich an, als ob eine Tür in meinem Kopf aufgestoßen wurde, die vor diesem heftigen Treffer blockiert war. Ich hatte immer so viele Gedanken im Kopf, die ich nicht aussprechen konnte. Nun purzelten sie unkontrolliert aus meinem Mund.

Im Augenblick wusste ich nicht, wie ich damit umgehen sollte.

Es war zwar irgendwie befreiend, doch gleichzeitig schämte ich mich dafür.

Och, nee, konnte das nicht aufhören? Gab es keinen Resetknopf, auf den ich drückte und der alles auf Anfang stellte?

Es war meine Ungeduld, die mich in diese verhängnisvolle Lage gebracht hatte. Ich hatte unbedingt Feierabend machen wollen und deshalb nicht daran gedacht, dass Lucas mit dem Training noch nicht fertig war, obwohl er mit seinem Coach noch auf dem Spielfeld gestanden hatte.

Jeden Tag, den ich hier arbeitete, konnte ich sehen, wie er versuchte, die bekloppten Footballs in diese bescheuerte Kiste zu werfen. Und nie war es ihm gelungen.

Statt ich also wartete, bis er mit seinen Würfen fertig war, musste ich unbedingt die Bälle einsammeln. Klar, dass ich einen der harten Teile an den Kopf geworfen bekam.

Das war ein volles Eigentor, Ashley White!

Dabei hätte ich gewarnt sein müssen. Zusammentreffen mit Lucas waren bis jetzt immer peinlich verlaufen.

Ich stöhnte wie ein jaulender Hund auf, als ich die Hände vor mein Gesicht nahm, um mich vor Lucas' belustigtem Blick zu verstecken. Warum besaß ich keinen Umhang wie Harry Potter, unter dem ich unsichtbar wäre? Ich würde heimlich fortkrabbeln, als ob das alles nicht passiert wäre.

»Weißt du, dass du unglaublich süß aussiehst, wenn du dich schämst?«, redete Lucas zwinkernd weiter.

Ein Wimmern entwich meiner Kehle. »Hör auf, mich aufzuziehen!« Schön, dass er Spaß hatte. Denn er war nicht von einem Football niedergestreckt worden, sondern ich. Und er laberte auch kein dummes Zeug.

»Ich ziehe dich nicht auf, du siehst wirklich süß aus.« Lucas beugte sich ein Stück vor und begutachtete meinen Kopf.

Mit der linken Hand deutete er auf die Stelle, die so schrecklich schmerzte. »Trotzdem mache ich mir Sorgen um deinen Kopf. Die Beule auf deiner Stirn ist ganz schön groß. Sei bitte ehrlich, Ash, ist dir schlecht, hast du starke Schmerzen?«

»Mir geht es gut. Ich fühle mich ein bisschen ausgeknockt, ist aber nicht weiter schlimm«, schwindelte ich. Wobei es tatsächlich so war, dass der brummende Schädel noch erträglich war im Vergleich zu meinem eigenartigen Zustand, der mich die ganzen komischen Sachen sagen ließ.

Es vergingen noch einige Minuten, dann hörten wir ein Auto nahen. Eine Tür klappte und Lucas' Coach kam zu uns gelaufen.

Coach Moores Gesicht schwebte über mir, als er sich zu mir neigte und mich betrachtete. »Wie geht's? Meinst du, du kannst aufstehen, oder sollen wir doch lieber den Rettungswagen rufen?«

»Nein, nicht nötig«, versicherte ich.

Ich stützte mich auf den Ellenbogen ab und ließ mir von Lucas hochhelfen.

Jetzt wurde mir doch schummrig und mein Blick trübte sich. Stöhnend schloss ich die Augen, sonst würde ich gleich kotzen. Meinen Mageninhalt wollte ich lieber im Bauch behalten. »Lucas, mir … O Mann, ist mir übel.«

Meine Beine begannen zu zittern, der Schweiß brach mir aus sämtlichen Poren aus. Wie ein Äffchen klammerte ich mich an Lucas. »Ashley, keine Angst, ich halte dich«, hörte ich ihn sagen.

Bevor ich wieder umkippte, ging Lucas leicht in die Hocke. Er schob den linken Arm unter meine Kniekehlen und den rechten unter die Achseln. Vorsichtig hob er mich hoch.

»Hast du deine Sachen im Spind verschlossen?«, fragte er mich.

»Ja.«

»Soll ich sie holen, wenn du im Auto sitzt?«

»Ja.« Es war unmöglich, mehr als ein einsilbiges Wort von mir zu geben.

Coach Moore öffnete die Beifahrertür seines Trucks. Lucas hievte mich auf den Beifahrersitz und schnallte mich an.

»Gibst du mir den Schlüssel?«

Blind angelte ich ihn aus meiner Hose. Für den Bruchteil einer Sekunde berührten sich unsere Finger. Obwohl ich seine Haut kaum spüren konnte, durchfuhr wohlige Wärme meinen Körper.

Ich öffnete den Mund, um Lucas zu sagen, wo er meinen Spind finden würde. Auf dem Schlüssel klebte ein Pflaster auf dem die Nummer geschrieben stand. Aber bevor ich mich aufraffen konnte, um es ihm zu erklären, sagte er: »Ah, zwölf steht hier, ich weiß, wo dein Spind steht.«

»Hm.« Meine Antwort klang eher wie ein erleichterter Seufzer.

Ich hörte, wie Coach Moore auf der Fahrerseite einstieg und zu Lucas sagte: »Ich fahre vor. Du gehst dich duschen und umziehen. Bob Miller habe ich schon erzählt, was passiert ist. Du kommst dann mit den Sachen der Kleinen nach. Wir treffen uns in der Notaufnahme.«

»Okay«, antwortete Lucas, bevor er sich mit schnellen Schritten von uns entfernte.

»Können wir?«, fragte mich der Coach.

»Ja«, murmelte ich. Die Übelkeit hatte mich voll im Griff. Ob meine Verabredung mit Matthew nun platzen würde? Falls ja, musste ich ihn rechtzeitig informieren.

Schließlich bekam ich noch mit, wie Coach Moore den Motor startete und losfuhr. Ich war plötzlich so müde, dass ich einschlief.

21. Kapitel – Lucas

Im Universitätsklinikum fragte mich die Schwester von der Aufnahme, in welchem Verhältnis ich zu Ashley stand. Sie erklärte mir, dass sie mich sonst nicht zu ihr lassen dürfte, wenn ich nicht eine wichtige Bezugsperson wäre.

»Ich bin mit Miss White befreundet.«

»Befreundet?« Sie hob fragend eine Augenbraue. Offensichtlich reichte ihr meine Erklärung nicht.

»Sie ist …« Ich atmete tief durch, weil ich diese Worte noch nie über eine Frau gesagt hatte. »Ashley White ist meine Freundin.« Ich war über mich selbst überrascht. Der Satz ging mir relativ leicht über die Lippen. Es hörte sich keineswegs komisch an. Eher schön und vertraut.

Könnte ich das von einer anderen Frau sagen?

Kaylee Stuart ist mei … meine …

Never. Das Wort blieb mir regelrecht im Hals stecken. Kaylee war ein Fick. Nie würde sie mehr sein. Dagegen Ashley? Umso länger ich sie kannte, umso mehr verwirrte sie mich. Es hatte einen Grund, warum ich ihre Nähe mied. Heimlich hatte ich sie während des Trainings beobachtet, wenn sie die Zuschauersitze abwischte oder auf dem Spielfeld mit dem Aufräumen beschäftigt war.

Warum mich heute der innere Drang befallen hatte, den Football in dem Moment zu werfen, während sie die Kiste zum Spielfeld geschoben hatte. Es war mir unerklärlich, einfach nur merkwürdig. Als ob eine höhere Macht uns zusammenführen wollte. Total verrückt. Nichtsdestotrotz: Ich hatte so ein Gefühl.

»Tatsächlich, ihre Freundin?« Die Schwester verzog den Mund. Vermutlich konnte sie es sich nicht vorstellen.

»Dann hat sie wohl besondere innere Werte«, meinte sie sarkastisch. *Dummes Weib, als ob sich alles nur um das Äußere eines Menschen dreht.*

»Die hat sie. Also, wo finde ich Miss White?«

»Ich dürfte Sie eigentlich …«

»Ich weiß«, unterbrach ich die Schwester, »aber vielleicht würden Sie eine Ausnahme machen?« Ich hoffte, sie mit meinem flehenden Lächeln erweichen zu können, war mir aber unsicher, ob das bei dieser Frau funktionierte.

»Okay.« Die Schwester nickte, und ich atmete auf. »Gehen Sie den Gang runter« – zur Verdeutlichung der Wegbeschreibung streckte sie die Hand aus – »und geradeaus, dann links befindet sich der Zutritt zu den Untersuchungsräumen. Ihr Vater wartet ebenfalls dort.«

»Danke.« War doch ganz einfach. Dass Coach Moore sich für Ashleys Vater ausgegeben hatte, ließ mich schmunzeln. Sie hatte ziemlich schnell Familienzuwachs bekommen. Jetzt tauchte sogar ich auf, ihr imaginärer Freund.

Wie angekündigt traf ich den Coach auf dem Gang. Er atmete erleichtert auf, als er mich sah. »Super, Lucas, dass du hier bist. Ich muss dringend nach Hause. Meine Frau kommt später von der Arbeit und die Nanny unserer Tochter hat in einer halben Stunde Feierabend.«

»Kein Problem, ich übernehme«, sagte ich zum Coach und sah mich fragend um. »Wo ist Ashley?«

Er deutete mit dem Kinn zur gegenüberliegenden Tür, die geschlossen war. »Sie zieht sich gerade an.«

Nachdem wir uns verabschiedet hatten, klopfte ich und rief durch die Tür. »Ich bin es, Lucas. Kann ich reinkommen?«

»Ja, bin soweit«, hörte ich ihre Stimme. Einen Augenblick wartete ich, dann trat ich ein.

Ashley saß lächelnd auf der Bettkante. Bis auf die Schuhe hatte sie sich fertig angezogen. »Holst du mich ab?«, erkundigte sie sich.

Ich ging zum Bett und setzte mich neben sie. »Bleibst du nicht zumindest eine Nacht hier?«

»Aufgrund meiner Beule?« Sie zeigte auf ihre Stirn. Blau leuchtete das Horn. »Ich habe keine Gehirnerschütterung oder andere schwere Verletzungen, der Arzt war selbst überrascht.«

»Ich kann dich also mitnehmen? Wie ist das mit den Kosten geregelt?«

Ashley winkte ab. »Hat der Arzt mit meinem Vater geklärt.«

»Coach Moore?«

»Nein. Er hat mit meinem richtiger Vater telefoniert. Die Schwester an der Aufnahme war eine eigenartige Person, da mussten dein Coach und ich flunkern.«

»Ich auch.«

»Echt? Als was hast du dich ausgegeben? Habe ich einen Bruder dazubekommen?«

Warum war ich nicht darauf gekommen? »Nein.« Ich stieß die Luft aus und rieb mir das Kinn, bevor ich sagte: »Ich bin dein Freund.«

Mit großen Augen sah mich Ashley an und grinste. »Du bist mein Freund? Und das hatte der Drache dir geglaubt?«

»Wäre ich sonst hier?«

»Vermutlich nicht.« Ashleys Gesicht rötete sich, doch schon in der nächsten Minute lachte sie. »Lass uns gehen, Lucas. Ich benötige nur noch vom Arzt meine Entlassungspapiere.«

»Okay.« Ich zeigte ihr den Rucksack, der über meiner Schulter hing. »Dein Spind ist leer, alles eingepackt. Den Schlüssel habe ich in das kleine Außenfach gesteckt.«

»Oh, danke. Gib ihn mir bitte. Dann rufe ich meine Freundin Chloe an und frage nach, ob sie heute Nacht bei mir bleibt, statt bei ihrem Freund zu schlafen.«

»Anordnung vom Arzt?« Ich reichte ihr den Rucksack.

»Er hatte darauf bestanden, falls ich mich nachts doch noch übergeben sollte. Gänzlich konnte er eine Gehirnerschütterung nicht ausschließen.«

Nachdenklich betrachtete ich Ashley. Sie war in die Sneakers geschlüpft und kramte nach ihrem Handy. Ich dachte immer, sie wäre schüchtern, aber heute kam sie mir so anders vor. Sie hatte Dinge zu mir gesagt, die ich ihr nicht zugetraut hätte. Ich war überrascht gewesen, dass sie mir gestanden hatte, dass sie meine Augen schön fand. Und dass sie belustigt darüber war, dass ich mich als ihren Freund ausgegeben hatte, überraschte mich. Ihre witzige Art gefiel mir zunehmend besser. Wenn ich ehrlich zu mir war, gab es keine Frau, die ich mehr mochte als Ashley.

»Mist.«

»Was ist los?«

Seufzend steckte Ashley ihr Handy in das Innere des Rucksacks zurück. »Chloe hatte mir vorhin eine Nachricht geschickt, dass sie sich mit Travis ins Nachtleben stürzen will und bis Sonntag bei ihm bleiben wird. Sie weiß, dass ich selten feiern gehe, und ich will ihr nicht den Abend versauen. Deshalb habe ich ihr viel Spaß gewünscht. Wenn ich getextet hätte, was passiert ist, würde sie auf das Wochenende mit ihrem Freund verzichten.«

»Und nun?«

»Ich bin die nächsten Stunden allein.« Ashley versuchte zu lächeln, aber ihre Miene verriet mir, dass sie ungern die Nacht ohne ihre Freundin blieb.

Jedoch hätte ich wie sie gehandelt, wenn es Dylan oder Ray gewesen wären, und nichts vom Unfall erzählt. Außerdem fühlte ich mich für sie verantwortlich.

Ich nickte ihr aufmunternd zu. »Du wirst nicht allein sein«, sagte ich und betrachtete ihre ramponierte Stirn. Schon der Anblick der Verletzung ließ nur eine Alternative zu.

»Doch, ich habe ja sonst niemanden«, gab sie schulterzuckend zu.

Nun grinste ich. »Natürlich hast du jemanden, der sich um dich kümmert.« Ich tippte mir auf die Brust. »Du hast mich.«

»Dich?« Ashley schüttelte den Kopf.

»Du hast mir das Horn zu verdanken, also nehme ich dich mit zu mir.«

»Bist du dir sicher?« Ashley schaute mir misstrauisch ins Gesicht. »Ich würde dir keine Umstände machen?«

»Nein.«

»Ach, ich weiß nicht.« Nachdenklich kaute sie auf ihrer Unterlippe.

Dachte sie, ich könnte unanständige Absichten haben? Jedenfalls verriet das ihre Miene. »Keine Sorge, Ash, ich schlafe auf der Couch und du in meinem Bett.«

»Hmmm.« Einen Augenblick schwieg Ashley. Schließlich stieß sie einen tiefen Seufzer aus und sagte: »Okay. Ich vertraue dir. Hast du was gegen Kopfschmerzen zu Hause, sonst müsste ich mir ein paar Tabletten mitnehmen?«

»Ja, Aspirin. Heißt das jetzt, du kommst mit zu mir?«

»Wenn du mich so nett einlädst.«

»Schön, dass ich dich überzeugen konnte.« Ich war erleichtert. Immerhin hatte mein Treffer sie ins Krankenhaus gebracht und ihre Freundin war unterwegs.

Nachdem wir das Zimmer verlassen hatten, um den Arzt aufzusuchen, betrachtete ich Ashley von der Seite.

Sie war die erste Frau, die bei mir übernachten würde. Denn wenn Frauen bei mir waren, dann nur für Sex. Danach mussten sie gehen. Ich hatte noch nie Lust verspürt, mit ihnen gemeinsam aufzuwachen, geschweige denn zu frühstücken.

Ich war gespannt, ob ich mit diesem neuen Umstand klarkommen würde.

»Lucas?«

»Ja?« Vor dem Arztzimmer blieben wir stehen. Ashley sah mir tief in die Augen, während sie die Hand auf die Klinke legte. Einen Moment verwirrte mich ihr Blick. Überlegte sie, mich doch lieber wegzuschicken?

Das tat sie nicht, sondern sagte: »Danke, dass du für mich da bist.«

»Kein Ding.« Ich steckte die Hände in die Hosentaschen – gerade wusste ich nicht, wohin mit ihnen – und deutete auf die Tür. »Na los, geh rein, ich warte hier.«

»Ich beeile mich.« Ashley öffnete die Tür und lugte ins Stationszimmer. Sie erklärte dem Arzt ihr Anliegen und fragte, ob sie eintreten dürfte. Nach dessen Zustimmung schloss sie hinter sich die Tür.

22. Kapitel – Ashley

Obwohl ich Lucas gesagt hatte, er bräuchte nicht mit ins Wohnheim kommen, stieg er mit mir aus dem Jeep aus und er begleitete mich aufs Zimmer. Er hatte sich auf mein Bett gesetzt und beobachtete mich, wie ich mir eilig ein paar Klamotten, Zahnbürste und Kosmetika in den Rucksack stopfte. »Mehr brauchst du nicht?«, erkundigte er sich verwundert.

»Nein, ist doch nur für eine Nacht.« Was dachte Lucas von mir, wie viele Sachen ich zu ihm mitschleppen würde?

»Dann bist du schon fertig und wir können los?« Er stand vom Bett auf, kam auf mich zu und nahm mir den Rucksack ab. »Du scheinst unkompliziert zu sein«, stellte er fest, als er mir die Tür öffnete und wir auf den Gang traten.

»Was sollte ich nach deiner Meinung denn sonst noch mitnehmen?«

Lucas zuckte mit den Achseln. »Einen Handkoffer voll Schminke, Föhn, Bürsten, was weiß ich, was Frauen alles benötigen.«

»Du kennst dich wohl gut aus«, witzelte ich. »Einen Koffer voll Schminke, so ein Quatsch.«

»Bei den Frauenbesuchen meiner Kumpels ist das so«, meinte Lucas, und ich schüttelte den Kopf.

Was die Kerle für Frauen kennen. Wobei es mich irritierte, dass Lucas nicht von seinen Bekanntschaften gesprochen hatte. Dabei war ich mir ziemlich sicher, dass mindestens die Hälfte der Cheerleader bei ihm schon übernachtet hatte. Und was war mit Kaylee? Sie durfte bei ihm bestimmt öfters schlafen. Obwohl die beiden in seinem Bett vieles gemacht hatten, aber gewiss nicht dabei geschlafen. Naiv war ich nicht und Vorstellungskraft besaß ich zur Genüge.

Beim Abschließen fiel mir ein, dass ich Chloe keine Nachricht geschickt hatte, dass ich die Nacht nicht im Zimmer sein würde. Ich entschied mich, sie nicht zu informieren, dass ich vorhatte, woanders zu schlafen. Es kämen vermutlich Fragen auf, die ich keinesfalls beantworten wollte. Ob Chloe mir glauben würde, dass ich bei Lucas Hanson übernachtete?

Außerdem fragte ich mich, ob es nicht eher ein Armutszeugnis für mich war, dass er nicht einmal in Betracht zog, mit mir rummachen zu wollen. Wenn ich so überlegte, würde ich mich ebenso von mir fernhalten. Mit der blauen Prellung auf der Stirn sah ich noch weniger sexy aus als sonst. Weil ich das wusste, kam ich auch nicht in Versuchung, was Dummes dazu zu sagen. Ich hatte eine Menge Hemmungen verloren und plapperte wild drauf los, doch mein Verstand funktionierte noch einigermaßen. Das zumindest war mir im Krankenhaus aufgefallen.

Überhaupt würde ich Lucas' Gastfreundschaft nur kurz in Anspruch nehmen. Spätestens um sechs Uhr morgens wollte ich verschwinden. Lucas würde noch schlafen und nach dem Aufwachen nicht einmal merken, dass ich bei ihm gewesen war.

»Können wir? Oder willst du noch ein paar Runden den Schlüssel hin und her drehen?«, riss mich Lucas aus meinen Gedanken. Er hielt mir auffordernd seine Hand hin.

»Oh, sorry.« Erst jetzt fiel mir auf, dass das Teil noch im Schloss steckte. Ich zog den Schlüssel heraus und übergab ihn an Lucas, der ihn in den Rucksack verstaute.

Während wir zum Jeep gingen, sprachen wir kaum. Ich merkte, dass ich Hunger bekam. Mein Magen forderte knurrend sein Recht auf eine Mahlzeit. Pizza mit Hähnchen und Käse. Ganz viel Käse, das würde ihm gefallen.

»Lucas, ich habe Hunger. Bestellen wir Pizza bei dir oder hältst du zwischendurch bei einer Pizzeria und wir essen dort?«

Da haben wir es wieder. Meine Fresse, von wegen, ich habe meinen Verstand im Griff. Ich frage Lucas nach Pizza, dabei hätte ich mich erkundigen sollen, ob er Karotten zu Hause hat.

»Du willst Pizza essen?«

»Ich hasse Karotten und all das Grünzeug.« *Mannomann, warum quassle ich mich um Kopf und Kragen?*

»Gute Idee«, hörte ich Lucas sagen. Perplex starrte ich ihn mit großen Augen an. Er grinste. »Ich mag Pizza, am liebsten mit Hähnchen und frischer Ananas.«

»Nein!«, rief ich überrascht.

Lucas reagierte achselzuckend. »Ich weiß, untypische Kombination für einen Mann, aber ich esse sie trotzdem gern. Ich schlage vor, wir bestellen bei …«

»*Pizza Hut*, da schmeckt mir der Käse am besten.«

»Soso, *Pizza Hut*. Den Lieferservice wollte ich gerade vorschlagen.«

»Tatsächlich.« Ich lächelte glückselig. »Dann sind wir uns einig.« *Lucas liebt die gleiche Pizza wie ich, wie cool ist das denn?*

»Kann ich das Radio anschalten oder stört dich Musik?«, fragte mich Lucas, während ich mit geschlossenen Augen auf dem Beifahrersitz saß. Das dumpfe Pochen in den Schläfen war unangenehm. Wenn wir bei Lucas angekommen waren, bräuchte ich eine Aspirin, um den grässlichen Kopfschmerz loszuwerden. Ich wollte die Stunden mit ihm genießen und nicht als jammerndes Häufchen Elend auf seinem Bett liegen. Vor allem freute ich mich auf die Pizza.

»Du kannst Musik hören, wenn du magst, nur nicht zu laut.«

Lucas schaltete das Radio ein und drehte es so leise, dass man kaum etwas verstand.

Ich öffnete die Augen und sah ihn schmunzelnd von der Seite an. »Warum schaltest du Musik an, wenn du sie sowieso nicht hören kannst?«

»Ich wollte Rücksicht nehmen.«

»Ach, Lucas, ich bin doch nicht aus Zucker.« Ohne nachzufragen, beugte ich mich vor und stellte die Musik lauter. *Bad Liar* von *Imagine Dragons* wurde gespielt.

Lucas tippte den Takt der Musik auf dem Lenkrad mit.

»Magst du die Band?«, wollte ich wissen.

»Und ob. Ich verpasse kein Konzert.« Er drehte mir sein Gesicht zu. »Welche Musik gefällt dir?«

»Bunt gemischt. Eine Lieblingsband habe ich nicht. Mein Vater liebt Queen. So die Richtung höre ich auch.«

Ich schloss wieder die Augen, um der Musik zu lauschen. Sie gefiel mir gut. Von *Imagine Dragons* sollte ich mir einige Titel auf die Playlist meines Handys laden, dachte ich mir. Die restlichen Minuten, bis zum Haus, wo Lucas wohnte, schwiegen wir.

Nachdem wir geparkt hatten, angelte Lucas nach meinem Rucksack auf dem Rücksitz. Er stieg aus und warf ihn sich über die Schulter, bevor er den Jeep umrundete, um mir beim Herausklettern behilflich zu sein.

»Du bist ein perfekter Gentleman«, neckte ich ihn. »Kann man dich auch buchen?«

»Nur wenige Damen kommen in den Genuss meiner guten Erziehung«, sagte er mit seinem typischen verschmitzten Grinsen.

Neugierig sah ich mir das Haus an. Es war ein hübsches Stadthaus, drei Etagen, gelber Backstein und weiße Fenster. »Weshalb wohnst du nicht im Wohnheim, sondern außerhalb?«, fragte ich ihn. Die Mietkosten waren bestimmt recht hoch.

Lucas ließ seinen Blick über die Fassade wandern. »Das Stipendium reicht dafür. Ich brauche Privatsphäre.«

»Wohnen in dem Haus nur Footballspieler aus eurem Team?«

»So ist es. Wir teilen uns die Apartments, sonst ist das hier tatsächlich zu teuer.«

Erschrocken holte ich tief Luft, als wir die Treppe zum Hauseingang hochstiegen. »Du wohnst mit jemandem zusammen?«

»Mit Dylan, aber mach dir keinen Kopf«, versuchte, mich Lucas zu beruhigen. »Jeder hat sein eigenes Zimmer. Das Bad kannst du von innen verriegeln«.

»Und er wird nicht komisch gucken, dass ich bei dir bin?«

Lucas' Augen funkelten. »Das wird er.«

»Na wunderbar.«

»Ach, Ash, worum du dich sorgst. Ich wette, über tausend Ecken hat er längst erfahren, was auf dem Spielfeld passiert ist. Ich werde höchstens von ihm aufgezogen.«

»Wenn du meinst.« Wohl war mir trotz seiner Bekundungen nicht, dass er sich mit einem seiner Freunde die Wohnung teilte.

»Mein Zimmer ist riesig, Dylan kein schlechter Kerl. Und ich habe einen coolen Flachbildschirm. Ultra HD. Und für dich ein großes Bett.«

»Wir werden sehen«, sagte ich und folgte ihm die Treppenstufen ins Dachgeschoss.

Ich merkte, wie die Neugierde in mir wuchs, als Lucas die Tür aufschloss. Ich schaute auf seine Hand. Er hielt den Schlüssel verkrampft. Irgendwie schien ihn die Tatsache, dass ich bei ihm war, genauso anzuspannen. Für mich war es das erste Mal, dass ich einen Mann in seinem Apartment aufsuchte, abgesehen von Travis.

Doch der zählte nicht, weil er Chloes Freund war und ich bei ihm noch nie geschlafen hatte.

»Scheiße, Lucas, meinst du, es ist richtig, dass ich hier bin?« Ich konnte die Klappe nicht halten, aber die Situation stresste mich. Stresste uns.

»Jetzt hör auf, dir Gedanken zu machen. Es ist okay, dass du hier bist«, brummte er und stieß die Tür auf.

Wir standen bereits im Flur und streiften die Schuhe ab, als die Klospülung zu hören war und Dylan aus dem Bad kam.

Sein Blick schweifte erst zu Lucas, dann zu mir.

Irgendwie konnte ich es nicht fassen, auf was ich mich einließ. Die beiden Männer waren mir mehr oder weniger fremd. Ich hatte das Gefühl, mich erklären zu müssen. Lucas' Hand, die er auf meinen unteren Rücken platzierte, bremste mich. »Ist die Geschichte mit dem Unfall schon zu dir gedrungen?«

»Jede Einzelheit.« Dylan verzog belustig den Mund. Er trat dichter an mich heran und betrachtete meine Stirn. »Ganze Arbeit, Bro.«

»Haha. Ganze Arbeit. Was bist du denn für ein Spaßvogel? Das hatte verdammt wehgetan«, reagierte ich verärgert.

»Hey, ein Kätzchen mit Krallen.« Dylan legte den Kopf schräg, während er mich musterte. »Bei Lucas' harten Pässen kannst du froh sein, dass nichts Schlimmeres passiert ist. Aber zukünftig treibe dich nicht auf dem Spielfeld herum, wenn noch ein Spieler und sein Coach dort sind.«

»Euer Training war vorbei!«, verteidigte ich mich.

»Du hattest dich bei Coach Moore erkundigt? Oder bei Lucas?«

Dylans Fragen waren berechtigt und bewiesen, wie leichtsinnig ich gehandelt hatte. Verlegen presste ich die Lippen zusammen und schüttelte den Kopf.

»Dylan, es reicht!«, mischte sich nun Lucas ein. »Es war mein Fehler. Ich hätte aufpassen müssen. Der Unfall war vermeidbar gewesen.«

Beschwichtigend hob Dylan die Hände. »Bleibt locker, ich hatte keineswegs vor, irgendwem Schuldzuweisungen zu machen.« Ich sah ihm vorsichtig ins Gesicht und seine Miene war freundlicher.

»Und warum ist die Kleine bei dir?«

»Ashley darf die Nacht nicht unbeaufsichtigt bleiben. Ihre Freundin ist auf einer Party, deshalb schläft sie bei mir.«

Ich dachte, dass Dylan sich einen spöttischen Spruch nicht verkneifen könnte, doch er sagte lediglich: »Okay, verstehe. Nachher bin ich mit Ray und Raoul unterwegs. Ob du mitkommst, brauche ich dich nicht mehr zu fragen, oder?«

»Nope. Ashley und ich machen einen Pizzaabend mit ein paar netten Serien. Grüß Ray und Raoul, nächstes Mal bin ich dabei.«

Nachdem sie sich zum Abschied umarmt hatten, griff Lucas meine Hand und führte mich zu seinem Zimmer. Ich konnte es nicht verhindern, wie ein Honigkuchenpferd zu grinsen. Damit er es nicht bemerkte, hielt ich den Kopf von ihm abgewandt und betrachtete hoch interessiert die kahle Flurwand.

»Wo kann ich meine Klamotten und mein Waschzeug hinlegen?«, fragte ich Lucas, nachdem er hinter uns die Tür geschlossen hatte. Meine Augen wanderten umher. *Wow!* Ich könnte vor Neid ganz grün werden, so schön und geräumig war Lucas' Zimmer. Es war modern eingerichtet, das Kingsize-Bett dominierte den Raum. Der Boden war mit dunklem Laminat ausgelegt, die Wände weiß gestrichen. Gegenüber vom Bett hing an der Wand der riesige Flachbildschirm – Lucas hatte keineswegs übertrieben.

Unter dem großen Fenster stand ein Sideboard, daneben war Lucas' Arbeitsplatz mit dem Schreibtisch. Gegenüber eine hellgraue Couch mit flachem Tisch und einem hohen Schrank.

Lucas nahm den Rucksack von den Schultern, reichte ihn mir und zeigte auf das Sideboard. »Dort kannst du deine Sachen hinlegen.« Lucas ließ sich auf die Couch fallen und ich spürte seinen Blick, als ich meine Klamotten auspackte.

»Fühlst du dich wohl bei mir?«, wollte er wissen. Der Klang von Lucas' Stimme verriet, dass er die Frage ernst meinte.

Ich drehte mich um und bemerkte verwundert, dass er sich fahrig durchs Haar fuhr. Mit schiefem Lächeln sah er mich an. Nicht das Siegergrinsen, das er mir sonst zeigte.

»Ja, du hast es ganz nett hier«, zog ich ihn auf.

Entsetzt sah er mich an. »Nett? Äh, dir …«, setzte er an, brach jedoch ab, als ob ihm die richtigen Worte fehlten.

Lucas sprachlos?

Konnte ich etwa diesen selbstbewussten, über alle Dinge stehenden Kerl nervös machen?

Nicht nur diese Tatsache überraschte mich, sondern genauso, wie souverän ich mich ihm gegenüber gab. Ich kam nicht umhin, mir erneut die Frage zu stellen, was der Treffer mit meinem Kopf angestellt hatte.

Wo war die verklemmte Ashley abgeblieben?

Schmunzelnd winkte ich ab. »Keine Sorge, ich habe dich ein bisschen aufziehen wollen. Dein Zimmer ist der Wahnsinn. Du hast es schön hier.«

Sichtbar erleichtert stieß Lucas die Luft aus. Sofort änderte sich sein Gesichtsausdruck. Aus dem nervösen Lächeln war ein zufriedenes, breites Grinsen geworden. »Puh, ich dachte schon, du verdonnerst mich dazu, mit dir in deinem Wohnheimzimmer zu übernachten.«

»Nein, es ist für die Nacht perfekt.« Ich nickte in Richtung Couch. »Du musst mir dein Bett nicht überlassen. Bei deiner Größe wäre es besser, wenn wir tauschen. Du das Bett, ich die Couch. Sie scheint bequem zu sein.«

»Kommt nicht in Frage. Du bist mein Gast. Nur beim Fernsehen würde ich mit dir das Bett teilen wollen, wenn es für dich okay ist.«

Nickend lächelte ich und spürte ein warmes Gefühl in mein Herz strömen, weil Lucas so wundervoll mit mir umging. Die Liebe zu ihm nahm stetig zu.

»Also, wie sieht's aus, rufen wir den Pizzaservice?« Erwartungsvoll sah mich Lucas an.

»Auf alle Fälle, und ich bräuchte eine Tablette.«

»Kopfschmerzen?«

»Etwas.«

Lucas stand von der Couch auf und kam auf mich zu. »In der Küche haben wir Tabletten.«

Einen Augenblick standen wir uns still gegenüber. Was dann geschah, verschlug mir den Atem und unzählige Schmetterlinge tanzten in meinem Bauch.

Lucas hob die Hand und strich mit den Fingerspitzen vorsichtig über meine Stirn, dabei mied er die Verletzung. Die Berührung war so zart wie ein Windhauch. Lucas schien selbst über sich erschrocken zu sein. Er räusperte sich, nahm rasch die Hand runter. »Komm mit«, sagte er rau und wandte sich der Tür zu. Ich wusste nicht, welche Gefühle ihn in diesem Moment beherrschten. Obwohl ich ihn mit jeder Faser meines Körpers liebte, verbot mir meine innere Stimme, zu viel in diese Geste hinein zu interpretieren und irgendetwas dazu zu sagen. Stattdessen folgte ich ihm schweigend in die Küche.

23. Kapitel – Ashley

Lucas schob das Handy in die Hosentasche. »Die Pizza kommt in einer halben Stunde. Wie geht es deinem Kopf?« Er nahm zwei Gläser aus dem Hängeschrank und klemmte sich eine Flasche Mineralwasser unter den Arm, bevor wir die Küche verließen.

»Besser, kann ich bei dir duschen?«, fragte ich auf dem Weg zum Zimmer.

»Natürlich. Frische Handtücher findest du im Bad. Nimm eins von den Blauen, die gehören mir.«

Nachdem ich mein Duschgel geholt hatte, verschwand ich im Bad. Dylan musste vor mir geduscht haben, denn das Glas der Duschkabine war noch leicht beschlagen und es roch nach Männerparfüm.

Als Lucas den Pizzaservice angerufen hatte, war er noch kurz bei uns in der Küche gewesen, hatte sich aus dem Kühlfach eine halbvolle Flasche Wodka geschnappt und danach das Apartment verlassen.

Die Haare hatte ich zu einem Knoten zusammengefasst, damit sie nicht nass werden konnten. Sie zu föhnen, würde zu lange dauern. Dann wäre die Pizza kalt und Lucas höchstwahrscheinlich angesäuert.

Ich duschte schnell und hing das Handtuch zum Trocknen auf. Dann zog ich mir über einen frischen BH und Slip ein weites T-Shirt und Shorts an. Die Klamotten vom Tag mochte ich nicht ein zweites Mal tragen. Sie stanken von der Arbeit und der Krankenhausgeruch haftete ebenfalls an ihnen.

Kaum hatte ich das Bad verlassen, klingelte der Pizzabote. Perfektes Timing.

Lucas kam mit seiner Brieftasche in der Hand in den Flur und öffnete die Haustür, um die Kartons in Empfang zu nehmen. »Klettere schon mal aufs Bett, ich komme gleich nach. Fernseher ist angeschaltet«, sagte er.

Mit meinen Klamotten gegen die Brust gedrückt, huschte ich an ihm vorbei und seufzte glücklich. Wir würden die Pizzen auf dem Bett futtern? Wie geil war das denn? Der Abend begann vielversprechend.

Rasch stopfte ich meine Sachen in den Rucksack und machte es mir auf dem Bett gemütlich. Ich klemmte mir eins der vielen Kissen hinter den Rücken und lehnte mich ans Kopfteil. Meine nackten Beine versteckte ich unter der Decke. Ich war erleichtert, dass Lucas das Bettzeug in doppelter Ausführung hatte. Es wäre mir unangenehm, er müsste die Nacht mit Dekokissen und einer Tagesdecke verbringen.

Lucas kam ins Zimmer und reichte mir die Kartons. Mit dem leckeren Duft, der aus den Verpackungen entwich, spürte ich meinen rebellischen Magen, der sich vor Hunger zusammenzog. Schnell streifte Lucas seine Jeans und die Socken ab, ließ die Sachen achtlos auf dem Boden liegen und rutschte neben mir aufs Bett. Er streckte die Beine aus, schnappte sich einen Karton und stellte ihn auf seinen Schoß.

Ich schielte zu ihm. In Boxershorts und T-Shirt war Lucas die Sünde persönlich. Ich schluckte schwer beim Anblick seiner muskulösen Beine. Zu viel nackte Haut war das für mich. Mir wurde heiß, verdammt heiß. »Willst du dich nicht zudecken? Es ist doch kühl.«

»Nein, wieso? Mir ist warm«.

Und mir erst. »Sicher?«

Lucas' Blick wanderte zu meinem Gesicht. Nachdenklich runzelte er die Stirn. »Hast du noch nie mit einem Mann in einem Bett gelegen?«

Er wartete einen Moment ab, leckte sich mit der Zungenspitze über die Oberlippe und sagte: »Nein, sorry, stimmt ja so nicht. Wir liegen ja nicht zusammen in einem Bett, sondern sitzen nebeneinander. Erzähl schon, das erste Mal für dich?«

Typisch Lucas, der mir solche Frage stellt. Als ob ich ihm gestehen würde, dass das hier Premiere für mich war. »Nein, natürlich nicht«, reagierte ich und machte innerlich drei Kreuze, wie sicher mir die Lüge von den Lippen gekommen war.

Lucas schmunzelte. »Dann ist es für dich auch kein Problem, uns das Mineralwasser zu bringen?« Er deutete mit der Hand zum Tisch, auf dem die Wasserflasche mit den Gläsern stand.

Oh, Lucas, du Arsch. Er wollte mich in meiner Nachtwäsche sehen, um meine Figur zu checken. Blöd war ich keineswegs.

Ich schnappte nach Luft, gab mir innerlich einen Ruck und knallte meinen Pizzakarton auf seinen, woraufhin er wieder lachte. Manchmal war Lucas ziemlich albern.

Ich schob die Decke beiseite und stieg aus dem Bett. Gänsehaut lief mir über den Rücken, denn ich fühlte seine Augen, wie sie mich von Kopf bis Fuß scannten.

»Du hast hübsche Beine«, erklärte er unerwartet.

Ich wirbelte herum. »Ich?« *Verarscht er mich?*

»Ja, du. Mir gefällt ihre Form.«

»Sie sind dick. Du magst keine Frauen mit solchen Elefantenschenkeln, wie ich sie habe. Also lass den Scheiß.«

»Wie kommst du darauf, dass ich dich anlüge? Ich weiß nicht, was du für ein Selbstbild von dir hast.«

»Noch vor wenigen Tagen meintest du, ich sei zu dick.«

»Nun ja, wie soll ich das erklären …« Lucas' Tonfall war ernst. Er überlegte kurz, bevor er fortfuhr: »Du bist kurvig, nicht wirklich dünn, aber das passt zu dir. Viele Männer mögen das, wenn sie eine Frau richtig anpacken können.«

Ich verdrehte die Augen. Denn jetzt kamen wir der Wahrheit näher und die gefiel mir nicht. »Ach schau an. Du sagst, viele Männer wollen was zum Anpacken. Aber du bist derjenige, der nur auf die dünnen Cheerleader abfährt«, bemerkte ich, um über meine Beine, Kurven, und was weiß ich, was noch kommen könnte, kein Wort mehr zu verlieren.

Demonstrativ drehte ich mich um und griff nach der Wasserflasche. »Willst du aus dem Glas trinken?«, fragte ich mit Blick über die Schulter.

Lucas schüttelte den Kopf. »Nein. Aber um die Sache auf den Punkt zu bringen. Ja, ich steh auf Cheerleader. Ich mag nun mal Frauen, die groß und sehr schlank sind, und ich liebe kleine Brüste. Trotzdem finde ich, dass du keine so schlechte Figur hast, wie du dir einredest. Wenn du schlanker sein möchtest, kommst du aber keinesfalls drum rum, mehr Sport zu treiben und auf die Dinge zu achten, die du isst.«

»Prima, dass wir Pizza bestellt haben«, schmollte ich.

»Die gleich kalt wird und dann nicht mehr schmeckt, wenn du dich nicht langsam in Bewegung setzt«, witzelte er und ergänzte: »Denk nur an diesen Alchemisten und Naturphilosophen Paracelsus, der gesagt hat …« Lucas sah mich gespannt an. »Na?«

Genervt stöhnte ich. »Jaja, den Spruch von ihm kennt doch fast jeder. *Die Dosis macht das Gift*«, beendete ich seinen Satz. Dabei schoss mir der Gedanke in den Kopf, Lucas doch nicht vollends aus der Verantwortung unserer Seminararbeit zu befreien. *Wenn er sich so gut mit Philosophen auskennt.*

»Richtig, so ungefähr sagte er das.« Lucas lachte, und ich konnte nicht anders und stieg in sein Lachen ein.

Es ehrte ihn, dass er mich aufbauen wollte. Irgendwie hatten seine Worte auch wie nett gemeinte Komplimente geklungen. Trotz dessen wusste ich in meinem tiefsten Inneren – er hatte es ja gerade bestätigt –, dass meine Figur nicht das war, was er sexy fand. Ich hatte große Brüste, war nicht besonders schlank und vom Wuchs klein. Welten entfernt, von seiner Vorstellung, wie die Frau aussehen musste, die ihm gefiel.

Leider entsprach er wiederum genau dem Typ Mann, auf den ich abfuhr. *Schade, dass Lucas nicht von einem Football getroffen wurde, der sein Hirn so umpolte, dass er auf rothaarige Zwerge mit einem riesen Vorbau steht*, dachte ich im Stillen seufzend.

Lucas klopfte neben sich auf die Matratze. »Komm jetzt her. Du darfst dir auch den Film aussuchen.«

»Darf ich das?« Ich grinste über sein leichtsinnig ausgesprochenes Angebot. Er wollte mich zur Herrin über die Fernbedienung machen? *Oh, Lucas.* Das würde er ziemlich schnell bereuen, wenn er erst mal mitbekam, welche Filmgenre ich mochte. Sein Blick aus schmalen Augen zeigte mir, dass er meinen frohlockenden Gesichtsausdruck verstand.

»Wir gucken aber keine Schnulze?«, fragte er vorsichtig.

Ha, und ob wir das tun, mein Lieber. Mein Grinsen wurde breiter, während ich ihm die Flasche reichte und wieder aufs Bett kletterte.

24. Kapitel – Lucas

»Müssen wir das sehen?«, stöhnte ich. »Du könntest mir ruhig ein bisschen entgegenkommen und einen Film aussuchen, der uns beiden gefällt.« Ich bemühte mich, einen herzerweichenden Welpenblick aufzusetzen, um Ashley von ihrem Vorhaben abzubringen. Sie konnte mir das nicht antun. Egal, ob der Film gut war oder nicht,

Mann, solch ein Romantikscheiß war was für Weicheier!

»Ich liebe Cameron Diaz. Außerdem ist sie dein Typ, oder, Lucas?«, sagte Ashley. Ihre Worte schwammen in einem Becken voller Sarkasmus.

»Dann lass uns lieber *3 Engel für Charlie* sehen statt *Liebe braucht keine Ferien*. Der Titel klingt doch schon beschissen.« *Die Frau macht mich fertig.* Fieberhaft überlegte ich, womit ich sie umstimmen könnte.

Wo war die schüchterne Ashley hin, die nie ein Wort herausbekam? Jetzt wünschte ich sie mir zurück. Dann hätte ich die Fernbedienung gegriffen und mir meinen eigenen Film auf Netflix ausgesucht. Sie hätte zwar innerlich geschimpft, aber ihren süßen Mund gehalten.

Ihren süßen Mund? Dachte ich an ihren süßen Mund? Ich sagte ja, sie schaffte mich. Ich biss verzweifelt in meine Pizza und kaute seufzend.

Mir kam eine Idee. Hastig würgte ich den Bissen herunter, bevor ich ansetzte: »Ashley-Baby, wenn du mit zu vielen Emotionen konfrontiert wirst, bekommst du ganz schnell wieder furchtbares Kopfweh.« Mein letzter Trumpf, um sie zu überzeugen, mich die nächsten anderthalb Stunden nicht mit kitschigem Scheiß zu quälen. Ich blinzelte sie noch unschuldiger als mit meinem Welpenblick an und hoffte, wenigstens jetzt ihr Mitleid zu erwecken.

Doch es war zwecklos. Eher würde ich einen Stein erweichen. Ashley lachte mich mit selbstgefälliger Miene aus. Dabei war dieser Gesichtsausdruck nur für mich reserviert.

Hallo? Was trieb die Frau mit mir? Sie war seit heute viel lockerer drauf, doch ich wüsste gern, wieso das so war. Ich mochte die neue, irgendwie andere Ashley. Trotz dessen war ihr Verhalten mehr als seltsam und im Moment war ich davon genervt.

»Selbst, wenn du mich weiterhin Baby oder meinetwegen Honey, Sweetheart, Sugar nennst. Mir egal. Wir schauen *Liebe braucht keine Ferien*«, erwiderte sie, ohne den Sarkasmus in ihrer Stimme abzuschwächen.

»Willst du wirklich, dass ich mich zu Tode langweile, ist dir mein Leben so unwichtig?«

Ungerührt zuckte Ashley mit den Schultern. »Du wirst den Film überleben. Außerdem hast du dich um mein Wohlergehen zu bemühen.« Mit einem triumphierenden Blitzen in den Augen schob sie sich ein Stück von der Pizza in den Mund und biss herzhaft hinein.

»Ash, bitte!«, winselte ich. Mit gespieltem flehenden Blick faltete ich die Hände vor meiner Brust. Mit dem Gesicht bekam ich sonst jede Frau rum. Ob mein Augenaufschlag, mein Lächeln bei ihr die gewollte Wirkung zeigen würde?

Ha, Ashley lachte. Ich merkte, dass sich ihre Miene veränderte, der Widerstand bröckelte. Jetzt hatte ich sie so weit, dass sie einknickte.

Ashley konnte mir nicht widerstehen. Sie stieß geräuschvoll die Luft aus und legte das Pizzastück in den Karton. »Okay, unter einer Bedingung.«

»Jede, Honey«, wisperte ich, bemüht, meinen unschuldigen Blick aufrechtzuhalten, ohne lauthals loszuprusten. Das Spielchen mit ihr war amüsant.

Ashley legte ihren Kopf schräg, presste einen Moment die Lippen zusammen und ihre Augen funkelten herausfordernd. »Du gehst mit mir aus.«

»Was?« *Ashley spinnt wohl!* »Hey, es geht hier um einen Film!«, beschwerte ich mich. Sie konnte doch nicht glauben, dass ich mich auf ein Date mit ihr verabredete? Bestimmt zog sie mich auf. Hoffentlich. »Ashley, das ist ein Scherz, oder?«

»Ich liebe Filme mit dem weinenden Jude Law«, bemerkte sie trocken.

»Die Pussy heult auch noch?« Meine Augen verengten sich zu Schlitzen. Verdammt. Das. War. Unfair. Ich wollte mit ihr keine Verabredung. Warum benahm sie sich so begriffsstutzig? »Dates mit mir sind stinklangweilig. Ach, komm schon, wir schauen *3 Engel für Charlie*. Der Film ist super.« Ich musste sie von diesem irrwitzigen Deal abbringen.

»Nein«, reagierte sie mit fester Stimme.

»Wir hatten schon einmal darüber gesprochen, dass wir kein Date miteinander haben können.« Ich hielt Ashleys Blick einige Sekunden gefangen. Ihre Wangen verfärbten sich rosa, Sie sah in diesem Moment zauberhaft aus, wie ich mir eingestand.

Ashley senkte den Blick, zupfte am Käse ihrer Pizza herum. Dann sah sie mir unverwandt ins Gesicht. »Du hattest gedacht, ich würde zu schüchtern sein, dich zu fragen. Aber du siehst, ich habe mich getraut.«

»Ja, du hast dich aus deinem Schneckenhaus gewagt.« Ich hatte sie falsch eingeschätzt.

Himmel und Hölle, wie kam ich aus der Nummer wieder heraus? Überhaupt nicht, wenn ich mich länger weigerte, diese Schnulze mit ihr anzusehen. Seit wann schaut sich ein Kerl wie ich heulende Typen im Schnee an?

Ashleys Frage nach einem Date war einerseits absolut irrwitzig, doch andererseits fand ich die Vorstellung, mit ihr auszugehen, nicht so verkehrt.

Warum sollte ich den Deal ablehnen?

Die Frau brachte mich zum Lachen, ich konnte sie gut leiden, und da sie wusste, dass ich nicht auf sie stand, würde sie mich nicht anschmachten. Ashley hatte mich noch nie mit Bunny-Augen angesehen.

War das nicht auch etwas Ähnliches wie ein Date, dass sie mit mir hier war, wir zusammen in meinem Bett saßen, Pizza aßen und sie bei mir schlafen würde? Es wäre nur ein Freundschaftsdate, kein Ich-liebe-dich-Scheiß.

Kaylee war die letzte Frau, die ich gedatet hatte. Es war mir lediglich darum gegangen, hinterher mit ihr Sex zu haben.

Der Abend war langweilig gewesen, weil Kaylee Stunden an Paprikastreifen, Karotten und Salatblätter herumgeknabbert hatte. Ich dachte, ich hätte mit einem Kaninchen zusammengesessen. Dazu nippte sie ständig literweise Wasser, weshalb sie den halben Abend auf dem Klo verbrachte, um es wieder auszupissen.

Böse Zungen meinten, sie würde sich den Finger in den Hals stecken, um keine Kalorie zu viel zu essen. Eigentlich konnte sie einem leidtun, weil sie unter diesem kranken Schönheitswahn litt. Außerdem hatte Kaylee über Themen wie Mode und wer die berühmtesten Supermodels wären gelabert. Sah ich so aus, als ob mich das interessierte? Wenigstens hatten wir guten Sex, dass der Abend schlussendlich mich zum Abschuss gebracht hatte. Eine angemessene Entschädigung.

Wie wohl ein Date mit Ashley verlaufen würde? Bestimmt lustig. Also, warum noch lange fackeln, statt zuzusagen?

»Okay, wir gehen miteinander aus.«

»Wirklich?«

Als sie mich mit leuchtenden Augen ansah, öffnete sich mein Herz. Wärme floss in meinen Bauch und ich spürte ein angenehmes Kribbeln. Es fühlte sich gut an, sie glücklich zu machen. »Warum nicht?«, meinte ich schulterzuckend. »Nächsten Freitag hätte ich Zeit.«

»Hast du eine Idee, wie wir den Abend verbringen wollen?«, fragte mich Ashley.

»Nope. Du willst ein Date, du kümmerst dich«, zog ich sie auf. Natürlich wusste ich, wo wir hingehen würden. In mein Lieblingssteakhouse.

Ashley legte die Stirn in Falten. Offensichtlich überlegte sie, wohin ich sie ausführen sollte. »Mal sehen, was wir machen könnten«, sagte sie und reichte mir die Fernbedienung. »Da du mich daten wirst, darfst du dir den Film auswählen.«

»Super, dann futtere deine Pizza auf und halte die nächsten Stunden den Mund. Wir schauen *Breaking Bad*.«

Ich schaltete den Fernseher ein und suchte mir bei Netflix die erste Staffel heraus. Zufrieden lehnte ich mich gegen mein Kissen. Ein Grinsen konnte ich mir nicht verkneifen, weil Ashleys verärgerte Miene verriet, dass sie keine Lust auf die Serie hatte. Ich dagegen konnte von ihr nicht genug bekommen und hatte alle Staffeln mindestens schon drei Mal gesehen.

Seufzend drehte sie ihren Oberkörper zu mir. »Hast du ein Buch für mich, dass ich lesen könnte, während du dir die Serie reinziehst? Ich mag *Breaking Bad* nicht gucken.« Um ihren Unwillen zu unterstreichen, schob sie die Unterlippe vor.

Ich beugte mich zu ihr und legte meinen Zeigefinger auf ihren Mund. »Honey, Schweigen ist angesagt. Gelesen wird nicht. Die Serie ist Kult, hat viele Preise eingeheimst. Du lernst einen Mann kennen, der vom kleinen Chemielehrer zum Verbrecher wird.«

»Du kannst mir tausend Mal erzählen, wie toll diese Superserie ist, ich habe keine Lust darauf«, beschwerte sie sich.

»Pech für dich, Ash, du hast es so gewollt«, sagte ich trocken und lehnte mich rundherum zufrieden zurück, während sie mit gequälter Miene vor sich hin jammerte.

25. Kapitel – Ashley

Wenn ich dachte, Lucas würde die ganze Zeit gebannt auf den Bildschirm starren, um keine Szene zu verpassen, irrte ich mich. »Schau den Film an statt mich«, knurrte ich und stieß ihn mit dem Ellenbogen an.

Lucas jaulte auf, dabei hatte ich ihn nur leicht am Arm berührt. *Schauspieler.*

Er schmunzelte belustigt, wirkte jedoch in der nächsten Sekunde wieder ernst. »Was macht dein Kopf? Brauchst du noch eine Tablette?« Wie vorhin hob er die Hand, drehte sich zu mir und streichelte meine Wange. Bewegungslos blieb ich sitzen und wartete darauf, dass er die Hand wieder schnell wegzog. Diesmal tat er es nicht.

Lächelnd schaute ich ihm ins Gesicht. »Lucas, es geht mir gut, du musst kein schlechtes Gewissen haben«, versicherte ich.

»Ich weiß, aber ich war unaufmerksam und du musst das schmerzhaft ausbügeln. Der Umstand belastet mich.« Er klang besorgt.

»Wir haben beide nicht aufgepasst.« Lucas sollte nicht traurig sein, deshalb witzelte ich: »Schluss jetzt mit der Diskussion, sonst platzt unser Deal und du darfst dich mit einer riesigen Portion romantischen Schmalz vergnügen.«

Lucas verzog empört das Gesicht. »Ashley White, drohst du mir? Das ist ja entsetzlich!« Er nahm die Hand runter und rutschte ein Stück von mir ab. Das Blitzen seiner Augen verriet, dass er auf meinen Spaß eingestiegen war.

Schade, dass er aufgehört hatte, mich zu streicheln.

Was würde ich darum geben, ihn genauso anfassen zu dürfen.

Ich möchte sein attraktives Gesicht mit meinen Fingerspitzen erkunden, Lucas' volle Lippen, seine gerade Nase, die dunklen Augenbrauen zärtlich nachzeichnen.

Ob er es zulassen würde?

Ich war mir unsicher und verzichtete darauf, eine Abfuhr zu riskieren. Über meinen Vorschlag, mit mir auszugehen, hatte er auch keine große Begeisterung gezeigt.

Welcher Teufel mich geritten hatte, ihn um ein Date zu bitten, würde mir ewig ein Rätsel bleiben, wie meine verlorengegangene Schüchternheit.

»Ashley? War das nun eine Drohung?«, wiederholte Lucas seine Frage.

Ich blinzelte ihn irritiert an. Einen Augenblick sortierte ich meine Gedanken, bevor ich antwortete.

»Ich? Niemals«, gab ich in scherzhaftem Ton von mir.

»Das will ich wohl meinen.«

Grinsend verschränkte Lucas die Hände hinter dem Kopf, sank zurück ins Kissen und wandte sich dem Film erneut zu.

In meinem Hirn arbeitete es. Überbewertete ich seine Berührungen? Waren sie eine mitleidige Geste? Mein Verstand kämpfte gegen meine lose Zunge. »Warum hast du mich gestreichelt?« Seufzend schloss ich die Augen. *Mann, Ashley, warum hakst du nach?*

»Dich gestreichelt?« Unsere Blicke trafen sich. Lucas fuhr sich durchs Haar und verzog nachdenklich das Gesicht. »Weiß nicht«, sinnierte er achselzuckend. »Das ist alles so verwirrend. Deine Verletzung, dass du hier bist. Ich habe das Gefühl, dir tut ein bisschen Trost gut. Du hast doch nicht gedacht, dass ich …«

»Nein«, reagierte ich schnell, bevor er mich mit seiner Frage noch in Verlegenheit bringen könnte. »Ich interpretiere nichts hinein.«

Herrgott, wie peinlich und erbärmlich gleichermaßen von mir.

Bin ich so naiv und glaube, sein Streicheln war liebevoll gemeint, weil er mich mag?

Natürlich wollte er mich nur trösten. Ich bedeutete ihm nichts. Super, dass ich es aus seinem Mund hören durfte. Ein Schwall kaltes Wasser ins Gesicht geschüttet, wäre keinesfalls unangenehmer gewesen.

Zukünftig würde ich mir fest auf die Zunge beißen, wenn eine weitere Peinlichkeit aus meinem Mund zu rutschen drohte. Für den Rest des Abends zog ich es vor, auf den Fernseher zu starren und mir die Serie anzusehen.

Als die dritte Folge begann, hatte mich *Braeking Bad* gepackt. Die Serie war spannend, der Held fesselte mich mit seinem widersprüchlichen Verhalten. Ich nahm mir vor, die restlichen Folgen und weiteren Staffeln anzusehen. Travis hatte vor einiger Zeit von der Serie erzählt, aber bis heute hatte ich keine Staffel verfolgt.

Erst gegen ein Uhr merkte ich, dass ich müde wurde. Lucas war längst eingeschlafen. Er hatte es vorher nur mit Mühe geschafft, seinen Handywecker zu stellen. Kein Wunder, er hatte einen anstrengenden Tag gehabt und außerdem mich am Hals.

Ich rang mit mir, ob ich ihn aus dem Schlaf holen sollte, weil er vorhatte, auf dem Sofa zu übernachten. Lucas lag auf dem Rücken. Sein Mund war einen kleinen Spalt geöffnet, er atmete ruhig. Gleichmäßig hob und senkte sich seine Brust.

Es wäre falsch, ihn aus seinem eigenen Bett zu vertreiben. Statt ihn hinauszuwerfen, ließ ich ihn liegen. An seine Decke kam ich nicht ran, weil er auf ihr lag. Da meine groß genug für uns beide war, deckte ich Lucas zu.

Dann schaltete ich den Fernseher aus, stieg aus dem Bett und legte die Fernbedienung auf den Tisch.

Rasch ging ich auf die Toilette, um zu pinkeln, bevor ich das Licht löschte und mich neben ihm ausstreckte.

Die Wohnung war still, Dylan offensichtlich noch unterwegs.

Diese Nacht war für mich etwas Besonderes. Ich genoss Lucas' Nähe, mit ihm in einem Bett unter einer Decke zu liegen.

Ich drehte mich zu ihm, wagte kaum zu atmen, um ihn nicht versehentlich zu wecken. Langsam gewöhnten sich meine Augen an die Dunkelheit. Der Mond schien durchs Fenster und spendete ein bisschen Licht, dass ich Lucas erkennen konnte. Seine Gesichtszüge waren entspannt.

Ich betrachtete seine Lippen. Jetzt hätte ich die einmalige Chance, ihn zu küssen. Meine innere Stimme wisperte: *Trau dich, küss ihn!*

Ich schluckte den Kloß, der sich plötzlich in meinem Hals gebildet hatte, runter. Einen kurzen Augenblick zögerte ich. Meinen ganzen Mut zusammennehmend richtete ich mich auf den Ellenbogen auf, neigte mich zu Lucas, schloss die Augen und küsste ihn auf den Mund.

Der Kuss, er war … Mir fehlten die Worte. Sämtliche Emotionen flossen durch meinen Körper. Schwer pochte mein Herz hinter den Rippen, bestätigte mit jedem Schlag, wie sehr ich diesen Mann liebte.

Wie unglaublich weich Lucas' Lippen waren, wie angenehm sein Atem roch.

Das Gefühl, meinen Mund auf seinen gespürt zu haben, war berauschend, obwohl der Kuss so zart wie ein Schmetterlingsschlag gewesen war.

Diesen Kuss wollte ich im Kopf als meine schönste Erinnerung abspeichern. Denn ich ging davon aus, dass Lucas mich von sich aus nie küssen würde. Trotz des Wissens war ich in diesem Moment glücklich.

Seufzend kuschelte ich mich in das Kissen, zog die Decke über meine Schultern und lag auf der Seite Lucas zugewandt. Ich spürte seine Wärme unter der Decke, betrachtete sein schönes Gesicht und inhalierte seinen Duft, bis mir die Augen zufielen und ich einschlief.

26. Kapitel – Ashley

Ich kräuselte die Nase, weil die Sonnenstrahlen mich kitzelten. Schlaftrunken rieb ich mir die Augen und gähnte mit der Hand vor dem Mund. Langsam kam ich zu mir, verzog jedoch sofort das Gesicht, als ein dumpfer Schmerz gegen meine rechte Stirnhälfte pochte. Außerdem bekam ich nur mühsam Luft und ich spürte, wie die Blase drückte. Irgendwas Schweres lag auf mir drauf, ebenso waren meine Beine zur Bewegungsunfähigkeit verdammt.

Mit zusammengebissenen Zähnen hob ich den Kopf und senkte das Kinn auf meine Brust, um auf meinen Körper zu gucken. Der Schmerz nahm zu. *Himmel, ist das ein Hämmern im Schädel*, dachte ich im ersten Moment, doch bereits im zweiten, rutschte mir ein »O Gott« heraus. Mit aufgerissenen Augen und offenem Mund starrte ich auf den dunkelbraunen Haarschopf.

Lucas hatte mich – im wahrsten Sinne des Wortes – in seinen Besitz genommen. Wie ein von seinem Körper verschnürtes Paket lag ich da.

Er hatte sich dicht an mich gepresst. Sein Kopf ruhte auf meiner Brust. Mit einem Arm und einem Bein umschlang er mich. Bis zu den Knien war ich von der Decke bedeckt.

Hätte ich nicht frieren müssen? Okay, wie es aussah, war Lucas die Nacht meine Decke gewesen.

Dass er der Kuscheltyp beim Schlafen war, kam für mich unerwartet. Ich selbst brauchte meine Bewegungsfreiheit. Komisch, dass ich durchgeschlafen hatte, obwohl ich wie in einem Schraubstock eingespannt auf dem Bett lag.

Mist, wie befreite ich mich aus dieser Position, ohne ihn zu wecken?

Klar, fand ich es schön, dass er sich an mich gedrückt hatte. Doch die übervolle Blase und der schmerzende Kopf waren zwei riesige Probleme, die beseitigt werden mussten. Einerseits wollte ich, dass Lucas weiterschlief, aber andererseits musste ich dringend aufs Klo, sonst pinkelte ich mir in die Shorts. Und ich brauchte eine weitere Kopfschmerztablette, um nachher fit zu sein, wenn ich mich mit Matthew in der Bibliothek traf. Wie spät war es überhaupt? Meine Uhr lag im Rucksack. Ich wollte doch schon um sechs Uhr abhauen? Die Sonne schien ins Zimmer, es war definitiv später.

Vorsichtig hob ich Lucas' Arm, um mich unter ihm durchzuschieben und aus dem Bett zu klettern.

»Bleib liegen, ist schön so«, nuschelte Lucas.

Hä? Redet er im Schlaf oder ist er wach? Weiß er denn, mit wem er im Bett kuschelt? Ich bin nicht Kaylee oder irgendeines seiner Bunnys.

Ich räusperte mich. Einen Moment kniff ich die Augen zusammen, um mich zu sammeln. Ich wusste, dass ich Lucas gleich schockieren würde, wenn ich ihm verriet, wen er unter sich begraben hatte.

Doch blieb mir eine andere Wahl?

Verflucht noch mal. Ich. Musste. Pinkeln. Und in meinem Kopf war ein Presslufthammer am Werk, der gnadenlos meinen Kopf malträtierte.

Okay, dann werde ich mich mal melden. »Äh … Du … Lucas?« Ich tippte ihm auf die Schulter. »Kannst du bitte von mir runterko …«

Weiter kam ich nicht, denn er schoss mit dem Kopf hoch und riss panisch die Augen auf. Wäre schön, er wäre gleich ganz vom Bett gesprungen, aber nein, er hielt mich weiterhin umklammert. *Boah, ich muss so nötig pinkeln.*

»Fuck!«, schrie Lucas, und ich glaubte, mein Trommelfell würde platzen.

Könnte er bitte etwas leiser brüllen? Der Presslufthammer erhöhte sein Tempo in meinem Schädel. »Ashley, was machst du hier?«

»Hallo? Ich habe in deinem Bett geschlafen. Du hattest mich zu dir mitgenommen, vergessen?« Ich deutete mit dem Finger auf mein Teufelshorn.

»Ich wollte auf der Couch schlafen.«

»Du warst vor mir eingepennt. Darum habe ich dich im Bett liegen lassen, statt dich zu wecken. Ich war einfach nett zu dir.«

»Nett, echt toll«, grummelte Lucas, kletterte von mir runter und ließ sich neben mir auf den Rücken fallen. Er drehte mir das Gesicht zu und sah mich mit unsicherer Miene an.

Meine Güte, war es so schrecklich, mich zu umarmen?, dachte ich angesäuert.

»War ich – ich meine –, du und ich, hatten wir?« Offensichtlich suchte er nach den richtigen Worten. Nervös rieb er sich die Wangen. Ich konnte sehen, wie er in seinem Gedächtnis kramte.

Scheiße, denkt er, wir hatten Sex? Egal, wie er es ausdrücken wollte, aus seinem Mund würde nur dummes Zeug sprudeln.

»Lucas, du warst nüchtern, also wirst du keinen Filmriss haben.« Ich zeigte auf ihn und dann auf mich. »Haben wir noch unsere Klamotten an?« Ich hob eine Augenbraue und beantwortete die Frage selbst. »Haben wir!«

»Puh.« Lucas stieß hörbar die Luft aus. »Das heißt, wir hatten nur in einem Bett geschlafen.«

»So ist es, du kannst beruhigt sein.« Lucas' Reaktion nagte an meiner Ehre. Sofort erinnerte ich mich an den Kuss. Ein Glück hatte er ihn nicht mitbekommen. Die Vorstellung, wir könnten Sex miteinander gehabt haben, schien für Lucas ein Albtraum zu sein.

Wow, der Kerl wusste, wie man einer Frau ein arschiges Kompliment machte, damit sie sich scheiße fühlte.

»Na, erleichtert?« Ich konnte mir den süffisanten Unterton in der Stimme nicht verkneifen, und mir war die Lust vergangen, eine Sekunde länger in seinem Bett zu bleiben.

Nie würde er so erschrocken bei den Cheerleadertussis reagieren wie bei mir. Da wäre er eher an einer zweiten Runde interessiert. War es so abwegig, mit mir zu schlafen? Fand er mich so hässlich?

»Wieso soll ich erleichtert sein, wie kommst du darauf?«, wollte Lucas wissen.

»Es scheint für dich eine furchtbare Vorstellung zu sein, mit mir Sex zu haben«, erklärte ich meine Gedanken. Ich wollte ehrlich sein, damit er verstand, wie sehr mir seine Worte wehgetan hatten.

Lucas' Augen verfolgten mich, als ich aus dem Bett stieg. Meine Blase hielt es nicht länger aus. Ich wollte sie endlich leeren und danach würde ich eine Aspirin einnehmen.

»Hey, warum läufst du weg?«, hörte ich ihn verwundert in meinen Rücken fragen.

An der Tür wandte ich mich um. »Ich muss mal verschwinden, für kleine Mädchen, du verstehst?«, sagte ich und verließ das Zimmer.

Nachdem ich die Toilettenspülung betätigt hatte, meine Hände gewaschen waren, schaute ich in den Spiegel.

Mein Kopf sah nicht ganz so schlimm aus, wie ich gedacht hätte. Die nächsten Tage würde ich die Haare auf der linken Seite scheiteln. Mit ein bisschen Make-up und ein paar dicken Strähnen über die Beule geschoben, wäre die Verletzung kaum zu erkennen.

»Ashley?« Lucas klopfte an die Tür. »Alles in Ordnung?«

»Ja, kannst du mir bitte aus der Küche eine Tablette holen? Mein Schädel brummt.«

»Okay. Wollen wir miteinander frühstücken?«

Frühstücken, wir? War das ein Scherz? Warum stellte er mir diese Frage, obwohl er besorgt war, wir könnten miteinander geschlafen haben? Sein Verhalten war komisch. »Nein, ich habe null Hunger und bin verabredet«, knurrte ich, und meine Ablehnung entsprach sogar der Wahrheit. Ich hatte sowieso keine Zeit. Mittags wollten Matthew und ich uns treffen. Außerdem mochte ich mich nicht mit Dylan an einen Tisch setzen. Er wäre bestimmt beim Frühstück dabei.

»Ashley?«

Genervt rollte ich mit den Augen. »Ja?« Ich wandte mich vom Spiegel ab und öffnete die Tür.

»Ich habe Scheiß geredet. Es tut mir leid.« Lucas sah mich schuldbewusst an.

»So ist es, und zwar richtig viel Scheiß.« Wie er betreten vor mir stand und abwehrend die Hände hob, sah er unglaublich süß aus. Sein reumütiger Anblick war eine ausreichende Entschuldigung.

»Ich hatte so einen merkwürdigen Traum gehabt« Lucas' Wangen färbten sich rot. Verlegen kaute er auf seiner Unterlippe »Willst du ihn hören? Aber lach mich bloß nicht aus.«

Ich nickte. Obwohl ich eigentlich den Traum nicht hören wollte. Ich ahnte, worum es ging, aber irgendwie war ich doch neugierig.

Einen Augenblick schwieg er und rieb sich den Nacken. »In meinem Traum haben wir uns geküsst. Deshalb dachte ich beim Aufwachen, ich wäre dir zu nahegekommen, hätte deine Kopfverletzung ausgenutzt. Die Vorstellung fand ich beschämend.«

Tatsächlich. Er hat im Schlaf den Kuss mitbekommen. Au Backe. Mein Mund war schlagartig staubtrocken. Ich brauchte nicht nur ein Schmerzmittel, sondern genauso ein großes Glas Wasser.

»War der … Also, der Kuss. War es unangenehm, davon zu träumen?« Ängstlich wartete ich ab, wie er auf meine Frage reagieren würde. Hoffentlich hatte er meine Lippen auf seinem Mund nicht als eklig empfunden.

Lucas' Antwort verblüffte mich.

Er schmunzelte. »Unangenehm? Wohl kaum, wenn ich danach so an deinem Körper geklebt habe. Ich brauche immer meine Bewegungsfreiheit. Darum übernachten sonst keine Frauen bei mir. Ich bin halt kein Kuscheltyp.« Er hob die Schultern, fragend sah er mich an. »Und was denkst du? Ist es denn für dich unangenehm, dass ich das geträumt und dich dann so fest umklammert habe? Ich meine, es war schlussendlich nur ein Traum. Zwischen uns ändert sich ja nichts.« Lucas gab mir einen verspielten Nasenstüber. »Dass ich den Blödsinn geträumt habe, hast du mit deiner verrückten Dategeschichte zu verantworten.«

»Kann schon sein.« Ich winkte ab, um so zu tun, als ob mich die Sache kalt ließ. »Am Ende war es wirklich nur ein alberner Traum, der nichts bedeutet. Ich hatte selbst so tief und fest geschlafen, dass ich dich auf mir erst bemerkt hatte, nachdem ich wach geworden bin.« Ich zwinkerte ihm zu. »Ich bin nämlich auch kein Kuscheltyp.«

»Dann bist du keinesfalls sauer?«

»Nein« Ich lächelte, denn ich fühlte mich plötzlich irgendwie erleichtert. Lucas zeigte sich mal wieder als Gentlemen. Dass er eine angenehme Erinnerung an den Kuss hatte, ließ mich innerlich aufatmen.

Dass die Berührung unserer Lippen der Grund gewesen sein könnte, dass wir deshalb so eng beieinander geschlafen hatten, ließ mein Blut im Kopf rauschen.

Vielleicht musste mich Lucas erst richtig kennenlernen?

Wenn er den Kuss im Traum nicht als abstoßend empfunden hatte, wer weiß, wie er ihm in der Realität gefallen würde?

Ein wenig Hoffnung schlich sich in mein Herz, obwohl Lucas gesagt hatte, dass sich zwischen uns nichts ändern würde.

Da er die Nacht nicht ernst nahm, sollte ich sicherheitshalber abwarten.

Auf alle Fälle ließ seine Körperreaktion darauf schließen, dass ich ihm nicht gleichgültig war. War meine Liebe doch nicht so hoffnungslos? Wie gesagt, ich würde vorsichtig abwarten.

Lucas stupste mich mit der Schulter an. »Also, ist zwischen uns alles gut?«, wollte er wissen. »Frühstücken wir doch noch miteinander?«

»Ich muss schnellstmöglich zurück ins Wohnheim. Bin um zwölf Uhr verabredet.«

»Es ist doch erst Vormittag?«

»Eben drum. Und du hast bestimmt auch den Samstag verplant.«

»Na ja, ein bisschen Zeit habe ich noch. Heute hat unsere Mannschaft ein Auswärtsspiel. Wenn du willst, fahre ich dich zum Wohnheim.«

»Wie spät ist es?«

»Bevor ich in den Flur gekommen bin, war es fast zehn. Da hatte mein Wecker schon gebrummt.«

»So spät? Okay, ich nehme dein Angebot gern an. Gib mir zehn Minuten für eine Dusche, dann bin ich soweit. Aber vorher benötige ich dringend die Aspirin.«

Heute war ein wundervoller Tag mit einem wolkenlosen Himmel, dass ich überlegte, mich nachher mit Matthew in die Sonne zu setzen, statt in der dunklen Bibliothek zu hocken.

Lucas hatte die vorderen Seitenfenster runtergelassen, dass der Fahrtwind mein Gesicht streifte. Er sang gutgelaunt *Shots* von *Imagine Dragons* mit. Wenn Lucas es mir nicht bereits erzählt hätte, wüsste ich spätestens jetzt, dass er ein Fan der Band war. Meine Kopfschmerzen waren fast weg und ich sang lauthals mit. Die Musik schallte mit unserem grässlichen Gesang aus den Lautsprechern ins Freie. Wenn wir beide etwas nicht konnten, dann war es, die Töne treffen. Egal, es machte Spaß. Ich kannte den Song, mochte ihn. Warum darüber grübeln, wie laut und schief wir sangen?

Lucas warf mir einen Seitenblick zu und grinste. »Cool, oder?«

»Ja, der Song klingt so … Wie soll ich es ausdrücken?«

»Melodisch ziemlich Mainstream, jedoch von der Lyrik her tiefgründig.«

»Ja, so ungefähr«, überlegte ich und ertappte mich dabei, wie ich den Rhythmus mit dem Fuß wippte. Mainstream, wie Lucas sagte. Ob er etwas mit dem Song verband? Ich kannte ihn nicht gut genug, um mich dahingehend mit Interpretationen zu befassen.

Am Wohnheim angekommen, holte Lucas sein Handy hervor. »Gibst du mir deine Nummer?«

Überrascht starrte ich ihn an. »Wozu?«

»Ich date dich am Freitag? Ich weiß nicht, wann ich mit dem Training fertig bin.«

»Stimmt.« Mit zitternden Fingern zog ich mein Handy aus dem Rucksack. Ich war froh, dass meine Stimme nur ein bisschen piepsig klang, während ich ihm die Nummer ansagte und er sie eintippte. Auweia, war ich aufgeregt.

»Bis Freitag«, rief mir Lucas hinterher, nachdem ich ausgestiegen war.

»Viel Erfolg beim Spiel«, erwiderte ich lächelnd.

Während ich auf wackligen Beinen zum Eingang ging, brummte mein Handy. Verwundert schaute ich auf das Display. Lucas hatte mir eine Nachricht geschickt: *Jetzt hast du auch meine Nummer. Ich freue mich auf Freitag. Luc*

Mein Mund klappte auf und ich fuhr herum. Von Lucas' Jeep sah ich nur noch die Rücklichter aufleuchten, bevor er um die Ecke bog. Er freute sich auf unser Date und wie es aussah, durfte ich ihn zukünftig Luc nennen. Wie seine Freunde. Ich spürte, wie ich vor Freude rot anlief und meine Brust eng wurde. Irgendwann bescherte mir dieser Kerl noch einen Herzkasper.

Lucas verstand es, meine Gefühle durcheinanderzubringen. Er brachte mich dazu, dass ich glücklich war und die nächste Sekunde schaffte er es wiederum, dass ich mich schlecht fühlte.

Im Moment spürte ich nur Glück durch meine Adern fließen. Trotz dessen sollte ich aber mit meinen Gefühlen für ihn vorsichtig umgehen, nicht, dass ich mich in dem Meer meiner Emotionen verlor und mich am Ende eine riesige Welle ungebremst gegen einen Felsen schleuderte.

27. Kapitel – Lucas

»Hatte Ashley keine Lust auf ein Frühstück mit uns beiden?« Dylan sah grinsend zu mir hoch. Er saß am Tisch und aß sein Müsli.

»Sie ist verabredet, weswegen ich sie nach Hause gefahren habe.« Ich ging zum Küchenblock, nahm eine große Schüssel und kippte Haferflocken, Rosinen und Nüsse hinein. Zum Schluss schnippelte ich mir eine Banane und einen Apfel in mundgerechte Stücke und garnierte das Obst auf die Mischung.

Ich setzte mich zu Dylan an den Tisch, griff die Milch und kippte sie auf das Müsli, dann begann ich still zu löffeln. Für das Spiel heute Nachmittag brauchten wir viel Energie.

»Magst du sie?«, fragte mich Dylan unerwartet. Ich war gerade dabei, einen vollen Löffel in den Mund zu schieben, und hielt inne.

»Wieso fragst du?«, wollte ich wissen und war bemüht, meine Stimme gleichgültig klingen zu lassen. Immerhin grübelte ich, seit ich Ashley zurückgebracht hatte, über genau diese Frage.

Nachdem sie aus dem Jeep ausgestiegen war, war mir bewusst geworden, dass ich mich auf das Date freute. Ich hatte mich hinreißen lassen, ihr das mitzuteilen. Mit der Nachricht hatte sie auch meine Nummer erhalten.

Irgendwie hatte ich gehofft, sie würde mir eine Antwort schicken, die aber nicht kam. Ein bisschen war ich darüber enttäuscht gewesen. Ich hatte keinen blassen Schimmer, wieso mir Ashley mittlerweile wichtig war. Ich traute mich auch nicht, zuzugeben, dass ich mich zu ihr hingezogen fühlte. Beinahe hätte ich mich verraten, weil ich gestern das Bedürfnis nicht unterdrücken konnte, sie zu streicheln.

Auf ihre Frage hin, warum ich das getan hatte, war es für mich unmöglich, ihr die Wahrheit zu sagen. Stattdessen hatte ich sie angelogen und behauptet, ich wollte ihr lediglich Trost spenden.

Das war so eine bescheuerte Ausrede.

Verflucht noch mal, ich hatte sie nicht nur streicheln wollen. Nein, ich wollte meine Lippen auf ihre legen, mit meiner Zunge in ihren Mund eindringen, um zu wissen, wie sie schmeckte. Dass ich diesen Wunsch verspürt hatte, war für mich ein absoluter Schock gewesen.

Und dann dieser Traum, dass wir uns geküsst hätten. Ich war irgendwann in der Nacht verwirrt aufgewacht. Sie lag mit dem Rücken mir zugewandt, eine Einladung zur Löffelchenstellung, und ich konnte dem Drang nicht widerstehen, mich an sie zu schmiegen, direkt an ihren prallen Hintern. Nur einen Augenblick wollte ich so liegen bleiben, um sie nicht aufzuwecken.

Leider war ich dabei wieder eingeschlafen und musste beim Aufwachen feststellen, dass ich auf ihr lag und sie die ganze Nacht umklammert gehalten hatte. Im ersten Moment dachte ich schon, dass ich mich zu mehr hatte hinreißen lassen. Gottlob war ich anständig geblieben.

Trotzdem merkwürdig. Es war so ein unglaublich schönes Gefühl gewesen, mit ihr in meinem Bett so eng aneinander gekuschelt zu schlafen. Solche Emotion hatte ich das erste Mal verspürt. Noch nie hatte es eine Frau geschafft, mir derart den Kopf zu verdrehen.

Begann ich mich in Ashley zu verlieben, obwohl sie nicht mein Typ war? Ich musste das Date abwarten. Vielleicht bekam ich eine eindeutige Antwort auf diese Frage. Und wenn es so wäre, würde das mein Leben noch komplizierter machen.

War ich dazu bereit?

Um ehrlich zu sein: Ich hatte keine Ahnung. Zweifel blieben in meinem Kopf. Denn dann würde ich mein Geheimnis preisgeben müssen. War Ashley das Risiko wert? Verflixt, wenn ich das bloß wüsste.

»Lucas?« Dylan rüttelte mich an der Schulter, dass mein Müsli vom Löffel in die Schüssel fiel. »Wo bist du mit deinen Gedanken?«

Ja, wo war ich mit ihnen? Bei dieser rothaarigen Frau, die mich aus dem Konzept brachte, dass ich schon das Essen vergaß.

Ich aß Müsli am liebsten und ließ mich ungern dabei ablenken. Natürlich gelang das Ashley, die in meinem Kopf herumspukte.

»Also magst du Ashley? Sonst würdest du nach meiner Frage nicht so bedeppert gucken.«

»Ja, ich mag sie, seltsam, oder?« Ich merkte, wie ich dämlich zu grinsen anfing.

»Mann, Bro, dich hat's erwischt. Unfassbar.«

Ich schob mir einen weiteren gefüllten Löffel in den Mund und kaute kopfschüttelnd. »Hältst du mich für irre?«, fragte ich, nachdem ich das Müsli runtergeschluckt hatte.

Als ich den Blick hob, sah mich Dylan direkt an.

»Klingt aus meinem Mund vielleicht merkwürdig. Aber man kann es sich nicht aussuchen, in wen man sich verliebt. Und Ashley hat was an sich, dass einen Mann verrückt macht. Es war mir früher nicht aufgefallen. Ich hatte sie ja das erste Mal so richtig bemerkt, als ihr gemeinsam in der Mall gewesen wart. Aber ihre Mimik gestern, wie sie mit mir gesprochen hatte.« Dylan schüttelte den Kopf und schob sich Müsli zwischen die Zähne. »Im Supermarkt damals und danach in der Mall war sie ziemlich schüchtern. Jetzt wirkt sie so anders«, nuschelte er mit vollem Mund.

»Seit dem Unfall gestern ist sie so« – ich verdrehte die Augen schmunzelnd – »witzig. Du glaubst nicht, wie lustig es mit ihr ist.« *Und wie gut sich ihr Körper anfühlt.* Ja, ich musste zugeben, unter der Dusche hatte ich darüber nachgedacht, wie der Sex mit ihr wäre. Und verfluchte Scheiße, ich war hart geworden, als ich an den süßen Duft ihres Körpers gedacht hatte, wie gut er sich unter mir angefühlt hatte. Ihre weichen Brüste, auf denen ich meinen Kopf gebettet hatte. O Mann, ich stand auf einmal auf große Titten. Geile Ashley-Titten, geiler Ashley-Arsch. Selbst auf ihren prallen Hintern fuhr ich ab. Ich gestand mir ein, mir war nicht mehr zu helfen.

Dass ich jetzt hier mit Dylan saß und wir über Liebeskram redeten, überraschte mich genauso. Auch, dass er meine Gefühle für Ashley nachvollziehen konnte.

Nach der Geschichte in der Dining Hall, als er seine Späße über Ashley gemacht hatte, war ich der Meinung, dass er mich auslachen würde, wenn ich ihm reinen Wein einschenkte. Ich hatte mich in ihm getäuscht und war gleichzeitig darüber froh. Denn falls ich mich doch entscheiden sollte, Ashley näher kennenzulernen, wollte ich, dass meine Freunde sie mit Respekt behandelten. Wenn Dylan eine gute Meinung über sie hatte, würde sich Ray ebenso zu benehmen wissen.

Nachdem Dylan seine Schüssel gelehrt hatte, lehnte er sich zurück und kreuzte die Arme vor der Brust. »Probier es mit ihr aus«, schlug er vor.

»Meinst du?« In meinem Bauch summte ein Bienenschwarm, und ich spürte, wie mir immer heißer wurde.

Dylan nickte grinsend. »Luc, wenn ich dich so ansehe, bist du echt am Arsch. Die Frau hat dich an den Eiern gepackt.«

»Das kann man wohl sagen. Die hat sie fest in ihrer Faust.«

»Dann rann, zögere nicht.«

Obwohl Dylan mich ermunterte, wiegte ich nachdenklich mit dem Kopf. »Das Problem ist, dass ich mir unsicher bin, ob ich eine Beziehung im Moment will. Die Karriere, der Unischeiß.« *Meine Mutter.*

Ashley wäre überfordert, wenn sie vom Ausmaß meiner Probleme erfahren würde, die sich die nächsten Jahrzehnte auch nicht in Luft auflösten.

Wer mit mir zusammen sein wollte, bräuchte ein großes Herz. Meine Großmutter, die sich vorrangig um meine Mutter kümmerte, war alt. Nach dem Universitätsabschluss würde ich die Verantwortung übernehmen müssen.

Dylan stieß ein Schnauben aus, das mich aus meinen Gedanken riss. »Alles Ausreden von dir. Ashley studiert an der Michigan, sie weiß, dass du viel um die Ohren hast. Ich denke eher, sie wäre eine super Unterstützung. Außerdem glaube ich, dass sie mit deinem komplizierten Charakter gut klarkommen würde. Jedenfalls vermittelte sie mir gestern diesen Eindruck.«

Nachdenklich kaute ich den Rest meines Müslis.

»Und, habe ich recht?«, hakte Dylan nach, stand auf, um uns eine Flasche Mineralwasser und zwei Gläser zu holen.

»Hast du. Sie lässt sich nicht unterbuttern und verarscht zu gern mein Ego.«

»Echt, das tut sie?«, fragte er und setzte sich.

Ich erinnerte mich an die Diskussion, welchen Film wir gucken wollten. »Zu gern.«

Dylan kichert beim Füllen der Gläser. »Die Frau ist cool. Wenigstens eine, die dir richtig Zunder gibt.«

»Was du redest.«

»Ist doch so. Denk nur mal an Kaylee, wie die sich bei dir anbiedert, ohne Stolz.«

Dylan trank einen großen Schluck Wasser, stellte das Glas ab und sah mir tief in die Augen.

»Du brauchst eine Frau, die dich immer mal wieder auf den Boden zurückholt«, begann er und fuhr mit ernster Miene fort. »Fast beneide ich dich darum, weil die anderen Weiber uns nur wollen, weil sie glauben, dass wir Karriere in der NFL machen werden. Wenn man das Glück hat, eine Frau zu treffen, die damit umgehen kann und eher die Stütze für den Mann ist, dann sollte man sie festhalten.«

»Da ist was dran.« Dylans Worte überraschten mich. Wünschte er sich eine Beziehung? Das käme für mich unerwartet. Ich wollte jetzt aber nicht nachbohren, auch nicht nach Sally fragen. Ich griff nach meinem Glas und trank.

Dylan stand vom Tisch auf. Er nahm seine Schüssel und den Löffel, um beides in das Waschbecken zu stellen. Dann warf er einen Blick auf die Küchenuhr. »In einer halben Stunde müssen wir los. Ich war noch nicht duschen.« Er hob die Hand und verließ die Küche.

»Welches Auto?«, rief ich ihm hinterher.

»Raoul fährt uns zum Mannschaftsbus«, hörte ich ihn aus dem Flur antworten.

»Okay.« Fahrdienst war demnach gestern geklärt worden.

Ich nahm die Wasserflasche und goss mir nach. Als ich das Glas geleert hatte, stellte ich mein Geschirr in das Waschbecken, räumte die Müslizutaten in den Schrank über der Spüle und verließ die Küche.

28. Kapitel – Ashley

Nach dem gestrigen aufregenden Tag war ich froh, dass heute Ruhe eingekehrt war und sich eine Gehirnerschütterung nicht bewahrheitet hatte. Dass der Treffer keine großen Auswirkungen auf meine Gesundheit hatte, glich fast einem Wunder. Mir ging es verhältnismäßig gut und ich war mir sicher, nächste Woche meine Arbeit im Stadion uneingeschränkt wieder aufnehmen zu können.

Mit meinem Rucksack auf dem Rücken machte ich mich auf den Weg zur Cafeteria. Matthew und ich mussten miteinander telepathisch verbunden sein, denn er hatte mir eine Nachricht geschickt, dass es bei diesem fantastischen Wetter angenehmer wäre, an der frischen Luft zu arbeiten. Wer wusste schon, wie lange die spätsommerlichen Temperaturen anhalten würden?

Matthew saß noch nicht draußen, die Cafeteria war leer, wie ich durch das große Fenster sehen konnte. Deshalb wollte ich schon an der Theke für uns zwei Caffè Latte holen.

Bevor ich die Tür öffnen konnte, trat jemand an mich heran.

»Wen haben wir denn hier, die perverse Sommersprosse?«, hörte ich plötzlich eine Stimme hinter mir sagen. Ich wusste sofort, zu wem sie gehörte. Kaylee Stuart. Ich verachtete das arrogante Weib. Wieso quatschte mich die Frau an und versuchte, mich mit dem bescheuerten Schimpfwort aus meiner Vergangenheit zu provozieren? Bin ich ein Kind, dass man mich Sommersprosse nannte? Und wer benahm sich von uns beiden pervers? Sie war die Bitch.

Als ich mich umdrehte, stand sie mit verächtlich verzogenem Mund hinter mir.

»Ach, Kaylee, du hier? Findet nicht ein Auswärtsspiel unserer Collegefootballmannschaft statt?« Mein Blick schweifte langsam ihren Körper herunter. Kaylee hatte sich verletzt, denn sie trug einen Verband um die rechte Hand gewickelt. Offensichtlich konnte sie mit dem Handicap als Cheerleader nicht auftreten.

»Warum hat dich niemand mitgenommen? Anscheinend mag keiner Groupies von deiner Sorte.« Mein Lächeln war wie vergifteter Honig, mein Tonfall noch nie so überheblich.

Kaylee zog die Augenbrauen zusammen und musterte mich mit hartem Blick. Obwohl sie sich bemühte, keine Regung zu zeigen, bewies mir ihre Körpersprache, dass ich sie etwas verunsichert hatte.

Sie versteifte sich und ihre Mundwinkel zuckten.

Ich hatte sie getroffen.

Mein neues Ich ließ mich auch hier nicht im Stich. »Na, was ist, Groupie?«

Kaylee rang nach Luft. »Wie … Wie ka … Was erlaubst du dir? Ich muss meine Hand schonen, deshalb bin ich hiergeblieben.«

Wer's glaubt.

Ich schnaubte ein Lachen hervor. »Ich gebe dir einen guten Rat, Kaylee Stuart. Lass zukünftig deine Beleidigungen, denn ich werde sie mir keinesfalls länger gefallen lassen. Hast du mich verstanden?« Um meinen Worten den richtigen Bums zu verleihen, stieß ich meinen Zeigefinger gegen ihren Brustkorb.

Das Weib sollte gewarnt sein. Wenn ich erst mal Kaylee kleingekriegt hätte, wäre ich außerdem vor ihren Freundinnen sicher.

Ich hatte keinen Bock mehr auf die Opferrolle.

Wenn ich jedoch glaubte, Kaylee ließ sich so leicht beeindrucken, bewies sie mir das Gegenteil. »Du wagst es, mir Vorschriften zu machen?«

Ihre linke Hand schnellte vor und ihre Finger krallten sich in meine Haare. »Zeig schon, wo hat Lucas dich getroffen?«, fauchte sie und zerrte an den Strähnen, dass die Kopfhaut ziepte. Sie hatte von dem Unfall gehört. *Hatte sich die Story wie ein Lauffeuer verbreitet?*

»Du suchst auf der falschen Seite, hohle Nuss«, zischte ich und packte mit einem zornigen Keuchen ihre rechte Hand, um einmal fest zuzudrücken. Kaylee schrie auf, zog ihre Finger aus meinen Haaren und wich zurück. Ungläubig starrte sie auf meine Hände, die ich zu Fäusten geballt hatte.

Mit finsterer Miene fuhr ich sie an: »Wage es nicht noch einmal, mich anzufassen, sonst …!«

»Sonst was, hä?«, provozierte mich die Bitch und lachte spöttisch. Ihre Augen verengten sich zu schmalen Schlitzen. Ich war kurz davor, mich zu vergessen und etwas Dummes zu tun. In meinen Fingerknöcheln juckte es.

Ich verspürte einen inneren Drang, mich auf Kaylee zu stürzen. Der Frust, dass ich mich die ganzen Jahre von der Welt habe demütigen lassen, brach aus mir heraus. Kaylee war für mich in diesem Moment der Sandsack, an dem ich mich austoben wollte, um die vielen negativen Gefühle, die Ohnmacht, die ich immer empfunden hatte, loszuwerden. Schon hob ich die Faust, um zuzuschlagen. Kaylee schrie entsetzt auf.

»Ash, nein, tu das nicht!«, rief Matthew, der gerade eingetroffen war. Er packte meine Taille und riss mich zurück.

Nie hätte ich es für möglich gehalten, mich schlagen zu wollen.

Schreiend wand ich mich in Matthews Armen, wollte erneut auf Kaylee losgehen. »Ich habe es so verdammt satt das Scheißopfer zu sein, Matt«, brüllte ich von Wut erfüllt und löste mich aus seinem Griff.

Kaylee bemerkte, dass Matthew mich nicht mehr unter Kontrolle hatte. Hilfesuchend sah sie sich um, doch außer uns stand niemand vor der Cafeteria. Der gesamte Campus war offensichtlich zum Footballspiel gefahren.

»Das wird dir leidtun, du miese Schlampe! Ich werde mich rächen. Du wirst schon sehen!«, keifte das Miststück, spukte nicht ganz ladylike auf den Boden und rannte davon. »Pass bloß auf, dass dir Lucas nicht noch ein zweites hässliches Horn verpasst und ich werde … Du wirst schon sehen!«, rief sie mir mit gehörigem Abstand zu.

Wild fuchtelte ich mit der Faust in der Luft. »Halt dein dreckiges Mundwerk, Kaylee Stuart, sonst verpasse ich dir einen Höcker auf deiner beschissenen Nase«, schrie ich ihr hinterher. Wenn sie dachte, mich beeindruckte ihre unterschwellige Drohung, hatte sie sich geschnitten. Sie konnte mir gar nichts mehr antun.

Ich benahm mich wie eine Verrückte, aber das war mir egal. Mein Gesicht glühte, die Halsschlagader pulsierte.

Doch plötzlich verpuffte diese unbändige Wut und ich fing an zu lachen. Ich lachte, bis mir die Tränen kamen und ich nach Luft japsen musste.

Ich hielt mir den Bauch. Mein Zwerchfell krampfte und mein Blick fiel auf Matthew, der mich erst verwundert ansah, doch dann selbst lauthals losprustete.

Als wir uns endlich beruhigt hatten, schüttelte er schmunzelnd den Kopf.

Er verstand, welche Gefühle mich berauschten. »Kaylee Stuart Angst einzujagen, dass sie die Prügel ihres Lebens zu erwarten hätte und ihr dann auch noch gehörig die Meinung zu geigen, hat dir richtig gutgetan. Stimmt's, Ash?«

Ich legte den Kopf in den Nacken, schaute zum strahlend blauen Himmel, bevor ich Matthew wieder das Gesicht zuwandte. Das herrliche Wetter spiegelte meine innere Stimmung wider. Glückshormone rauschten durch meinen Körper und ich gab unumwunden zu: »Das mit Kaylee, Matt, war absolut befreiend.«

Mir war plötzlich klar geworden, dass der Unfall mein Leben grundlegend verändert hatte. Ich war auf einmal mutig und selbstbewusst, wagte, Dinge zu sagen, die ich mich früher nie auszusprechen getraut hätte. Das zu wissen, war ein fantastisches Gefühl, und ich hoffte aus tiefstem Herzen, dass ich mich nie mehr verklemmt und schüchtern verhalten würde. Die alte Ashley White wollte ich nicht mehr sein.

Nach dem Streit mit Kaylee suchten wir uns einen Platz unter einem der aufgestellten Sonnenschirme. Matthew ging in die Cafeteria, um uns unseren Caffè Latte zu holen. Als Dankeschön für die kleine Showeinlage mit Kaylee hatte er mich auf das Heißgetränk eingeladen.

Während wir uns mit der Philosophiearbeit befassten, bekamen wir kaum mit, wie die Zeit verrann. Zwischendurch hatte ich uns zwei Cola spendiert und Matthew holte zwei Käsesandwiches aus der Tasche, die er für uns bei sich zu Hause vorbereitet hatte.

Nachdem wir mit unserem geplanten Arbeitspensum fertig waren, erzählte ich Matthew von Lucas' Treffer. Es hatte ihn schon gewundert, warum ich das Haar offen trug und rechts eine Klammer befestigt hatte. Die Beule war erst beim genaueren Hinsehen bemerkbar.

Ich war überrascht, dass sein Vater über den Unfall geschwiegen hatte. Matthew meinte, dass sein alter Herr generell über solche Dinge kein Wort verlor. Das machte Mr. Miller irgendwie sympathisch.

Ich konnte mir jedoch vorstellen, dass der Trainerstab es keinesfalls gern sah, wenn Interna oder solch ein Missgeschick, wie mir es widerfahren war, an die große Glocke gehangen wurde.

Es war schon um fünf Uhr abends, als wir unsere Aufzeichnungen sortierten und verstauten.

Lizzys Eltern waren zu einem Barbecue eingeladen. Matthew freute sich auf die Stunden mit seiner Freundin. Sie hatte ihren Eltern vorgeflunkert, dass sie krank wäre. Ihr vorgetäuschtes Unwohlsein hatte funktioniert und sie durfte zu Hause bleiben.

Am liebsten würde ich Matthew von meiner Nacht mit Lucas erzählen und dass wir nächsten Freitag ein Date hätten. Aber ich wollte nicht, dass er mich wie Kaylee für einen anhänglichen Groupie hielt, der Lucas hinterher schmachtete. Ich wollte erst einmal abwarten, wie es zwischen uns nach dem Date weiterlaufen würde.

Im Wohnheim zurück, legte ich mich aufs Bett, um ein bisschen auszuruhen. Mein Kopf pochte dumpf und ich sehnte mich nach Schlaf. Mich stundenlang auf ein schwieriges Thema zu konzentrieren, hatte mich angestrengt.

Kaum hatte ich die Augen geschlossen, brummte mein Handy. Chloe war mit Travis und ein paar Freunden zum Essen gewesen und sie wollten den restlichen Abend in einer Musikkneipe verbringen. Sie fragte, ob ich Lust hätte, dabei zu sein. Die kleinen Live-Gigs der dort auftretenden Bands wären super. Travis würde mich mit seinem Pick-up abholen.

Ich mochte Musikkneipen, aber meinem Kopf wollte ich die hämmernden Bässe nicht zumuten, weshalb ich Chloe mitteilte, dass ich müde wäre und lieber früh schlafen ginge. Immerhin wollten wir morgen zum Shoppen fahren. Dafür musste ich fit sein. Ich überlegte, mir ein neues Oberteil für Freitag zu kaufen, wenn ich schon mit Chloe in der Mall unterwegs wäre.

Nachdem ich nach zwei Stunden immer noch wach auf dem Bett lag und in die Dunkelheit starrte, entschied ich mich, warm duschen zu gehen, um schläfrig zu werden.

Es war still im Haus, dass ich mich ein bisschen gruselte. Anscheinend waren außer mir sämtliche Bewohner unterwegs.

Das warme Wasser auf der Haut tat mir gut und entspannte meine Muskeln.

Nach dem Abtrocknen wickelte ich mich in das Handtuch und kehrte ins Zimmer zurück. Während ich in mein Schlafshirt und in das Höschen schlüpfte, überlegte ich, noch *Breaking Bad* zu schauen. Bevor ich auf dem Laptop die Serie heraussuchte, schaute ich auf meinem Handy nach der Uhrzeit. Zwischenzeitlich war eine Nachricht eingegangen, wie ich feststellte.

Im ersten Moment dachte ich, sie wäre von Chloe. Irrtum. Lucas hatte mir geschrieben. Ich schluckte überrascht und las mit geweiteten Augen:

Ist dein Kopf okay, geht es dir gut?

Wie war dein Tag?

Unsere Position an der Tabellenspitze konnten wir festigen. 31:26 gegen Ohio gewonnen. Luc

Es war seine zweite Nachricht an einem Tag. Es freute und verwirrte mich, von ihm zu hören. Ich textete:

Freue mich für euren Sieg, gratuliere! Mein Kopf macht keinen Ärger mehr :)

Zu gern hätte ich ihm noch mehr geschrieben, aber meine innere Stimme befahl mir, mich zurückzuhalten.

Mein Blick schweifte trotzdem immer wieder zum Handy, während ich *Breaking Bad* sah. Es blieb stumm.

29. Kapitel – Ashley

»Versuch es mit diesem Make-up.« Chloe reichte mir ihren Concealer. Mit dem Schwämmchen war es mir möglich, meine in Blau- und Lilatönen leuchtende Beule soweit aufzuhellen, dass sie fast nicht mehr sichtbar war, obwohl ich die Haare zu einem Zopf zusammengebunden trug. Mir fehlte die Zeit, sie täglich zu waschen und in Locken einzudrehen.

Außerdem war die Schwellung zurückgegangen und ich fühlte mich nicht mehr wie ein Einhorn. Ich schmierte mir die Abdeckcreme über das gesamte Gesicht und den Hals. Im Spiegel musterte ich mich genau, ob alles gleichmäßig verteilt war. Das Ergebnis befriedigte mich. Die Prellung war so gut wie unsichtbar, meine Haut wirkte leicht gebräunt. Vielleicht sollte ich öfters ein wenig Creme benutzen, um meine Blässe zu überdecken.

»Hast du bei Travis gefrühstückt?«, fragte ich Chloe.

»Nein, hast du schon gegessen?«

Ich schüttelte den Kopf. »Ich war heute früh im *Whole Foods* und habe eine Tüte Früchtemüsli und einen Becher Naturjoghurt gekauft.«

Ich zeigte über die Schulter mit dem Daumen auf meinen Rucksack, der auf dem Bett stand. Ich hatte es noch nicht geschafft, die Lebensmittel auszupacken. Einige Minuten nach meiner Rückkehr vom Supermarkt war Chloe von Travis zurückgekommen.

Sofort war ihr die Verletzung aufgefallen. Nachdem sie die Beule begutachtet hatte, musste ich mir eine scharfe Standpauke anhören. Trotz meiner ehrenwerten Begründung, dass ich ihr den Abend nicht versauen wollte, war sie etwas enttäuscht, dass ich ihr den Unfall verschwiegen hatte.

Das schlechte Gewissen plagte sie, obwohl ich ihr versicherte, dass es keinen Grund geben würde, sich Vorwürfe zu machen.

Dass Lucas eine fürsorgliche Ader besaß und sich um mich gekümmert hatte, fand sie jedoch beeindruckend. Eine dringliche Warnung, meinen Gefühlen keinen Freifahrtschein zu geben, erteilte sie mir trotzdem. Wobei sie das nicht gemusst hätte. Ich war selbst das wandelnde Misstrauen auf zwei Beinen und würde Lucas gegenüber vorsichtig bleiben.

»Du verkneifst dir deine geliebten Schokocroissants?« Verwundert sah sie mir ins Gesicht, als ob sie dachte, sich verhört zu haben. »Du verarschst mich, oder?«

»Nope.«

»Du isst Müsli mit Joghurt?« Sie biss sich schmunzelnd auf die Unterlippe und nickte wissend. »Lucas hat wohl die Pflege mit einem Vortrag über gesunde Ernährung verbunden?«, zog sie mich auf.

Ich lachte. »Nein, nicht wirklich.« Ich machte mit der Hand eine abwägende Geste. »Okay, vielleicht ein bisschen. Aber es stimmt ja irgendwie. Schokocroissants sind kein gesundes Frühstück.«

»Ich muss schon zugeben, Ash, der Kerl gefällt mir.«

Chloe wusste von meiner Schwäche. Für Schokocroissants könnte ich zur Bestie werden. Aber da sie an den meisten Wochenenden über Nacht bei Travis blieb, hatte sie kaum Einfluss darauf, mich von den verteufelten Sünden abzuhalten.

Wenn sie sonntags zurückkam, waren die leckeren Blätterteigteilchen längst verputzt und sie fand höchstens noch leere Papiertüten im Abfalleimer, wenn ich sie mal nicht rechtzeitig auf dem Campus entsorgt hatte. Dann hielt sie mir einen Vortrag, wie giftig die Dinger für meine Hüften wären und ich verzog mein Gesicht zu einer reuigen Miene.

Es lief so ähnlich ab wie der Film *Und täglich grüßt das Murmeltier*. Jedes Mal die gleiche Leier, jedes Mal mein gleiches betretenes Gesicht. Geändert hatte ich nichts, bis zum heutigen Tag.

Doch da mein Inneres eine Wandlung vorgenommen hatte, sollte ebenso mein Körper sich verändern. Irgendwie stand bei mir alles auf Neuanfang. Lucas hatte unbewusst ein Umdenken bei mir ausgelöst. Schon allein dafür sollte ich ihm dankbar sein.

»Wenn du mit mir teilst, esse ich auf alle Fälle mit«, sagte Chloe, strich mir über die Schulter und öffnete die Schranktür. Im obersten Fach bewahrten wir unseren kleinen Vorrat an Geschirr und Besteck auf.

Chloe nahm für uns Schüsseln und Löffel heraus und ich stellte das Müsli und den Joghurtbecher auf meinen Schreibtisch. Beim Essen erzählte sie mir von den Live-Gigs. Ich sagte ihr, dass ich das nächste Mal mitkäme.

Mit dem Versprechen spürte ich gleichzeitig den Wunsch, Lucas würde mich begleiten. Die Hoffnung glimmte als kleiner Funken und ich hatte Angst, dass ich mich zu sehr in meine Gefühle hineinsteigerte.

Ich fühlte mich immer zwiegespaltener gegenüber Lucas. Deshalb versuchte ich, den Wunsch zu ignorieren, meine Sehnsucht nach ihm zu verdrängen. Die Gefahr war zu groß, wenn ich auf meine Emotionen nicht achtgab, ein Feuer zu entfachen, dass mich innerlich zu verbrennen drohte.

Chloe spülte die Schüsseln aus und ich schrieb Mr. Miller eine Mail, dass ich mich gesundheitlich fit fühlte und nächste Woche ins Stadion zur Arbeit käme.

Chloe schaute auf dem Fahrplan nach. Um drei Uhr nachmittags würde der Bus auf dem Campus halten.

Wir mussten uns beeilen, wenn wir es noch rechtzeitig schaffen wollten. Hastig stopften wir unsere Handys und Portemonnaies in die Rucksäcke und verließen das Zimmer.

In der *Briarwood Mall* setzten sich Chloe und ich in das Café, das Lucas und ich besuchten, als wir für mich neue Hosen gekauft hatten.

Bevor wir mit der Einkaufstour starten würden, wollten Chloe und ich uns ein Heißgetränk gönnen. Sie bestellte sich einen großen Soja Latte, ich einen Cappuccino mit fettarmer Milch.

»Ash, du machst mir Angst«, sagte Chloe grinsend und nippte an ihrem Glas. Sie kam aus dem Staunen nicht mehr heraus. Ich war selbst über mich verwundert, aber irgendwie hatte ich keinen Appetit auf ein anderes Getränk.

»Wollen wir ins Macy's gehen und nach ein paar hübschen Klamotten stöbern oder willst du in einen anderen Laden?«, fragte mich Chloe.

Bei der Frage machte es in meinem Kopf klick. Ich setzte eine verschwörerische Miene auf, neigte mich mit einem süffisanten Grinsen Chloe zu und raunte ihr ins Ohr: »Ich habe eine Bitte, die du mir nicht abschlagen darfst.«

Chloe schmunzelte, lehnte sich zurück und forschte in meinem Gesicht. »Du wirst mir immer unheimlicher, Ash.«

Ich zog den rechten Mundwinkel hoch und prostete ihr mit meiner Tasse zu. »Spiel einfach mit.«

Gezielt steuerten wir den Jeansladen an, in dem man mir keine Hosen verkaufen wollte.

Ich freute mich diebisch, als ich die Amanda Seyfried-Kopie erblickte. Sie stand mit dem Rücken zu uns und sortierte Hosen in ein Regal.

Ich war mir sicher, wenn diese arrogante Kuh Chloe sah, würde sie sich wie ein Geier auf sie stürzen. Ich wäre zwar nur das Anhängsel, dem man keine Beachtung schenken musste, aber auf dem Weg zum Laden hatte ich Chloe erzählt, wie mich das Weib abgekanzelt hatte.

Auch wenn Lucas meine Ehre gerettet hatte, war das Gefühl geblieben, meine offene Rechnung mit der Kuh zu begleichen. Für mein Ego war es wichtig, selbst die Initiative zu ergreifen und dieser Möchtegernkopie zu zeigen, dass man so abfällig mit mir nicht umzuspringen hatte.

Wir betraten den Laden und das Weib drehte sich mit einem aufgesetzten Lächeln um, als sie uns bemerkte. Ihre Augen schweiften über Chloes Körper, mich ignorierte sie. *Darauf hätte ich wetten können.*

»Hi, schön, dass du bei uns vorbeischaust«, säuselte sie gleich los und ging auf Chloe zu. Ich ließ die beiden stehen und schlenderte an den Regalen entlang. Ich musste zugeben, dass die Jeanshosen wunderschön waren. In diesem Moment wünschte ich mir, Chloes Figur zu haben, um solche schicken Klamotten tragen zu können. Lucas würde mich dann …

Stopp, stopp, stopp.

Ashley, höre mit deinen Liebesfantasien auf! Das ist ein Scheißladen mit Scheißklamotten und einer beschissenen Amanda Seyfried-Kopie!

Tief atmete ich durch, um mich auf das zu konzentrieren, warum wir hier hineingegangen waren.

Ich wandte mich Chloe und der Möchtegerntussi zu. Meine Freundin wurde gerade in einen Trog voller Schleim getaucht.

»Mit deiner Figur kannst du alles tragen. Wie ich dich beneide«, hörte ich die Kuh voller Ehrfurcht wispern. Seufzend stimmte ich zu. Was das Weib über Chloe sagte, entsprach der Wahrheit.

Meine Freundin konnte mit ihren Modelmaßen alles tragen. Selbst in einer überdimensionalen braunen Papiertüte wäre sie ein sexy Hingucker.

»Ach, Chloe, das sind doch alles hässliche Klamotten«, fing ich an zu lästern und steuerte auf die beiden zu.

»Hässliche Klamotten?« Die Amanda Seyfried-Kopie drehte sich zu mir um. Mit den Händen in die Hüften gestemmt funkelte sie mich an. Sie kniff die Augen zusammen und musterte mich schweigend. Dann konnte man erkennen, wie das Licht der Erkenntnis über ihrem Kopf aufflackerte. »Hey, dich kenn ich doch? Du warst das mit dem Typen damals im Café.«

»Yep.« Schau an. Sie erinnerte sich an Lucas und mich, aber hatte nicht mehr auf dem Schirm, wie sie mich hier fertiggemacht hatte.

»Meiner Freundin muss ich zustimmen. Die Klamotten wirken so … so …« Chloe suchte angestrengt nach Worten.

»Billig.« Ich grinste, denn die Kuh schnappte aufgebracht nach Luft. Ihre Gesichtsfarbe wandelte sich zu einem purpurnen Rot. »Billig, das kann doch nicht euer Ernst sein?«

Und ob.

»So billig wie du«, setzte ich noch als Sahnehäubchen auf meine Einschätzung drauf und lächelte die Kuh mit unschuldigem Gesichtsausdruck an.

Fahrig fuhr sich das Weib über die Stirn. Sie lachte hysterisch und wedelte mit der Hand zwischen uns. »Wenn ihr lediglich hergekommen seid, um mich zu beleidigen, statt euch unsere Jeansmodelle anzusehen, dann verschwindet oder ich rufe die Security!«

Sie presste die Lippen zusammen und blinzelte die Tränen weg, die sich in ihre Augen drängten.

Mich überkam der Wunsch, dass wir schnellstmöglich den Laden verlassen sollten.

Ich hatte meine Genugtuung. Egal, wie fies die Verkäuferin zu mir gewesen war, sie zum Weinen zu bringen, stand mir nicht im Sinn. Unsicher schaute ich zu Chloe, die mit einem seitlichen Nicken zum Ausgang deutete und mir damit zu verstehen gab, dass sie das Gleiche dachte.

War ich zu weit gegangen? Verflucht, ja. Ich war nicht besser, als die Leute, die mich früher verspottet hatten. Wollte ich so sein? Nein, niemals. Ich hatte mir Kaylee vorgenommen und nun die Amanda Seyfried-Kopie. Das sollte an Rache reichen.

»Komm, lass uns gehen!«, sagte ich zu Chloe, und sie folgte mir aus dem Laden.

»Die Verkäuferin war ziemlich schockiert.« Ich merkte an Chloes Stimme, dass sie sich in ihrer Haut unwohl fühlte.

»Meinst du, das war falsch, sie mit den Jeans und ihrem eigenen Outfit aufzuziehen?«

»Fühlst du dich denn besser?«

Wenn mich Chloe gefragt hätte, welche Gefühle es bei Kaylee gewesen waren, würde ich die Antwort bejahen können.

Die Bitch und ihre Freundinnen hatten ihren Spaß daran gehabt, mich zu verspotten.

Im Laden war mir aufgefallen, dass es keine einzige Hose in meiner Größe gab. Die Werte der Firma, die dort ihre Ware anbot, stimmten nicht. Die Verkäuferin hatte mich nicht persönlich gemeint, sondern sämtliche Frauen, die keine Modelmaße besaßen.

Obwohl ich mir auch eingestehen musste, dass Lucas mit seiner Meinung recht hatte, dass das Weib arrogant war, sich mir gegenüber abfällig verhalten hatte.

Unternehmenskultur hin oder her. Es gab für die Verkäuferin keinen Freibrief, fies zu den Kundinnen zu sein, die wie ich kräftig gebaut waren, so dachte ich.

Trotz dessen war die Situation im Laden anders als mit Kaylee vor der Cafeteria. Jetzt fühlte ich mich keineswegs besser, eher bedrückt, weil ich so gemein gewesen war.

Das war der Unterschied zu gestern, als Kaylee und ich aufeinandergetroffen waren. Sie hatte erneut das Bedürfnis gehabt, mich zu beleidigen.

Es war schon erstaunlich, dass es Leute gab, die Freude daran hatten, Schwächere zu mobben und zu drangsalieren. Vermutlich kämpften sie mit ihren eigenen versteckten Komplexen, die sie damit überspielten.

Ich erinnerte mich an Sam's Diner, wo Lucas Kaylee klargemacht hatte, dass er sie nicht wollte. Vermutlich litt sie darunter und hatte sich an mir abreagiert. Wobei das ein ziemlicher trauriger Umstand war, wenn sie es nur auf diese Weise schaffte, mit Ablehnung umzugehen.

»Wollen wir erst zur Unterwäscheabteilung oder zu den Oberteilen?«, riss mich Chloe aus meinen Gedanken.

Wir hatten das Macy's erreicht.

Ich rechnete im Kopf nach, wie viel Geld mir zur Verfügung stand. Für ein Set und ein Oberteil reichte es. Chloe hatte ich noch nicht verraten, dass ich mit Lucas verabredet war. Ich würde ihr später vom vereinbarten Date erzählen.

Während Chloe sich dunkelblaue Spitzendessous aussuchte, wählte ich mir einen schwarzen BH mit passender Pants. Ich trug keine auffällige Wäsche und würde es lieber weiterhin schlicht halten. »Ganz hübsch«, sagte Chloe schmunzelnd.

»Ich mag keine ausgefallene Wäsche«, verteidigte ich mich.

»Du könntest es ausprobieren, aber wenigstens kaufst du dir keine Monsterschlüpfer.«

Musste sie jetzt wirklich von meinen Bauchwegslips anfangen? Es reichte mir, dass mich Lucas mit einem der Teile erwischt hatte, dann noch das Horrorfilmdate mit Matthew … Nie wieder wollte ich diese hässlichen Schlüpfer tragen.

Chloe war schnell fündig geworden. Sie suchte sich zwei schwarze enge Jeans und einen roten Wollpulli aus.

Mir gefiel eine bedruckte weiße Langarmbluse mit V-Ausschnitt. Ich stieß ein Stoßgebet gen Himmel, dass sie nach Lucas' Geschmack wäre.

Chloes fragender Blick an der Kasse verriet, dass sie mich heute noch löchern würde, für welchen Anlass ich die Bluse gekauft hatte.

Wie immer nach einer Shoppingtour gingen wir zu unserem mexikanischen Stammimbiss. Die Burritos dort waren köstlich.

Beim Essen erzählte ich Chloe vom Date. Wir saßen auf einer Bank und streckten die vom vielen Umherlaufen schmerzenden Füße aus.

Wie erwartet, war Chloe ein bisschen besorgt. Aber weil sie merkte, dass ich mich auf das Date freute, sagte sie, dass sie mir die Daumen drückte, dass es ein schöner Abend werden würde.

30. Kapitel – Ashley

In Lucas' Nachricht stand, dass er um acht Uhr käme, um mich abzuholen. Ich hatte noch eine Stunde Zeit, mich anzuziehen und zurechtzumachen.

Glücklicherweise war ich die Woche mit der Arbeit und dem Studium derart eingespannt gewesen, dass die Zeit schnell vergangen war. Ich freute mich auf das heutige Date mit Lucas und war dermaßen aufgeregt, dass ich die letzten Tage keinen Heißhunger auf Süßkram hatte. Langsam fing ich an, mich in meiner Haut wohlzufühlen.

Das bedeutete jedoch keinesfalls, dass ich vorhatte, mir die Kilos runterzuhungern, sondern Lucas' Rat weiterhin zu beherzigen, meine Essgewohnheiten zu überdenken und mehr Sport zu treiben – zur Chloes Freude, die sich monatelang den Mund fusselig geredet hatte, ohne dass ihre Ermahnungen nennenswerte Erfolge erzielen konnten.

Am Mittwoch hatte ich mich einer Walkinggruppe angeschlossen, die sich regelmäßig morgens um sieben Uhr traf, um mit Bewegung und frischer Luft in den Tag zu starten. Damit schlug ich zwei Fliegen mit einer Klappe: Ich tat etwas für meine Gesundheit und ich knüpfte Kontakte.

Vor dem Unfall wäre es mir unmöglich gewesen, auf andere Leute zuzugehen. Jetzt merkte ich, dass meine Angst unbegründet war. Ich hatte mich an den Frauen und Männern orientiert, die kein Interesse an mir hatten. Dabei gab es genügend andere Studenten, die sich gern mit mir unterhielten und mich weder ablehnten, noch mit dummen Sprüchen ärgerten.

Egal, wie meine Chancen bei Lucas standen, aber wenn er nicht gewesen wäre, es diesen Unfall nicht gegeben hätte, wäre ich weiterhin in meinem Schneckenhaus gefangen.

Nachdem meine Haare perfekt gelockt waren, tauschte ich das Handtuch, das ich noch um den Körper geschlungen hatte, gegen meine neue schwarze Unterwäsche, die schwarze Jeans und die weiße bedruckte Bluse. Chloe wollte mich überzeugen, ihre High Heels anzuziehen, doch in den Mörderschuhen würde ich wie ein Storch stöckeln und überall zwischen den Pflastersteinen hängen bleiben. Da verließ ich mich auf meine bequemen Sneakers.

»Mann, Ash, du sahst noch nie so hübsch aus wie heute«, staunte Chloe und reichte mir ihr Kosmetiktäschchen, damit ich mich von ihrem Make-up bedienen konnte.

Schon zwanzig Minuten vor acht Uhr war ich fertig, schlüpfte in die Schuhe und griff nach der Handtasche.

»Willst du nicht lieber meine schwarze Clutch nehmen?«, bot mir Chloe an.

»Ist die Tasche nicht passend für das Date?« Schick war sie nicht, aber besser, als der Rucksack.

»Nein, sie ist langweilig«, meinte Chloe und kräuselte die Nase.

»Okay, überredet.«

Recht hatte sie, ihre Clutch war schon edel. Schnell nahm ich mein Handy, das Portemonnaie und das Päckchen Taschentücher aus der Tasche und verstaute die Sachen in die Clutch.

»Wann kommt Travis?«, fragte ich Chloe mit einem prüfenden Blick in den Spiegel.

Ich betrachtete meine Augenbrauen. Chloe hatte sie in Form gezupft, und sie hatten dadurch einen schönen Bogen. Aber die Prozedur war derart schmerzhaft gewesen, dass ich die ganze Zeit jammernd geflucht hatte. Ich war nicht so der masochistische Typ.

Es hatte mir schon gereicht, dass ich mich von Chloe hatte bequatschen lassen, mir sämtliche Härchen zu entfernen, die unter meinen Achseln, im Intimbereich und an den Beinen wucherten. Ich war so blöd gewesen und hatte dem ganzen Mist zugestimmt. Jetzt würde ich mich regelmäßig meiner Körperbehaarung widmen müssen, wenn ich zukünftig kein Orang-Utan mehr sein wollte.

Seufzend wand ich mich vom Spiegel ab. »Wann kommt denn nun Travis?«, hakte ich nach.

»Weiß nicht.« Chloe hob die Schultern. »Er hilft einem Freund beim Umzug und wird mich erst am späten Abend abholen.« Chloe hielt den Kopf schräg und grinste mich an. »Du möchtest sichergehen, dass das Zimmer über Nacht leer bleibt, falls du hier mit Lucas rummachen willst. Ich kann dich beruhigen, ihr hättet das Zimmer für euch.«

»Aha, sozusagen sturmfrei. Und du glaubst, ich mache mit Lucas rum? Nein, deshalb hatte ich nicht gefragt.« *Oder doch?* Ich konnte mir ein nervöses Kichern nicht verkneifen.

»Du hast daran gedacht?« Chloe schüttelte grinsend den Kopf.

Ich reagierte achselzuckend. »Er hat sein eigenes Apartment.«

»Na dann.« Chloe schnalzte mit der Zunge und wackelte mit den Augenbrauen, dabei wüsste ich nicht, wie ich mich verhalten würde, wenn Lucas und ich uns näherkämen.

Noch nie hatte mich ein Mann mit Zunge geküsst, und außerdem war ich noch Jungfrau. Mir fehlte jegliche Erfahrung, um zu wissen, wie man sich im Bett verhielt. Weswegen ich mir unsicher war, ob für mich Rummachen mit Lucas in Betracht käme, falls er das vorhatte. Er würde sofort merken, dass ich ein völlig unbeschriebenes Blatt war.

Obwohl ich zugeben musste, dass ich mir das mit ihm ziemlich heiß vorstellte. Lucas mit seinen Erfahrungen war bestimmt großartig im Bett. Und sein Pe… *Himmel und Hölle, denke ich echt an seinen Penis?*

Tut mir schrecklich leid, Mom, dass ich scharf auf den Kerl bin, entschuldigte ich mich still. Na ja, wenn ich ehrlich zu mir war … Es tat mir nicht wirklich leid, nicht ein Deut. Ich stand auf diesen Mann.

Seit dem Kuss, den ich Lucas heimlich auf den Mund gedrückt hatte, war ich mir keineswegs mehr sicher, ob ich meine Unschuld noch lange behalten wollte. Immerhin war ich eine Frau, die sexuelle Bedürfnisse hatte.

Langsam verstand ich meine Nachbarin Evelin Walker. Ob das auch mit dem Unfall zusammenhing, dass sich meine Sicht auf viele Dinge geändert hatte, weil ich keine Ängste mehr in mir trug?

Ich fragte mich jetzt tatsächlich, wieso man auf Sex bis zum Eheversprechen warten müsste? Das war doch absoluter Blödsinn und es gab genug Verhütungsmöglichkeiten. Gerissene Kondome hin oder her. Die Geschichte mit Evelin war ein Gerücht, das engstirnige Provinzler in Gladwin verbreitet hatten und bedeutete nicht, dass das ständig passierte, geschweige, der Wahrheit entsprach.

»Hier, Ash.« Chloe trat an den Schrank, wühlte in einem ihrer Fächer und reichte mir ein Päckchen. »Geh auf Nummer sicher.«

»Du gibst mir ein Kondom?« Ich griff danach und holte aus der Clutch mein Portemonnaie. Mein Blick wanderte ungläubig zu Chloe, bevor ich es hineinsteckte.

»Verliebte Frauen machen manchmal Sachen, ohne nachzudenken. Falls es dazu kommt, möchte ich, dass du vorbereitet bist. Die Kerle denken selten daran.«

»Aber ich werde das nicht tun.«

Chloe hob die Hand, dass ich ruhig sein sollte. »Wenn du mich fragst, warte ab, ob *du* das wirklich willst. Ich würde es dir abraten, jetzt schon mit ihm zu schlafen. Du kennst Lucas nicht und hast keine Garantie, dass er dich danach nicht doch wie eine heiße Kartoffel fallen lässt. Er hat dahingehend keinen besonders guten Ruf. Denke nur an Kaylee, die ihm wie eine Liebeskranke nachsteigt.«

Ich nickte. Jeder wusste, wie verknallt sie in ihn war. Und keiner verstand sie so gut wie ich. »Ich habe dir doch erzählt, dass das Date das Ergebnis einer Filmwette war. Aus reinem Spaß ist es entstanden.«

Chloe schloss den Schrank und kam auf mich zu. Sie umarmte mich und neigte ihren Mund an mein Ohr. »Wenn er im tiefsten Inneren keine Gefühle für dich hegen würde, hätte er das Date abgeblasen. Sei trotzdem vorsichtig.« Sie schob mich ein Stück von sich und blickte mich mit ernstem Gesichtsausdruck an. »Es würde mir wie dir wehtun, wenn er deine Gefühle verletzt.«

Ich seufzte. »Das weiß ich und ich hoffe, dass er das nicht tut.«

Meine Anspannung stieg von Minute zu Minute. Ich schaffte es kaum, auf dem Stuhl ruhig zu sitzen. Chloe lag auf dem Bett und versuchte, mich irgendwie abzulenken. Sie redete über dies und das, doch ich hörte kaum zu. Meine Nervosität war mittlerweile so groß, dass meine Handflächen ganz schwitzig waren. Ich rieb sie an der Jeans ab und kaute nervös auf der Unterlippe. Kein Wunder, es nervte mich, sinnlos herumzusitzen und keine Vorstellung zu haben, wie ich mich ablenken könnte.

Der einzige Gedanke, der mich beherrschte, war, wann Lucas endlich käme.

Als ich ein Klopfen an der Tür hörte und Lucas' Stimme, sprang ich auf und rief ihm zu, dass er hereinkommen sollte. Die Klinke wurde gedrückt und die Tür öffnete sich.

Wow. Mir blieb die Spucke weg. Lucas sah zum Niederknien aus. Ein Duft, den ich an ihm nicht kannte, umhüllte ihn, seine Haare hatte er mit ein bisschen Wachs verwuschelt.

»Hi Ash«, sagte er mit einem kleinen Lächeln. Lucas musterte mich von Kopf bis Fuß. Als er auf meine Schuhe guckte, grinste er, dann wandte er seinen Blick Chloe zu.

Ich zeigte zu ihr, um sie Lucas vorzustellen. »Das ist meine Freundin und Mitbewohnerin Chloe.«

Sie winkte Lucas vom Bett aus zu und grüßte ihn.

Um ihn nicht länger anzustarren, schnappte ich meine Jacke und die Clutch. »Wollen wir los?«

Lucas deutete mit der Hand zum Gang und ließ mir den Vortritt. »Nichts lieber als das.«

»Viel Spaß!«, rief uns Chloe hinterher. Bevor ich die Tür schloss, nickte ich ihr zu. »Danke, dir auch, grüß Travis.«

Still gingen Lucas und ich über den Gang. Ich überlegte, worüber ich ein Gespräch anfangen könnte. Andererseits fragte ich mich, warum ich mir darüber den Kopf zerbrechen sollte? Unser Date hatte gerade erst angefangen. Spätestens im Auto würden uns genügend Themen einfallen, über die wir uns austauschen könnten.

31. Kapitel – Lucas

Nachdem ich die Reservierung im Steakhouse klargemacht hatte, war ich duschen gegangen. Ich hatte mir darüber Gedanken gemacht, was ich anziehen sollte. Hatte ich ein Date oder würde ich einen netten Abend mit einer Freundin verbringen?

Wenn ich der Ameisenarmee in meinem Bauch glauben sollte, fühlte es sich wie ein richtiges Date an. Scheiße, ich war noch nie so aufgeregt, wenn ich mich mit einer Frau traf.

In meinem Schrank suchte ich nach den richtigen Klamotten. Nicht zu overdressed, aber auch nicht das Gegenteil. Also entschied ich mich für eine anthrazitfarbene Jeans mit einem weißen T-Shirt und meinem grauen Lieblingshoodie. Ich verzichtete heute auf Turnschuhe und stieg in schwarze Boots.

Bevor ich mein Zimmer verließ, rieb ich mir ein paar Tropfen Parfüm an den Hals, das ich nur zu besonderen Anlässen benutzte.

Auf dem Weg zu Ashley fragte ich mich, ob sie sich genauso auf mich freute wie ich mich auf sie.

Ich musste zugeben, dass ich sie die vergangenen Tage vermisst hatte. Wir sahen uns zwar während der Kurse, aber immer, wenn ich die Chance wahrnehmen wollte, um hinterher ein paar Worte mit ihr zu wechseln, war sie verschwunden. Selbst beim Training hatte ich sie nicht gesehen, obwohl man ihre Anwesenheit spürte. Bob Miller hatte mich deswegen am Donnerstag nach dem Training beiseitegenommen und gesagt, ich hätte ihm keine bessere Unterstützung als Ashley empfehlen können. Sie wäre fleißig und gewissenhaft, dachte mit und hatte einen großen Anteil daran, dass das Stadion so sauber und gepflegt war.

Seine Worte erfüllten mich mit Stolz und meine Gefühle für Ashley nahmen weiter zu. Wieso hatte ich sie in den vergangenen Monaten nie bemerkt? Ich fand sie hübsch, witzig und klug. Keine Frau strahlte so viel Wärme aus wie sie. Fast sollte ich es als Glücksfall auffassen, dass es anscheinend noch keinem anderen Mann auffiel, was für eine wunderbare Frau sie war. Ich musste mir eingestehen, Ashley hatte mir gewaltig den Kopf verdreht.

Ich war fünf Minuten zu spät, als ich mich vom Fahrersitz schwang und ausstieg. Die ganze Zeit hing sie in meinem Kopf und ich hatte die Zeit vertrödelt.

Vor ihrem Zimmer atmete ich noch einmal tief durch. *Locker bleiben, Hanson*, mahnte ich mich, bevor ich klopfte und darauf wartete, dass sie mich hineinließ.

Wessen Gesicht glühte mehr, Ashleys oder meins? Ich hatte keine Ahnung, offensichtlich waren wir beide aufgeregt. Ich schluckte schwer, als wir uns gegenüberstanden. *Mann, Ash, du bist so verführerisch und sexy.* Mein Herz hämmerte bis zum Hals. Allein die Haare, diese rote Fülle. Ashley sah in der schwarzen Jeans mit der weißen Bluse verdammt schick aus. Beim Blick auf ihre Schuhe konnte ich mir ein Grinsen nicht verkneifen. Sie trug Sneakers, die Wahl passte zu ihr. Logisch. Bei ihrem Talent, würde sie über ihre eigenen Füße stürzen, wenn sie auf hohen Absätzen unterwegs wäre.

Ashley zeigte auf ihre Freundin, stellte sie mir vor. Kurz danach verließen wir das Zimmer. Ich war froh, dass wir gleich losgegangen waren. Ich wollte endlich mit Ashley allein sein und kein Smalltalk mit ihrer Freundin führen.

Auf dem Weg zum Auto dachte ich darüber nach, ob das Steakhouse das richtige Restaurant für den Abend wäre. Hatte ich den falschen Laden ausgewählt? Ashley sah wie eine Frau aus, die man in ein edles Restaurant ausführen sollte.

Ich hatte an ein leckeres Steak für mich gedacht, ohne darüber nachzudenken, ob sie das überhaupt essen wollte.

Verdammt, was mache ich, wenn sie lieber Pasta, indisches Curry oder anderes asiatisches Zeug will?

Ich öffnete ihr die Tür und hielt ihr galant die Hand hin, um ihr beim Einsteigen zu helfen.

Als ich hinter dem Lenkrad saß, sah ich Ashley an und lächelte. »Ich habe einen Tisch reserviert.«

Ashleys Augen leuchteten auf. »Wirklich? Welches Restaurant hast du ausgewählt? Ich dachte, ich hätte die Aufgabe, mir etwas auszudenken.«

»Welches Restaurant wäre nach deinem Geschmack?«, fragte ich vorsichtig und überlegte, wenn sie mit Steaks gar nichts anfangen könnte, fahren wir dorthin, wo es ihr gefallen würde.

»Ich hätte einen Italiener genommen, weil ich Pasta mag.«

Scheiße, ich wusste es, falscher Laden. Ich umklammerte fest das Lenkrad, schloss einen Augenblick die Augen, um mir nicht anmerken zu lassen, dass ich mich ärgerte. Ich hätte so einen beschissenen Edelschuppen nehmen sollen.

Sie grinste und stieß mir spielerisch ihre kleine Faust in den Oberarm. »Aber mit einem Footballspieler gehe ich lieber in ein Steakhouse.«

Sie hätte ein Steakhouse gewählt. Die erste Frau, mit der ich ausging, die mit mir ein anständiges Stück Fleisch essen wollte. Wenn das kein Schicksal war, dass wir uns kennengelernt hatten.

»Also du magst Fleisch, schön blutig?«, neckte ich sie, weil sie ein bezauberndes Lachen hatte, das ich zu gern hörte.

»Nein, ich esse es durchgebraten.« Und wie erhofft, wedelte sie lachend mit der Hand vor dem Gesicht und ich würde sie am liebsten an mich ziehen und küssen.

In meiner Hose meldete sich mein Schwanz und drückte auffordernd gegen den Reißverschluss. Ich bemühte mich, ein Stöhnen zu unterdrücken, weil sich der Wunsch in meinem Hirn festsetzte, mit Ashley zu schlafen. Und verdammt, ich dachte nicht ans Vögeln, nein, ich wollte sie verwöhnen, mit ihr Liebe machen. Diese Frau war mehr für mich als ein einfacher Fick.

O Mann, wohin wird uns dieses Date führen?

32. Kapitel – Ashley

Lucas trank ein Schluck Wasser, stellte das Glas ab und sah mich fragend an. »Erzähl mal, Ash, wie kommst du mit Bob Miller klar?«

Ich legte das Besteck am Tellerrand ab, wischte mir mit der Serviette über den Mund. Während ich angestrengt den Bissen Rindfleisch kaute, hob ich den Daumen. »Super.«

Dann nahm ich das Messer und die Gabel wieder in die Hand, um das Fleisch zu genießen. Das Tomahawk Ribeye schmeckte fantastisch.

Lucas hatte sich für ein T-Bone von imposanter Größe entschieden. Das Steak hatte 800 Gramm gewogen. Ich war verblüfft, wie Lucas so ein mächtiges Stück Fleisch vertilgen konnte.

Statt Salat hatten wir uns für die Ofenkartoffel mit Sour Cream entschieden. Wir fanden den Umstand witzig, dass wir beide kein Grünzeug mochten. Lucas hatte gemeint, dass er Salat nur aß, weil er die Vitamine für seinen Körper benötigte. Zumindest gab es für das gute Gewissen als zweite Beilage Grilltomaten.

»Und gefällt dir der Job im Stadion?«, erkundigte er sich weiter.

»Er macht mir Spaß und wenn ich könnte, würde ich mehr Stunden arbeiten. Mr. Miller hatte gefragt, ob ich ab und zu als Maskottchen einspringen würde. Da verdient man gut.«

»Du willst in dem Teddykostüm herumlaufen und Leute bespaßen? Wieso das denn?«

»Ich brauche das Geld für ein Auto, dann könnte ich öfters meine Familie besuchen.«

»Deine Eltern sind wirklich streng. Ich bewundere aber, wie du klaglos damit umgehst, obwohl du jeden Cent umdrehen musst. Andere würden jammern, du dagegen suchst nach Lösungen.« Lucas verzog anerkennend den Mund.

Ich winkte ab und schob mir das letzte Stück Fleisch in den Mund. Von dem Essen könnte ich ewig schwärmen. Ich verstand, warum Lucas das Steakhouse zu seinem Lieblingsrestaurant erkoren hatte. Das Fleisch war von guter Qualität, soweit ich das beurteilen konnte, und wurde mit frischen Kräutern zubereitet. Ich hatte das schon gerochen, als wir den Laden betreten hatten. Hierher zu gehen, sollte ich Travis und Chloe vorschlagen. Wobei ich heimlich hoffte, Lucas würde mich fragen, ob ich Lust hätte, mit ihm gemeinsam noch einmal das Steakhouse zu besuchen. Na ja, ich würde mit ihm auch zu McDonald's gehen. Selbst zu einer Hotdogbude würde ich nicht Nein sagen.

Die Zeit verging viel zu schnell. Wir hatten uns über Lucas' Träume unterhalten. Ich kannte niemanden, der so fokussiert seine Ziele verfolgte wie er. Ich traute ihm zu, nach dem Studium erfolgreich in der NFL zu spielen. Er erzählte, dass es schon die ersten Angebote gab, doch Pete Moore, Lucas' Quarterback-Coach, wollte diese erst einmal genaustens unter die Lupe nehmen. Er war der Mann, dem Lucas offensichtlich am meisten vertraute.

Später würde ein Manager notwendig sein, der sich mit solchen Dingen befasste.

Nach dem Dessert – wir schafften beide den Cheesecake kaum zur Hälfte –, brachte die Kellnerin die Rechnung.

Ich hatte vor, mein Essen allein zu bezahlen, weil ich Lucas mehr oder weniger zum Date genötigt hatte, und wollte mein Portemonnaie aus der Clutch ziehen.

Doch Lucas zog eine Augenbraue hoch und schmunzelte kopfschüttelnd. »Ich mag emanzipierte Frauen, aber wenn ich mit einer ausgehe, bin ich der eher konservative Typ.«

»Wenn das so ist, dann danke ich dir für die Einladung. Das Steak war lecker«, sagte ich lächelnd.

»Ich habe zu danken, es ist schön, mit dir zusammen zu sein«, gab Lucas zurück, und mein Herz jubelte.

Nachdem wir das Steakhouse verlassen hatten, standen wir einen Augenblick schweigend nebeneinander und grinsten uns irgendwie unsicher an.

Da der Abend von den Temperaturen angenehm war, schlug ich vor, noch ein bisschen spazieren zu gehen. Im Geheimen hoffte ich, dass Lucas nicht vorhatte, mich jetzt schon ins Wohnheim zurückzubringen.

Es war kurz vor zehn Uhr und Lucas hatte mir auf dem Weg nach draußen gesagt, dass das nächste Footballspiel erst für Sonntag angesetzt wäre.

Könnte es möglich sein, dass er noch Zeit mit mir verbringen wollte? Die Chance musste ich nutzen, damit der Abend nicht so schnell endete.

Lucas nahm meine Hand, umschloss meine Finger und schaute zu mir herunter. Ich lächelte zu ihm hoch und stellte überraschend fest, wie Lucas' Augen zu glänzen anfingen, seine Wangen sich rosa färbten. Sein Gesichtsausdruck verriet, dass er sich mit mir wohlfühlte.

»Und, Ashley White, ist es der Deal wert, auf Jude Laws heulendes Gesicht zu verzichten?«, scherzte Lucas und drückte meine Hand.

»War es der Deal wert, den Film mit Cameron Diaz nicht anzusehen, Lucas Hanson?«, warf ich den Ball zurück.

Einen Moment schwieg er. Dann blieb er plötzlich stehen.

Lucas griff nach meiner anderen Hand und zog mich zu sich heran. »Ja, das war er, jede einzelne Sekunde«, sagte er mit rauer Stimme und ließ mich los, um mit seinen Händen mein Gesicht zu umfassen. Unsere Blicke trafen sich. Lucas' Pupillen waren geweitet, seine Augen schweiften zu meinem Mund.

Wir atmeten beide schwer, als Lucas sich zu mir neigte, seine Lippen meine berührten. Ich hatte keine Ahnung, was ich tun oder lassen sollte. Wie von selbst öffnete sich mein Mund. Ich empfing Lucas' Zunge, die zärtlich meine umspielte und streichelte.

Meine Hände wanderten zu seinen Hüften, mein Verstand war auf einmal ausgeschaltet. Ich reagierte nur noch nach Gefühl, folgte den langsamen Bewegungen seiner Zunge. Kein Mann hatte mich vorher so geküsst, und dieser Zungenkuss war viel schöner, als ich ihn mir in meinen Träumen hätte vorstellen können. Sanft. Sinnlich. Ich küsste den richtige Mann im perfekten Moment.

Lucas ließ mein Gesicht los, umschlang meinen Rücken und presste mich an sich, während wir über den Weg stolperten, bis er meinen Körper gegen die Hauswand drückte.

Einen Augenblick ließ er von meinen Lippen ab. »Ich will dich, Ashley, ich will dich so sehr«, stöhnte Lucas, bevor seine Zunge sich wieder zielsicher zwischen meine Lippen schob und er mich weiter küsste, immer feuchter und intensiver, dass mir heißer und heißer wurde.

Nässe bildete sich zwischen meinen Beinen, als Lucas mit seinem Mund an meinen Hals zu saugen begann, mit der Zungenspitze die zarte Haut unter meinem Ohr liebkoste. In meinem Unterleib spürte ich ein kribbelndes Verlangen, dass ich anfing, mich an ihm zu reiben.

Auch Lucas ließ der Kuss nicht kalt, wie ich es an der harten Beule in seiner Jeans erkannte. Es war das erste Mal, dass ich mich so zügellos benahm, und es war mir nicht peinlich.

Ich begehrte Lucas, und dass er mich ebenso wollte, verschaffte mir ein Glücksgefühl.

Doch war ich jetzt schon bereit, mit ihm zu schlafen? Chloes Worte drängten sich in meinen Kopf, dass es besser wäre, wenn ich warten würde.

Lucas' Stöhnen riss mich aus meinen Gedanken.

»Honey, wir müssen aufhören, sonst komme ich in meiner Jeans«, keuchte er an meinem Mund, nachdem er sich von meinen Lippen losgerissen hatte.

Er trat einen Schritt zurück, hob mein Kinn und sah mir tief in die Augen. Sein liebevoller Blick versetzte meine Hormone in Aufruhr.

»Möchtest du heute Nacht bei mir schlafen?« Seine Frage klang so schüchtern, dass ein Lächeln über mein Gesicht huschte.

Und ob ich das will, würde ich ihm am liebsten antworten.

Aber was erwartete Lucas von mir? Wäre ich für ihn eine Enttäuschung, weil ich erst lernen müsste, einen Mann glücklich zu machen? Würde er verstehen, dass ich dafür noch nicht bereit war?

»Hey, worüber zerbrichst du dir den Kopf?« Lucas hatte bemerkt, dass ich mit mir rang. Zart strich er mit dem Zeigefinger über meine Unterlippe. »Bitte, Ash, lass mich heute Nacht nicht allein. Ich möchte dich in den Armen halten, dich einfach nur bei mir haben. Ich werde nichts von dir verlangen, was du nicht selbst willst.«

Langsam nickte ich, doch meine Gedanken überschlugen sich. *Ich muss ehrlich zu ihm sein, auch wenn er mich danach ins Wohnheim zurückbringt. Vielleicht wartet er heute oder eine Woche. Bestimmt erwartet er bald mehr.*

Ich holte tief Luft, bevor ich meinen ganzen Mut zusammennahm und ihm sagte: »Lucas, ich habe noch nie mit einem Mann geschlafen.«

Statt schockiert zurückzuweichen, reagierte er achselzuckend. »Ja, und?«

Wollte er mich nicht verstehen?

»Lucas, ich bin Jungfrau.«

»Ja, und?«, wiederholte er unbeeindruckt. Lächelnd zog er mich in seine Arme, drückte mir einen Kuss auf die Stirn und flüsterte. »Ach, Honey, ich weiß, dass du Jungfrau bist und ich merke dir an, dass du keinerlei Erfahrungen mit Männern hast, aber das ist mir egal.«

»Küsse ich so schlecht?«, platzte es aus mir heraus. »Willst du mir das sagen?« *Dir mit mir einen Spaß machen, mich am Ende doch nur verletzen?* Mit aufgerissenen Augen versuche ich, Lucas von mir zu stoßen. Bei einem Quarterback ein sinnloses Unterfangen. Er presste mich noch enger an sich und drückte mir sein Unterleib gegen den Bauch. »Meinst du, ich wäre so hart, wenn du schlecht küssen würdest?« Lucas legte den Kopf in den Nacken und lachte. Schließlich senkte er den Blick und sah mich einen Moment still an.

»Du warst ziemlich schüchtern, als wir uns näher kennenlernten, daran erkannte ich, dass du unerfahren bist. Dagegen deine Küsse, erst vorsichtig, behutsam und dann … Wow«

Lucas verdrehte seufzend die Augen. »Honey, du hast keine Ahnung, wie verrückt mich deine Zunge macht.«

Ich wollte ihm widersprechen. Ich konnte gut küssen? Aber bevor der erste Ton von meinen Lippen kam, brachte mich sein Mund zum Schweigen.

Als er von mir abließ, gab es kein Argument mehr, was gegen seine Bitte sprach und wir gingen engumschlungen zu Lucas' Auto zurück.

Während der Fahrt zu seinem Apartment gestand ich ihm meinen heimlichen Kuss. Lucas verriet mir, dass er mich in jener Nacht in den Arm genommen hatte und dabei eingeschlafen war. Wir schienen beide gespürt zu haben, dass unser Unterbewusstsein wusste, dass wir etwas füreinander empfanden – ich sowieso.

Nach unseren Geständnissen saßen wir schweigend nebeneinander. Lucas streichelte meinen Oberschenkel und warf mir liebevolle Blicke zu.

Vor seinem Haus angekommen, parkte er den Wagen, stellte den Motor ab und zog den Schlüssel aus dem Zündschloss.

Die Hände im Schoß knetend, lächelte ich unsicher.

»Zweifelst du an deiner Entscheidung, bei mir zu übernachten?« Lucas sah mir direkt ins Gesicht. »Ich fahre dich ins Wohnheim, wenn du das wünschst. Zwischen uns würde sich nichts ändern. Ich mag dich Ashley, sehr sogar.«

»Nein, ich bin nur etwas nervös.« Entschlossen schüttelte ich den Kopf.

»Vertraust du mir, Honey?«

»Natürlich«, versicherte ich ihm.

Er beugt sich dicht zu mir. »Wenn du mir vertraust, dann sag ab jetzt Luc zu mir, immerhin habe ich es dir schon angeboten, okay?«

Ich nickte und dachte an seine erste Nachricht, die er mir per Handy geschickt hatte. »Okay, Luc.«

»War doch gar nicht so schwer«, meinte er, drückte mir einen schnellen Kuss auf den Mund, dann stiegen wir aus.

»Ist Dylan im Apartment?«, erkundigte ich mich. Der Gedanke, er wäre in der Wohnung und würde mitbekommen, dass ich bei Lucas übernachtete, war mir unangenehm.

»Nein, er kommt erst Samstagmittag von einem Festival zurück, wir sind bis mittags allein. Zwölf Uhr haben wir ein kurzes Training und eine Teambesprechung.«

Erleichtert atmete ich auf. Lucas lächelte, als könnte er in meinen Kopf schauen. »Wenn Dylan hier wäre, hätte ich dich überzeugt, dass wir bei dir schlafen.«

»Das wäre ziemlich unbequem.«

»Natürlich wäre es das für dich, weil du auf dem harten Boden geschlafen hättest und ich in deinem winzigen Bett«, parierte er in scherzhaftem Ton, und ich kniff ihm verspielt in die Hüfte.

33. Kapitel – Ashley

Lucas war zuerst im Bad, um seine Zähne zu putzen. Nachdem er zurück war, legte er mir ein frisches T-Shirt, ein blaues Handtuch und eine in Zellophanpapier verpackte Zahnbürste aufs Bett.

»Heute machst du meine Übernachtung ganz offiziell? Ich komme mir wie beim Einchecken in einem Hotel vor«, neckte ich ihn. Als ich vergangene Woche bei ihm geschlafen hatte, wurde mir von ihm lediglich gesagt, dass ich mir ein Handtuch im Badezimmer nehmen könnte.

»Ich gehe davon aus, dass du zukünftig öfters bei mir schläfst und dann ist es besser, du hast alles hier, was du brauchst.«

»Ich dachte, Frauen übernachten nicht bei dir?« Immerhin hatte er mir das erzählt und nun verbrachte ich das zweite Mal die Nacht mit ihm. Ich nahm die Zahnbürste in die Hand und schwenkte sie durch die Luft.

Lucas rieb sich den Nacken, fast wirkte er verlegen, als er mich angrinste. »Es war schön, mit dir in einem Bett zu schlafen, und ich hatte dich die Woche vermisst.«

»Lucas, ich kann das kaum glauben«, sagte ich, nahm die Sachen vom Bett, um mich fertigzumachen.

»Luc heiße ich für dich, gewöhne es dir schnellstmöglich an«, rief er mir hinterher.

Da wir das Apartment für uns allein hatten, ließ ich die Tür offen. Unbekümmert schlenderte ich über den Flur und verschwand ins Bad.

Als ich ins Zimmer zurückkam, hatte Lucas den Fernseher eingeschaltet und sich bereits ausgezogen. Er saß mit dem Rücken gegen das Kopfteil gelehnt und zappte durch die Programme.

Mir wurde der Mund trocken, bei so vielen Muskeln. Beim Zusammenlegen meiner Klamotten schielte ich aus dem Augenwinkel zu ihm.

Ich durfte Lucas' durchtrainierten Körper schon einmal bewundern, als er mir nach dem Unfall sein T-Shirt unter den Kopf legen wollte. Da hatte ich schon mit mir zu kämpfen gehabt, weil ich bei seinem Anblick schmutzige Gedanken bekam. Hatte er echt vor, mir das diese Nacht wieder anzutun?

Mal ehrlich, wie sollte ich mich unter Kontrolle behalten, während er fast nackt neben mir im Bett lag? Nur mit dem Fetzen Stoff bekleidet, den man Boxershorts nannte? Wie sollte ich es schaffen, die nächsten Stunden meine Finger von ihm zu lassen?

Oder hatte er den Plan geschmiedet, mir den Mund wässrig zu machen?

»Wieso bist du nackt?«

»Nackt?«, fragte Lucas verwundert und sah an sich herunter. »Ich trage meine Boxershorts.«

»Ja, wieso kein T-Shirt?«

»Weil mir warm ist.« Lucas' Stimme klang belustigt. »Hast du mal wieder ein Problem damit, soll ich mir etwas überziehen?« Er spielte offensichtlich auf meine Reaktion nach dem Unfall an.

Ja, verstecke deinen sexy Körper ganz schnell unter einem riesengroßen T-Shirt, rief meine innere Stimme. »Nein, wenn dir warm ist, mich stört's nicht.«

Mein Gott, das konnte doch nicht wahr sein? Hatte ich gerade zu Lucas gesagt, er bräuchte sich kein T-Shirt überziehen? Da hatte wohl das Lustzentrum in meinem Hirn die Antwort geschickt.

»Wenn ich die Wahl hätte, würde ich es vorziehen, du schläfst nur in BH und Slip«, witzelte Lucas, obwohl sein Blick, mit dem er mich betrachtete, verriet, dass er seine Worte so meinte, wie er sagte.

Mit seinem T-Shirt und Pants bekleidet, kletterte ich lachend zu ihm aufs Bett. »Träum weiter.«

Während ich mich in die Decke einhüllte, suchte Lucas nach einer Serie für uns. »Hast du einen bestimmten Wunsch, was du gucken willst?«

»Nein, schau, worauf du Lust hast.«

»Wenn es nach mir ginge, könnten wir den Fernseher ausschalten.«

»Bist du müde?«

Lucas schüttelte den Kopf. »Nein«, sagte er und rutschte dicht zu mir heran. »Aber du fesselst mich mehr als der beste Blockbuster.«

»Findest du?« Lucas' Worte verstärkten die Gefühle zwischen meinen Beinen. Das Kribbeln wurde heftig und ich presste die Oberschenkel zusammen, um es zu unterdrücken. Lucas machte mich mit seinen Worten wuschig.

»Ehrlich, Ash, es bleibt mir ein Rätsel, warum du bis jetzt keinem Mann aufgefallen bist.«

»Du hast mich auch nicht gesehen«, kontere ich.

»Deshalb bin ich froh, dass mir keiner zuvorgekommen ist.« Lucas sah mich mit einem intensiven Blick an. »Als ich sagte, ich will dich, meinte ich es so.«

Er griff nach der Decke, und ohne zu widersprechen, ließ ich es zu, dass er sie beiseiteschob. »Ich habe dir versprochen, dass du entscheidest, was heute Nacht passiert, aber darf ich dir wenigstens das T-Shirt ausziehen?«

»Und was hast du dann vor?«

»Ich will jede Sommersprosse von dir küssen, deine Brüste kneten, dich mit meinen Fingern zum Stöhnen bringen.« Kopfschüttelnd presste er einen Augenblick die Lippen zusammen. »Fuck, Honey, aber vor allem geht es mir darum, dass du mich so sehr willst, wie ich dich.«

Obwohl er mir schon gesagt hatte, dass er mehr wollte, war es für mich komisch, das zu hören. Trotzdem erregten mich seine Worte.

Lucas richtete sich auf. »Stoppe mich, wenn ich zu weit gehe, ja?«

Ich nickte, denn Lust und Aufregung kämpften in meiner Brust, als ich mich aufsetzte und die Arme hob, damit Lucas mir das T-Shirt über den Kopf ziehen konnte. Ich merkte, wie mein Gesicht vor Verlegenheit zu glühen anfing. Noch nie hatte ein Mann meine Brüste gesehen. Und weil sie im Vergleich zu anderen Frauen groß waren, schämte ich mich für sie und schlang die Arme um den Brustkorb.

»Nein, Ash, verstecke deine Brüste nicht«, flüsterte Lucas, griff nach meinen Handgelenken und zog meine Arme auseinander. Er drückte mich auf die Matratze, bis ich ausgestreckt vor ihm lag. Schweigend kniete er sich neben mich und betrachtete meinen Körper. Ich schloss die Augen, weil die Situation mich nervös machte.

Er hakte seine Finger in den Bund meiner Pants und wartete. »Okay«, krächzte ich. Lucas brauchte nicht fragen, ob er sie herunterziehen dürfte. Wenn ich schon fast nackt vor ihm lag, sollte er alles von mir sehen.

Vielleicht besann er sich, dass ich doch nicht die war, mit der er Sex haben wollte. Wenn es so wäre, würde ich jetzt noch stark genug sein, die Abweisung zu verkraften, bevor ich mich gänzlich an ihm verlor.

Ich hob die Hüften und Lucas zog mir den Stoff von den Beinen. Dann spürte ich, wie die Matratze sich bewegte.

Ich öffnete die Augen und schaute zu ihm.

Lucas lag auf einem Arm abgestützt neben mir.

»Du bist wunderschön. Deine Haut ist ganz weich und glatt«, flüsterte er, während seine Fingerspitzen vom Schlüsselbein zu meinen Brüsten wanderten. Ich biss mir auf die Unterlippe, krallte die Finger in das Laken, so schön und erregend fühlten sich seine Berührungen an.

Sanft massierte er erst die linke, dann die rechte Brust, zupfte an den Nippeln, bis sie hart wurden. Seine Hand streichelte meinen Bauch, um dann mit den Fingern zwischen meine Beine zu fahren. Ich japste nach Luft, schloss schnell wieder die Augen. Meine Anspannung stieg.

Lucas' Berührungen erregten mich dermaßen, dass ich ein leises Stöhnen nicht unterdrücken konnte. Als er über meine Klit rieb, bog ich seufzend den Rücken durch und drängte meine Hüften gegen seine Hand.

»O Gott«, hauchte ich, um im nächsten Moment keuchend die Augen noch fester zusammenzukneifen.

Ich wimmerte lustvoll, genoss Lucas' Lippen, die über meinen Körper glitten und sanfte Küsse verteilten. Die Gefühle, die ich erlebte, waren unbeschreiblich.

Gab es etwas Schöneres, als auf diese Weise berührt zu werden? Ich hatte gar keine Ahnung, wie wunderbar Sex war. Wie fantastisch musste es erst sein, mit dem Menschen, den man liebte, zu schlafen? Langsam bekam ich eine vage Vorstellung davon.

»Wie fühlt es sich an, was ich mit dir mache?«, wollte Lucas wissen.

»Es ist so … Oh …« Ich bekam keinen klaren Gedanken aus meinem Mund, weil plötzlich zwei Finger in mich eindrangen.

Ich konnte mich nicht wehren, öffnete meine Beine für Lucas und drückte ihm mein Becken entgegen. Es war eine süße Folter, als er langsam seine Finger vor- und zurückbewegte, ohne zu tief einzudringen.

»Komm, Honey«, hörte ich Lucas dicht an meinem Ohr wispern. »Du bist so nass für mich.« Seine Zungenspitze liebkoste meine Ohrmuschel, mit den Zähnen zog er am Ohrläppchen, dass mir ein prickelnder Schauer über den Rücken lief. »Lass es raus, stöhne für mich.«

Und als ob mein Körper auf den Befehl nur gewartet hätte, begann ich hektisch zu atmen, breitete sich überall Gänsehaut aus, während Lucas die Finger schneller in mir bewegte.

Auf einmal packt mich eine heiße Welle, die von meinem Kopf bis zu den Zehen rollte. Mein Herz raste und ich keuchte auf, stöhnte immer wieder Lucas' Namen, bis ein unkontrolliertes Zittern meinen Körper erfasste. »Ahhh …« Was für ein Erlebnis! Ich genoss meinen ersten Orgasmus.

»Hey Ash, alles gut?«, flüsterte Lucas, zog die Finger aus mir heraus und liebkoste mit seinen Lippen mein erhitztes Gesicht. Ich öffnete die Augen, atmete schwer. Ich war völlig ausgepowert, aber auch absolut befriedigt und tiefenentspannt.

»Hm, ja, denke schon.«

»Und, Ash«, flüsterte Lucas. »War es schön für dich?«

»Es war mehr als das. Ich weiß nicht, wie ich dir danken soll.« Ich war ehrlich zu ihm, obwohl die Angst in mir keimte, ich hätte zu viel von mir preisgegeben. Er hatte mich in einem Moment erlebt, in dem ich mich hatte fallenlassen. Ich hatte mich nicht nur äußerlich nackt gezeigt, sondern mein Inneres vor ihm entblättert.

Die Mauer, die ich seit meiner Kindheit um mich hochgezogen hatte, war in dieser Nacht komplett eingestürzt. Lucas hatte keine Vorstellung, welche Macht er nach dem Erlebnis über mich besaß. Würde er meine Gefühle irgendwann erwidern, wäre ich unsagbar glücklich. Wenn er vorhätte, mich von sich zu stoßen, würde ich einen Abgrund hinabstürzen.

Lucas setzte sich auf. »Möchtest du ein Glas Wasser, kann ich dir sonst irgendetwas Gutes tun?«, wollte er wissen.

Ich reagierte mit einem matten Kopfschütteln. »Ich bin rundherum befriedigt.«

»Soso.« Lucas' Mundwinkel zuckten belustigt und seine Augen funkelten. »Rundherum befriedigt.«

»Oh!« Ich schluckte. »Ich meinte, ich habe keinen Durst.«

»Und befriedigt habe ich dich nicht? Benötigst du noch eine zweite Runde?«

»Luc!« Ich versteckte mein Gesicht in meinen Händen, aber er zerrte sie auseinander. »Nichts da! Zeig mir dein freches Gesicht, du sommersprossiges, süßes Monster.«

Lachend sah ich zu ihm hoch. »Ich bin was?«

»Ein süßes Monster, dass mich mit Haut und Haaren gefressen hat«, Er tippte mir mit dem Finger auf die Nasenspitze, griff nach der Decke und breitete sie über uns aus, bevor er sich wieder hinlegte und mich zärtlich küsste.

»Ash«, flüsterte er, nachdem er sich von meinem Mund gelöst hatte. »Mein Honey-Monster.«

Als ich ihn lächelnd ansah, forderte er mich mit einem Klaps auf seiner Brust auf, dass ich mich an ihm kuscheln sollte. Der Aufforderung kam ich gern nach. Vorher angelte ich nach dem T-Shirt und meiner Pants auf dem Boden. Rasch zog ich mir die Sachen an, drehte mich ihm zugewandt auf die Seite und rutschte an ihn heran.

Lucas grinste. Ich war froh, dass er keine spöttische Bemerkung machte. Ich schlief nie gänzlich nackt.

Als ich meinen Kopf auf seine Brust gebettet hatte und einen Arm über Lucas' Bauch legte, streifte ich die Beule unter der Boxershorts. Scharf atmete er die Luft zwischen den Zähnen ein. »Sorry«, presste Lucas heraus. »Mein Schwanz mag dich wohl zu sehr.«

Mich überkam das schlechte Gewissen. Ich hatte meinen ersten Orgasmus erleben dürfen, Lucas war nicht auf seine Kosten gekommen.

Ich kaute auf meiner Unterlippe und überlegte, was ich tun könnte. »Soll … Äh … Willst du nicht verwöhnt werden?«

Lucas räusperte sich. »Klar, Ash, will ich das. Aber auf keinen Fall mehr heute, entweder morgen oder ein anderes Mal«, antwortete er, drückte mir einen Kuss auf die Stirn und streckte den Arm aus, um seinen Handywecker zu stellen und das Licht auszuschalten.

»Guten Nacht, Luc«, flüsterte ich in die Dunkelheit.

»Schlaf gut, Ash. Zum Frühstück bleibst du?«, hörte ich ihn murmeln, träge streichelte er mich.

»Gern.« Ich gähnte, vernahm ein zufriedenes Seufzen von Lucas, dann übermannte mich die Müdigkeit und ich driftete in wohlige Finsternis.

34. Kapitel – Ashley

Als ich aufwachte, war die Seite neben mir leer. »Luc?« Ich sah mich um, er war nicht da. Eilig kletterte ich aus dem Bett und ging in den Flur.

Der Duft von gebratenem Speck und frisch gebrühtem Kaffee stieg mir in die Nase, zur Freude meines Magens, der sofort mit einem Knurren reagierte.

»Guten Morgen, Honey.« Lucas kam aus der Küche heraus.

»Oh.« Bei seinem Anblick blieb mein Mund offen. Lucas' Haare waren zerzaust, und das Einzige, was er am Körper trug, war eine Küchenschürze, wenn ich das richtig sah. Ich betete, dass er die Boxershorts nicht ausgezogen hatte, sonst würde ich trotz meines Hungers in seiner Gegenwart keinen Bissen herunterbekommen.

Lucas erahnte meine Bedenken – mein Blick auf seine Körpermitte hatte mich wohl verraten. Er stemmte die Hände in die Hüften und schwang das Becken vor und zurück.

Reflexschnell schoss meine Hand vor meine Augen, damit ich nicht länger dorthin starrte. »Lucas Hanson!«, schimpfte ich. »Bist du etwa unter der Schürze nackt?«

»Vielleicht«, zog er mich auf. »Du kannst gern nachschauen.«

Vorsichtig blinzelte ich durch den Spalt zwischen Zeige- und Mittelfinger, was Lucas zum Anlass nahm, mich noch einmal mit seinem nach vorn stoßenden Becken zu provozieren. Ich nahm die Hand herunter und wendete mich stöhnend von ihm ab, aber Lucas reagierte lauthals lachend, griff meinen Arm, und drehte mich zu sich herum.

Er hob mein Kinn, damit ich ihm in die Augen sah. »Honey, du bist so niedlich, wenn du verlegen bist.«

Ich seufzte ergeben. »Ich weiß, dass ich mich lockerer geben sollte«, gestand ich. »Aber die letzte Nacht mit dir … Du in dieser Schürze, das ist alles für mich ungewohnt.«

»Dabei wolltest du mir noch vor wenigen Stunden etwas Gutes tun«, reagierte Lucas mit einem Zwinkern, nahm meine Hand und führte sie unter die Schürze. Erleichtert erfühlte ich den Baumwollstoff mit meinen Fingern. Lucas neigte seinen Mund dicht an mein Ohr. »Nachher würde ich gern mit dir duschen. Ist es okay, wenn ich dabei keine Boxershorts trage?« Seine Frage ließ mich nach Luft schnappen und ich spürte, wie mein Kopf wie eine Ampel rot zu leuchten begann.

Ich schluckte, um die Enge im Hals loszuwerden, die mir in diesem Augenblick das Sprechen unmöglich machte, und nickte. Der Gedanke, dass ich unter der Dusche alles von ihm sehen würde, verursachte mir ein Ziehen im Unterleib und ich spürte, wie ich feucht wurde. Gleichzeitig fragte ich mich, ob das mit uns kein zu schnelles Tempo aufgenommen hatte. Ich war verunsichert. Zweifel hingen in meinem Kopf, die ich mit einem Lächeln zu überspielen versuchte.

Lucas griff mein Handgelenk und zog mich zur Küche. »Wenn wir noch länger im Flur herumstehen, werden die Eier und der Speck kalt. Ich war heute früh extra für uns im Supermarkt.«

Verdutzt starrte ich auf den Tisch. »Wow, Luc, du warst echt schon einkaufen und wo hast du die Blumen her?« Aus einem Laden waren sie nicht, sie sahen selbstgepflückt aus.

Lucas zuckte mit den Schultern und schmunzelte. »Dass mit den Blumen war mir nur leider erst eingefallen, als ich mit dem Einkauf fertig war. Ich finde, sie gehören zum Frühstück.«

»Ja.« Lächelnd setzte ich mich an den reichhaltig gedeckten Tisch. »Sie machen das Frühstück perfekt.«

Während Lucas uns Kaffee eingoss, füllte ich meinen Teller, garnierte alles mit verschiedenen Obstsorten, die Lucas aufgeschnitten hatte.

»Frühstückst du immer so reichhaltig?«, erkundigte ich mich und steckte mir eine halbe Orangenscheibe in den Mund.

»Ab und zu, wenn ich Zeit habe. Meistens esse ich Müsli und frisches Obst.«

»Das esse ich …« Erschrocken verstummte ich, weil ich es für mich behalten wollte, dass Lucas der Anlass war, dass ich auf fettiges Gebäck zum Frühstück verzichtete.

Lucas trank einen Schluck Kaffee. »Du isst was?«

Wozu es ihm verheimlichen, dachte ich. »Ich kaufe mir in letzter Zeit mehr Obst und Körnerzeug.«

»Wirklich, Ash? Das ist gut.« Lucas lächelte, stellte die Becher ab und füllte sich seinen Teller mit Rührei. »Und wie hast du geschlafen?«

»Wie schon letzte Woche sehr gut. Dein Bett ist bequemer als meins.«

Lucas füllte die Gabel, führte sie zum Mund und kaute mit zufriedenem Grinsen. »Dann brauche ich mir keine Gedanken machen, dass du nächstes Wochenende dein Bett meinem vorziehst.«

Ich schüttelte den Kopf. »Bestimmt nicht.«

Nachdem Lucas das übriggebliebene Rührei abgedeckt hatte, stellte er die Schüssel in den Kühlschrank und wischte den Tisch ab. Ich räumte derweil Teller, Tassen und Besteck in die Geschirrspülmaschine.

Meine Hände zitterten. Die Vorstellung, gleich mit Lucas gemeinsam zu duschen, erregte mich zwar, machte mich aber auch gleichzeitig nervös.

Es war ein himmelweiter Unterschied, mir vorzustellen, Lucas' Penis zu Gesicht zu bekommen und ihn zu berühren oder meine Gedanken in die Tat umzusetzen, wie mir in diesem Moment bewusst wurde.

Wollte er denn, dass ich ihn unten anfasse?

Oder wollte er mich wieder anfassen, vielleicht auch mehr, als nur anfassen?

Zu viel *wollte* und *anfassen* schwirrten in meinem Kopf.

Meine Nervosität stieg an, dass mir vor lauter wirren Gedanken das Messer aus der Hand rutschte und auf die Fliesen fiel.

Das Klirren riss mich aus meiner Grübelei und ich starrte erschrocken zu Lucas.

»Sorry«, murmelte ich, bückte mich nach dem Messer und steckte es in den Besteckkorb. Dann schloss ich die Geschirrspülmaschine.

Ich wusste, dass Lucas mich zu nichts zwingen würde, aber in diesem Augenblick fühlte ich mich überfordert.

Noch nie hatte ich mit einem Mann Zärtlichkeiten ausgetauscht. Doch vergangene Nacht hatte mich Lucas überall berühren dürfen und ich ging davon aus, dass er wollte, dass ich ihn ebenso überall berührte. Ich hatte schlichtweg Schiss davor.

Mein nächster Gedanke war Flucht. Mein Mut war doch kleiner, als ich die letzte Woche geglaubt hatte, obwohl mein Selbstbewusstsein enorm gewachsen war.

»Hey, wo willst du hin?«, fragt Lucas überrascht.

Ich blieb an der Tür stehen und schaute über die Schulter zu ihm. »Ich … Ich kann nicht mit dir duschen. E-es ist spät. Entschuldige … Ich muss los.« Meine Ausrede war aus dem unsicheren Gestammel herauszuhören.

Es tat mir leid, Lucas das zu sagen. Er hatte sich mit dem Frühstück so viel Mühe gegeben, mir Blumen besorgt, trotz dessen fühlte ich mich nicht in der Lage, mehr Intimität zuzulassen.

Das Lächeln, das Lucas mir schenkte, nahm mir schlagartig meine Unsicherheit, die mich quälte.

»Komm her!« Er zog sich einen Stuhl heran, setzte sich und winkte mich zu sich. Ich kletterte rittlings auf seinen Schoß.

»Es ist okay, Honey, wenn du noch Zeit brauchst.«

»Du bist nicht sauer? Es ist alles neu für mich.«

»Ich weiß, Ash, ich weiß.« Lucas hob eine Hand, fuhr streichelnd über mein Haar und spielte mit einer Strähne. »Ich hatte vergessen, wie unerfahren du bist. Dass wir zusammen duschen, war anscheinend keine so gute Idee.«

»Ich will das ja auch.« Das war die Wahrheit. Und ich war froh, dass ich es schaffte, über diese Dinge zu reden.

Früher hätte ich mich das nicht zu sagen getraut, mich innerlich zurückgezogen und Lucas keinesfalls an mich herangelassen. »Nur jetzt noch nicht.«

Ich vergrub die Hände in sein Haar, bog seinen Kopf in den Nacken und bot ihm meinen Mund an. Sanft spielten unsere Zungen miteinander.

Kaum hatten wir unsere Lippen voneinander gelöst, waren Geräusche im Flur zu hören.

Dylan kam in die Küche und sah uns verwundert an. Erschrocken sprang ich von Lucas' Schoß und stolperte nach hinten. Im letzten Moment packte Lucas mich am Arm, damit ich nicht stürzte.

»Schickes Outfit, was ihr beide tragt«, sagte Dylan bloß, bevor er den Kühlschrank aufriss. Er schaute grinsend zu Lucas. »Habt ihr gefickt oder gekocht? Ich habe einen Mordshunger.«

»Gekocht, Bro.« Lucas rollte mit den Augen. »In der Schüssel ist noch Rührei vom Frühstück.«

Dylan angelte sich eine Gabel aus dem Schubfach, zerrte das Papier von der Schüssel herunter und stopfte sich Rührei in den Mund. Ich wusste nicht, wie ich mich verhalten sollte, als die Männer anfingen, sich über das Festival zu unterhalten. Ich kannte keine der Bands, von denen Dylan erzählte.

»Nächstes Mal kommst du mit, es war eine tolle Nacht mit geilen Weibern.«

Lucas schaute kurz schmunzelnd zu mir. »Wir hatten genauso viel Spaß.«

Dylans Bemerkung über *geile Weiber* hatte mir einen Stich versetzt und ich verspürte Eifersucht, die sich nach Lucas' Worten wieder legte.

Ich dachte darüber nach, da Dylan zurück war und mittags das Footballtraining beginnen würde, mich schnell anzuziehen und zu verschwinden. Duschen und meine Zähne putzen konnte ich im Wohnheim. Dylan hatte gewiss mehr vom Festival zu erzählen, das nicht für Frauenohren bestimmt war.

»Ich esse noch zwei Bananen und Haferflocken, dusche, packe meine Sporttasche zusammen, dann können wir zum Training aufbrechen«, sagte Dylan.

Training. Das war das Stichwort, auf das ich gewartet hatte. »Ja, ich muss dann auch mal los, Unikram und so.«

»Klar, ich fahr dich«, meinte Lucas.

»Nee, ich will ein paar Besorgungen in der Stadt machen, da wäre es für dich unnötige Zeitverschwendung, mich zu fahren.«

»Willst du zur Mall? Zwei Querstraßen von hier ist die Bushaltestelle.«

»Super, passt perfekt.«

Lucas begleitete mich ins Zimmer, tauschte die Schürze gegen T-Shirt und Jeans und stopfte sein Handy in die Hosentasche. Zum Glück lagen meine Haare einigermaßen, weil ich keinen Gummi dabeihatte, um sie zu einem Zopf zu binden. Eilig schlüpfte ich in meine Klamotten, um schnellstmöglich das Apartment zu verlassen.

Lucas brachte mich zum Bus. Ich überlegte, dass ich von der Mall aus umsteigen konnte, um zur Uni zu fahren. Es war kein großer Umweg, höchstens eine viertel Stunde.

Während wir warteten, starrte er auf seine Turnschuhe. Irgendwas war los.

»Hast du was, Luc?«, erkundigte ich mich.

Er wendete mir den Blick zu. »Ja, habe ich«, gab er zu und fragte: »Wäre es okay, wenn wir auf dem Campus nicht auf Beziehung machen?«

Ach, darum ging es ihm. Lucas wollte nicht, dass irgendeiner mitbekam, dass er was mit mir am Laufen hatte.

»Warum?«, fragte ich nach.

»Du weißt doch, wie schnell die anderen blöde Bemerkungen machen.«

»Gut«, reagierte ich schulterzuckend.

Vielleicht nicht verkehrt, dass mit uns noch geheim zu halten. Wobei ich Chloe und Matthew eventuell einweihen würde. Dylan wusst auch Bescheid.

»Danke.« Er lächelte und seine Miene verriet, dass er erleichtert war. »Sehen wir uns nächsten Freitag?«, wollte Lucas wissen. Von Weitem sahen wir den Bus um die Ecke biegen.

»Klar. Diesmal überlege ich mir, was wir unternehmen können.«

»Ich bin gespannt. Aber kein Musical, Galerie oder so einen Scheiß.«

»Nein, so was doch nicht.« Ich winkte lachend ab. Lucas machte auf mich nicht den Eindruck, dass er auf Kunst stand.

Der Bus hielt und die Türen öffneten sich. Lucas drückte kurz seine Lippen auf meinen Mund, bevor ich einstieg.

Ich setzte mich ans Fenster und winkte ihm zu, und er winkte zurück.

Als der Bus sich in Bewegung setzte, brummte mein Handy.

Ich seufzte glücklich, als ich die Nachricht las. *Danke für die wundervolle Nacht,* hatte mir Lucas getextet.

35. Kapitel – Ashley

In der Cafeteria holte ich mir einen großen Kaffee. Die Müdigkeit saß mir in den Knochen. Ich könnte beim Gehen einschlafen. Nachdem ich bezahlt hatte, machte ich mich auf den Weg zu Matthew. Wir waren verabredet, und ich war spät dran. Vorsichtig schlürfte ich das dampfende Getränk. Ich brauchte so dringend Koffein, dass ich unterwegs am Becher nippte, statt abzuwarten, bis der Kaffee etwas abgekühlt war.

Endlich Freitag.

Die Woche war die Hölle gewesen, und ich fragte mich, ob die Professoren heimlich eine Konferenz abgehalten hatten, wie sie uns Studenten das Leben noch schwerer machen könnten als es schon war.

In meinem Zweitfach Geografie hatte ich für die nächsten Wochen so viele Referate, Hausarbeiten und Studienaufgaben aufgebrummt bekommen, dass mein Tag 48 Stunden benötigen würde, um das alles zu schaffen.

Deshalb hatte ich diese Woche keine Minute mit der Philosophieaufgabe verbracht.

Woher sollte ich auch die Zeit nehmen, um an ihr regelmäßig zu arbeiten?

Den Stadionjob musste ich behalten, um finanziell zurechtzukommen, obwohl er mir wertvolle Stunden raubte.

Mein Vater weigerte sich, von seiner harten Linie abzuweichen, und wollte mich weiterhin knapp bei Kasse halten. Ich hatte ihn heute angerufen und gebeten, mir mein Budget ein bisschen aufzustocken, weil ich so viel mit dem Studium zu tun hätte.

Alles, was er am Handy dazu gemeint hatte, war: »Sieh zu, wie du zurechtkommst. Immerhin lernst du auf diese Weise, Wohlstand nicht als Selbstverständlichkeit anzusehen.«

Diese Argumentation wäre in meinen Augen ein absolut beschissener Witz und er könnte sich mit ihr seinen Allerwertesten abwischen, hatte ich daraufhin frustriert ins Handy gebrüllt, woraufhin er meinte, dass seine Tochter kein Recht hätte, so mit ihm zu sprechen. Ich sollte erst mal runterkommen und mir Gedanken darüber machen, wie ich es allein schaffen würde, mich aus der Misere herauszuziehen. Wenn es schlussendlich keine Alternative gäbe, dürfte ich noch einmal bei ihm nachfragen. Aber nur, wenn ich mich vorher bei ihm entschuldigt hätte.

Ohne auf eine weitere Antwort zu warten, hatte er mich einfach weggedrückt.

Im ersten Moment betitelte ich ihn gedanklich mit den schlimmsten Schimpfwörtern, die mir einfielen und heulte wie ein beleidigter Schlosshund. Nachdem ich mich beruhigt hatte, gestand ich mir ein, dass er recht hatte und mein Ton ihm gegenüber ungebührlich gewesen war.

Tatsächlich war es das erste Mal gewesen, dass ich meinen Vater angeschrien hatte. Und es stimmte, über Alternativen hatte ich keine Sekunde nachgedacht, sondern zuerst ihn angerufen und herumlamentiert, wie schrecklich meine Situation wäre.

Nichtsdestotrotz musste ich den Job behalten. Auf die wenigen Stunden mit Lucas wollte ich auch nicht verzichten. Wie sollte das mein Herz verkraften?

Doch im Moment schien es unmöglich, Studium, Job und Beziehung unter einen Hut zu bringen.

Ich hatte nicht den Hauch einer Idee.

Vor der Bibliothek erwartete mich Matthew.

»Ach herrje, wie siehst du denn aus?«, empfing er mich mit mitleidigem Blick. »Hast du die Nacht durchgemacht?«

»Wenn ich ehrlich sein soll, habe ich sogar zwei Nächte durchgemacht. Ich musste 200 Seiten über die Folgen der Abholzung des Miombowalds im südlichen Zentralafrika durcharbeiten und heute darüber ein Referat mit diversen Statistiken, Kartenanalysen und dem ganzen Kram halten.«

»Das ist ziemlich umfassend.«

»Wem sagst du das.« Stöhnend leerte ich den Becher und warf ihn in den Abfalleimer neben der Eingangstür zur Bibliothek. »Wie war deine Woche, was macht Lizzy?«

Matthew strahlte mich an, während er mir die Tür aufhielt. Wenigstens ihm ging es gut. »Wir haben ein kleines Apartment gefunden, in das wir in drei Wochen einziehen werden.«

»Nein, wirklich? Ich dachte, ihr wartet bis nächstes Jahr?« Verwundert sah ich ihn von der Seite an. Wir steuerten auf den Leseraum zu und suchten uns einen freien Tisch.

Matthew neigte sich zu mir, nachdem wir uns in die vorletzte Reihe gesetzt hatten. Hier konnten wir ein bisschen miteinander flüstern, so lange die anderen Studenten sich nicht gestört fühlten.

»Es gab einen heftigen Krach mit Lizzys Vater. Er hatte sie geschlagen und in ihr Zimmer eingeschlossen. Deshalb war sie aus dem Fenster gestiegen und ist mit gepackten Sachen zu mir geflüchtet. Meine Eltern unterstützen unsere Beziehung und haben über Bekannte das günstige Apartment gefunden. So ist sie vor ihm geschützt.«

»Das ist ja schrecklich.« Kopfschüttelnd rieb ich mir mit den Fingerspitzen über den Mund. »Wusstest du, dass Lizzys Vater gewalttätig ist?«

»Geahnt habe ich es schon, aber Lizzy wollte nie darüber reden. Ich glaube, sie hatte sich seinetwegen geschämt.«

Während Matthew mir erzählte, wie froh er war, dass Lizzy den Schritt gewagte hatte, sich ihm anzuvertrauen, überlegte ich, ob ich ihm von Lucas und mir erzählen sollte. Ich brauchte dringend Matthews Rat, weil ich mein Dilemma in den Griff bekommen musste.

Mir schwebte vor, Lucas zu fragen, ob er mir nicht doch bei der Seminararbeit helfen könnte. Immerhin hatte er es angeboten. Dennoch war ich mir unsicher, wie er reagieren würde. Er hatte ja selbst kaum Zeit.

»Matt, kann ich dir ein Geheimnis anvertrauen?«, flüsterte ich. Auch wenn Lucas nicht wollte, dass irgendeiner von uns erfuhr, aber aufgrund meiner Schwierigkeiten, musste ich mit Matthew darüber reden.

Fragend sah er mich an. »Immer, weißt du doch?« Offensichtlich verwunderte es ihn, dass ich das in Frage stellte.

Ich biss mir auf die Unterlippe, gab mir innerlich einen Ruck und atmete tief durch.

Matthew schmunzelte. »Du machst es spannend.«

»Lucas und ich sind zusammen.«

»Äh … Du sprichst von Lucas Hanson?«

Ich stöhnte. »Von wem denn sonst?«

»Oh … Wow.« Matthew atmete tief durch. »Du weißt schon, dass er seine Frauen wechselt wie andere ihre Socken?« Nach einem Moment des Schweigens ergänzte er: »Ich will nicht, dass er deine Gefühle verletzt. Du bist zu gut für ihn.«

»Ich kenne seinen Ruf und passe auf mich auf, aber darum geht es mir gerade nicht.«

»Worum denn dann?« Matthew zog seine Tasche auf seinen Schoß und legte seinen Laptop und die Bücher auf den Tisch. Ich öffnete meinen Rucksack und packte ebenfalls meine Arbeitsmaterialien aus.

»Es geht um meinen Zeitmangel.« Matthew hörte sich, ohne mich zu unterbrechen, meine Schwierigkeiten an.

»Wenn du mich fragst, dann bitte Lucas um Hilfe.«

»Das hatte ich auch überlegt, aber …«

»Nichts aber, wenn er echte Gefühle für dich hat, dann lässt er dich nicht hängen.«

Und genau das war meine Angst. Was wäre, wenn er mich schlussendlich doch hängen ließ? Bedeutete es dann, die Beziehung zu ihm auf den Prüfstand zu stellen? Die Antwort war eindeutig ein Ja.

Ich musste das Risiko eingehen, eine andere Wahl hatte ich nicht.

Wenn ich Lucas wichtig war, würde er mir helfen, wenn nicht … Ach Mann, daran mochte ich jetzt keinesfalls denken.

Aber egal, eine Lösung, wie mein Vater es von mir verlangte, wäre auf alle Fälle gefunden. Doch wenn ich Pech hatte, wäre es eine verdammt schmerzhafte und für mich schreckliche Lösung.

Da ich jedoch ein rational denkender Mensch war, wenn es um das Studium und meine berufliche Entwicklung ging, würde ich sie nicht scheuen. Wobei ich immer beide Seiten bei solch einer Frage betrachtete. Eine Beziehung würde ich nicht für eine Karriere opfern, wenn mein Partner darüber genauso denken würde. Deshalb sollten Geben und Nehmen in einer Beziehung im Gleichgewicht bleiben, fand ich zumindest.

»Wann siehst du ihn wieder?«

»Heut Abend, wir sind verabredet.« Ich hatte vor, Lucas mit einer besonderen Lokalität zu überraschen, und war gespannt, wie es ihm dort gefallen würde.

»Dann kläre dein Problem, ohne es auf die lange Bank zu schieben.«

Ich nickte seufzend. »Werde ich.«

Obwohl ich Matthew zu gern noch mehr über Lucas und mich erzählen wollte, hielt ich mich zurück. Wenigstens hatte ich mir zwei Stunden freigeschaufelt, um ein neues Kapitel zu schreiben. Als ich zu Matthews Laptop schielte, stieß ich erschrocken die Luft aus. Er hatte im Gegensatz zu mir die doppelte Anzahl an Kapiteln bereits fertig.

Mist, ich hing ganz schön hinterher.

36. Kapitel – Lucas

»Nun spann mich nicht länger auf die Folter, wo gehen wir hin?«, fragte ich Ashley, als wir aus dem Jeep gestiegen waren. Ich löcherte sie, seitdem wir das Wohnheim verlassen hatten, aber sie schwieg mit teuflischem Grinsen.

Nach außen hin tat ich cool, aber innerlich könnte ich vor Neugierde platzen. So, wie sie mich ansah, hatte sie etwas geplant, womit ich nicht rechnete.

Ich hatte sie nachmittags angerufen, ob wir essen gehen würden und ich auf einen bestimmten Dresscode achten müsste. Sie verneinte das. Als ich um einen Tipp gebettelt hatte – ja, so weit hatte mich die Frau schon –, meinte sie geheimnisvoll, ich sollte mir ganz viel Gel in die Haare schmieren und meine Stimmbänder schonen.

»Hä, wieso das denn?«, hatte ich sie gefragt. Ein bisschen Haarwachs benutzte ich immer, aber mit klebrigen Haaren würde ich nicht herumlaufen.

Und wozu meine Stimme schonen? Gingen wir zu irgendeinem Wettkampf, wo wir wie die Bekloppten herumbrüllen würden?

Hallo? Ich wollte die Zeit mit Ashley allein verbringen, am liebsten wie die Teenager knutschend und mit ihren Nippeln spielend.

Ich gab es ungern zu, aber ich war verrückt nach Ashleys Brüsten, obwohl mich große Oberweiten sonst kalt ließen.

Holy fuck, ich sollte lieber nicht an ihre Titten denken, mein Schwanz regte sich in meiner Hose, aber der würde wohl nicht so schnell in den Genuss ihrer Pussy oder ihrer Lippen kommen. Wobei der Gedanke, sie würde mir einen blasen, mich jede Minute verfolgte, die ich an sie dachte.

Jedoch hatte mir Ashley letzten Samstag ihre Grenze gezeigt. Da ich total verknallt in sie war, respektierte ich ihre Entscheidung und würde warten, bis sie sich bereit fühlte, mit mir einen Schritt weiter zu gehen. Hoffentlich dauerte es nicht zu lange. Vor Ashley kannte ich nur Frauen, die wild darauf waren, mit mir ins Bett zu steigen.

Aber sie … Unglaublich. Doch genau das war es, was sie so anders und besonders machte. Ashley benahm sich mir gegenüber, als ob ich kein bekannter Quarterback wäre, sondern ein stinknormaler Typ wie Matthew Miller.

Wobei ich den Eindruck hatte, sie würde den Zwerg besser als mich behandeln. Und der Umstand machte mich eifersüchtig und scharf gleichermaßen.

Heute war sie schon wieder mit ihm zusammen gewesen. Ich hatte gesehen, wie sie mit ihm in die Bibliothek gegangen war. Außerdem schien sie kein Problem damit zu haben, auf dem Campus so zu tun, als ob zwischen uns nichts wäre. Einerseits war ich froh darüber, dass sie sich dahingehend so unkompliziert benahm, und meine Entscheidung akzeptierte, dass wir unsere Beziehung nicht öffentlich machten, andererseits störte mich dieses Versteckspiel. Ich stand auf sie, warum dann nicht zeigen?

Ich warf Ashley einen Blick zu, griff nach ihrer Hand und verschränkte meine Finger mit ihren. Sie lächelte zu mir hoch. Es war schön, Hand in Hand mit ihr durch die Altstadt von Ann Arbor zu schlendern.

Ab und zu war ich hier unterwegs gewesen, um mit Dylan, Ray und Raoul Frauen abzuschleppen.

Verwundert sah ich mich um. Vor einem Karaoke Club standen viele Leute und warteten darauf, eingelassen zu werden. »Was ist denn dort heute los?«

»Ein Karaokewettbewerb.« Das teuflische Grinsen auf Ashleys Gesicht wurde breiter. Ihre Augen funkelten, als ob sie mich persönlich in die Hölle einlud.

»Karaoke?« In meinem Kopf läuteten tausend Alarmglocken.

Das ist nicht ihr Ernst? Fuck, Himmelherrgott. Fuck! Ashley will mich in einen Karaoke Club schleppen? Und dort vielleicht auch noch mit mir singen?

Schmier dir ganz viel Gel ins Haar und schone deine Stimmbänder. Ihre Worte hallten in meinem Kopf wider.

»Mach's nicht so spannend. Wohin gehen wir denn jetzt wirklich?« Ich tat so, als ob ich mir auf gar keinen Fall vorstellen könnte, dass sie uns zu diesem Wettbewerb angemeldet hätte.

Sag, es ist ein Scherz, bitte, Honey!

»Wir treten in dem Club auf.« Sie ließ mich los und klatscht begeistert in die Hände. Fehlte bloß noch, dass sie wie eine Fünfjährige um mich herumhüpfte.

Nein, verflucht! Ich würde sie am liebsten am Arm packen und von hier fortziehen.

Ich sah Ashley seufzend an. Sie strahlte über das ganze Gesicht. Wie sollte ich da Nein sagen, ohne sie zu enttäuschen? Sie freute sich auf den Abend in diesem fucking Karaoke Club.

»Ich … Also … Ich habe noch nie vor Publikum gesungen. Und du weißt, ich klinge wie eine Katze, die man ersäufen will.«

»Ich singe nicht besser«, konterte Ashley. »Hey Luc, um den perfekten Gesang geht es nicht. Wie haben einfach Spaß miteinander.«

Seufzend schloss ich einen Augenblick die Augen. »Na gut, wir singen.« Ich lachte kopfschüttelnd, dass ich mich auf den Quatsch einließ. Scheiße, Liebe schaltete den Verstand aus. Nachher würde ich mit Ashley auf der Bühne stehen und mich für sie zum Idioten machen.

»Luc, dafür hast du einen Wunsch frei!« Sie schlang ihre Arme um meinen Hals und küsste mich auf den Mund.

Ich grinste blöd, weil mein Schwanz schon: *Ich weiß was* rief.

»Jeden Wunsch?«, zog ich sie auf und schluckte im nächsten Moment schwer, als ihre Karamelllaugen dunkel wurden. »Ja, jeden.«

O Mann, mein Schwanz rieb sich die Hände, die er nicht hatte.

Eine Stunde später wurden wir angekündigt.

Ashley hatte sich eine Zigarette organisiert, obwohl hier das Rauchen verboten war, und stand damit neben mir auf der Bühne.

Was wollte sie mit der Zigarette? Sie war Nichtraucherin.

»Ist das ein Joint, weil du nur high neben mir auftreten kannst?«, neckte ich sie.

Ashleys Mundwinkel zuckten. »Warte ab, welchen Partyhit wir singen.«

Die Frau machte es spannend. Tief durchatmend nahm ich eins der Mikrofone entgegen, die uns einer der Clubmitarbeiter reichte, und wartete nun ungeduldig, welcher Titel für uns vorbereitet wurde. Ashley hatte ihn ausgesucht und mich bis jetzt in Unkenntnis gelassen.

Mannomann, unser Auftritt konnte nur in die Hose gehen, und schon spürte ich, wie mir der Schweiß von der Stirn perlte. Ich war auf der Karaokebühne aufgeregter als vor einem Footballspiel.

»Puh, mir ist warm, ich muss den Pulli ausziehen«, stöhnte Ashley und drückte mir ungefragt ihr Mikrofon in die Hand.

»Nein, das tust du nicht!«, protestierte ich.

Zu spät, sie hatte eilig ihren Pulli über den Kopf gezerrt und stand nur in einem knappen Top und Jeans auf der Bühne. Die Scheinwerfer strahlten auf uns herab, dass der in der hintersten Ecke stehende Gast uns in dem sonst dunklen Raum genau sehen konnte.

»Zieh sofort den Pulli wieder an!«, zischte ich ihr zu und blickte mich mit finsterer Miene um. Ungerührt legte sie ihn zu unseren Jacken.

Ich war fassungslos. Bemerkte Ashley die sabbernden Kerle nicht, die mit heruntergeklappten Kinnladen ihre Brüste begafften? Jedenfalls kam es mir so vor.

»Lucas Hanson, konzentriere dich lieber auf unseren Auftritt, statt den eifersüchtigen Kerl zu mimen«, beschwerte sich Ashley in leicht angepisstem Ton. Sie schien selbst langsam aufgeregt zu sein. »Besorg mir lieber ein Feuerzeug, damit ich die Zigarette anzünden kann.«

»Ähm … Was? Du spinnst wohl? Ich werde dir auf gar keinen Fall Feuer besorgen, damit du dir deine Lunge verpestest!«

»Dann eben nicht, Spielverderber!«

Ehe ich bis drei gezählt hatte, war sie zu einem der vorderen Tische stolziert. Ein fetter Typ reichte ihr sein goldenes Protzfeuerzeug. Ich hörte, wie die beiden über irgendeinen dämlichen Scherz lachten.

Als sie mit wiegenden Hüften zu mir zurückkam, die Zigarette zwischen Zeige- und Mittelfinger haltend, und ihr rotes Haar mit den gespreizten Fingern der freien Hand über die Schultern kämmte, sah sie unfassbar verrucht aus.

Dass Ashley eine hübsche Frau war, hatte ich längst erkannt, aber das sie sich wie eine *Femme fatale* geben konnte, brachte mein Herz zum Glühen.

»Bist du bereit?«, fragte sie mich.

»Zu allen Schandtaten«, witzelte ich und gab ihr einen Kuss auf den Mund, damit die aufgegeilten Typen gleich mal präsentiert bekamen, dass sie meine Freun …

Freundin?

Äh, Moment!

Dachte ich daran, sie wäre meine Freundin?

Verdammt, ja, sie ist meine Freundin und jeder auf dem Campus, in Ann Arbor, Blödsinn, was sag ich, der ganze Bundesstaat Michigan soll das wissen. Ich liebe Ashley White und ich werde ihr meine Gefühle heute Nacht beichten!

»Okay, ihr beiden. Kann es losgehen, das Publikum wird unruhig.« Der Typ im paillettenbesetzten Jackett und mit glitzerndem Hut, der die Gesangsdarbietungen ankündigte, erschien bei uns auf der Bühne.

»Wollen wir?«, vergewisserte sie sich bei mir und zog vorsichtig an der Zigarette.

»Sicher.« Ich reichte Ashley räuspernd ihr Mikrofon. Meins hielt ich verkrampft in der Hand. *Was tue ich mir hier bloß an?*

Der Paillettenmann kündigte uns an, und das Publikum sprang auf und johlte.

Ich stand da und starrte Ashley entsetzt an, als die ersten Klaviertöne aus der Musikanlage dröhnten und auf dem Display der Karaokeanlage der Text erschien.

You're the one that I want aus *Greace* sollte ich mit ihr singen? War sie Olivia Newton-John und ich John Travolta?

Ich hatte keine Wahl, also rief ich als Danny, wie es auf dem Display stand: »Sandy!« Und Ashley zog heftig an ihrer Zigarette, warf sie auf den Boden und trat sie aus.

Dann leckte sie sich mit anzüglichem Blick über die Lippen.

Doch bevor sie mit ihrem Part beginnen konnte, bekam sie erst einmal einen weniger sinnlich anmutenden Hustenanfall.

Meine Mundwinkel zuckten voller Schadenfreude. *Tja, Strafe muss sein.* Natürlich versuchte ich, mir das Lachen zu verkneifen, aber es funktionierte nicht. Das Publikum grölte und klatschte Beifall, obwohl wir noch keinen einzigen Ton gesungen hatten.

Der ganze Auftritt war ein lustiges Chaos.

Ashley stolperte – wie immer – über ihre eigenen Füße. Einmal klammerte sie sich an mir fest, dass wir beide beinahe die Bühne heruntergepurzelt wären, hätte ich die Balance nicht gehalten. Glücklicherweise konnte man unsere schiefen Stimmen nicht hören, weil sie im kreischenden Gesang des Publikums untergingen. Die Stimmung war der Wahnsinn, und alles nur, weil wir uns zum Hampelmann machten.

Aber wir gaben unser Bestes, wirbelten singend wie die Verrückten auf der Bühne herum.

Schlussendlich hatten wir den Auftritt gemeistert, mussten gleich drei Zugaben geben, aufgrund unserer witzigen Darbietung.

»Ich habe Durst«, schrie mir Ashley ins Ohr. Ihre Wangen leuchteten knallrot und ihre Augen glänzten. Wir wurden von Fußgetrampel und kräftigem Applaus begleitet, während wir die Bühne verließen.

»Was willst du trinken, Cola oder Wasser?«

»Besorgst du mir einen richtigen Drink?«

»Du willst einen Cocktail?«

»O ja, bitte, Luc!« Flehend klimperte sie mit den Wimpern.

Holy fuck, die Frau hat meine Eier so was von fest in ihrer kleinen Hand.

Zwar dürfte Ashley öffentlich noch keinen Alkohol trinken, jedoch war die Atmosphäre und die überall bunt flackernden Lichter zu berauschend. Außerdem konnte ich ihr keinen Wunsch abschlagen. Bei den vielen Gästen würde es nicht auffallen, wenn sie ausnahmsweise an einem Cocktail nippte.

»Okay, setzt dich an unseren Tisch, ich hole uns was von der Bar.«

Als ich zurückkam und ihr eine *Piña Colada* mit Schirmchen, Strohhalm und Ananasdeko reichte, strahlte sie mich an.

»Hast du auf der Bühne Spaß gehabt?«, fragte mich Ashley, nachdem ich mich mit meiner Flasche Bier gesetzt hatte.

»Normalerweise würde ich mir so einen Blödsinn verkneifen. Aber ich gestehe, es war lustig, mit dir zu singen.«

Ashley lächelte, stellte ihr Glas auf den Tisch und beugte sich zu mir. Sie küsste mich und schob ihre Zunge zwischen meine Lippen. Ich stöhnte genussvoll. Ashley schmeckte nach Kokoscreme, Rum und Ananas.

»Honey, können wir gehen?«, wisperte ich nach unserem Kuss. Ich wollte mit ihr allein sein.

»Wollen wir nicht die Siegerehrung abwarten?«, stellte sie die Gegenfrage.

Ich schüttelte den Kopf, leerte meine Flasche und deutete Richtung Ausgang. Ich fühlte mich längst als Sieger, weil ich Ashley hatte.

Nachdem sie den letzten Tropfen ihrer *Piña Colada* mit dem Strohhalm aus dem Glas gesaugt hatte, zogen wir unsere Jacken über und verließen den Tisch.

Mitternacht war vorbei. Die Party im Karaoke Club war ausgelassen. Wir drängten uns zwischen den Leuten durch. Viele hatten keinen Platz gefunden, weil der Club brechend voll war.

Als wir fast den Ausgang erreicht hatten, spürte ich Augen, die sich regelrecht in meinen Rücken brannten. Ich drehte mich um und sah Kaylee mit Ethan, einem unserer Ersatzquarterbacks aus dem Team. Ich blickte in ihr Gesicht, Bestürzung und Wut las ich heraus. Schnell drehte sie sich weg, und ich folgte Ashley, die Kaylee nicht gesehen hatte. Ich hoffte, dass es keinen Ärger geben würde.

Verdammt. Kaylee konnte sich nun denken, dass ich mit Ashley zusammen war.

Während der Rückfahrt kreiste Ashleys Mittelfinger auf meinem Knie, und ich wünschte mir, sie würde bei mir schlafen. Diesmal hatte sie abgelehnt, weil sie einen Berg Studienaufgaben zu erledigen hätte.

Als ich vor dem Wohnheim den Motor ausgeschaltet hatte, schob ich meinen Sitz zurück und half Ashley, zu mir auf den Schoß zu klettern.

»Und, wie sieht es nächste Woche aus? Wann hast du Zeit?«, fragte ich sie, während meine Hände unter ihren Top schlüpften. Wie ich bereits im Karaoke Club bemerkt hatte, trug sie keinen BH. Ich streichelte ihre Brüste, kniff ihr sanft in die Nippel.

»Viel zu tun.« Ashley neigte ihr Gesicht zu mir und wir küssten uns. Ich strich mit meiner Zunge über ihre, umschmeichelte und neckte sie. Unser Kuss wurde feuchter und sie stöhnte in meinen Mund.

Als meine Hand tiefer wanderte, um ihre Hose zu öffnen, unterbrach sie den Kuss, lehnte sich ein Stück zurück und sah mich mit ernster Miene an.

»Was ist?« Ich wollte unser Liebesspiel fortsetzen, nestelte am Knopf ihrer Jeans, da sagte sie direkt heraus: »Luc, wir müssen reden.«

»Später, Honey«, bat ich. Doch als ich sie wieder küssen wollte, schüttelte sie den Kopf. »Es ist wichtig.«

»Und worüber müssen wir jetzt unbedingt reden?«, fuhr ich sie an. Ashley hatte irgendwie die Stimmung versaut.

Sie hob die Schultern. »Über die Philosophiearbeit.«

»Wie bitte? Wir haben endlich ein bisschen Zeit für uns und da willst du über das Studium reden? Hey, was soll das?«

Mit säuerlicher Miene kletterte sie von meinem Schoß herunter und ließ sich auf den Beifahrersitz fallen.

»Ich brauche deine Hilfe, das wird für mich alles zu viel. Wir sind ein Team, also wirst du mich ab Montag beim Fertigen der Arbeit bitte unterstützen.«

»Nein, warum sollte ich das tun? Wir haben einen Deal!«

»Und ich kann ihn nicht mehr einhalten.«

»Ashley White, du weißt, dass ich eine Menge mit Football und Studium um die Ohren habe. Du kannst jetzt nicht kommen und einfach verlangen, dass ich meine Aufgaben für dich vernachlässige, weil du dein Zeitmanagement nicht mehr unter Kontrolle hast. Das ist dein Problem, keinesfalls meins.«

»Ich wusste es, du bist ein Parasit, ein Egoist, Lucas Hanson«, herrschte sie mich an. »Fick dich!«

Bevor ich auf ihren Ausbruch reagieren konnte, riss sie die Tür auf und stürzte aus dem Wagen.

Ich legte den Kopf in den Nacken und rieb mir mit den Fingerspitzen die Augen.

»Scheiße!«

Ich wusste, dass ich mich falsch verhalten hatte, aber ich musste erst prüfen, wann ich Zeit erübrigen könnte, um ihr zu helfen.

Ashley hatte recht, dass ich mich egoistisch benahm. So durfte ich mich auf gar keinen Fall mehr verhalten, wenn ich die Beziehung mit ihr führen wollte.

Ich atmete tief durch, dann stieg ich aus, verschloss den Wagen und ging mit langen Schritten zum Wohnheim.

37. Kapitel – Ashley

Die Tränen liefen mir über die Wangen. Hastig wischte ich sie von meinem Gesicht. Ich war enttäuscht von Lucas, dass er meine Bitte abgelehnt hatte. Vielleicht hatte ich sie im falschen Moment gesagt und unbeholfen formuliert. Aber mir schlechtes Zeitmanagement vorzuwerfen, fand ich fies.

Warum wollte er mir nicht helfen, war die Grundlage unserer Beziehung doch nur der Deal?

Ich liebte Lucas, war mir aber immer noch nicht sicher, ob er ähnlich empfand. Obwohl sein Eifersuchtsausbruch auf der Bühne, weil ich mir den Pulli ausgezogen hatte, ein Hinweis war, dass er mich zumindest mag.

Wie sollte ich mit Lucas' Absage umgehen? Nun doch unsere Beziehung in Frage stellen?

Wenn ich darüber nachdachte, frustrierte und quälte mich das alles. Ich war doch nicht so rational, wie ich erst dachte. Fast war ich geneigt, meinem Vater die Schuld zu geben, weil er von mir verlangte, eine Lösung für mein Zeitproblem zu finden. Hätte er mir gesagt, dass er mir finanziell unter die Arme greifen würde, hätte ich Lucas nicht fragen müssen, ob er mir bei der Philosophiearbeit helfen könnte.

Es war ein Fehler, ein verdammter, beschissener Fehler, dass ich mich auf Lucas eingelassen hatte, statt ihn weiterhin aus der Ferne anzuschmachten.

Jetzt wusste ich, wie es sich anfühlte, mit ihm zusammen zu sein.

Wie wunderbar seine Küsse schmeckten.

Wie viel Spaß wir miteinander hatten.

Wie liebevoll und zärtlich er sein konnte.

Verflucht noch mal, ich wusste jetzt, wie schön es war, ihn nicht nur heimlich zu lieben.

Und dieses Wissen tat schrecklich weh.

Ich stürzte ins Zimmer, knallte die Tür zu und schloss sie ab. Nachdem ich das Licht angeschaltet hatte, warf ich mich aufs Bett und heulte hemmungslos ins Kissen. Wenn Chloe hier wäre, hätte sie mich trösten können. Doch sie war bei Travis und ich mit meinem Schmerz allein.

Das Leben ist so ungerecht, dachte ich und badete in einer Wanne voll Selbstmitleid.

Ich musste mich zusammenreißen, dass ich keinen Neid in meinem Herzen einziehen ließ, weil Chloe einen Freund hatte, mich kein Mann wollte.

Draußen auf dem Gang hörte ich schwere Schritte sich nähern. Jemand drückte die Klinke, hämmerte gegen die verschlossene Tür.

Hatte ich so laut geheult, dass es gleich Beschwerden gab?

Ich krabbelte vom Bett, rieb mit den Handballen über mein Gesicht und eilte schniefend zur Tür, um sie zu öffnen.

Ungläubig starrte ich in zwei besorgt dreinblickende braune Augen. »Honey, es tut mir so leid.«

Beim Anblick von Lucas' betroffener Miene musste ich mich zusammenreißen, ihm reserviert gegenüber zu bleiben. Er sollte mir zuerst sagen, warum er hier war.

»Was tut dir leid?«

»Hast du geweint?«, fragte er erschüttert, statt auf meine Frage zu antworten. »Habe ich dich so sehr verletzt? Mann, Ash, ich bin so ein Arsch.«

»Ja, und was willst du gegen dein Arschsein tun?«

Einen Augenblick sah mich Lucas verwirrt an, doch dann schmunzelte er. »Kein Arsch mehr sein, sondern dir mit der Philosophiearbeit helfen.«

»Okay.« Ich atmete zitternd aus, trat beiseite und schloss hinter ihm die Tür. Unschlüssig blieb ich stehen.

Schweigend griff Lucas meine Hände. Rückwärts führte er mich zu meinem Bett, setzte sich und zog mich auf seinen Schoß.

»Ich war zuerst überrascht, als du mir gesagt hattest, dass ich dich mit der Arbeit unterstützen soll und hatte unüberlegt dir meine Antwort an den Kopf geknallt. Du musst viel mehr schaffen als ich, deshalb wäre es von mir unfair, wenn ich dich hängen lasse. Morgen habe ich ein Spiel, aber Sonntag nach dem Sondertraining helfe ich dir.«

»Es reicht nicht ein Tag, ich brauche mehr Unterstützung«, sagte ich.

Lucas lächelte wissend, schlang die Arme um meinen Rücken, zog mich eng an seine Brust und flüsterte mir ins Haar »Wir schreiben den Rest der Arbeit zusammen.«

Ich spürte, wie sich die Erleichterung in meinem Bauch ausbreitete. Es tat gut, von ihm im Arm gehalten zu werden, und ich spürte an meiner Wange sein Herz pochen.

Mindestens eine halbe Stunde saßen wir engumschlungen zusammen. Ich hielt die Augen geschlossen, genoss Lucas' Duft, die Kraft seines muskulösen Körpers, als ich plötzlich ein Vibrieren verspürte. Lucas lachte leise. »Kannst du bitte aufstehen? Mein rechtes Bein ist eingeschlafen«, flüsterte er und schob mich von sich herunter.

Lucas stand auf. Er beugte sich nach vorn, massierte sich seinen Oberschenkel und schaute zu mir hoch. »Ist zwischen uns wieder alles gut?«

»Nicht ganz, ich will eine ausgiebige Entschuldigung.« Ich grinste frech.

»Ach, erwartest du das von mir?« Nicht weniger grinsend neigte er den Kopf zur Seite.

Ich quiekte erschrocken auf, als unerwartet sein Arm vorschnellte und er meine Taille packte.

Schon lag sein Mund auf meinem und er küsste mich mit solcher Leidenschaft, dass mir schwindlig wurde.

Lucas' Pupillen waren geweitet, seine Lippen geschwollen. Wir atmeten hektisch, nachdem wir voneinander abgelassen hatten und ich zwei Schritte nach hinten getreten war.

Während ich nach Luft schnappte, wanderte mein Blick von Lucas' glühenden Wangen zu seinem Schritt. Die Beule, die sich abzeichnete, war beachtlich. Ich hatte schon beim Küssen gemerkt, dass er hart geworden war, als er seinen Unterleib an mich gepresst hatte. Auch ich war erregt, spürte zwischen meinen Beinen die Nässe.

»Ash?«

»Ja?« Nur schwer konnte ich den Blick von seiner Körpermitte lösen.

»Ich liebe dich.«

»Was?« Ich glaubte, mich verhört zu haben, und fühlte, wie mein Herzschlag fast meinen Brustkorb sprengte.

»Honey, ich liebe dich«, wiederholte Lucas und seine Augen forschten in meinem Gesicht. Ich sah an seinem Blick, dass er mich um eine Antwort bat. Mein Hals war schlagartig eng und ich räusperte mich. »Ich liebe dich auch«, kam es krächzend von meinen Lippen.

»Wirklich?« Lucas zog mich wieder an sich. »Dann lass uns das Versteckspiel beenden, ich will, dass jeder auf dem Campus weiß, dass du meine Freundin bist.« Lucas' Tonfall ließ keinen Zweifel zu, dass er zu uns und unserer Liebe stand.

Ich kaute nachdenklich auf meiner Unterlippe. »Ich weiß nicht, ob das gut ist, wenn die anderen das mit uns mitbekommen«, gestand ich. Auch wenn es mir egal war, was man über mich dachte, blieb die Angst, dass Lucas seine Entscheidung bereuen würde.

»Ignoriere, was andere sagen oder denken. Ich liebe dich, Ash, und ich stehe zu dir.« Er senkte seinen Kopf, strich mit den Lippen über meine Stirn. »Du kannst mir vertrauen.«

»Ja, ich vertraue dir«, versprach ich Lucas und führte unsere Lippen wieder zusammen. Es fühlte sich so gut an, ihn zu küssen, dass ich merkte, wie die Sehnsucht stieg, körperlich unsere Liebe zu besiegeln.

Lucas' Lippen wanderten über mein Kinn, abwärts zum Hals. Sanft saugte und knabberte er an meiner Haut. Seine zärtlichen Berührungen gaben mir die Sicherheit, dass ich für ihn bereit war.

»Lucas, ich will dich.«

»Was meinst du?«, flüsterte er an meiner Halsbeuge. Ich spürte, wie er bei den Worten lächelte.

»Ich will mit dir schlafen.«

Lucas verteilte kleine Küsse auf meinen Hals, bevor er mir in die Augen sah. »Ich wünsche mir wie du, dass wir miteinander schlafen, aber heute Nacht sollten wir es nicht tun.«

»Warum?« Ich stemmte meine Arme gegen seine Brust und schob ihn von mir. Da überwand ich mich, sagte ihm, dass ich ihn wollte und er lehnte ab.

»Wir hatten gestritten, es ist schon weit nach Mitternacht, und ich will, dass die Atmosphäre stimmt. Das erste Mal soll für dich ein ganz besonderes Erlebnis sein. Ich will, dass wir uns beide fallenlassen. Das hier« – er machte eine vage Handbewegung – »ist nicht der richtige Ort dafür.«

Ich sah mich um, betrachtete mein schmales Bett und nickte. Lucas hatte recht. Mein kleines, spartanisch eingerichtetes Zimmer, das winzige Bett hatten keinerlei Romantik. Dagegen war sein Apartment mit dem riesigen Kingsize-Bett der geeignete Ort.

Leider brauchte ich meinen Schlaf, um morgen für die Studienaufgaben fit zu sein, weswegen ich ihn nicht begleiten konnte. Außerdem hatte Lucas Samstag ein Spiel, dafür sollte er ebenso ausgeruht sein.

Lucas nahm mein Gesicht in seine Hände, streichelte mit den Daumen meine Wangen und schaute mich mit seinen warmen braunen Augen an. »Aufgeschoben ist nicht … Na, du weißt schon. Ich fahre dann mal.«

»Wann kommst du Sonntag zur Bibliothek? Ich warte im Leseraum.«

»Bis ein Uhr habe ich Training, danach bin ich zum Mittagessen verabredet. Aber spätestens drei Uhr komme ich zu dir«, sagte er und küsste mich zum Abschied. Dann brachte ich ihn zur Tür, schaute ihm auf dem Gang hinterher, bis er das Wohnheim verlassen hatte.

38. Kapitel – Lucas

»Wollt ihr Jungs zum Nachtisch unseren frischgebackenen Schokoladenkuchen probieren?«, fragte Lucy.

Ich schaute auf das Handydisplay. In 35 Minuten war es drei Uhr. Wenn ich pünktlich in der Bibliothek sein wollte, müsste ich bald los. Wie ich Ashley einschätzte, saß sie schon mindestens vier Stunden im Leseraum und arbeitete. Ich würde ihr vorschlagen, dass wir uns entweder in die Cafeteria setzten oder zu mir fahren sollten. Im Leseraum durfte man nicht reden und stundenlang schweigen fand ich nervig. Am liebsten wäre es mir, wir würden in meinem Zimmer arbeiten, dann könnte Ashley gleich über Nacht bleiben.

Wenn ich so überlegte, war es schon seltsam. Früher reichte es mir, eine Frau einmal die Woche zu treffen, aber nur für ein paar Stunden. Ashley hätte ich am liebsten rund um die Uhr bei mir. Kaum dachte ich an sie, vermisste ich sie schon.

Dylan stieß mir seinen Ellenbogen in die Seite. »Erde an Luc.«

»Äh … Ja?«

»Wie sieht's aus, Kuchen, Kaffee?«, wiederholte Lucy.

»Nein, nichts von beidem. Danke, ich bin satt.« Demonstrativ schob ich den leeren Teller ein Stück von mir.

»Und ihr?« Lucy schaute fragend zu meinen Bros.

»Ray und ich nehmen ein Stück«, sagte Dylan, nachdem er ihn fragen angesehen und Ray genickt hatte.

»Und wer zahlt die Rechnung?«, erkundigte sich Lucy.

Dylan machte eine lahme Handbewegung. »Ich bin dran.«

»Okay«, erwidert sie nickend, sammelte leere Gläser, Teller und Besteck zusammen und sortierte alles auf ihr Tablett.

Als sie den Tisch verlassen wollte, hielt Ray sie zurück. »Du kannst mir noch eine kleine Apfelschorle bringen.«

Lucy verdrehte die Augen. »Wie heißt das Zauberwort?«

»Bitte.« Ray stöhnte, während wir über ihn lachten.

»Mann, Junge, wann hast du das Zauberwort endlich in deinem Schädel abgespeichert«, schimpfte Lucy und verließ kopfschüttelnd mit dem vollen Tablett den Tisch.

Grinsend sah ich ihr hinterher. Bei Lucy benahmen wir uns wie kleine Hosenscheißer. Mit Absicht, weil sie sich so wunderbar über uns aufregen konnte.

Wenn sonntags ein Sondertraining angesetzt war, kamen wir hinterher in Sam's Diner, um uns ein ausgiebiges Mittagessen zu gönnen. Das war einmal im Monat und mittlerweile zu unserem festen Ritual geworden. Absagen galt nur in absoluten Ausnahmefällen.

Nachdem der Kuchen verputzt war, Ray noch seine Apfelschorle getrunken und Dylan die Rechnung beglichen hatte, verabschiedeten wir uns von Lucy, sagten ihr, dass sie ihrem Chef Sam Grüße von uns bestellen sollte, und verließen den Laden.

»Wieso willst du nicht mit uns zum Eishockeyspiel mitkommen? Das ist doch viel spannender, als sich mit so 'nem Philosophiekram zu beschäftigen?« Dylan sah mich verständnislos an.

»Weil ich es Ashley versprochen habe. Und wenn ich noch länger mit euch quatsche, komme ich zu spät.«

Ray verzog sarkastisch das Gesicht. »Aber hallo, für die Frau mutierst du zum Streber.«

»Es ist falsch, sie die Arbeit komplett allein schreiben zu lassen.«

Dylan lachte. »Sagt der, dem bis jetzt immer scheißegal war, ob sich Frauen für ihn den Arsch aufreißen.«

Darauf konnte ich nur mit Schulterzucken reagieren. In der Hinsicht waren wir früher gleich gewesen.

Wie sie hatte ich mir keine Gedanken gemacht, wenn Studentinnen für mich Studienaufgaben miterledigt hatten. Hauptsache, ich konnte mich auf mein Training konzentrieren. Dahingehend hatte mich Ashley verändert.

Bevor ich mich hinter das Lenkrad schwang und den Motor startete, umarmten wir uns. Ich legte mein Handy und die Brieftasche in die Mittelkonsole und fuhr vom Parkplatz.

An der Ampel hielt ich an. Plötzlich klingelte mein Handy.

Ich schaute auf das Display. Meine Großmutter rief mich an, und mein Puls begann zu rasen. Wenn sie sich meldete, bedeutete es oft nichts Gutes und sie brauchte meine Hilfe. Wir hatten abgemacht, dass ich anrief, wenn wir ungestört ausgiebig reden wollten.

»Hi Grandma, was ist passiert?«, fragte ich ohne Umschweife. Den letzten Monat war es ruhig gewesen, keine Vorfälle mit meiner Mutter. Es gab aber auch Wochen, in denen ich fast täglich angerufen wurde. Das konnte ziemlich belastend sein, weil ich dann schnell reagieren musste.

»Etwas Schlimmes, Luc. Deine Mom … Sie hat …« Einen Moment schwieg meine Großmutter.

»Was hat sie?«, erkundigte ich mich und ergänzte eindringlich: »Grandma, erzähl es mir!«

»Deine Mom, sie hat sich die Hände verbrannt und weigert sich, die Brandblasen behandeln zu lassen.«

Verdammt. Mir wurde übel vor Schreck. Ich wusste, dass meine Mutter schrecklich Angst vor Dr. Brown hatte.

»Wo ist sie?«

»Sie sitzt in Grandpas Gemüsehäuschen. Er versucht, sie zu überzeugen, herauszukommen. Doch sie weint und ruft nach dir. Ich glaube, sie hat furchtbare Schmerzen. Du musst bei ihr sein, damit Dr. Brown sich um die Verletzungen kümmern kann.«

»Aber woher kommen die Brandblasen?«

»Deine Mutter hatte die Streichhölzer gefunden und Papier angezündet. Als der Teppich zu brennen begann, wollte sie die Flammen mit den Händen ausklopfen.«

Sie hatte den Teppich in Brand gesteckt? War sie im Haus allein gewesen? Ich musste meine Fragen noch zurückhalten. Nachher würde ich sie stellen. Jetzt benötigte ich für den Straßenverkehr die volle Aufmerksamkeit. Trotzdem war ein ernsthaftes Gespräch mit meinen Großeltern unumgänglich. Zukünftig dürfte kein Gegenstand offen herumliegen, der gefährlich werden könnte.

»Okay, ich beeile mich.«

»Danke, Luc. Tut mir leid, dass du kommen musst.« Ich hörte meine Großmutter leise schluchzen. Sie hatte während des Anrufs tapfer gegen die Tränen angekämpft. Früher hätte ich sie mit vielen Worten zu trösten versucht, aber die Kraft hatte ich schon lange nicht mehr. Wenn ich die privaten Schwierigkeiten zu dicht an mich ranließ, könnte ich meine Footballkarriere und das Studium vergessen.

»Alles gut, Grandma, mach dir bitte keine Gedanken deswegen«, sagte ich. Schnell schaltete ich das Handy aus, warf es in die Mittelkonsole zurück und trat aufs Gas. Angespannt stieß ich die Luft geräuschvoll zwischen den Zähnen aus. »Fuck!«, brüllte ich und schlug mit dem Handgelenk aufs Lenkrad. Manchmal wünschte ich mir, mich einem Freund anvertrauen zu können. Doch die Vergangenheit hatte mich gelehrt, das Risiko nicht einzugehen. Niemand sollte die Möglichkeit haben, mich demütigen zu können.

Wie immer, wenn ich auf der Fahrt zu meiner Familie war, kamen Kindheitserinnerungen auf, die ich sonst ganz gut verdrängen konnte. Der Sport, die Uni waren die perfekte Ablenkung. Jetzt saß ich im Jeep, mit meinen Gedanken allein.

»Hey Hanson, geht's nach Hause zur Irren?« Das abfällige Lachen von Brady und seiner Gang drang an mein Ohr. Wie fast jeden Tag folgten sie mir, wenn der Unterricht vorbei war. Manchmal lauerten sie mir in der Nähe unseres Hauses auf, wenn ich morgens zur Schule ging. Ich wurde getreten und geschlagen. Am liebsten aber warfen sie Gegenstände nach mir. Heute waren es zwei noch nicht völlig geleerte Coladosen. Das braune Zeug saute mein T-Shirt ein. Meine Großmutter bekam täglich verdreckte Wäsche von mir. Dabei hatte sie genug mit meiner Mutter zu tun, die den ganzen Tag betreut werden musste.

»Warum verschwindest du nicht mit deiner verrückten Mutter aus unserer Stadt? Euch will hier keiner haben!« Diese Worte taten besonders weh, weil sie von Jonah kamen, einem Nachbarsjungen, mit dem ich mich einige Tage nach unserem Umzug zu meinen Großeltern angefreundet hatte. Er wusste, wie schwer es für mich war. Meine Mutter lebte in ihrer eigenen Welt. Obwohl sie nach ihrer Erkrankung vergessen hatte, dass ich ihr Sohn war, hielt ich daran fest, sie Mom zu nennen. Dass Jonah herumerzählt hatte, dass meine Mutter ohne Hilfe in ein Pflegeheim müsste, das fand ich absolut mies von ihm. Nachdem Bradys Gang ihn wie mich zu hänseln begonnen hatte, lehnte er weiteren Kontakt zu mir ab. Jetzt war er einer der Schlimmsten geworden, um sich bei den Großmäulern einzuschleimen. Ich schwor mir nach seinem Verrat, keinem Freund mehr von der Krankheit meiner Mutter zu erzählen.

Ich lief schneller, um die Wut, die mir die Nässe in die Augen schießen ließ, in den Griff zu bekommen.

Nicht heulen, mit elf Jahren durfte ich vor den Schweinen nicht heulen, sonst würden sie mich noch mehr verarschen!

Eine dritte Dose traf mich am Hinterkopf. Cola rann von meinem Nacken, über den Rücken herunter. Das Brennen in den Augen wurde unerträglich, dass ich die Fäuste an den Seiten ballte. Bloß nicht heulen!

»Hallo Lucas, komm doch kurz zu mir rein!« Rose kam aus ihrer Kneipe und winkte mir zu. Noch nie war ich so froh gewesen, sie zu sehen, wie in diesem Moment.

Sie rettete mich aus der schrecklichen Situation. Mir wurden noch irgendwelche Schimpfwörter hinterhergerufen, aber Brady und seine Freunde drehten ab. Aufatmend steuerte ich auf Rose zu. Mann, war ich erleichtert.

Meine Gedanken wurden unterbrochen, als ich vor dem Haus meiner Großeltern hielt und den Motor abstellte. Ich hatte nicht bemerkt, wie die Zeit vergangen war. Kräftig rieb ich mir die Wangen. Fuck, sie waren nass. Mein Handy klingelte. Ich ging nicht ran. Heute wollte ich keinesfalls für Dylan, Ray oder irgendjemand sonst erreichbar sein. Ich stopfte es in die Hosentasche, wartete, bis Ruhe in meinen Körper eingekehrt war und stieg aus. Die Nacht würde ich hierbleiben müssen.

Verfickte Scheiße! Der Sonntag hatte so super begonnen.

39. Kapitel – Ashley

Ich war schon um acht Uhr aufgewacht und so munter, dass es sinnlos wäre, länger im Bett liegen zu bleiben. Deshalb ging ich duschen.

Verträumt seifte ich mich ein. Das warme Wasser prasselte auf meine Schultern und ich stellte es erst ab, als die ersten Wohnheimbewohnerinnen in den Duschraum kamen.

Das Top von Freitagnacht hätte ich gern noch einmal angezogen, aber es stank nach Schweiß und Rauch. Ich wählte zu einer blauen Jeans ein fliederfarbenes T-Shirt und eine Weste, die meine Hüften umspielte. Die Haare föhnte ich mit einer großen Rundbürste. Zufrieden sah ich in den Spiegel. Meine Augen leuchteten, die Haare glänzten wie flüssiges Kupfer.

Groß frühstücken mochte ich nicht. Mein Magen war vor Glücksgefühle wie zugeschnürt. Ich zwang mich, wenigstens einen Apfel zu essen, und trank einen Becher Instantkaffee. Da es erst zehn Uhr war, fegte ich das Zimmer, ging den Papierkorb leeren und ordnete die Bücher im Regal neu. Irgendwie musste ich mich beschäftigen, wobei meine Gedanken unentwegt bei Lucas hingen.

Halb zwölf Uhr saß ich allein in der Bibliothek und grinste dämlich vor mich hin. Seit ich morgens das Bett verlassen hatte, lief ich mit diesem dümmlichen Gesichtsausdruck herum.

Liebe machte echt doof. Jedenfalls hatte ich den Eindruck, dass das die Bibliothekarin gedacht haben könnte, als ich mit diesem Grinsen in den Leseraum gekommen war. »Hi Miss Bloom!«, hatte ich sie gegrüßt. »Guten Tag Miss White!«, hatte sie schmunzelnd erwidert. Mittlerweile war ich hier Stammgast und wir hatten uns ab und zu unterhalten.

Obwohl ich Lucas erst gestern gesehen hatte, kam mir jede Stunde, die wir getrennt waren, wie eine Woche vor. Mein ganzer Körper kribbelte vor Vorfreude, ihn heute zu treffen.

Ich holte meinen Laptop, Notizen und Philosophiebücher heraus und stürzte mich gutgelaunt in die Arbeit.

Als ich dabei war, eine neue These zu bearbeiten, öffnete sich die Tür. Ich warf einen Blick auf mein Handy, es war erst halb zwei Uhr. Eigentlich wäre Lucas noch beim Mittagessen. Neugierig schaute ich hoch, ob er es schon wäre.

Kaylee kam mit einem großen, dunkelhaarigen Typen herein. Ich erinnerte mich, dass ich ihn mit Lucas schon auf dem Spielfeld gesehen hatte. Er war einer der Quarterbacks, mit denen Lucas trainierte, aber gehörte nicht zu den Stammspielern.

»Klasse, die Bitch ist hier«, murmelte ich sarkastisch. Ich wünschte mir, sie würde mit dem Kerl verschwinden, bevor Lucas käme.

Ich senkte den Kopf und tat so, als ob ich sie nicht bemerkt hätte, doch sie hatte mich gesehen.

Himmel, war die Frau penetrant. Statt sich einen der vielen Tische auszuwählen, die weit von mir entfernt standen, ließ sie sich mit dem Typen neben mir nieder und fixierte mich mit kaltem Blick.

»Hi Ashley, so ganz allein in der Bibliothek? Ohne deinen *cuten Boyfriend*? Soweit ich das mitbekommen habe, arbeitet ihr zusammen an einer Seminararbeit, war doch so, Ethan?« Kaylee blinzelte den Typen an, der zustimmend nickte. »Soll so sein.«

Das Verhalten der Bitch wunderte mich. Worum ging es ihr? Was sollte die bescheuerte Anspielung mit Boyfriend und Seminararbeit? Kannte Kaylee den Deal? Und dass Lucas und ich ein Paar waren, konnte sie doch nichts wissen, oder?

Wenn das Weib mich nicht langsam in Ruhe lässt, klatscht meine Hand irgendwann auf ihr dreckiges Mundwerk, schwor ich mir. Jetzt schwieg ich, statt ihr zu antworten, und starrte auf meinen Laptop. Ich ignorierte sie, auch die nächste Stunde und die weiteren vier Stunden, die ich hier saß. Ohne Lucas.

Neben mir raschelte es. Kaylee und der Typ räumten ihre Unterlagen zusammen. Ich war froh, dass sie gingen. Es war nicht zu überhören, wie Kaylee und der Typ über mich geflüstert hatten. Aus dem Augenwinkel hatte ich zu ihr rüber geschielt, wenn ich Kaylee hässlich kichern hörte. Mehrmals wurde sie von Miss Bloom ermahnt, aber das war der Bitch egal. Irgendetwas heckte sie gegen mich aus, das spürte ich.

Kaylee stellte sich mit provokanter Miene vor meinen Tisch und räusperte sich.

»Ist was?«, herrschte ich sie an. Ich war sauer, dass mich Lucas offensichtlich versetzt hatte. Er hatte mir keine Nachricht geschickt, warum er nicht gekommen war.

Ist er doch gewissenlos? Bin ich es nicht wert, mir eine simple Entschuldigung zu schicken?

Sollte ich nachfragen, warum er mich hier allein arbeiten lässt?

Nein, auf gar keinen Fall. Ich war hier, er hatte sich zu melden.

»Man sieht sich«, verabschiedete sich die Bitch, wandte sich um und stolzierte auf ihren klappernden Absätzen und mit dem dunkelhaarigen Typen im Schlepptau aus dem Leseraum.

Weib, irgendwann klatscht es, so sicher, wie das Amen in der Kirche!

Ich packte meine Sachen zusammen und schielte bestimmt zum hundertsten Mal auf das Handydisplay, ob mir Lucas eine Nachricht getippt hatte. Es war nach sieben Uhr abends, ich sollte aufhören, mich zu fragen, warum er mir das antat.

Freitagnacht gestand er mir seine Liebe und dass er sich öffentlich zu mir bekennen wollte, heute versetzte er mich.

Was für ein Scheißspiel trieb er mit meinen Gefühlen?

Ich verließ die Bibliothek und rief Chloe an, ob wir uns eine Pizza oder was vom Inder bestellen wollten.

Ich hoffte, sie wäre da, aber wie fast jedes Wochenende blieb sie bis Montag bei Travis und würde von ihm aus zum Campus fahren, wie sie mir sagte. Das hieß für mich, ich sah sie Montagabend wieder. Chloe erkundigte sich, ob ich sie zum Reden bräuchte, aber ich versicherte ihr, dass ich okay wäre. Ich könnte wetten, zum Ende des Semesters würde sie mit ihrem Freund zusammenziehen und ich bekäme eine neue Mitbewohnerin. Die Beziehung der beiden war intensiv.

Da ich den ganzen Tag, außer dem Apfel keinen Bissen zu mir genommen hatte, bestellte ich für mich allein eine Pizza. Diesmal mit Salami. Ich nahm mir vor, *You* weiterzusehen. Nicht Lucas' Lieblingsserie, weil ich dann nur an ihn denken würde.

Bis der Pizzabote kam, war genügend Zeit, meine Studienunterlagen für den morgigen Tag zusammenzupacken und mit meiner Mutter zu telefonieren. Ich versprach ihr, demnächst zu Besuch zu kommen. Bald bekam ich meinen ersten Verdienst überwiesen.

Nachdem ich die Pizza bis auf den letzten Krümel verputz hatte – Frustessen klappte schon immer hervorragend – und drei Folgen *You* gelaufen waren, schaute ich ein letztes Mal auf mein Handy. Nichts.

Vergiss ihn, Ashley, er teilt dir auf diese Weise mit, dass dein Haltbarkeitsdatum als Freundin abgelaufen ist, bekam ich von meiner inneren Stimme mitleidslos zu hören.

Lucas behandelte mich wie Kaylee und seine restlichen Verflossenen. Warum sollte er mich wollen, wenn er vor mir die schönsten Frauen auf dem Campus abserviert hatte? Die bekamen wenigstens von ihm zu hören, dass er mit ihnen Schluss machte.
Dass Privileg gestand er mir nicht zu, so unwichtig war ich ihm.

Als ich am Montag aufwachte, war ich ein seelisches und körperliches Wrack. Ich hatte vielleicht zwei Stunden geschlafen. Mein Herz war wund. Innerlich fühlte ich mich so tief verletzt, dass ich mein Kissen vollgeheult hatte, dass es klitschnass war und ich mir das von Chloe ausleihen musste. Der Schmerz war so stark, dass er meinen Körper lähmte.

Meine Augen waren vom Weinen geschwollen und brannten. Ich nahm mir vor, mich ausnahmsweise krank zu melden. So wie ich aussah, mit dem verquollenen, fleckigen Gesicht, den geröteten Augen, mochte ich keinesfalls unter die Leute gehen.

Bis mittags blieb ich im Bett. Dann begab ich mich in den Duschraum, um unter dem heißen Wasser meine Muskeln zu entspannen und noch eine Runde zu heulen. Ich kam mir vor, als ob ich meinen Tränenvorrat ungehemmt ausschüttete.

Gerade kam ich aus dem Duschraum und dachte ausnahmsweise eine Sekunde nicht an Lucas, sah ich ihn vor meiner Tür stehen. Er hatte Ringe unter den Augen und sah müde aus. Wo war er bloß gewesen?

Ich wollte ihn nicht vorverurteilen, doch ich konnte nichts dagegen tun und stellte mir vor, dass er bei irgendeinem Weib gewesen war und sie die Nacht durchgefickt hatte.

Verdammt, ich dachte das Schlechteste von ihm. Das war nicht gut.

»Ash, darf ich reinkommen?«

»Nein!« *Geh und lass dich nie wieder bei mir blicken.*

»Honey, bitte!«

Ich schob ihn beiseite und schloss schweigend die Tür auf. Bestimmt war er hier, um mich zu besänftigen, damit ich mich schön an den Deal hielt. Für eine Entschuldigung war es reichlich spät.

»Jetzt hör mir doch wenigstens zu, warum ich dich versetzt habe!« Lucas fuhr mich an, als ob ich die Schuldige wäre. Sicherlich ein Trick, damit ich mich mies fühlte.

Mein Ton war hart, aber ich war zu verletzt, um freundlich zu sein. »Ich will keine Ausreden hören. Such dir eine andere Dumme, die du verarschen kannst!«

»Ich verarsche dich nicht. Es war falsch, dass ich mich nicht gemeldet habe, aber es gab einen Grund.«

Ohne mich zu fragen, drängte sich Lucas an mir vorbei, ging zu meinem Bett und setzte sich.

Ich atmete tief durch, dann schloss ich von innen die Tür. Ich war mir noch unklar, ob ich wissen wollte, wo er gewesen war. Jedoch war ich innerlich zerrissen, ob es richtig wäre, ihn rauszuwerfen, ohne ihn vorher angehört zu haben.

Mit verschränkten Armen lehnte ich mich an die Tür und sah ihm direkt ins Gesicht. »Gut, Lucas, ich höre dir zu.«

»Kannst du mal von der Tür wegkommen und dich zu mir setzten?«

»Nein.« Mir war es angenehmer, den Abstand zu halten. Seine Nähe würde mich nur weich machen und dann hätte er mich ganz schnell eingewickelt. Ich beobachtete Lucas, wie er sich mit der Hand hektisch über das Gesicht fuhr. Reumütig saß er nicht auf meinem Bett, er wirkte angespannt.

»Wieso willst du den Abstand?«

»Lucas, sag mir, warum du mich versetzt hast.«

»Das geht nicht. Ich entschuldige mich, doch den Grund kann ich dir nicht sagen. Du musst mir vertrauen.«

»Das kann ich als Entschuldigung auf keinen Fall akzeptieren.«

»Es gab einen wichtigen Grund, dass ich nicht in der Bibliothek war. Und es tut mir leid, dass ich vergessen habe, dich anzurufen.« Er hob den Blick und sah mich durchdringend an.

»Okay, du kannst es nicht sagen. Aber dann versprich mir, dass du das nie wieder tust!«

»Das kann ich nicht.«

Ich warf verzweifelt die Hände in die Luft. Wieso war er so bockig? »Wenn du es nicht kannst, verrate mir den Grund. Vertrauen beruht auf Gegenseitigkeit. Wenn du meins willst, dann schenke mir deins.« Kraftlos ließ ich die Arme sinken.

Die Art, wie er mich ansah, schockierte mich. Unnachgiebig. Verschlossen. Mit der Zungenspitze befeuchtete Lucas seine Lippen. »Und wenn ich es dir nicht sage, was ist dann, Ashley?«, wollte er wissen.

Schwer schluckte ich, bevor ich ihm die Antwort gab. »Frage ich mich, wie wir eine Beziehung führen wollen, wenn es uns an gegenseitigem Vertrauen mangelt. So funktioniert es nicht.«

Lucas nickte, schien innerlich mit sich zu ringen. »Okay.« Er stand auf, sein Blick war finster, als er auf mich zukam. »Damit das klar ist, Ashley. Keine Frau erpresst mich, merk dir das. Für uns beide ist es besser, wenn ich gehe.«

»Du gehst, das ist deine Entscheidung?« Meine Stimme klang piepsig. Seine Worte hatten sich um meinen Hals geschlossen und drückten mir die Kehle zu.

Trotz des Schocks gelang es mir, ihm die Tür zu öffnen.

Es war zwischen uns aus, bevor es richtig begonnen hatte, das war mir mit einem Schlag klar, und die Welt ging für mich unter.

40. Kapitel – Ashley

Schweigen, vier Wochen Schweigen. Ich litt unter der Trennung wie ein verlassener Hund.

Keine Frau erpresst mich, merk dir das. Für uns beide ist es besser, wenn ich gehe. Die Worte kreisten wie eine Endlosschleife in meinem Hirn. Wenn ich mich abends ins Bett legte, hörte ich sie. Wenn ich morgens aufwachte, begrüßten sie mich, wenn ich unter der Dusche stand, tropften sie auf mich herab. Sie wollten einfach nicht leiser werden, sondern malträtierten meinen Kopf. Stunde um Stunde. Tag für Tag. Woche für Woche.

Das Studium und der Job fielen mir schwer. Die Seminararbeit war eine einzige Qual.

Lucas behandelte mich wie Luft. Wenn er in einem Kurs in meine Richtung sah, schien er durch mich hindurchzusehen. Er hatte auch nur kurz genickt, als ich ihm das Geld für die Hosen zurückgegeben hatte.

Ich war wieder unsichtbar. Für alle.

Irgendwie war die Zeit mit ihm ein schöner Traum gewesen, aus dem ich erwacht war. Die Realität hatte mich zurück. Ich war wieder stumm, nicht, weil ich in alte Muster verfallen war. Nein, der Grund war, dass es keinen interessierte, ob ich was zu sagen hätte.

Dass Matthew nur noch mit Lizzy abhing, war mir recht, dass Chloe viel Zeit mit Travis verbrachte, noch besser. Im Moment war ich keine angenehme Gesellschafterin, empfand andere Menschen um mich herum als lästig.

Ich traf mich nicht mehr mit der Walkinggruppe, war auch keinen Sonntag mehr joggen. Meistens saß ich in Pyjama in meinem Bett, stopfte mich mit Eiscreme und Chips voll, um die Mauer um mich herum erneut hochzuziehen.

Es klappte wunderbar, denn die Kilos, die ich abgenommen hatte, saßen größtenteils wieder auf den Hüften.

Heute war Samstag. Am Abend fand eine der berüchtigten Verbindungspartys statt. Chloe war aus dem Häuschen, weil Travis mit ihr dort hingehen wollte. Sie hatte sich bemüht, mich zu überreden, mitzukommen. Sie dachte, ein bisschen Abwechslung würde mich aus meinem schwarzen Loch ziehen. Wie lächerlich, das zu glauben.

Niemand konnte mich aus meiner Finsternis befreien. Sie hielt mich mit ihren Klauen gefangen. Außerdem wusste ich, dass Lucas dort sein würde, links und rechts eine Frau im Arm. Er sah zwar wie ich blass und mitgenommen aus, aber bestimmt wegen des vielen Trainings. Chloe glaubte, dass er wie ich Liebeskummer hätte.

Aber mal ehrlich, wenn das so wäre, hätte er dann nicht ein Gespräch mit mir gesucht?

Nein, stattdessen herrschte zwischen uns Schweigen. Dieses verdammte, quälende Schweigen, das mich zermürbte und irgendwann um den Verstand bringen würde.

Als ich nach meinem Einkauf ins Zimmer kam, stand Chloe vor dem geöffneten Schrank und wühlte in ihren Klamotten herum.

Ich öffnete den Rucksack, warf Chips, einen Becher Vanilleeiscreme und eine Flasche Cola auf das Bett und kickte die Schuhe von den Füßen. Für mich war heute ein langer Filmabend angesagt. Immerhin konnte ich morgen ausschlafen.

»Mann, Ash, statt deinen Liebeskummer mit Kalorienbomben zu betäuben, solltest du mich begleiten.«

»Nerv mich nicht mit der bescheuerten Verbindungsparty, auf die du gehst«, knurrte ich und suchte auf meinem Laptop nach einem schnulzigen Film.

Chloe betrachtete mit zur Seite geneigtem Kopf ein glitzerndes Shirt.

»Zieh es an, sieht toll aus«, kommentierte ich, bevor ich mich auszog und in den Frotteepyjama schlüpfte. Zur Zeit war er meine Lieblingsklamotte, weit und kuschlig.

Mit wütend zusammengepressten Lippen warf sie das Glitzershirt auf ihr Bett. »Mal ehrlich, Ash, meinst du nicht, dass du lange genug um den Mistkerl getrauert hast? Andere Mütter …«

»Haben auch hübsche Söhne«, unterbrach ich sie. Ich konnte den Scheißspruch von ihr echt nicht mehr hören und ergänzte daher: »Kein Mann will eine fette, hässliche Rothaarige mit Sommersprossen.«

»Du bist keinesfalls hässlich, und das weißt du auch. Aber ich kann dir Brief und Siegel darauf geben, dass du es wirst, wenn du dich mit dem ungesunden Zeug vollstopfst, weil es Pickel macht und du davon am Ende tatsächlich viele Kilos zunimmst.« Seufzend strich sie sich über die Stirn, als sie mein entsetztes Gesicht sah. »Sorry, Ash. Ich sorge mich nun mal um dich. Wenn du wenigstens mit mir über deinen Schmerz reden würdest, dich bei mir ausheulst. Du bist entweder still oder zynisch.«

Achselzuckend sah ich sie an. »Ich weiß ja, dass ich schlecht drauf bin. Im Moment habe ich keine Lösung, wie ich über Lucas hinwegkommen soll. Das Einzige, was mir gerade hilft, sind Süßigkeiten, so bescheuert das für dich klingen mag.«

Es machte keinen Sinn, Chloe zu widersprechen. Mein Kummer überforderte mich.

Ich war ohne Kraft, quälte mich durch den Tag und klammerte mich an die Hoffnung, dass es mir irgendwann besser gehen würde.

Chloe setzte sich zu mir aufs Bett. Sie legte den Arm um meine Schultern und lächelte mich an. »Pass auf, Ash. Futtere deine Chips, schau dir ein paar Herzschmerzfilme an. Doch morgen werden wir uns ernsthaft Gedanken machen, wie du mit dem Liebeskummer am besten umgehst. Wenn du leidest, dann tut es mir genauso weh.«

Ich atmete tief durch, bevor ich nickte. »Einverstanden, Sonntag reden wir.«

»Ich wusste es, du bist vernünftig.« Chloe drückte mir einen Kuss auf die Wange und sprang vom Bett auf. »Ich werde dich an dein Versprechen festnageln.«

41. Kapitel – Lucas

»Mann, endlich wieder eine Party nach meinem Geschmack«, rief Dylan und schwang sich auf den Beifahrersitz, Ray und Raoul ließen sich auf die Rücksitze fallen. Wir fuhren mit meinem Jeep zum Verbindungshaus. Den Wagen würden wir über Nacht dort stehen lassen, weil keiner von uns vorhatte, nüchtern zu bleiben.

Ich wollte mich wegen Ashley abschießen, um wenigstens ein paar Stunden dieses Stechen im Herzen nicht mehr zu spüren. Es war mein erster Liebeskummer und ich hatte nicht die geringste Vorstellung gehabt, wie beschissen sich so was anfühlte.

Jetzt wusste ich, wie es Ray ergangen war, als er sitzengelassen wurde. Vermutlich der gleiche Schmerz, auch wenn bei mir die Sachlage anders zu beurteilen war. Ashley verlangte von mir Vertrauen, dass ich ihr nicht schenken konnte. Seit Jahren hütete ich mein Geheimnis, und dann sollte ich es ihr erzählen? Sorry, es ging einfach nicht. Ich war die Flucht nach vorn angetreten und hatte damit unsere frische Beziehung zerstört. Nachdem ich den Schlussstrich gezogen hatte, war ich zu Sams' Diner gefahren, um mich volllaufen zu lassen.

Lucy hatte Dylan angerufen. Er war sofort in das nächste Taxi gestiegen, um mich vom Barhocker zu ziehen und in meinen Jeep zu verfrachten. Ohne mich mit Scheißsprüchen zu belegen, hatte er mich in mein Zimmer gebracht und bis auf die Boxershorts ausgezogen, damit ich meinen Rausch ausschlafen konnte.

Am Morgen hatte ich einen fetten Kater, mir die Seele aus dem Leib gekotzt und Dylan gebeichtet, dass es mit Ashley vorbei war, ohne ihm den wahren Grund zu verraten.

Wie auch, er hatte ja selbst keine Ahnung, was bei mir daheim los war.

Schweigend hatte mir Dylan zugehört und mein klägliches Gejammer ertragen. Ich war mit der Situation völlig überfordert. Denn nicht nur mein Liebeskummer war Premiere. Ashley war außerdem die erste Frau, wegen der ich Rotz und Wasser geheult hatte.

Der Parkplatz war voller Autos, wenn wir später eingetroffen wären, hätten wir irgendwo weit weg den Jeep abstellen müssen. »Schaut euch die geilen Weiber an!«, rief Raoul und kletterte als Erster aus dem Wagen. »Wenn da nicht was für dich dabei wäre, Luc.«

»Nee, lass mal«, meinte ich abwinkend und folgte meinen Freunden zum Haus, das schon rammelvoll zu sein schien. Die ersten Besoffenen torkelten auf der Terrasse herum, obwohl es erst acht Uhr abends war. Manche schienen nicht viel zu vertragen. Warum tat ich mir das an? Zu Hause könnte ich mich genauso besaufen.

»Was ist mit der kleinen Rothaarigen … Ashley, oder?«, erkundigte sich Raoul.

»Ja, was soll mit ihr sein?« Mit gerunzelter Stirn sah ich zu Dylan, der grinsend die Schultern hob. *Klatschweib*, formten meine Lippen.

»Kommt sie auch her?«

»Glaub nicht, wir sind auseinander.«

»Ja, Mann, Trennungen sind scheiße.«

»Dein Gequatsche ist scheiße, Raoul«, knurrte ich. Das Letzte, worüber ich reden wollte, war Ashley.

»Habt ihr das gehört, wie sie Kaylee fertiggemacht hat?«, warf Ray ein. *Wird das hier ein Wir-reden-über-Ashley-Abend?* Ich hätte zu Hause bleiben sollen, ärgerte ich mich.

Ray fuhr grinsend fort, obwohl ich stöhnend mit den Augen rollte. »Matthew, der Sohn von Bob Miller, war wohl bei der Auseinandersetzung dabei gewesen und hat die Story auf dem Campus herumerzählt. Erinnert ihr euch? Wir hatten an dem Sonntag das Spiel gegen Ohio. Es war fast zu einer Prügelei gekommen.«

»Ein kleiner *Catfight*?«, rief Raoul. »Da hätte ich gern zugeschaut und eine Wette abgeschlossen.« Er und Ray klatschten sich lachend ab.

»Mir geht euer Gelaber über Ashley echt auf den Sack. Könntet ihr langsam von einem anderen Thema sprechen?«

»Hey Luc, bleib mal locker«, rief Ray. »Klar, wenn du bei ihr rotsiehst …« Schon prustete er los, Dylan und Raoul stimmten ein. »Rot, das passt ja wieder«, sagte Dylan lachend und strich sich demonstrativ mit der flachen Hand über das schwarze kurzgeschorene Haar, damit auch der Letzte verstand, dass Ray auf Ashleys Haarfarbe angespielt hatte. *Jaja, unglaublich witzig*, dachte ich genervt. Manchmal konnten die drei echte Spaßvögel sein. Ich war kurz davor umzudrehen. Meine Stimmung rutschte jetzt richtig in den Keller.

Eine Stunde später kauerte ich auf dem Küchenboden im Verbindungshaus und leerte meinen dritten Plastikbecher. Viel Whiskey, wenig Cola. Ray und Raoul spielten beim bescheuerten Trinkspiel *Bier Pong* mit, Dylan hatte sich mit zwei Cheerleadern ins obere Stockwerk verdrückt. Überall waren Leute. Die Gespräche, das Lachen und die laute Musik für meine Ohren unerträglich. Als ich von der Verbindungsparty vor acht Wochen erfuhr, hatte ich mich wie meine Bros auf sie gefreut. Aber ohne Ashley machte sie keinen Spaß. Gerade als ich nachdachte, ob ich sie anrufen sollte, sah ich ihre Freundin Chloe in die Küche kommen.

Sie bemerkte mich sofort, stemmte die Fäuste in die Taille und sah mit einem vernichtenden Blick zu mir herunter. »Ach, da sitzt ja *Mister Oberarschloch*«, stieß sie hervor. Dann wandte sie sich ab, ging zum Tisch und goss sich Wein in einen der bunten Plastikbecher. Ohne mich anzusehen, sagte sie: »Dir ist hoffentlich klar, was du Ash angetan hast?«

»Wie geht es ihr?« Ich rollte mit den Augen, weil ich so eine dämliche Frage gestellt hatte.

»Ha, wie genial ist das denn? Na, rate mal … Beschissen.« Wütend drehte sie sich um, nippte am Wein und ging zu einem blonden Typen, der im Türrahmen stand und seinen Arm um sie legte. Zum Glück verschwand sie mit ihrem Loverboy, statt mir noch mehr blöde Kommentare an den Kopf zu werfen.

»Auf Ash!« Ich hob den Becher und nahm einen kräftigen Schluck.

Irgendwann war das Sitzen auf den kalten Küchenfliesen zu unbequem. Ich rappelte mich auf und wankte ins Wohnzimmer. Dort ließ ich mich auf die Couch fallen, starrte in den Becher, den ich mit beiden Händen hielt und dachte an meine süße Ashley.

Der Alkohol machte mich sentimental. *Honey, ich vermisse dich.*

Mein Handy klingelte und riss mich aus meinen Gedanken. Ich stellte den leeren Becher auf den Boden und angelte es aus der Hose. Es war meine Großmutter.

»Grandma?«

»Luc, deine Mutter …« Meine Hand zitterte. Ich konnte sie kaum verstehen. »Warte, ich höre dich kaum«, rief ich ins Handy, sprang von der Couch auf und schob mich durch das Gedränge, um nach draußen zu kommen. Schlagartig fühlte ich mich nüchtern.

»Was ist mit Mom?«

»Sie … Sie ist mit dem Fahrrad fort.«

»Was?« Mir stockte einen Augenblick der Atem. Es war schon zehn Uhr. »Seit wann?«

»Wir hatten zu Abend gegessen. Sie wollte ein bisschen auf die Straße gehen, aber ich wusste nicht, dass sie das Fahrrad mitgenommen hatte.«

»Grandma, es ist stockduster. Wie soll sie den Weg nach Hause finden? Und überhaupt … Warum rufst du so spät an? Du hättest mich viel früher informieren müssen!«

»Weiß ich doch, Luc. Grandpa hat sie gesucht, aber sie ist wie vom Erdboden verschwunden.«

»Habt ihr Sheriff Hobbs informiert?«

»Ja, er hat eine Streife losgeschickt, die sich umschaut.« Meine Großmutter schniefte. »Luc, kannst du kommen?«

»Natürlich, ich bin gleich bei euch.« Hastig schaltete ich das Handy aus. Ich wollte mich auf den Weg zu Dylan machen, um ihm zu sagen, dass ich nach Hause fahren würde, als mir einfiel, wie viel Alkohol ich getrunken hatte.

Verfickte Scheiße, ich durfte mit dem Jeep selbst nicht mehr fahren.

Welche Optionen blieben mir noch?

Ich zerbrach mir einen Moment den Kopf. Wenn ich darüber nachdachte, gab es nur eine Person, der ich mich anvertrauen konnte und die ich um Hilfe bitten wollte: Ashley.

Chloe fuhr herum, als ich sie an die Schulter fasste, dann brauste sie auf: »Was willst du von mir?«

»Ich muss zu Ashley, wie viel hast du getrunken?«

Ungläubig riss sie die Augen auf. »Du musst was?«, rief sie und tippte sich gegen die Stirn. »Halt dich von ihr fern.«

»Ashley will, dass ich ihr vertraue. Jetzt zicke nicht rum. Ich bin in einer schwierigen Situation. Nur sie kann mir helfen und ich kann ihr erklären, warum ich mich wie ein Arsch verhalten habe.« Ich griff mir verzweifelt ins Haar. »Glaub mir bitte, ich will alles geraderücken. Aber dafür muss ich sie holen.«

»Heißt das, du willst Ash zurück?«, mischte sich der blonde Typ ein, der bis jetzt geschwiegen hatte.

»Und ob. Sie bedeutet mir … alles.« Abwechselnd schaute ich Chloe und den Blonden an. »Würdet ihr mir helfen?«

»Sicher, Mann.« Der Typ zuckte mit den Schultern. »Ich bin einverstanden, wir fahren dich zu ihr.« Der Kerl zeigte glücklicherweise Verständnis. Er nickte Chloe zu. »Okay, Baby?«

Einen Augenblick schwieg Chloe, bevor sie zustimmend nickte. »Ja, ich bin dabei, wenn du keine Bedenken hast.«

»Danke … Äh …« Fragend sah ich dem Typen ins Gesicht.

»Travis. Ich bin Chloes Freund.« Er lächelte, und wir reichten uns die Hände.

»Wo steckt Ashley überhaupt, ist sie im Wohnheim?«, wollte ich wissen.

»Sie hat sich entschieden, auf die Party zu verzichten und dafür lieber ein paar Filme anzuschauen«, sagte Chloe und sah sich um. »Du, Travis, ich schau nach James und Liam. Wir sollten deinen Freunden Bescheid geben, dass wir kurz die Party verlassen.«

»Ja, sag Bescheid«, stimmte Travis zu und strich Chloe über den Arm.

Nachdenklich betrachtete ich ihn. Im Gegensatz zu ihr schien er nüchtern zu sein. Kopfschüttelnd grinste Travis, als ob er meinen kritischen Blick verstanden hätte. »Ich habe das kurze Streichholz gezogen und bin der Fahrer unserer Gruppe.«

Ich nickte, auch wenn es mir egal war, wer welches Streichholz gezogen hatte. Ich war einfach erleichtert, dass Travis und Chloe mich zu Ashley bringen würden. Obwohl ich zugeben musste, dass ich ein flaues Gefühl im Magen hatte.

Es gab schlussendlich doch eine Chance, dass wir uns versöhnten, doch gleichzeitig würde ich Ashley gegenüber mein Geheimnis preisgeben.

Travis und Chloe blieben im Auto sitzen. Sie meinten, ich sollte mit Ashley allein sprechen. Wenn sie dazu bereit wäre, würden sie uns zum Jeep bringen. Ich hoffte, Ash verzieh mir und begleitete mich zu meiner Familie. Wenn nicht, müsste ich mit einem Taxi fahren, was die Suche nach meiner Mutter erschweren würde. Bis jetzt hatte ich keine Nachricht bekommen, dass sie gefunden wurde. Mein Herz zog sich zusammen, als ich an sie dachte. Es war Nacht, und wie es aussah, irrte sie irgendwo herum.

Ich lief den Gang entlang und grübelte. War es eine dämliche Idee, nachdem wir die letzten vier Wochen kein Wort gewechselt hatten, Ashley unter diesen Umständen aufzusuchen? Würde sie meine Entschuldigung annehmen oder mich wieder aus ihrem Zimmer werfen?

Unentschlossen stand ich vor ihrer Tür.

Fast wollte ich umkehren, weil ich mir bescheuert vorkam. Ich hätte längst ehrlich sein sollen, statt sie und mich zu quälen. Warum musste ich mich von Ashley trennen, ich liebte sie doch?

Chloe hatte mir im Pick-up erzählt, wie sehr Ashley unter unserer Trennung litt. Mir ging es genauso. Jeder Tag ohne sie war für mich grauenhaft. Aber ich hatte Angst, dass sie sich von mir abwenden würde, wenn sie von meinem Geheimnis erfuhr.

Das wäre für mich die Hölle. Wenn sich eine Frau entschied, mit mir eine feste Beziehung einzugehen, dann mit aller Konsequenz.

Bald würde sich zeigen, ob Ashley dazu bereit wäre.

Ich schloss einen Augenblick die Augen, atmete tief durch und klopfte.

Ashleys Stimme klang verwundert. »Chloe, bist du das?«, rief sie und ergänzte: »Tür ist offen.«

Ich räusperte mich, legte die Hand auf die Klinke und drückte sie runter.

»Lucas?« Ashley blinzelte irritiert. Ich sah, wie sich ihr Gesichtsausdruck veränderte. Zuerst war er freundlich, jetzt ablehnend. »Was, zum Teufel, willst du hier?«, herrschte sie mich an.

»Mich erklären.«

»Das willst du, auf einmal?« Sie stieg aus dem Bett, stellte einen Becher Vanilleeiscreme auf den Schreibtisch und schaltete den Laptop aus, bevor sie sich mir zuwandte.

»Ja, ich weiß, es tut mir leid, wie ich mich verhalten habe. Alles, ich schwöre es dir. Bitte, Ash, hör mir zu, was ich dir zu sagen habe!«

Ihr Blick wechselte von mir zur offenen Tür und zurück. Offensichtlich kämpfte sie mit ihrem Inneren.

»Okay.« Sie winkte mich zu sich und deutete auf das Bett. »Setzt dich.«

Kurz stand ich regungslos da. Mein Hirn musste begreifen, dass sie nicht vorhatte, mich aus dem Zimmer zu werfen.

Als ich mich gefangen hatte, schloss ich hinter mir die Tür und steuerte auf ihr Bett zu. Mein Mund war trocken und das Blut rauschte in meinen Ohren, weil sie mich mit einem Lächeln ansah, das ich nicht erwartet hätte.

Ich könnte mich in diesem Augenblick dafür ohrfeigen, dass ich ihr nicht vertraut hatte. Ich hatte sie so sehr vermisst, und dabei war Ashley die Frau, die immer zu mir stehen würde. Das war mir in diesem Augenblick klar geworden.

42. Kapitel – Ashley

Meine Augen verfolgten Lucas. Er kam langsam näher und ließ sich auf das Bett nieder. Ich hätte nicht gedacht, dass er das Gespräch mit mir suchen würde. Ich verstand ihn nicht. Er hatte mich seit der Trennung gemieden, und dann tauchte er in meinem Zimmer auf, um mit mir zu reden. Wieso auf einmal?

»Ich habe keine Zeit für lange Erklärungen.« Lucas wandte mir sein Gesicht zu und rieb sich den Nacken. »Könntest du mitkommen?«

»Wohin soll ich dich begleiten, Lucas, warum bist du hier?«

»Ich habe getrunken und muss dringend zu meiner Familie. Es geht um meine Mutter. Sie war der Grund, dass ich dich versetzt hatte.«

Was Lucas sagte und von mir wollte, klang surreal. Ich hatte mir tausendmal vorgestellt, wie es sich anfühlen würde, wenn er zu mir zurückkäme, die verschiedensten Szenarien ausgemalt, was er sagen würde, warum er sich getrennt hatte. Seine Behauptung, ich würde ihn erpressen, hatte für mich vorgeschoben geklungen. Irgendwann war ich davon überzeugt gewesen, dass er nicht zugeben wollte, dass seine Gefühle für mich erkaltet waren.

Dass er sagt, er hätte sich wegen seiner Mutter von mir getrennt … Mit dieser Begründung hatte ich nicht gerechnet. Dass ich ihn begleiten sollte, überraschte mich.

»Was ist, Ash, fährst du mich und bleibst dort mit mir über Nacht?« Flehend sah mich Lucas an, bevor er sich mit der Hand über den Mund fuhr. »Bitte. Ich … Ich brauche dich.«

Lucas' Worte trafen mich ins Herz. Ich merkte, dass er nervös war und es ihm lieber wäre, ich würde mit ihm schnell das Zimmer verlassen.

»Und du erzählst mir alles? Wieso du mir gegenüber so abweisend warst, was in deinem Kopf vorging, dass du keine andere Lösung sahst, als das mit uns zu beenden?«

Lucas sah mir tief in die Augen. »Keine Geheimnisse mehr, versprochen! Aber zieh dir jetzt ein paar warme Klamotten an.« Er schmunzelte, als seine Augen über meinen Pyjama wanderten. »Es ist kalt draußen.«

»Okay, ich fahre dich.«

Ich stand auf, ging zum Schrank und suchte mir ein paar Sachen heraus. Rasch zog ich mich an und schnappte meinen Rucksack.

»Danke, Ash«, sagte Lucas, und seine Augen leuchteten, als er sah, dass ich mit dem Handy meine Zahnbürste und einen Slip einpackte.

43. Kapitel – Ashley

Am Jeep verabschiedeten wir uns von Chloe und Travis. Lucas öffnete die Fahrertür, nahm mir den Rucksack ab, und ich stieg ein. Derweil umrundete Lucas den Wagen. Er legte den Rucksack auf den Rücksitz und ließ sich auf der Beifahrerseite nieder. »Fahr bitte vorsichtig. Mit dem Jeep bin bis jetzt nur ich gefahren.«

»Du hast auch hier keine Wahl und musst mir vertrauen«, meinte ich und steckte den Schlüssel ins Zündschloss.

Misstrauisch runzelte er die Stirn. Sein Blick flackerte. »Du bist doch schon oft gefahren?«

»Nein.«

»Shit«, murmelte Lucas. Ich tat so, als ob ich ihn nicht gehört hätte. Der Motor heulte auf, und ich fuhr den Jeep vom Parkplatz. Meine Hände umkrallten das Lenkrad. Der Wagen kam mir heute noch größer vor. Schweigend starrte ich nach vorn. Wenn ich den Mund aufmachte, würde Lucas meine Angst heraushören, weil die Fahrt mit dem Auto eine Herausforderung für mich war. Aber nach einigen Minuten fühlte ich mich sicherer und die Anspannung wich.

Wir verließen Ann Arbor und bogen auf die I-94 Richtung Albion, wo Lucas' Familie wohnte. Ungefähr eine Stunde würden wir benötigen. Ich wusste nicht, dass seine Mutter und die Großeltern relativ nahe an der Universität lebten.

»Ich entschied mich für die Michigan, um jederzeit nach Hause zu fahren, wenn es Probleme gibt«, beantwortete er meine unausgesprochene Frage.

»Verstehe.« Ich nickte. »Und warum hast du mich an dem verhängnisvollen Sonntag versetzt?«

»Ja, warum? Dafür werde ich weiter ausholen müssen.«

Mit den Fingerspitzen rieb Lucas sich die Augen. »Ich erzähle dir alles dazu, aber unterbrich mich nicht.«

»Nein, ich höre dir zu.« Ich warf Lucas einen kurzen Blick zu, dann konzentrierte ich mich wieder auf die Straße.

»Du weißt aus eigener Erfahrung, wie fies Leute sein können, wenn sie bei jemandem einen Schwachpunkt finden. Als ich zehn Jahre alt war, erkrankte meine Mutter an einer bakteriellen Meningitis. Es war nicht sicher, ob sie überleben würde, drei Wochen lag sie im Koma. Ihr Gehirn hatte Schaden genommen. Sie ist seitdem geistig behindert. Stell sie dir mit der Reife eines kleinen Kindes vor.«

Ich schluckte schwer. »Das … Das tut mir leid.« Ich hörte, wie Lucas die Luft ausstieß. Es kostete ihn offensichtlich Überwindung, über seine Mutter zu reden. »Das muss schlimm für eure Familie sein.«

»Ja, mein Vater kam mit ihrer Erkrankung nicht klar, deshalb waren Mom und ich zu meinen Großeltern gezogen. Ich war elf. Wenn es Grandma und Grandpa nicht geben würde, könnte ich meine Footballkarriere in den Wind schießen.«

»Wieso machst du so ein Geheimnis aus der Geschichte?«

Lucas schwieg, ich wartete.

»In der neuen Schule wurde ich verspottet. Ich war groß und kräftig, aber kein Schlägertyp. Stattdessen zog ich mich innerlich zurück und mutierte zum schweigsamen Einzelgänger.«

Lucas erzählte, wie er von einer Gang drangsaliert wurde, sein Freund Jonah ihn enttäuscht hatte.

Fassungslos hörte ich zu.

Schließlich berichtete Lucas, wie Football sein Leben verändert hatte.

»Mein damaliger Sportlehrer hatte mich überzeugt, mit Football zu beginnen, um meine innere Wut, den Schmerz abzureagieren. Ich lernte, den Spott nicht mehr an mich ranzulassen, außerdem ließ mich Bradys Gang in Ruhe. Denn es zeigte sich, dass ich Talent als Quarterback hatte und in der Beliebtheitsskala unserer Schule rasch ganz nach oben kletterte. Cheftrainer von verschiedenen Universitäten wurden auf mich aufmerksam. Der Anfang meiner Karriere. Ich hatte mich für die Collegefootballmannschaft der Michigan entschieden und ein Stipendium erhalten.«

Was Lucas erzählte, ließ mich frösteln. Ich beugte mich zur Lüftung und drehte sie auf. Warme Luft blies herein. Mit allem hatte ich gerechnet, aber nicht mit der Geschichte.

Da litt ich unter den Anfeindungen, die ich über viele Jahre ertragen musste und erfuhr, dass meine Probleme gegenüber seinen fast nichtig waren. Am eigenen Leib hatte ich spüren müssen, wie grausam Kinder sein konnten, deshalb hatte ich eine Ahnung, wie mit Lucas und seiner Mutter umgegangen wurde.

»Ich liebe meine Mutter, weil sie eine wundervolle Frau war, bevor die Krankheit sie kaputtgemacht hatte. Um sie und meine Karriere nicht zu gefährden, darf niemand Außenstehendes von ihrem geistigen Zustand erfahren. Ich muss öfters vom Training abhauen. Meinem Coach habe ich mich anvertraut. Er deckt mich, wenn ich notgedrungen nach Hause fahren muss, um Dinge zu regeln. Wenn das rauskommt, würde er aus dem Trainerstab fliegen und ich aus der Mannschaft, das ist vertraglich so festgelegt. Ein wesentlicher Grund, dass ich mit niemandem über sie spreche. Außerdem habe ich Sorge, man würde mich in der Mannschaft wegen ihr aufziehen. Ich darf den Respekt unseres Footballteams nicht verlieren.«

Seufzend wandte Lucas mir sein Gesicht zu, wie ich aus dem Augenwinkel mitbekam. »Ich hatte dich an dem Sonntag versetzt, weil sie sich heftige Verbrennungen zugezogen hatte. Ich sagte dir schon, sie ist geistig ein Kind. Meine Grandma ließ sie einen Western schauen. Danach wollte meine Mutter ein Feuer machen, wie sie es im Film gesehen hatte. Der Teppich brannte und sie versuchte, die Flammen mit ihren Händen zu ersticken.« Lucas schüttelte den Kopf. »Sie hat Angst vor Ärzten und weigerte sich, die Brandblasen behandeln zu lassen. Nur ich kann sie beruhigen. Ich hätte dich anrufen sollen, es tut mir leid.«

Lucas legte seine Hand auf meinen Oberschenkel. »Ash, ich liebe dich. Bitte gib uns noch eine Chance.«

Ich spürte seine warmen Finger, wie sie über mein Bein strichen, aber ich musste das Gehörte verarbeiten, weswegen ich ihm keine Antwort gab. Zum Glück drängte mich Lucas nicht.

»Vorhin rief mich Grandma an, dass meine Mutter mit dem Fahrrad weggefahren ist. Sie ist irgendwo draußen unterwegs, wir müssen sie suchen.«

Ich blickte kurz auf meine Hände. Ich hielt weiterhin das Lenkrad fest umschlossen, als ob es ein Rettungsring wäre. »Wir finden sie, bestimmt.«

Lucas rieb sich das Gesicht. »Und nimmst du mich zurück?«, fragte er vorsichtig. »Wirklich, Ash, es tut mir schrecklich leid, dass ich mich so abweisend benommen habe«, wiederholte er.

Ich presste die Lippen zusammen und nickte. »Da ich nun den Grund für dein Verhalten weiß … Ja, Lucas, ich nehme deine Entschuldigung an. Aber lerne, Menschen zu vertrauen, mir, deinen engsten Freunden.«

Lucas war still. Ich sah zu ihm rüber. »Luc.«

»Ja, ich werde versuchen, mich zu öffnen.« Er hielt einen Augenblick inne. »Und was ist mit uns?«

»Wir reden später. Jetzt sollten wir uns auf die Suche konzentrieren. Denk nach, welche Orte es gibt, wo sie sich sicher fühlt oder sich gern aufhält.«

»Sie versteckt sich oft im Gemüsegewächshaus von meinem Grandpa, aber da kann sie nicht sein, wenn sie mit dem Fahrrad fort ist.«

Während wir uns Albion näherten, rätselten wir, wohin Lucas' Mutter gefahren war, aber wir fanden keinen Anhaltspunkt. Daraufhin strich ich mir seufzend über die Stirn und meinte: »Am besten kann ich bei einer Tasse Kakao nachdenken.«

»Das ist es!« Lucas schlug mit der Hand auf seinen Oberschenkel. »Warum bin ich nicht gleich darauf gekommen?«

Lucas zog sein Handy hervor und rief seine Großmutter an. Die Leitung war besetzt. Nach dem dritten Versuch ging sie ran. Er teilte ihr mit, dass ich ihn begleitete, weil er auf einer Party war und getrunken hatte, und wir auf dem Weg zu Rose wären. Dann forderte er mich auf, die nächste Straße rechts abzubiegen.

Zehn Minuten später parkten wir vor einer Kneipe.

Der Laden war leer. Auf einem Barhocker saß eine zierliche Frau mit schwarzem Haar. Sie drehte sich um und lächelte. »Luc?« An ihren Mundwinkeln klebte Kakao. In ihren Händen hielt sie einen Becher. Ihr Gesichtsausdruck war unschuldig. *Ja, es stimmt, wie ein Kind*, dachte ich. Dass Lucas' Mutter geistig behindert war, sah man aber erst auf dem zweiten Blick. Sie wirkte an der Welt um sich herum nicht interessiert. Mir wurde langsam bewusst, welche schwere Verantwortung seit Jahren auf Lucas' Schultern und die seiner Großeltern lastete.

Dass er so viel Pflichtgefühl besaß, beeindruckte mich. Ich merkte, wie mein Inneres sich für ihn öffnete. In diesem Moment hatte ich mich entschieden, dass ich die Beziehung mit ihm wieder wollte. Ich liebte ihn und hatte ihm verziehen.

»Lucas, ich habe versucht, deine Grandma zu erreichen, aber euer Telefon ist ständig besetzt.« Eine ältere, rundliche Frau trat hinter der Theke hervor.

»Hallo Rose, alles gut. Grandma telefoniert ständig. Wir haben uns wegen Mom Sorgen gemacht, aber sie ist Gott sei Dank bei dir.« Er zeigte auf mich. »Ashley ist …« Hilfesuchend sah er mich an.

»Ich bin seine Freundin«, ergänzte ich, und Lucas' Lippen verzogen sich zu einem Lächeln.

»Ich hatte mich schon gewundert, warum deine Mom um diese Zeit mit dem Fahrrad unterwegs ist, Luc. Ich wollte deswegen früher die Kneipe schließen, ist ja auch nichts los. Deine Mom hätte ich euch nach Hause gebracht. Es beruhigt mich aber, dass du mit deiner Freundin hier bist.« Rose lächelte mich an.

»Lieb von dir, dass du dich um Mom gekümmert hast. Was bekommst du für den Kakao?«

Rose winkte ab. »Geht aufs Haus, Luc.«

»Wie willst du das Fahrrad transportieren?«, fragte ich Lucas, während er seiner Mutter half, vom Barhocker zu klettern. Fragend blickte er zu Rose. »Ich habe es sicher verwahrt, dein Grandpa kann es morgen holen«, sagte sie.

Nachdem wir die Kneipe verlassen hatten, gingen wir zum Jeep und fuhren zum Haus von Lucas' Großeltern.

Als wir angekommen waren, folgte ich ihm und seiner Mutter zum Hauseingang.

Kaum standen wir im Flur, kamen seine Großeltern zu uns.

Die Erleichterung war den beiden anzusehen.

»Vielen Dank, dass du Lucas gefahren hast«, sagte der Großvater, führte uns ins Wohnzimmer und bot uns an, auf der Couch Platz zu nehmen. Bevor wir hineingingen, umarmte Lucas seine Mutter, gab ihr einen Kuss auf die Stirn und sagte ihr, dass er sie lieb hätte. Sie lächelte zu ihm hoch und drückte ihr Gesicht gegen seine Brust. Dann verabschiedeten wir uns von ihr. Die Großmutter nahm Lucas' Mutter bei der Hand und führte sie die Treppe hinauf.

»Habt ihr Durst, kann ich euch eine Kleinigkeit zu essen machen?«, fragte die Großmutter, nachdem sie zu uns ins Wohnzimmer gekommen war.

Ich schüttelte den Kopf und auch Lucas wollte nichts. »Wir gehen schlafen, Grandma«, sagte er und stand auf. Lächelnd reichte er mir die Hand. »Kommst du?«

»Klar«, erwiderte ich, wünschte seinen Großeltern eine gute Nacht und verließ mit Lucas das Zimmer.

44. Kapitel – Ashley

»Mein Reich.« Lucas schaltete das Licht an. Sein Zimmer war geräumig. An der Wand stand ein großes Bett. Die Möbel waren dunkel. Er hatte eine kleine Couch, ein Schrank und einen Schreibtisch mit einem Drehstuhl.

»Hast du das vorhin bei Rose ernst gemeint, dass du meine Freundin bist?«, fragte Lucas und kratzte sich am Hals.

Ich stellte den Rucksack auf den Boden »Ja, ich möchte, dass wir die letzten Wochen streichen und da weitermachen, wo wir uns über unsere Gefühle einig waren.«

Lucas nahm mich in den Arm. »O Honey, ich bin so froh, dass du das sagst und bei mir bist.« Er deutete mit dem Kinn auf das Bett. »Darf ich bei dir schlafen oder willst du das Zimmer für dich haben?« Sein Gesicht verriet mir, dass er hoffte, dass ich ihn nicht wegschickte.

»Natürlich schlafen wir zusammen«, erklärte ich, setzte mich aufs Bett und zog meine Jeans aus. Lucas begann sich ebenfalls auszuziehen.

Als ich den BH öffnete, starrte er mich entgeistert an. »A … Ashley, wa … was machst du da?«, stotterte er, und ich leckte mir mit der Zungenspitze über die Oberlippe. Ich weiß nicht, woher der plötzliche Wunsch kam. In meinem Unterleib spürte ich eine kribbelnde Spannung und ich wünschte mir, unsere Beziehung auf eine neue Ebene zu heben. Lucas vertraute mir. Und nun wollte ich ihm meins schenken.

»Ich will. Also ich … Ich wünsche mir, dass du mit mir schläfst.« Ich merkte, wie mein Gesicht die Farbe wechselte, während ich Slip und Socken abstreifte.

»Du bist dir sicher, dass du jetzt mit mir schlafen willst? Ich kann warten … Auf den richtigen Moment.«

Lucas klang unsicher, doch die Sehnsucht in seinen Augen konnte er vor mir nicht verbergen.

»Natürlich bin ich mir sicher. Vielleicht ist es seltsam für dich, dass ich dich genau in dieser Nacht, an diesem Ort darum bitte. Doch warum etwas herauszögern, was wir beide wollen?« Ich hielt einen Moment inne und lächelte Lucas an. Mein Herz sagte mir, dass ich richtig entschied, und mein Verstand legte keinen Widerspruch ein. »Luc, du hast mir bewiesen, dass du mir absolut vertraust, weil du mich zu deiner Familie mitgenommen hast. Bitte, weise mich nicht ab!«

»Ich liebe dich, Ash, mehr, als du dir vorstellen kannst.«

»Ich weiß, Luc, ich liebe dich auch.«

Lucas' Augen begannen zu funkeln. Ich bekam eine Gänsehaut von seinem heißen Blick auf meine Brüste. Plötzlich riss er die Augen auf. »Fuck, es geht nicht.«

»Warum nicht?«

»Ich … Ich … Scheiße, ich habe kein Kondom dabei.« Betreten und enttäuscht gleichermaßen, sah er mich an.

»Wenn das deine einzige Sorge ist.« Kichernd beugte ich mich zum Rucksack und holte das Päckchen aus meinem Portemonnaie. Triumphierend hielt ich es ihm entgegen.

»Als wir unser erstes Date hatten, verlangte Chloe von mir, dass ich für alle Eventualitäten gewappnet bin.«

»Perfekt.« Lucas lächelte, riss sich die Boxershorts herunter und kam nackt zu mir. Meine Augen wanderten über seinen makellosen Körper.

Ich konnte es kaum erwarten, mit den Fingerspitzen die Muskeln nachzuzeichnen.

Für einen Moment blieb mein Blick an seiner Körpermitte hängen. Wow, er war gut bestückt.

Mit einem frechen Zwinkern nahm er mir das Kondom aus der Hand. »Du hast eine weitsichtige Freundin«, wisperte Lucas, bevor seine Lippen auf meine trafen und wir auf das Bett kletterten, ohne den Kuss zu unterbrechen.

Die nächsten Minuten waren wie im Rausch.

»Was willst du, Honey?«, raunte Lucas dicht an meinem Ohr, während er meine Hand nahm und mir zeigte, dass ich ihn unten anfassen sollte. Langsam massierte ich seinen harten Penis. Ich war überrascht, wie zart und glatt die Haut war.

»Dich dort küssen, wo du es am liebsten hast.«

»Das würdest du tun? Weil … Ich wünsche mir, dass du meinen Schwanz küsst.« Abwartend sah er mich mit einem kleinen Lächeln an. »Ja?«

Ich nickte und rieb zur Bestätigung mit dem Daumen über die Eichel. »Wie soll ich deinen Penis verwöhnen?«

Es amüsierte mich, dass Lucas sich plötzlich schüchtern gab, statt den Coolen heraushängen zu lassen, obwohl er mit vielen Frauen geschlafen hatte. Trotzdem brauchte ich ein paar Hinweise, was ihm gefiel. Ich wollte es unbedingt richtig machen.

»Nimm ihn in den Mund, so weit du es schaffst«, erklärte er. »Lecke, sauge, küsse. Mach es so, wie du es willst, aber sei bitte mit deinen Zähnen vorsichtig.«

Ich rutsche ein Stück nach unten, während sich Lucas ausstreckte und die Unterarme aufstützte, um mir bei meinem ersten Blowjob zuzusehen.

Einen Moment starrte ich auf Lucas' Penis und überlege, wie ich vorgehen müsste. Dann senkte ich entschlossen den Kopf, öffnete die Lippen und nahm ihn ein Stück in den Mund. Er war für mich zu groß, dass ich kaum die Hälfte von ihm aufnehmen konnte, ohne dass ein Würgereflex einsetzte.

Den Teil des Schafts, den ich nicht in den Mund bekam, massierte ich mit der Hand.

»Holy fuck, o ja, genau so«, stöhnte Lucas und schob die Hüften mir entgegen.

Während ich seinen Penis mit Lippen, Zunge und Hand bearbeitete, beobachtete ich Lucas. Für diesen göttlichen Gesichtsausdruck würde ich es immer wieder tun. Er hatte die Unterlippe zwischen den Zähnen vergraben und seine Augen glänzten glasig vor Lust.

»Ash, du machst das wunderbar, aber ich muss jetzt in dir sein«, stöhnte Lucas. Fahrig strich er mir mit der Hand über das Haar.

»Okay«, hauchte ich und drückte einen Kuss auf die Eichel, nachdem ich Lucas' Penis freigelassen hatte. »Was soll ich tun?«, wollte ich wissen.

»Leg dich hin«, forderte er mich auf, fuhr mit einer Hand über die Matratze und angelte nach dem Päckchen. Hastig riss er es mit den Zähnen auf, bevor er sich aufsetzte, um das Kondom überzustreifen.

Lucas schien über mir zu schweben, als er sich über mich beugte. Er schob seine Hand zwischen meine Schenkel und stimulierte mich mit zwei Fingern. Ein Ziehen in meinem Bauch ließ mich aufstöhnen, während er meine empfindliche Stelle rieb.

»Deine Klit ist geschwollen und du bist feucht und bereit für mich, Honey. Ich verspreche dir, ich werde sanft sein«, flüsterte er an meinem Mund, dann nahm er mich mit einem leidenschaftlichen Kuss in Besitz.

Seine Zunge spielte mit meiner, während er Stück für Stück in mich eindrang. Er unterbrach den Kuss, um meine Stirn, die Wange, das Kinn mit seinen Lippen zu liebkosen.

Ich bohrte meine Finger in Lucas' muskulöse Pobacken und wimmerte fast lautlos.

Es tat weh, verdammt weh, ein brennender Schmerz. Ich biss die Zähne zusammen, um nicht lauter zu wimmern.

Lucas beobachtete mich, drang vorsichtig tiefer ein, hielt einen Augenblick inne. »Soll ich aufhören?«, stieß er mühsam hervor.

Ich schüttelte den Kopf. »Nein, ist gut so«, keuchte ich, und er begann, langsam seine Hüften vor und zurück zu bewegen.

Der Schmerz ließ nach und nun konnte auch ich unser Zusammensein genießen. Ihn in mir zu spüren, war ein überwältigendes Gefühl. Meine Hände wanderten über Lucas' Rücken. Ich hob kurz den Kopf, strich mit meinen Lippen und der Zunge über seine Brust und schmeckte den salzigen Schweiß auf seiner Haut.

»Verdammt, Ash, ich liebe dich … Das mit dir ist …« Lucas hielt meinen Blick gefangen, während er schneller und härter zustieß. Seine Lippen waren geöffnet. Er stöhnte, sein heißer Atem streifte mein Gesicht.

Plötzlich versteifte sich sein Körper.

»Fuck.« Lucas riss den Kopf hoch und stieß ein tiefes Grollen aus, als er kam. Er verharrte einen Augenblick und sank schließlich erschöpft auf mich herab.

Hektisch atmete er ein und aus, wälzte sich schwerfällig von mir herunter. Er streifte das Kondom ab, verknotete es und legte es auf den Boden.

Lucas wandte mir sein Gesicht zu. »Geht es dir gut?«

»Dich zu sehen, wie du es genossen hast, war unglaublich schön«, gestand ich ihm.

Mit einem warmen Lächeln sah mich Lucas an, bevor er mich in seine Arme zog.

»War es sehr schmerzhaft für dich?« Seine Fingerspitzen strichen über meinen Arm und er drückte mir einen Kuss auf den Kopf.

»Nein«, flüsterte ich.

»Nein?«

Verlegen biss ich mir in die Innenseite der Wange. Ganz überzeugend hatte ich wohl nicht geklungen.

»Na ja, es tat ein bisschen weh. Doch als der Schmerz nachließ, war es auch für mich ein wunderbares Erlebnis.«

Lucas drückte mich noch enger an sich, streichelte meine Schulter. »Ich hätte nie gedacht, dass mein bester Sex mit einer Jungfrau wäre.« Er lachte leise. Dann wurde der Klang seiner Stimme ernst. »Es war so fantastisch, weil ich mit einer Frau geschlafen habe, die ich liebe.«

»Der Sex mit mir hatte dir gefallen?« Ganz glauben konnte ich das nicht. Fragend sah ich zu ihm hoch. Doch Lucas' glänzenden Augen bestätigten mir seine Worte.

»Mann, Ash, ich will mit keiner anderen Frau mehr schlafen als mit dir.« Er zwinkerte. »Ich hoffe, du denkst das Gleiche.«

»Das tue ich«, gab ich unumwunden zu und streckte ihm mein Gesicht entgegen, damit er mich noch einmal küsste.

Dass er unser Zusammensein so einschätzte, machte mich wahnsinnig glücklich. Mein erstes Mal war traumhaft, weil ich Lucas ebenso liebte wie er mich und er sanft und rücksichtsvoll vorgegangen war.

An seiner Schulter unter der Bettdecke gekuschelt, dachte ich darüber nach, dass ich es mir nicht vorstellen könnte, mit einem anderen Mann zusammen zu sein, als mit Lucas. Die Trennung von ihm war grausam gewesen. In Gedanken wünschte ich mir, dass er mich nie mehr verlassen würde.

45. Kapitel – Ashley

Mir war warm, fast schon heiß. Lag es am Fellteil, dass ich derart schwitzte oder an unserem Kuss?

Ich schob Lucas von mir und mein Atem ging schnell. Mich in dem schweren Kostüm zu bewegen, war schwieriger, als ich gedacht hätte. Lachend sah mich Lucas an. »Wie kannst du dir freiwillig dieses grässliche Ding anziehen?«

»Für fünfzig Dollar extra? Immer wieder«, antwortete ich und zwinkerte ihm zu. »Lass mich jetzt das Kostüm testen, damit ich mich am Samstag einigermaßen locker bewege.«

Lucas bückte sich, hob den Teddykopf auf und reichte ihn mir. »Meine Freundin stampft am Samstag als Teddybär über das Spielfeld und bespaßt das Publikum.«

Er machte eine abwinkende Geste und kehrte mir den Rücken zu. Gerade wollte er zu seiner Trainingsgruppe joggen, als er von Ron Nolan gerufen wurde: »Hanson, sofort zum Chefcoach!« Der Klang Nolans Stimme verriet, dass Ärger bevorstand. Fragend sah ich zu Lucas, der kurz zu mir sah, den Mund verzog und mit den Schultern zuckte. Seine Miene verriet, dass er unwissend war, warum Frank Eliot ihn zu sich beorderte.

Ich nickte ihm aufmunternd zu, stülpte mir den Kopf über und schwankte los. Ich würde Lucas später fragen, was los war.

Mühsam bewegte ich mich über den Platz und probierte ein paar alberne Bewegungen. O je, wie sollte ich das am Samstag aushalten, ich war ja jetzt schon aus der Puste. Das würde in dem Fellkostüm eine ziemliche Tortur werden, aber mich zu bemitleiden war unnütz. Ich brauchte das Geld. Vielleicht sollte ich an etwas Schönes denken, um mich abzulenken. Ich erinnerte mich an Samstagnacht.

Vor fünf Tagen hatte ich meinen ersten richtigen Sex mit Lucas. Nee, das war keine gute Idee, Mir wurde innerlich noch heißer, und in dem bescheuerten Kostüm schwitzte ich zur Genüge.

Während ich den Teddykopf herunterriss, um nach frischer Luft zu schnappen, sah ich plötzlich Kaylee auf der Tribüne stehen. Sie deutete mit dem Zeigefinger auf ihre Nase und nickte jemandem zu. Ich stand etwas abseits, dass ich aus dem Blickfeld der Footballspieler und ihrer Trainer verschwunden war.

Eine merkwürdige Beklemmung befiel mich, als ich den Kopf drehte, um ihrem Blick zu folgen. Irgendetwas war hier faul.

Auf einmal fiel mir der Quarterback auf, mit dem Kaylee im Leseraum der Bibliothek war, als mich Lucas versetzt hatte. Der Kerl stand im Halbschatten ungefähr zwanzig Meter von mir entfernt. Er holte mit dem Arm aus und schleuderte einen Football in meine Richtung.

Will mich der Kerl verletzen? Ist das Kaylees Plan, ihre Rache, die sie mir vor der Cafeteria angedroht hatte?

Plötzlich spürte ich einen heftigen Schlag gegen die Stirn. Der dumpfe Schmerz jagte durch meinen Körper, erfasste jede Zelle.

Ich taumelte, der Teddykopf fiel herunter und ich stürzte zu Boden. Wie aus der Ferne hörte ich Kaylee schimpfen: »Mann, du Schwachkopf, du solltest ihr die Nase und die Kieferknochen brechen, damit Lucas der Schlampe einen Tritt verpasst. Jetzt werden wir Plan B durchziehen müssen, damit er zu mir zurückkommt.«

Das Letzte, was ich mitbekam, war das Gefühl, dass in meinem Kopf eine Tür zuschlug.

Alles um mich herum war schwarz und ich verlor das Bewusstsein.

Stöhnend kam ich zu mir. Der Schmerz war höllisch. Eine Weile musste ich bewusstlos gewesen sein, weil ich im Krankenzimmer statt draußen war. Wer hatte mich in den Raum gebracht?

Ich blinzelte, das Tageslicht kam mir furchtbar grell vor. Ich lag auf dem Bett. Kaylee und dieser Quarterback standen am Fußende und schauten mich an. Mühsam kniff ich die Augen zusammen, konzentrierte mich auf Kaylees Stimme. Worüber redete sie und mit wem? Es waren schreckliche Anschuldigungen, die das Weib von sich gab.

»Schau sie dir an, wie unschuldig sie auf dem Bett liegt. Dabei ist Ashley White eine üble Stalkerin. Sie hat dich beobachtet, wenn du duschen warst, Luc. Stimmt's, Ethan, du hast sie erwischt, wie sie damals versuchte, sich ungesehen hineinzuschleichen. Selbst ich habe einmal mitbekommen, wie sie am Fenster des Kraftraums geklebt hatte. Das war widerlich. Sabbernd hat sie deinen Körper betrachtet. Mann, Luc, halt dich lieber fern von ihr.«

Was labert das Miststück? Ich stalke Lucas schon lange nicht mehr. Erzählt sie ihm den Scheiß, ist er hier? Ich versuchte, mich im Raum zu orientieren und drehte den Kopf.

Ach du lieber Himmel, Lucas war da. Mit gequälter Miene stand er links neben dem Bett und sah zu mir herab.

»Jedem Kerl, der einigermaßen gut aussieht, steigt sie nach. Sie hat ihren Ruf weg, frag Kaylees Freundinnen. Aber das in der Dusche war echt ekelhaft. Da ist sie zu weit gegangen. Ich hatte sie rechtzeitig rausgeworfen, bevor sie mit ihrem Handy Bilder machen konnte. Ich hätte es dir erzählen sollen, mein Fehler«, stimmte Ethan, dieser Mistkerl, in die Lüge ein.

Langsam hatte ich den Eindruck, in einen Albtraum geraten zu sein. Wieso bestätigte der Typ den ganzen Schwachsinn?

Okay, die Bitch hatte mich einmal am Fenster entdeckt, während ich Lucas beim Training beobachtet hatte. Das war mir peinlich.

Kaylee dachte am Abend hinter Sams' Diner, nachdem Lucas sie abserviert hatte, mich mit ihrem Wissen erpressen zu können. Und ihre Drohung vor der Cafeteria, sich an mir zu rächen, setzte sie tatsächlich jetzt in die Tat um.

Ich öffnete den Mund, um mich zu verteidigen, um Lucas zu sagen, dass wir Opfer einer Intrige geworden waren. Doch es war wie verhext. Kein Laut verließ meinen Mund. Um Himmels willen, was war los?

O nein! Nein, nein, nein!

Diese Hemmungen, ich kannte sie, zu viele Jahre hatte ich sie ertragen müssen.

Auf einmal ahnte ich, wieso ich keine einzige, beschissene Silbe von mir gab.

Ich dachte, dass ich die Schüchternheit mit Lucas' Treffer für immer los wäre.

Schlagartig wurde mir bewusst, welche Bedeutung das Gefühl in meinem Kopf hatte, dass eine Tür zugeschlagen war, nachdem Ethans Football mich getroffen hatte. Ich rieb mir geschockt über die Lippen.

Die alte Ashley White war zurückgekehrt.

Meine Schüchternheit hatte erneut die Kontrolle über mein Sprachzentrum übernommen und verdonnerte mich Lucas gegenüber wieder zum Schweigen.

Nur schien es so, dass meine Sprachprobleme noch schlimmer als früher geworden waren. Denn ich sagte gar nichts mehr zu ihm.

»Kaylee, Ethan, geht raus!«, befahl Lucas. »Ich will mit Ashley allein reden. Gleich kommt der Arzt, um sich ihren Kopf anzusehen.«

»Sicher, Luc.« Kaylee tätschelte seinen Arm. Ich zuckte zusammen, als die Tür zufiel.

Mein Kopf dröhnte und ich tastete mit den Fingern an die Stelle, wo ich den Schmerz am stärksten fühlte. Ich hatte eine Beule, wie damals nach Lucas' Treffer.

Ich streckte die Hand aus, wollte seine Finger greifen, aber er zog sie zurück und schüttelte den Kopf. Lucas' Gesicht war blass. Sein trauriger Blick schnürte mir den Hals zu, und mein Herz sank tiefer.

»Ashley, du musst mit mir reden. Ich hatte dich gesucht, nachdem mich Eliot wegen deiner Anschuldigung niedergemacht hatte. Kaylee und Ethan sagten, dass du im Krankenzimmer liegst, weil du einen Unfall hattest, aber es dir ganz gutgeht.« Lucas seufzte. »Geht es dir wirklich gut?«

Ich nickte.

»Okay, das erleichtert mich. Jedenfalls meinten sie, dass sie mir ein paar wichtige Dinge über dich erzählen müssten.« Lucas fuhr sich durchs Haar. »Mein Gott, Ashley, was sie behaupten, Eliot mir vorwirft, das sind doch alles fucking Lügen, oder?«

Lucas wartete auf eine entlastende Antwort von mir, jedoch verteidigte ich mich nicht, sondern starrte ihn regungslos an. Was Eliot über mich gesagt haben sollte, verstand ich nicht. Ich war mit allem überfordert.

Mit enttäuschter Miene warf Lucas die Hände in die Luft. »Gott, Ashley, das Stalken könnte ich dir verzeihen, wenn das wirklich stimmen sollte.«

Kopfschüttelnd rieb er sich das Kinn.

»Doch dass du zu Frank Eliot gegangen bist und ihm gesagt hast, dass ich dich ausnutze, du von mir gezwungen wirst, die Philosophiearbeit allein zu schreiben, obwohl ich dir die ganze Woche schon helfe … Das hast du getan? Mann, Ashley, ich begreife das alles nicht!«

Einen Augenblick sah er mich stumm an. »Ist dir überhaupt bewusst, dass mit der Behauptung meine Karriere zerstört werden könnte? Wir dürfen keine Studenten ausnutzen. Das verbietet unser Kodex. Wenn Eliot und Nolan von solchen Verstößen erfahren, reagieren sie mit harten Strafen. Aufgrund der Anschuldigung bin ich das Samstagspiel gesperrt. Ethan wird meinen Platz einnehmen. Wenn ich mir eine weitere Verfehlung leiste, fällt für mich der Rest der Saison flach und Ethan wird auch dann der Nutznießer sein. Ich verstehe nicht, was hier läuft. Erkläre es mir. Irgendetwas stimmt doch nicht, mit dir, den Vorwürfen, der ganzen verfickten Situation.«

Ein Zittern überfiel mich. *Nein, Lucas, ich war nicht bei Frank Eliot und ich habe dir auch nie in der Dusche aufgelauert*, schrie ich in Gedanken und sah Lucas wie ein Fisch an.

Er beugte sich zu mir und packte meinen Arm: »Ashley, sag mir hier und jetzt, dass das alles gelogen ist! Bitte, ich muss das wissen. Wir lieben uns doch? Mein Herz sagt, dass du mir so was niemals antun würdest.«

Verzweifelt öffnete ich den Mund. Keinen Ton brachte ich heraus. Resigniert wandte ich mein Gesicht von Lucas ab, heftete meinen Blick auf die gegenüberliegende Wand.

»Ashley, zum allerletzten Mal«, bat mich Lucas eindringlich. »Hör mit diesem Schweigen auf, wenn du mich liebst, und rede mit mir!«

Vorsichtig schielte ich zu ihm. Lucas' Augen waren voller Schmerz, als er von mir abließ. Seine Hände hatte er zu Fäusten geballt.

»Du bleibst stumm. Hast du mich also wirklich beim Cheftrainer verpfiffen, wolltest Nacktfotos von mir machen? Ich kann und will den Scheiß nicht glauben!«

Ich musste das beenden. Lucas' Qual und mein Schweigen hielt ich kaum noch aus.

Ich sammelte meine letzten Kraftreserven zusammen, die ich noch hatte, um sie in zwei Worte zu legen. »Lucas, geh!«

»Geh? Das sagst du zu mir? Ich soll mich verdrücken, ohne zu erfahren, was hier wirklich los ist?« Lucas' Lachen war ein müdes Krächzen. »Damit das klar ist, Ashley White, ich bekomme die Wahrheit raus!«

Er schien noch einen Moment auf eine Regung von mir zu hoffen. Doch es ging einfach nicht. Die Verzweiflung in seinen Augen war unerträglich. Deshalb wandte ich mein Gesicht von ihm ab und starrte wieder zur Wand.

Wie konnte ich Lucas auch klarmachen, was mit mir plötzlich los war? Vorhin hatten wir uns noch geküsst, locker miteinander gesprochen, jetzt schwieg ich. Dabei müsste ich irgendwie reagieren, Lucas antworten, ihm wenigstens ein Zeichen geben. Stattdessen stieß ich ihn von mir.

Doch ich hatte keine Ahnung, wie ich mich aus meinem inneren Gefängnis befreien sollte. *Was ist auf einmal passiert, dass unser Glück wie ein Kartenhaus zusammenfällt?*

Ich hatte Lucas verloren, meine Nase juckte, aber die Tränen wollten nicht aus den Augen dringen.

Schritte näherten sich, die Tür sprang auf und der Arzt kam rein.

»Ich liebe dich und dachte die ganze Zeit, dass ich dir ebenso etwas bedeute. Du hast nicht die geringste Vorstellung, wie weh du mir tust! Aber ich gebe dich nicht auf!« Lucas stieß laut die Luft aus. Ich spürte seinen durchbohrenden Blick, bevor er sich abwandte und das Krankenzimmer verließ.

Meine Augen brannten. Ich hasste mich, ich hasste mein Schweigen. O Gott, ich liebte Lucas so sehr. *Glaub mir, Lucas, ich weiß, wie sich dein Schmerz anfühlt. Doch du wirst irgendwann einsehen, dass du ohne mich besser dran bist.*

46. Kapitel – Ashley

Ich lag im Bett und starre ins Leere.

Meine Beziehung zu Lucas war zerstört, weil ich weder Kaylees und Ethans Anschuldigungen noch Eliots Vorwürfen widersprochen hatte. Statt mich zu verteidigen, wie Lucas es erhofft hatte, war ich still geblieben und hatte ihn schließlich aus dem Krankenzimmer geworfen. Mein Schweigen hatte ihn zutiefst verletzt.

Woher sollte Lucas auch wissen, was mit mir los war?

Meine große Klappe hatte ich seit dem zweiten Unfall nicht mehr. Wie bei seinem Treffer hatte ich auch diesmal keine schweren Verletzungen davongetragen. Dafür jedoch mein Selbstbewusstsein verloren.

Nachdem der Arzt mich untersucht hatte, war ich zum Wohnheim gegangen. Einen Tag hatte ich tapfer durchgehalten, aber dann erzählte ich Chloe, was vorgefallen war und war weinend zusammengebrochen. Sie hatte sofort reagiert und dafür gesorgt, dass Travis uns zu meinen Eltern fuhr. Während der Fahrt hatte sie mich im Arm gehalten und wie ein kleines Kind gewiegt. Ich rang ihr das Versprechen ab, Lucas zu meiden und ihm nichts über meine Situation zu erzählen.

Was sollte er mit einer stummen, verklemmten Freundin anfangen? Ich wäre nur peinlicher Ballast für ihn.

Meine Eltern wurden eingeweiht. Dass ich mit Lucas geschlafen hatte, behielt ich lieber für mich. Meine Mutter wäre sonst zu sehr geschockt und hätte schreckliche Ängste ausgestanden. Ich war froh, dass meine Familie mich in Ruhe ließ, obwohl sie bestimmt tausend Fragen hatte.

Als mein Vater mit einem Teller ins Zimmer kam und sich zu mir auf das Bett setzte, starrte ich immer noch vor mich hin.

»Ash, du musst essen, wenigstens ein paar Vitamine. Seit fünf Tagen bist du hier, nimmst keinen Bissen in den Mund.«

Ich wandte den Kopf ab und schaute zur Wand.

»Ich lasse den Teller stehen, wenn du aber die nächsten Tage die Nahrung verweigerst, müssen wir dich in ein Krankenhaus schaffen. Ich verstehe deinen Schmerz. Doch du bist unsere Tochter und wir werden alles tun, dass du wieder auf die Beine kommst.«

Mein Vater stand seufzend auf. Ich hörte, wie er den Teller auf den Nachttisch neben dem Bett stellte. Geräuschlos verließ er das Zimmer, nur die Tür hörte ich zufallen. Es tat mir leid, dass ich ihm und meiner Mutter Kummer bereitete, aber ich war in diesem endlosen Schmerz und dem unerträglichen Schweigen gefangen.

Von der fehlenden Nahrung fühlte sich mein Körper schlapp und müde an. Schlaf war erträglich, leider wachte ich jeden Morgen auf.

Wenn ich doch für immer einschlafen würde, dachte ich und driftete in eine schmerzlose Dunkelheit.

»Du bist hier, um mit Ashley zu reden?«, hörte ich meinen Vater vor der Tür. »Er sollte nicht zu ihr gehen, sie leidet genug!« Das war meine Mutter.

»Wir sind einer hinterhältigen Intrige zum Opfer gefallen. Sie können mir vertrauen. Ich weiß jetzt, was man Ashley und mir angetan hatte.«

»Wir fragen Ash, wenn sie einverstanden ist, lassen wir dich zu ihr.« Mein Vater war besonnen, wie er immer die Dinge ruhig zu regeln wusste.

Die Tür zu meinem Zimmer wurde ein Stück geöffnet und mein Vater lugte hinein. »Ash, Besuch ist für dich gekommen. Darf er zu dir?«

Ich nickte zustimmend.

Er war es. Lucas. Verwundert sah ich ihn an, als er eintrat. Das Herz pochte mir bis zum Hals. Mein Vater schloss von draußen die Tür. Ich erinnerte mich an Lucas' Worte, dass er herausbekommen würde, ob die fiesen Dinge, die man über mich behauptet hatte, wahr wären. Konnte es sein, dass Kaylees und Ethans Lügen aufgeflogen waren?

»Darf ich mich setzten?«, fragte Lucas und kam auf mich zu. Mit einer schwachen Handbewegung deutete ich ihm, dass er sich den Stuhl heranziehen konnte.

Lucas sah schlecht aus, rotgeränderte Augen, die Lippen blutleer. Ich fragte mich, wer von uns beiden mitgenommener aussah. Er zog den Stuhl zum Bett und setzte sich.

»Wo fange ich am besten an?«, sinnierte Lucas und suchte meinen Blick. Ich hob die Schultern und wartete.

»Ich hatte Eliot um ein zweites Gespräch gebeten. Gestern hatte er Zeit für mich. Er wiederholte, dass er von mir enttäuscht wäre, weil ich mich auf deine Kosten ausruhen wollte. Er meinte, dass ich mein Studium ernst nehmen sollte. Ich bat ihn, mir zu sagen, wer behauptet, dass ich dich ausnutzen würde.«

Lucas schloss kurz die Augen, schüttelte den Kopf. »Kaylee Stuart«, spie er den Namen wie Galle aus. »Eliot hatte mir beim ersten Gespräch nur gesagt, dass eine Frau bei ihm gewesen wäre und er ihr zusagte, die Information vertraulich zu behandeln. Auf mein Drängen hatte er doch noch nachgegeben und ihren Namen verraten. Das widerliche Weib hatte so getan, als ob sie sich verpflichtet gefühlt hätte, dir helfen zu müssen.« Lucas fuhr sich seufzend durchs Haar.

»Dieses hinterhältige Miststück. Warum habe ich sie mir nicht gleich vorgenommen, als sie uns im Krankenzimmer mit ihrer Lüge konfrontiert hatte? Das war ein unverzeihlicher Fehler. Es tut mir leid, Ash!«

Ich presste kurz die Lippen zusammen, atmete tief durch und bemühte mich um ein Lächeln. Wie ich war auch Lucas mit den Vorwürfen überfordert gewesen. Dass ich von ihm verlangt hatte, zu gehen, hatte die Situation nur erschwert.

»Nachdem ich das mit Kaylee erfahren habe, bin ich zu Ethan und stellte ihn zur Rede.« Mit einem schiefen Grinsen hob Lucas die Schultern. »Na ja, ich musste die Wahrheit aus ihm herausprügeln. Er wollte nicht reden. Aber nun weiß ich, dass die Sache mit der Dusche ebenfalls gelogen war. Das Wissen führte mich zu Chloe, die mir schließlich von deinem erneuten Problem mit der Schüchternheit erzählte, obwohl du ihr das wohl verboten hattest. Wieso du bei mir so locker drauf warst und jetzt nicht mehr, kann ich schwer nachvollziehen. Doch du sollst wissen, dass ich dich über alles liebe und es mir vollkommen egal ist, ob du ein flottes Mundwerk hast oder schüchtern bist.«

Lucas griff nach meiner Hand, und ich zuckte zusammen. Seine Finger zu spüren, war einerseits vertraut und doch so surreal.

»Was Kaylee und Ethan Furchtbares getan haben, wird heftige Konsequenzen haben. Das wurde mir von Frank Eliot zugesichert. Ich habe ihm von ihren hinterhältigen Aktionen erzählt, dass sie damit geplant hatten, uns auseinanderzubringen und mich aus der Stammmannschaft zu kicken. Aber nichtsdestotrotz hätte ich nicht von deiner Seite weichen dürfen, obwohl du mich aus dem Krankenzimmer rausgeworfen hattest. Ich kann nur betonen, dass ich mir nichts sehnlicher wünsche, als mit dir zusammen zu sein.«

Lucas hielt einen Augenblick inne, bevor er fortfuhr: »Bitte, Ash, gib mir ein Zeichen, dass du mich liebst, dass diese Scheißintrige keinen Einfluss auf unsere Gefühle hat!«

Ich rang mit mir, um ihm zu beweisen, dass ich das Gleiche wie er fühlte. Es war verdammt anstrengend, aber ich schaffte es, leise zu sagen. »Ja, Luc, ich liebe dich!«

Kaum hatte ich die Worte gesagt, sprang Lucas vom Stuhl auf, beugte sich zu mir und umfasste mein Gesicht. Schnell presste er seinen Mund auf meinen. Lucas küsste mich, schob seine Zunge zwischen meine Lippen und unsere Münder verschmolzen miteinander.

Was dann geschah, konnte ich nicht in Worte fassen. Dieser Kuss erfasste jede Faser meines Körpers, ließ meine Hemmungen explodieren, und eine Druckwelle schoss in meinen Kopf. Es war ein Gefühl, als ob meine Blockade gesprengt wurde.

Ich wusste, Lucas hatte mich mit seinem Kuss von meinem furchtbaren Schweigen befreit. Die Schüchternheit war verschwunden, mein Selbstbewusstsein zurückgekehrt. Es war so ein unglaublich befreiendes Gefühl. Ich war erleichtert, schrie und lachte meine Freude heraus, gab Lucas zu verstehen, was passiert war. Verwirrt hatte er mich angesehen. Als er dann endlich begriff, warum ich so glücklich war, drückte er mich fest an sich und küsste mich ein zweites Mal.

47. Kapitel – Ashley

Zwei Jahre später

Ich zeigte auf unsere Plätze. Chloe, Travis, Lucas' und meine Familie folgten mir. Lucas' Mutter sah mich strahlend an und leckte am Schokololadeneis, als wir uns gesetzt hatten.

Aufgeregt warteten wir, dass das Spiel endlich losgehen würde.

Es war die letzte Saison, die Lucas für die Michigan spielte. Sein Studium endete und Pete Moore, der mittlerweile Lucas' Manager war, führte Gespräche mit verschiedenen Mannschaften der NFL, die Lucas verpflichten wollten. Lucas' Traum, in der Profiliga zu spielen, war greifbar nahe.

Zudem war das heutige Halbfinalspiel entscheidend. Der Gewinner spielte im Finale des *College Football Playoff National Championship Game*, wo das beste College-Footballteam der NCAA Division I gekürt wurde.

Als das erste Viertel anfing, konnte ich mich kaum auf meinem Sitz halten. Ich johlte, klatsche mit den anderen Michigananhängern um die Wette.

Im letzten Viertel lagen die Gegner 23:24 in Führung. Es war kurz vor dem finalen Snap. Die Uhr zeigte nur noch wenige Sekunden. Wenn kein Wunder geschah, verlor unser Team das Halbfinale.

Gebannt schaute ich zu Lucas. Sein Körper suggerierte Kraft und Entschlossenheit. Er lief einige Schritte nach hinten, damit sich Ray positionieren konnte. Mit unglaublicher Wucht feuerte Lucas den Football über siebzig Yards weit. Ray sprang hoch, fing ihn, und obwohl er von drei gegnerischen Spielern attackiert wurde, brachte er den Ball sicher in die Endzone. Touchdown!

Die Menge sprang begeistert auf und alle brüllten: Ein *Hail Mary*, das war ein *Hail Mary*!

Ich erinnerte mich an das verrückte Training, bei dem Lucas weite Pässe werfen sollte. Jetzt verstand ich den Sinn der Übung. Sein letzter genialer Pass brachte unserer Mannschaft den Sieg, und Lucas wurde als Held gefeiert. Dieser *Hail Mary* würde in die Geschichte der NCAA und der Michigan State University eingehen.

48. Kapitel – Lucas

Ich nahm das Mikrofon entgegen und hielt vor Aufregung den Atem an, während meine Augen suchend die Reihen abwanderten, um den roten Haarschopf zu finden. Als ich Ashley entdeckte, grinste ich.

»Die Mannschaft ist bereit, du auch?«, fragte Dylan kichernd.

»Ja.« Ich war bereit. Ich hatte mir Gedanken gemacht, verdammt viele Gedanken. Ich war nicht gut in solchem Scheiß. Wie auch, wenn ich das, was ich plante, das erste Mal machte – und hoffentlich auch das letzte Mal. Aber es sollte eine besondere Überraschung sein, für die tollste Frau, die es auf dieser Welt gab. Denn das war Ashley für mich.

»Wir können anfangen«, raunte mir Ray ins Ohr. »Hol noch einmal Luft.«

»Fuck, Mann, leg endlich los!«, knurrte ich. Meine Nerven waren kurz vorm Reißen.

Die Zuschauer im Stadion hatten mitbekommen, dass irgendetwas Außergewöhnliches passieren würde. Deshalb hatte ich meine Familie und die von Ashley bekniet, heute hier zu sein. Mir war auch wichtig, dass meine Mutter an diesem ereignisträchtigen Tag anwesend war. Ob sie verstand, was hier gleich geschah, wusste ich nicht, aber ich hoffte, sie würde sich trotzdem freuen.

Als die ersten Töne das Stadion erfüllten, wurde mein Gesicht auf allen Bildschirmen gezeigt.

Ashley starrte entsetzt zu mir, als ich anfing, von *Bruno Mars* den Song *Marry Yo*u zu singen, mit dem schlechtesten Background, den man sich vorstellen konnte. Wir waren fantastische Footballspieler, aber grässliche Sänger und Tänzer. Doch das war uns egal. Es ging hier nur um Ashley und mich.

Als ich dann sang, dass ich glaubte, sie heiraten zu wollen, schwenkte die Kamera zu Ashley, die mit knallrotem Gesicht wie erstarrt auf ihrem Platz saß. Jeder wusste nun, für wen ich das Lied sang.

Die Menge lachte, klatschte und sang aus voller Kehle mit. Es herrschte absolutes Gänsehautfeeling.

Als der Song zu Ende war, hätte man eine Nadel auf den Boden fallen hören können.

Ich räusperte mich und ging in Richtung der Tribüne, wo Ashley saß. »Es gibt Menschen, an denen man Tag für Tag vorbeigeht, ohne dass sie einem auffallen. Doch wenn man sie dann kennenlernt, erkennt man, dass sie zu einem perfekt passen. So wie du zu mir, Ashley. Deshalb frage ich dich hier vor unseren Familien, Freunden, allen Leuten: Willst du meine Frau werden?«

Ich legte das Mikrofon auf den Rasen und rannte zu Ashley. Zum Glück hatte ich vordere Plätze organisieren können, als bis zu den hintersten Reihen stürmen zu müssen. Ich sprang über die Brüstung, eilte die Treppe hoch, drängte mich zu ihrem Platz und brüllte: »Ashley White, ich warte auf deine Antwort!«

Als ich schließlich bei ihr war, sah ich, dass sie lachte und ihre Wangen gleichzeitig tränennass waren. »Du verrückter Kerl kannst doch nicht vor den vielen fremden Leuten mir einen Heiratsantrag machen!«, schimpfte sie los.

»Warum nicht, weil du mich keinesfalls heiraten willst?«

»Klar, will ich das, aber es gefällt mir nicht, meinen knallroten Kopf auf allen überdimensionalen Bildschirmen zu sehen.«

»Heißt das, du sagst Ja?« Ich machte einen Schritt auf sie zu und zog sie an meine Brust.

Ashleys sah zu mir hoch. Ihre Nasenflügel bebten, ihre Lippen zitterten. Ihr Atem ging schwer. Doch dann strahlte sie mich an und rief, so laut sie konnte, dass ich das Gefühl hatte, mein Trommelfell würde platzen: »Ja, Lucas Hanson, ich will deine Frau werden!«

»Honey, du machst mich zum glücklichsten Mann.« Ich neigte mein Gesicht zu ihrem und wir küssten uns. Was derweil um uns herum geschah, bekam ich nicht mit, weil es in diesem Moment für mich nur Ashley den Kuss und das Wissen gab, dass wir heiraten würden.

ENDE

Demnächst:

TOUCHDOWN – Wer Liebe wagt, gewinnt

Klappentext

When the cat's away, the mice will play.

Abby und Willow Thompson sollen Schwestern sein? Schwer vorstellbar. Abby jobbt als Putzkraft und Küchenhilfe an der Michigan. Sie sorgt für ihre kleine Schwester, damit diese studieren kann. Willow soll später ein besseres Leben führen als Abby. Aber statt zu pauken, möchte Willow lieber flirten und Männer daten. Wie kann sie das vor Abby verbergen? Dylan Jenkins, der begehrte und heiße Running Back des Footballteams könnte das Problem lösen. Doch leichter gesagt als getan: Abby und Dylan sind wie Hund und Katze.
Ob das gut geht?

TOUCHDOWN – Wer Liebe wagt, gewinnt ist ein weiterer in sich abgeschlossener Sports Romance-Roman. Humorvoll, spannend und mit viel Gefühl.

Du möchtest unveröffentlichte Leseproben sowie das Veröffentlichungsdatum zu *TOUCHDOWN – Wer Liebe wagt, gewinnt* erhalten?

Liebesromane, die mir gut gefallen haben, empfohlen bekommen?

Dann bestelle meinen Newsletter. Mehr dazu auf meiner Homepage www.jennastean.de

Danksagung

Einen großen Dank an alle Leserinnen und Leser, die *Ashley und Lucas* begleitet haben. Ich hoffe, dass euch der Roman unterhalten hat.

Vielen Dank, lieber Thomas Ockert, für die tolle Homepage und das unglaublich schöne Cover.

Ich danke Manuela von Korrektur Fuchs. Wir haben wunderbar zusammengearbeitet.

Und zum Schluss danke ich meinen Testleserinnen Jennifer, Ramona, Judith, Steffi, Daniela, Gertrud, Carmen, Lilli, Elke, Angelique, Nicole, Verena, Manuela und Birgit. Ihr habt euch die Zeit genommen, *Ashley und Lucas* zu lesen. Eure wertvollen Anmerkungen waren eine Bereicherung für die Trilogie.

Um über American Football zu schreiben, habe ich einen Experten zu Rate gezogen, der mir interessante Fakten mitgeteilt und auch die Szenen geprüft hatte. Außerdem habe ich viel in einschlägiger Literatur und im Internet recherchiert, u. a. Sports Knowledge: *American Football: Regeln, Positionen, Spielzüge/ Superbowl 2019/ NFL, AFC, NFC/ Wissenswertes über alle 32 Teams,* Independently published, 2018.

Ashley und Matthew befassten sich intensiv mit philosophischen Fragen. Grundlage dafür war u. a. das Buch von Thomas Nagel: *Was bedeutet das alles?: Eine ganz kurze Einführung in die Philosophie,* Reclam Verlag, 2012.

Printed in Poland
by Amazon Fulfillment
Poland Sp. z o.o., Wrocław

83227639R00216